KNAUR

Über den Autor:
Renato Pozzi lebt mit Frau und vier Kindern in München. Der Gardasee und insbesondere Salò sind ihm in den letzten Jahren zur zweiten Heimat geworden. Mit seinem Roman *Tod im Olivenfass* gewann er den großen Gardaseekrimi-Wettbewerb, der in Zusammenarbeit mit der *Münchner Abendzeitung* ausgetragen wurde. Mit *Der Tote im Weinhang* folgt der zweite Gardaseekrimi um Sophia Lange und Commissario Andreotti.

RENATO POZZI

DER TOTE IM WEIN-HANG

EIN GARDASEEKRIMI

KNAUR

Besuchen Sie uns im Internet:
www.knaur.de

MIX
Papier | Fördert gute Waldnutzung
FSC® C083411
www.fsc.org

Originalausgabe März 2024

Ein Imprint der Verlagsgruppe
Droemer Knaur GmbH & Co. KG, München

Redaktion: Elmar Tannert
Covergestaltung: ZERO Werbeagentur, München
Coverabbildung: Collage unter Verwendung von Bildern von Shutterstock.com
Satz: Adobe InDesign im Verlag
Druck und Bindung: CPI books GmbH, Leck
ISBN 978-3-426-53022-1

2 4 5 3 1

PROLOG

Sanft wog er die feinen Trauben in seiner Hand und ließ die perlengroßen Früchte über seine gichtgeschwollenen Finger gleiten. Die Rebe versprach, einmal ein köstlicher Wein zu werden, wenn man mit diesem Geschenk der Natur umzugehen wusste. Mit den Fingerspitzen ertastete er die Festigkeit der kleinen Beeren, indem er sie vorsichtig drückte. Die ersten Nuancen des zukünftigen Blautons schimmerten bereits in Grün. Eine Möwe hatte sich in sicherem Abstand niedergelassen und beobachtete ihn mit geneigtem Kopf. Ein Lächeln huschte über sein sonnengegerbtes Gesicht, als er die Rebe zurückgleiten ließ, damit sie weitere Wochen am Rebstock reifen konnte, um eines Tages zu jenem besonderen Rosé zu werden, wie nur der Valtènesi ihn hervorbringen konnte. Doch bis diese Traube zu einem wahrhaft guten Wein reifte, würde er bereits nicht mehr durch die Weinberge wandern.

Er klemmte die verbogene Lesebrille zurück in den Ausschnitt seines Hemdes und begann sich aufzurichten. Als ein Stechen durch seinen unteren Rücken schoss, hielt er inne und spürte dem Schmerz nach, bis dieser endlich zu einem dumpfen Pochen abklang. »Das Altern tut nur dem Wein gut«, sagte er zur Möwe, die ihn interessiert zu beobachten schien. »Alles hat eben seine Zeit. Und jede Zeit hat ihr besonderes Aroma.« Die Möwe stellte ihren schwarzen Kopf auf, als hätte sie ihn verstanden. Als er sich aufrichtete, sog er genüsslich die Luft des endenden Tages ein. Die Abende am Gardasee waren erdig, würzig und zugleich süßlich von der aufsteigenden Seeluft. Das Valtènesi war sein Zuhause, jeder Weinberg seine Heimat, auch wenn er nach irdischen Maßstäben keinen eigenen Weinberg besaß. Aber was galten schon irdische Maßstäbe an einem göttlichen Fleck Erde wie dem Valtènesi. Zu dieser Zeit waren die Arbeiter, die tagsüber wie Ameisen über den Weinberg wuselten, längst heimgekehrt oder feierten das Weinfest Valtènesi in Rosa auf dem Castello di Moniga del Garda, das majestätisch in einigen Kilometern Entfernung mit seinen imposanten Türmen Geschichten von vergangenen Zeiten erzählte. Er kniff die Augen zusammen und versuchte, in der Ferne das Castello auszumachen. Doch seine Augen waren zu müde, der Ort zu weit entfernt, um Näheres zu erkennen. Ohnehin war dies schon seit Jahrzehnten nicht mehr seine Welt. Lieber wanderte er ungestört durch die Reihen der Rebstöcke, die die Berge überzogen. Niemand würde ihn sehen. Niemand würde ihm *vagabondo* nachrufen, und die Jungen würden ihn nicht mit Steinwürfen vertreiben. Tagsüber überließ er die Weinberge ihnen. Aber jetzt war er hier der König. Bis zum nächsten Sonnenaufgang.

Er mochte es den Jungen nicht verübeln. Auch er war einst hochmütig gewesen wie sie, vor fast vier Jahrzehnten. Doch mit den Jahren vergaß man die Alten, und die Jungen meinten, eine neue Welt zu schaffen, schufen aber letztlich nur das, was es bereits gegeben hatte, wenn auch mit ihrer eigenen Handschrift. Doch er bedauerte nicht, dass es war, wie es war. Anerkennung war lediglich ein flüchtiges Vergnügen, dem unweigerlich Ernüchterung folgte. Es war besser, unscheinbar zu sein, aus dem Gedächtnis der Menschen zu verschwinden. Entscheidend war, dass sie nicht vergaßen, was einen guten Wein ausmachte – wie jenen Tropfen, den er bei sich trug. Ein Findling lud zum Sitzen ein. Doch er beschloss, dass dieser prachtvolle Sonnenuntergang es verdiente, im Stehen verabschiedet zu werden, und sein Rücken verdiente es, ein paar Minuten von Schmerzen verschont zu bleiben. So zog er die angebrochene Weinflasche aus der rechten Außentasche seiner zerschlissenen Jacke, nahm den Korken zwischen die Zähne und zog daran, bis der Verschluss mit einem verheißungsvollen Ploppen den Inhalt der Flasche freigab. Aus der linken Außentasche seiner Jacke holte er ein kleines Weinglas heraus und ließ die rosafarbene Flüssigkeit an der fleckigen Glaswand hinablaufen. Ein kleiner Strudel bildete sich und wurde zu einem satten Ganzen, als das Glas halb gefüllt war. Anschließend presste er den Korken wieder in die Öffnung und ließ die Flasche zurück in die Jackentasche gleiten.

Er hob das Glas auf Augenhöhe und fing das Panorama des Gardasees ein. Der See war seit Zehntausenden von Jahren Zeuge der kleinen und großen Geschichten der Menschen hier, so auch seiner. *Il lago vede tutto.* Der See sieht alles. Aber er hört auch alles und gibt es zurück, schafft das einzigartige Aroma, die Würze der Gegend, die Eigenart der Landschaft. Der See und die Menschen waren eins. Er schob das Glas weiter, und die kleinen weißen Segel der Boote wurden zu rosafarbenen Tupfern auf einem violetten Hintergrund, eingerahmt von rötlichen Bergen. Es war, als würde er diese Welt in einer rosafarbenen Glasminiatur festhalten. Doch etwas fehlte noch, um die Miniatur komplett zu machen. Er ließ das Glas ein wenig weiter wandern, bis auch die kleinen Häuser mit dem Domturm sich hinzugesellten. Das Bild war komplett, als das kleine Städtchen Salò in die goldenen Strahlen der untergehenden Sonne in seinem Glas getaucht wurde. Der Wein vereinte die Landschaft, die Menschen, die Natur, seine ganze Heimat in einem Glas. Eine weiße Feder landete vor seinen Füßen. Er blickte der Möwe nach, wie sie zurück zu ihren Freunden am See segelte.

Als sie seinem Blick entschwunden war, führte er das Glas an seine Nase und wartete, bis seine Sinne bereit waren, den köstlichen Groppello wirklich würdigen zu können. Das Aroma war fruchtig, frisch und blumig, so wie es sein sollte. Er schloss die Augen, kräuselte die Nase. Seine Sinne verschmolzen mit dem Duft, und er nahm eine Note von Erdbeere und Himbeere wahr, umspielt von Kirsche und einer Spur von Zitrusfrüchten. Dieser Wein war es wert, Groppello genannt zu werden. Der Rosé fasste alles zusammen, was seine Heimat war. Ein Juwel aus Gottes Schöpfung. Diesen Wein würde er genießen, als wäre es der letzte Wein, den er in seinem Leben trinken würde. Er wusste nicht, wie recht er damit hatte.

1

Die Strahlen der untergehenden Sonne tauchten das Castello di Moniga del Garda in ein goldenes Licht, während das alljährliche Weinfest Valtènesi in Rosa zum Leben erwachte. Das imposante mittelalterliche Bauwerk, hoch über dem funkelnden Gardasee gelegen, war wie jedes Jahr Schauplatz der besten Roséweine der Gegend. Die Besucher strömten durch das alte Steintor. Weinstand um Weinstand säumte die gewundenen Wege des Schlosses, und die Besitzer präsentierten stolz ihre besten Tropfen. Sommerliche Klänge von Streichern bildeten die passende Untermalung und erinnerten an die reiche Musiktradition Salòs, der Geburtsstadt des italienischen Geigenbaus. Das Streichorchester spielte mit großer Leidenschaft und Hingabe klassische italienische Melodien wie *O sole mio* und das Trinklied *Brindisi* aus *La Traviata*. Auch wenn die Musiker nicht ganz perfekt spielten, war es dennoch angemessen für diesen Anlass, befand Sophia.

»Ist das Schloss nicht die perfekte Kulisse für das Weinfest?«, rief Tante Marta ihr ins Ohr.

Das war es in der Tat, und hätten Tante Marta und Onkel Alberto sie nicht gedrängt, die Arbeit an ihrer Geige ruhen zu lassen und mitzukommen, hätte sie den wundervollen Anblick verpasst, der sich hier bot.

Die Frauen präsentierten ihre prächtigen Trachtenkleider. Einige waren in schillerndem Rot gehalten und mit aufwendigen Stickereien und Verzierungen versehen, während andere in leuchtendem Blau oder sonnigem Gelb erstrahlten, mit zarten Blumenapplikationen und feiner Spitze verziert. Sophia konnte nur erahnen, wie viel Arbeit und Geschick in diese Trachten geflossen war.

Die Männer trugen traditionelle Hemden und Lederhosen. Die Hemden waren in kräftigen Grün-, Blau- und Gelbtönen gehalten und ebenfalls mit aufwendigen Stickereien und Verzierungen versehen.

Sophia schaute sich um und erkannte hier und da einige Gesichter. Obwohl sie viel Zeit in der Werkstatt verbrachte, hatte sie, seit sie im letzten Jahr nach Salò gezogen war, einige Bekanntschaften geschlossen.

Sie erkannte die Marktfrau, das alte Ehepaar, das gegenüber von Tante Martas Osteria wohnte, und sogar Fredo konnte sie kurz erspähen, wie er sich zwischen den Menschen hindurchdrängelte. Instinktiv tastete Sophia nach ihrem Portemonnaie, doch damit tat sie Fredo unrecht, denn eigentlich waren sie in den letzten Monaten auf seltsame Weise so etwas wie Freunde geworden.

In der Mitte des Platzes war eine Statue des heiligen Urban aufgestellt. Um die Statue herum leuchtete ein Meer von Rosen in Rot und Gelb.

Tante Marta hatte ihr natürlich die Geschichte des heiligen Urbanus im Detail erzählt. Der Legende nach ging er während seiner Amtszeit als Papst im dritten Jahrhundert in Rom auf einem Weinberg spazieren, als er sah, dass ein Hagelsturm aufzog, der die gesamte Traubenernte zu zerstören drohte und somit den Weinbauern eine verheerende wirtschaftliche Katastrophe bescheren würde.

Urbanus betete um Hilfe und segnete dann den Weinberg mit einem Kreuzzeichen. Plötzlich bildete sich eine Wolke über dem Weinberg, die den Hagelsturm abhielt, sodass die Trauben nicht beschädigt wurden. Seitdem wurde er als Schutzheiliger der Winzer verehrt, weswegen sie vor einigen Jahren Geld gesammelt hatten für eine Statue des heiligen Urban, die seitdem den Platz zierte.

Sophia hatte eine Vorliebe für die Traditionen der Gegend, und ein guter Tropfen Wein konnte auch nicht schaden. Tante Marta würde sie bestimmt zu den besten Winzern führen. Plötzlich tauchte ein unrasiertes Gesicht in der Menge auf, das Sophia nur allzu bekannt vorkam.

2

Als Andreotti Sophias blonde Haare in der Menschenmenge erkannte, zuckte er kurz zusammen. Er überlegte, ob er auf sie zugehen und sie ansprechen sollte, doch was hätte er nach all den Monaten sagen sollen? Außerdem war Andreotti hier, um das Fest und die Weine der Winzer zu genießen. Als er dann auch noch Tante Marta bei Sophia sah, wandte er sich lieber ab. Tante Marta hatte einen ausgeprägten Beschützerinstinkt, und aus für ihn unerfindlichen Gründen fand sie, dass er kein guter Umgang für Sophia war. Dabei brauchte sie sich keine Sorgen zu machen. Schließlich hatten sie seit Wochen nicht mehr miteinander gesprochen. Andreotti hatte einfach zu viel zu tun. Auch jetzt, denn die Weine der örtlichen Winzer warteten auf ihn.

»*Commissario*«, winkte ihn der Winzer Marco Lugano herbei. »Den müssen Sie probieren!« Selbst rund zehn Kilometer von Salò entfernt kannte man ihn hier. Das lag vor allem daran, dass die Welt hier kleiner war, man sich über Ortsgrenzen hinweg austauschte. Mit einem zahnlosen Lächeln hielt er ihm ein Glas hin, das mit einer rubinroten Flüssigkeit gefüllt war. Lieber hätte Andreotti mit etwas Leichterem begonnen, doch konnte er diesen verlockenden Traubensaft kaum ablehnen.

»Zum Wohl«, sagte er und prostete Marco Lugano zu. Der Tropfen war vorzüglich, und er merkte sich vor, hier später eine Flasche abzuholen.

Eine Kleinstadt wie Salò hatte ihre Vorteile. Es gab weniger Verbrechen und umso mehr Herzlichkeit. Andreotti hatte einige Jahre gebraucht, bis er diese Herzlichkeit zu schätzen gelernt hatte. Ausgerechnet diese Deutsche, Sophia, war es gewesen, die ihm bei seinem letzten Fall die Augen geöffnet hatte, dass dies hier nun seine Heimat war. Andreotti hob die Hand zum Gruß und schlenderte weiter zur Witwe Bianchi. Aus den Augenwinkeln bemerkte er Fredo, der gut daran tat, ihn zu meiden und im nächsten Moment wieder in der Menschenmenge zu verschwinden. Auch Sophia und Tante Marta waren nicht mehr zu sehen, sodass sich Andreotti in aller Ruhe dem nächsten Wein widmen konnte. Doch plötzlich stutzte er. Ein Gesicht war aufgetaucht, wenn auch nur für einen Bruchteil einer Sekunde. Es war ein Gesicht, das nicht hierherpasste, das an einen anderen Ort, in eine andere Zeit gehörte. Möglicherweise spielte ihm der Wein in der Sommerhitze einen Streich. Andreotti kniff die Augen zusammen und suchte die Menschenmenge ab, als plötzlich ein greller Schrei ertönte, gefolgt von einem Fluch, wie er ihn selbst in den Kneipen des Hafens von Civitavecchia bei Rom noch nicht gehört hatte. Das Geschrei wurde lauter, und wenige Meter entfernt bildete sich ein Tumult. Andreotti seufzte. Der *commissario* wurde gebraucht, auch wenn dies streng genommen nicht sein Revier war, aber solange kein Kollege anwesend war, musste er ran. Also bahnte er sich einen Weg zur Ursache der Aufregung. Einer der Winzer mit einer auffällig großen Nase beschimpfte einen untersetzten, rundlichen Mann mit Flüchen. Der wiederum hatte seine Arme angewinkelt, als würde er jede Sekunde auf den Winzer losstürzen wollen.

»Was ist hier los?«, fragte Andreotti mit jener offiziellen Stimme, die nie ihre Wirkung verfehlte. So auch hier nicht.

»Der da behauptet, mein Wein sei verschwefelt«, empörte sich der großnasige Winzer und zeigte auf den rundlichen Mann, der noch immer finster dreinblickte.

»Einen Idioten hat er mich genannt, der keine Ahnung hat«, empörte sich dieser. »Dabei habe ich mehr Ahnung als die meisten Winzer. Schließlich betreibe ich eines der besten Restaurants in Limone.«

Es bedurfte nicht viel, damit Andreotti die Situation erfasste. Einer der beiden hatte schon einiges getrunken, und nichts ließ sich leichter kränken als der Stolz eines betrunkenen Mannes.

»Geben Sie her«, wies Andreotti den Winzer an und ließ sich das Glas geben, das halb mit Rosé gefüllt war. Die Farbe war satt und schimmerte zart golden in der Sonne. Andreotti führte das Glas an die Nase und nahm das Aroma auf. Der Rosé roch frisch nach Sommerbeeren und einer Spur Vanille, aber da war noch etwas anderes. Etwas, was dort nicht hingehörte. Andreotti nahm einen Schluck, und er brauchte nicht lange, bis er die Flüssigkeit wieder ausspuckte. »Schwefelig«, konstatierte er.

»Habe ich es nicht gesagt«, triumphierte der Restaurantbesitzer aus Limone und schaute in die Runde, die sich um sie gebildet hatte.

»Was wissen Sie schon!«, schrie der Winzer, und Tränen schossen in seine Augen.

»Ich bin der *commissario*. Was ich sage, gilt«, wies Andreotti ihn zurecht, und der Winzer mit der großen Nase schwieg augenblicklich. Andreotti hatte keine Geduld für derlei Dispute, zumal der Winzer es selbst hätte bemerken müssen. Entweder war es ihm egal gewesen, oder er war schon zu betrunken.

»Sehen Sie, ich hatte recht«, wiederholte der Restaurantbesitzer.

»Das können Sie auch in Limone haben, wohin Sie jetzt zurückkehren werden«, fuhr Andreotti ihn an.

»Wieso? Ich habe doch nichts gemacht.«

»Sie sorgen für Unruhe, und außerdem bin ich hier der *commissario*.« Wenn auch nur für Salò und unmittelbare Umgebung zuständig, aber das ließ er lieber unerwähnt.

»Und was der *commissario* sagt, gilt«, wiederholte eine alte Frau neben Andreotti, in der er eine der Marktverkäuferinnen erkannte. Der Mann aus Limone grummelte etwas Unverständliches, schien aber die Sache auf sich beruhen zu lassen, und auch der großnasige Winzer zog es vor, klein beizugeben.

»Die Polizei! Immer zur Stelle, wenn man sie braucht.« Es war Sophia, die wie aus dem Nichts neben Andreotti aufgetaucht war. Er versuchte zu erkennen, ob sie verärgert oder froh darüber war, ihn zu sehen. »Ich wusste gar nicht, dass auch das *castello* zu Ihrer Zuständigkeit gehört.«

»Tut es nicht. Ich bin privat hier«, sagte Andreotti.

»Schön! Ich auch.«

»Gut.« Das klang nicht nach Freude. »Die Weine hier sind ausgezeichnet«, fuhr er fort.

»Mag sein. Wie ging es Ihnen in den letzten Wochen?«, fragte sie. Freundlich klang das nicht, aber wenigstens interessierte sie sich ein wenig für das, was er tat.

»Nicht viel los, aber als *commissario* ist man immer im Dienst.« Andreotti überlegte kurz, sie seinerseits zu fragen, wie es ihr so in den letzten Wochen ergangen war, entschied sich dann aber dagegen. »Ich gehe dann mal etwas trinken«, sagte er stattdessen.

»Ich auch«, antwortete Sophia.

Im nächsten Moment war sie fort. Als Andreotti sich umdrehte, konnte er sie bereits nicht mehr in der Menge ausmachen. Doch für einen kurzen Augenblick glaubte er noch einmal, das andere Gesicht aus der Vergangenheit in der Menge aufblitzen zu sehen. Als er aber erneut hinschaute, waren da die üblichen Salòer. Er musste sich geirrt haben, und so widmete er sich bis spät in die Nacht der Winzerkunst Salòs, ohne Sophia, Fredo oder einem Schatten aus der Vergangenheit erneut zu begegnen.

3

Das Valtenèsi in Rosa hatte Sophia recht gut überstanden. Sie hatte einige gute Weine gekostet, aber nur gerade so viele, dass sie am Morgen nicht mit einem Kater aufgewacht war. Onkel Alberto würde es wahrscheinlich nicht so gut gehen wie ihr, aber Tante Marta würde ihm spätestens in einer halben Stunde Beine machen. Schließlich gab es in der Osteria immer etwas zu tun. An diesem Morgen führte Sophia keine Geige in ihrem Rucksack mit sich, weswegen sie mit dem Fahrrad zu Giuseppe Maggios Werkstatt fuhr. Inzwischen hatte sie sich zwar an die Fahrten durch die engen Gassen Salòs gewöhnt, die so manche Überraschungen mit sich brachten – hüpfende Kinder, Rentner, die plötzlich die Straßenseite wechselten, oder wild gestikulierende Motorrollerfahrer. Dennoch konnte sie es nicht riskieren, dass eines der wertvollen Instrumente aus Giuseppes Werkstatt, die man ihr zur Reparatur anvertraut hatte, bei einem Zusammenstoß zu Bruch ging. Zumal Giuseppe es ohnehin nicht gern sah, wenn sie überhaupt ein Instrument mit nach Hause nahm. Aber Sophia konnte sich zu Hause, wo der alte Meister nicht mit seinem kritischen Blick jeden ihrer Arbeitsschritte überwachte, einfach besser konzentrieren.

Gestern war sie mit der Sgarabotto-Geige von 1943 fertig geworden, und ihre Arbeit hatte selbst Giuseppes kritischem Blick standgehalten, wenn man davon absah, dass seiner Meinung nach der Lack hätte noch gleichmäßiger aufgetragen werden können und der Schaft des Halses um einen halben Millimeter zu schmal ausgefallen war. Nach Giuseppes Überzeugung war keine Arbeit perfekt, und wahrscheinlich hätte er selbst den legendären Antonio Stradivari noch auf Mängel an dessen Instrumenten hingewiesen. Aber zwei Kritikpunkte waren relativ wenig für den alten Meister, daher wertete Sophia die Restaurierung als Erfolg. Heute würde bereits das nächste Instrument auf sie warten. Plötzlich riss Sophia ein Rollerfahrer, der aus einer Einfahrt geschossen kam, aus ihren Gedanken. Sie wich ihm mit einem waghalsigen Schlenker aus. Nicht nur im Geigenbau war Sophia in den letzten Monaten besser geworden, sondern auch darin, in den engen Gassen Unfällen aus dem Weg zu gehen.

Sophia bog durch den weißen gotischen Torbogen der Porta de Marco in die Via Gerolamo Fantoni ein und schoss vorbei an dem creme-gelb verputzten Bau, über dessen Eingang die Inschrift »Questura di Salò – Polizia di Stato« prangte. Sophia starrte entschlossen auf die Straße. Sie war es leid geworden, nach oben zu schauen, um vielleicht einen Blick auf Commissario Andreottis Gestalt beim Rauchen am Fenster zu erhaschen. In seinem Leben gab es keinen Platz für so etwas Belangloses wie Freundschaft. Das hatte Sophia gestern wieder begriffen. Seine Welt bestand offenbar nur aus einer Aneinanderreihung von Kriminalfällen, und einen solchen hatten sie gemeinsam gelöst. Nicht mehr und nicht weniger. Danach war er wieder als Eigenbrötler in seiner Welt versunken und sie in ihre. Sophia trat fester in die Pedale, um das Kommissariat samt Andreotti hinter sich zu lassen, und wich einer älteren Dame aus, die aus der Bäckerei kam. Nach weiteren zehn Minuten Fahrt durch Salòs verwinkelte Wege bog Sophia in die kleine, abgelegene Gasse ein, in der sich seit Generationen in einem alten unscheinbaren Haus Giuseppes Werkstatt befand. Plötzlich sprang eine kleine, drahtige Gestalt mitten auf die Gasse. Sophia riss an beiden Bremsen. Der Mann sah überrascht auf. Sophia erkannte das Gesicht, mitsamt den Augen, die immer größer wurden. Dann kam der unweigerliche Aufprall. Sophia brauchte einen Augenblick, um sich zu besinnen. Ein schmerzvolles Stöhnen drang zu ihr von dem Mann, den sie samt ihrem Mountainbike unter sich begraben hatte. Der Duft von Zitrone und Zedernholz stieg Sophia in die Nase. Sie wagte noch nicht, die Augen zu öffnen, ging stattdessen durch, ob alles in Ordnung war. Ihre Arme schienen unverletzt, auch im rechten Bein hatte sie keine Schmerzen. Nur das linke Knie hatte wohl etwas abbekommen. Sie streckte es langsam. Es schien nichts gebrochen zu sein. Hätte also schlimmer kommen können. Wieder kitzelte sie dieser penetrante Zitronenduft in der Nase. Sophia blinzelte, öffnete erst das linke, dann das rechte Auge und blickte schließlich in Fredos schmerzverzerrtes Gesicht.

»Du hast ein neues Aftershave«, sagte sie.

»Freut mich, dass es dir gefällt. Hättest du mir aber auch weniger stürmisch sagen können.«

»Was machst du hier, Fredo?«

»Unter dir liegen«, keuchte er. »Übrigens bist du schwerer, als du aussiehst.«

»Nicht sehr charmant.«

»Das sollte auch kein Kompliment sein, sondern eine Aufforderung«, presste Fredo hervor. Sophia rappelte sich auf und befreite Fredo, der nun seinerseits aufstand und, wie um sich zu vergewissern, dass auch wirklich alles in Ordnung war, seine Gliedmaßen schüttelte. »Das ist ein Geschenk von Ilona«, sagte er. Sophia verstand nicht. »Das Aftershave«, fügte er hinzu.

»Sicher. Das Aftershave. Aber deswegen bist du doch nicht hier?«

»Ich wollte dich treffen.«

»Hat ja hervorragend geklappt.«

»Kann man ahnen, dass du wie eine Besessene um die Ecke geschossen kommst?«, entgegnete Fredo trotzig, aber da war noch etwas anderes, das in seiner Stimme mitschwang, das bemerkte selbst Sophia, die sonst wahrlich nicht gut darin war, die Gefühle ihrer Mitmenschen zu entschlüsseln. Streichinstrumente verstand sie einfach besser. Doch in Fredo konnte selbst sie manchmal lesen wie in einem Buch.

Fredo war zwar eine Frohnatur, aber er gehörte zu jenen Menschen, die über viele Dinge schnell betrübt sein konnten, was sich sofort in seinem Gesicht widerspiegelte. Mal litt er darunter, dass sich eines seiner Kinder erkältet hatte oder gleich alle sechs, ein anderes Mal beschwerte sich seine bessere Hälfte Ilona, wenn sie ihn mal wieder dabei ertappt hatte, dass er noch immer dem traditionellen Beruf seiner Familie nachging, dem eines Taschendiebs. Dann wiederum ärgerte er sich über die Touristen, die mit der Zeit vorsichtiger geworden waren und ihm diesen Beruf schwer machten. Andererseits hatte Fredo ein gutes Herz, und Sophia und er waren so etwas wie Freunde geworden, obwohl er ihr vor wenigen Wochen das Portemonnaie gestohlen hatte. Das war für eine Freundschaft ein recht ungewöhnlicher Beginn, und schon kurz darauf waren sie zusammen mit dem *commissario* in einen nicht minder ungewöhnlichen Fall verwickelt gewesen. Während sich Commissario Andreotti aber wieder in seine Welt zurückgezogen hatte, hatte Fredo sie in die seine eingeladen – nicht in die eines Taschendiebes, daran hatte Sophia nicht das geringste Interesse, sondern in die eines liebenden Familienvaters. Beinahe wöchentlich war sie inzwischen bei seiner Frau Ilona und den Kindern zum Essen eingeladen, was turbulent, aber zugleich meist lustig war. Die sonst so eifersüchtige Ilona hatte Sophia zunehmend ins Herz geschlossen und klagte ihr heimlich in der Küche so manch ein Leid, das sie mit Fredo und seinen Eskapaden hatte. Aber zumindest war Fredo auf seine Art eine treue Seele, und das war mehr, als man von Andreotti behaupten konnte.

»Es gibt ein Problem«, seufzte Fredo.

»Wird es nichts mit unserem Essen diesen Freitag?«

»Natürlich bleibt es dabei. Mein Wort gilt.«

»Dann können wir dein Problem doch am Freitag besprechen«, schlug Sophia mit einem Blick auf die Uhr vor. Sie müsste in einer Minute in der Werkstatt sein, und Giuseppe duldete keine Unpünktlichkeit.

»Es kann leider nicht warten.«

Musste es aber doch, zumindest für einen Augenblick, denn ein dreirädriger Piaggio-Transporter hupte energisch, um sich Durchfahrt zu verschaffen. Fredo zog Sophias Fahrrad zur Seite. Der Piaggio-Fahrer drängte mit einem stummen Gruß an ihnen vorbei.

»Vorderbremse verbogen, sonst scheint alles in Ordnung zu sein«, stellte Fredo fest.

»Dein wichtiges Problem«, drängte Sophia ihn mit einem weiteren Blick auf die Uhr.

»Es geht um Ilona.«

Das hätte sich Sophia gleich denken können. Ilona hatte Fredo bestimmt wieder die Hölle heißgemacht, und nun brauchte er jemanden zum Ausweinen. Nur fand Sophia, dass sie die letzte Person war, die als Beziehungsratgeberin etwas taugte.

»Ilona hat ein Problem.«

»Mit dir.«

»Wenn es nur das wäre«, sagte Fredo, legte all seinen Kummer in einen Seufzer und begann zu erzählen. Und mit jedem Satz fiel es Sophia schwerer, ernst zu bleiben.

»Das ist nicht lustig«, wies Fredo sie zurecht.

»Ich lache nicht.«

»Du schmunzelst. Das sehe ich genau.«

»Du musst aber doch zugeben, dass die ganze Sache schon eine gewisse Komik hat.«

»Für dich vielleicht, aber dir macht Ilona ja keinen Ärger. Eine schöne Freundin bist du.« Fredo verschränkte trotzig die Arme.

»Ich verstehe dich ja«, sagte Sophia so einfühlsam wie möglich. »Aber ich glaube nicht, dass ich die Richtige bin, die dir da helfen kann.«

»Aber du bist meine letzte Hoffnung«, flehte Fredo.

»Ich gebe dir einen Ratschlag unter Freunden«, erwiderte Sophia. »Geh mit der Sache zum *commissario.*«

»Genau das hat Ilona auch gesagt.«

»Und wenn zwei gescheite Frauen dir etwas raten, dann solltest du vielleicht auch darauf hören, Fredo.«

»Aber ausgerechnet Andreotti? Wie verzweifelt muss ein Ehrenmann und Taschendieb sein, um jemanden wie den *commissario* um Hilfe zu bitten?«

»Wahrscheinlich so verzweifelt, wie du es gerade bist.«

»Du siehst keinen anderen Weg?«, fragte Fredo mit dem letzten Funken seiner sterbenden Hoffnung.

Sophia musste sie ihm restlos nehmen. »Der andere Weg wäre, dass Ilonas Problem nicht gelöst wird und du die Enttäuschung deiner lieben Frau ertragen musst.«

»Also Andreotti«, sagte er in dem Tonfall eines Delinquenten, der sein unabwendbares Urteil erfahren hatte.

Und Sophia konnte es ihm nicht verdenken. Zu gut konnte sie sich Andreottis Reaktion vorstellen, die wahrscheinlich noch undiplomatischer ausfallen würde als ihre. Fredo stieß einen weiteren Seufzer aus und machte sich auf, um mit hängenden Schultern seinem Schicksal zu begegnen. Sophia wollte Fredo noch zurufen, Andreotti zu grüßen, ließ es aber bleiben. Was würde das schon bringen?

4

Es war sein eigenes Niesen, das Andreotti aus dem morgendlichen Dämmerschlaf hochfahren ließ. Wieder hatte ihn dieser lästige Tabakkrümel gekitzelt, mit dem er um seinen Schlaf gerungen hatte. In der Nacht hatte der Krümel zwischen Unterlippe und Zähnen festgesteckt, war dann in die linke Wange gewandert, um dann die Seite zur rechten Wange zu wechseln. Doch jedes Mal, wenn Andreotti dem Treiben ein Ende bereiten wollte, war ihm das verfluchte Ding entwischt. Eine kräftige Mundspülung hätte womöglich geholfen, aber der Krümel war auch wieder nicht so lästig, als dass er Andreotti dazu gebracht hätte, sich diese Mühe zu machen. Und so hatte ihn jedes Mal seine schläfrige Trägheit hoffen lassen, dass der Tabakrest von selbst verschwinden würde. Was selbstverständlich nicht der Fall gewesen war. Unangenehmes verschwand selten von selbst. Und nun hing das Ding an seinem Gaumen fest, just dort, wo er mit der Zungenspitze nicht hingelangen konnte, aber wo es am meisten kitzelte.

Andreotti öffnete vorsichtig die Augen und kniff sie, geblendet von den schräg einfallenden Sonnenstrahlen, gleich wieder zusammen. Es musste etwa halb acht sein. Bald würde Viola eintreffen und den Arbeitstag einläuten, einen Tag so monoton wie jeder andere, wenn man von den kleinen Bagatellfällen absah. Bis dahin würde er jedoch noch das Kommissariat herrichten müssen. Andreotti zwang sich dazu, die Augen weiter zu öffnen, und wartete, bis sie sich an das grelle Licht gewöhnt hatten. Schließlich warf er die alte Wolldecke zur Seite und unterdrückte zugleich ein Stöhnen. Er wartete, bis das Brummen in seinem Schädel halbwegs erträglich geworden war, und richtete sich schließlich auf.

Sein Blick fiel auf die halb leere Weinflasche, die er sich gestern nach dem Weinfest noch aus seinen eigenen Beständen gegönnt hatte. Andreotti beschloss, dass es an der Zeit war, seinen Körper in Zukunft nicht mehr so zu schinden. Er schalt sich dafür, dass er es seit Wochen versäumt hatte, sich in Boccherinis Weinhandlung mit gutem Wein einzudecken, und stattdessen mit billigem Wein aus dem Supermarkt vorliebgenommen hatte. Die guten Tropfen, die die Winzer dargeboten hatten, erinnerten ihn daran, wie weitaus bekömmlicher guter Wein doch war als dieser billige Fusel. Doch für eine Mundspülung sollte der Stoff reichen. Andreotti nahm einen ordentlichen Schluck aus der Flasche, gurgelte, und tatsächlich hatte er einen Moment später den Tabakrest zumindest auf seine Zungenspitze gespült. Er schleppte sich zum Fenster, riss es auf, beugte sich vor und spuckte in einem hohen Bogen den restlichen Wein samt dem nervigen Tabakkrümel aus. Er hatte Glück, oder vielmehr: die alte Rosalia Santoro, die auf die kleine Bäckerei auf der Straße gegenüber zusteuerte. Er verfehlte sie nur knapp. Rosalia Santoro schaute nach oben, erkannte den *commissario* und winkte ihm freudig zu, bevor sie ihren Weg zur Bäckerei fortsetzte.

Andreotti sog die sommerliche Morgenluft ein, in der Hoffnung, einen klareren Kopf zu bekommen. Doch es half nicht. Eine Radfahrerin schoss mit einem Schlenker an Rosalia vorbei. Andreotti erkannte sie sofort, und wieder überkam ihn so etwas wie ein schlechtes Gewissen. Er brauchte eine Zigarette. Er ging zu seinem schäbigen Schreibtisch, um den Tabak aus der obersten Schublade zu holen. Umständlich drehte sich Andreotti eine Zigarette, ging zurück zum Fenster und lehnte sich hinaus. Er musste sich beeilen, ehe Viola eintraf und ihn wieder auf das Rauchverbot in Diensträumen hinwies. Die junge Polizistin befand sich zwar gerade mal im zweiten Dienstjahr, spielte sich aber zuweilen auf, als habe sie die Regeln im Kommissariat selbst geschrieben. Vor allem dann, wenn er das Kommissariat mal wieder als Schlafstätte nutzte. Es wurde wirklich mal wieder Zeit für eine eigene Wohnung oder eine neue Freundin. Andreotti zündete seine Zigarette an und atmete den scharfen Rauch ein, um kurz darauf von einem Hustenanfall geschüttelt zu werden. Als weitere mentale Notiz des Morgens vermerkte er, nicht nur auf besseren Wein zu wechseln, sondern auch schnellstmöglich wieder auf seine gewohnten *MS*-Filterzigaretten umzusteigen. Die eingebüßte Lebensqualität war die paar gesparten Euro nicht wert.

In der engen Gasse kam zunehmend Betrieb auf. Autos schoben sich an den Passanten vorbei. Ein junger Mann mit Umhängetasche schwang sich auf einen Motorroller und rauschte davon, wohl auf dem Weg zur Arbeit. Eine Mutter trieb ihre drei Kinder an, noch rechtzeitig zur Schule zu kommen. Seit er vor zehn Jahren aus Rom hierher in das kleine Salò gezogen war, war dies sein Revier. Er war der *commissario*, und er kannte die Leute, ihre Geschäfte, ihre Sorgen, ihre kleinen Geheimnisse. Dennoch war er hier erst seit dem letzten Mordfall heimisch geworden, als ausgerechnet diese deutsche Geigenbauerin ihm gezeigt hatte, dass er hierhergehörte. Bei dem Gedanken an Sophia spürte er wieder dieses seltsame schlechte Gewissen. Natürlich hätte er sich bei ihr mal melden können seit dem letzten Fall. Andererseits war er sehr beschäftigt gewesen. Da war die Sache mit dem Bootsunfall gewesen und dann die Affäre mit Antonetta, die genauso plötzlich geendet hatte, wie sie begonnen hatte. Gestern beim Valtenèsi in Rosa hätte er mit Sophia einen Wein trinken und alles erklären können. Aber dann war er ja schon wieder abgelenkt gewesen. Und was hätte es schon gebracht? Er war eben genauso wenig für Freundschaften gemacht wie für längere Beziehungen. Außerdem war er Sophia nichts schuldig. Sie hatte sich aufgedrängt, ihm bei dem Fall des ermordeten Geigenbauers zu helfen. Andreotti merkte, wie ihn wieder dieser Schwindel überkam. Er schloss die Augen. Sophias Gesicht erschien, wie sie gestern in der Menge gestanden hatte. Plötzlich tauchte ein weiteres Gesicht auf. Er hatte es nur für den Bruchteil einer Sekunde gesehen. Dann war es wieder in der Menge verschwunden. Andreotti schüttelte sich erneut und öffnete die Augen. Allmählich begannen ihn die Geister der Vergangenheit selbst hier heimzusuchen. Offenbar wurde er alt. Andreotti schaute auf die Uhr und fluchte. Es war höchste Zeit, das Kommissariat herzurichten. Andreotti warf die halb gerauchte Zigarette fort und ließ das Fenster geöffnet, um den Tabakrauch abziehen zu lassen.

Mit geübtem Griff faltete Andreotti die alte Wolldecke zusammen und stopfte sie zusammen mit dem Kopfkissen in den metallenen Aktenschrank. Er verstaute die halb leere Weinflasche in der untersten großen Schreibtischschublade und fegte die Tabakkrümel beiseite. Zu guter Letzt holte er das *Acqua di Parma*-Aftershave aus dem Schreibtisch und versprühte es reichlich, um mit dem Tabakaroma des Aftershaves den Zigarettenrauch zu überdecken. Schritte erklangen draußen im Flur, nicht langsam und gelangweilt wie die der Kollegen und auch nicht zielstrebig wie die von Viola, sondern hastig, aufgeregt, wie von jemandem, der ein Problem mitbrachte. Andreotti versprühte großzügig eine weitere Dosis, hastete zum Schreibtisch und ließ sich auf den Stuhl fallen. Er riss einen beliebigen Aktenordner vom Stapel und versuchte, ein bedeutendes Gesicht aufzusetzen.

Im nächsten Moment flog mit einem Krachen die Tür des Kommissariats auf, und zu Andreottis Überraschung trat Fredo ein mit einem Becher Kaffee in der Hand, den er offenbar unten in der Bäckerei geholt hatte. Andreotti atmete tief durch. Ein Morgen, der mit Fredo begann, konnte kein guter Morgen sein. Andererseits sah der Kaffee in Fredos Hand verlockend aus.

Fredo rümpfte die Nase. »Wonach riecht es hier?«

»Nach harter Arbeit«, entgegnete Andreotti. »Und nach *Acqua di Parma*. Exklusives Aftershave mit Zedernholz und Tabak.«

»Ich benutze neuerdings Zitronenduft.«

»Das ist wahrlich ein Verbrechen.«

»Ich bin hier, weil es ein richtiges Verbrechen gab.«

»Das wahrscheinlich du begangen hast, Fredo«, stellte Andreotti trocken fest.

»Hätte ich ein Verbrechen begangen, dann wäre dies der letzte Ort, wo ich auftauchen würde.«

»Die Wege des Herrn sind unergründlich, und deine noch unergründlicher.«

»Sind Sie etwa plötzlich gläubig geworden, *commissario?*«

»Wenn der Herrgott mich von dir erlösen würde, wäre es einen Versuch wert.« Die Probleme eines kleinen Taschendiebs waren wirklich das Letzte, womit Andreotti sich beschäftigen wollte.

Andererseits hatten die letzten Wochen in Salò nichts Spannendes geboten, bis auf die üblichen Touristenprobleme, die Andreotti lieber diesem Neuling Ernesto oder Viola überlassen hatte. Also konnte er sich genauso gut Fredos Kummer anhören, in der Hoffnung, dass er schnell wieder abzog. Andreotti stieß ein theatralisches Seufzen aus.

»Ich habe Ihnen Kaffee mitgebracht«, sagte Fredo und hielt den Becher hoch.

»Wollen Sie mich bestechen?«

»Kann man einen Commissario Andreotti überhaupt bestechen?«

Das war gut gekontert, musste Andreotti zugeben. Und Kaffee war genau das, was er brauchte. Zumal die Kaffeemaschine bereits seit Wochen defekt war. Ernesto hatte versprochen, irgendwo eine gebrauchte Maschine zu besorgen, doch hatte er sein Wort noch nicht gehalten, und Andreotti wollte ihn nicht so leicht aus seinem Versprechen entlassen. Das gehörte zu den erzieherischen Maßnahmen, die bei Neuen nun mal notwendig waren. Selbst wenn es hieß, auf den Morgenkaffee zu verzichten.

»Was hast du mir zu sagen, Fredo?«

»Sie haben keine Hose an, *commissario.*«

Jetzt erst spürte Andreotti seine nackten Beine unter dem Schreibtisch. »Eine fehlende Hose ist kein Verbrechen«, knurrte Andreotti.

»Kommt darauf an, wo man herumläuft.«

Andreotti deutete mit dem Kopf in Richtung Sofa. Fredo verstand, ergriff die Hose zwischen Daumen und Zeigefinger und warf sie Andreotti zu.

Nachdem er dem *commissario* den Kaffee gereicht hatte, ließ sich Fredo unaufgefordert auf dem Stuhl vor Andreottis Schreibtisch nieder.

»So viel Zeit habe ich nicht«, seufzte Andreotti.

»Es geht aber um ein Verbrechen.«

»Das sagtest du bereits«, entgegnete Andreotti und gönnte sich einen Schluck der abgestandenen Brühe.

»Meiner lieben Ilona wurde das Portemonnaie gestohlen.«

Andreotti prustete beinahe den Kaffee aus. »Du bist hier, um einen Taschendiebstahl zu melden? Gerade du? Vor dem kein Tourist in Salò sicher ist?«

»Sie schmeicheln mir, *commissario.*«

»Wohl kaum. Schließlich scheinst du deinen Meister gefunden zu haben.«

»Wieso ich? Er hat meine Frau bestohlen.«

»Es bleibt in der Familie«, entgegnete Andreotti, und Fredos zerknirschter Gesichtsausdruck verriet ihm, dass er genau den Nerv getroffen hatte. Nichts war wichtiger in Salò als die Familienehre. Zum Glück hatte Andreotti solche Sorgen nicht. Und auch wenn Ilona insgeheim hoffte, dass Fredo nicht mehr als Taschendieb tätig war, musste es ihn nicht nur in der Familienehre, sondern auch in seiner Berufsehre gekränkt haben.

»Gestern beim Fest ist es passiert«, fuhr Fredo zerknirscht fort.

»Seit wann nimmst du Ilona eigentlich mit zur Arbeit? Ich dachte, sie hasst, was du tust.«

»Wir waren privat da«, erklärte Fredo. »Keine Diebstähle.«

»Bis auf einen«, sagte Andreotti und blickte demonstrativ auf seine Armbanduhr. Viola war bereits überfällig, was höchst ungewöhnlich war für die junge *poliziotta*. »Warum kommst du damit ausgerechnet zu mir?«

»Wollte ich eigentlich nicht, aber Ilona hat darauf bestanden, weil …« Fredo begann herumzudrucksen.

»Weil was?«

»Na, weil sie doch glaubt, dass ich manchmal für Sie arbeite.«

Das war es also. Seit dem Fall mit dem toten Geigengutachter war Ilona überzeugt, dass Fredo so etwas wie ein Praktikant bei der Polizei war. Etwas, worauf sie besonders stolz war, was aber nicht im Entferntesten den Tatsachen entsprach. Aber die Wahrheit war dehnbar, besonders in Fredos Welt. Andreotti wollte Fredo gerade sagen, wohin er sich scheren konnte mit seinem Diebstahl, als dieser noch ein Ass aus dem Ärmel holte.

»Sophia hat auch gemeint, dass Sie mir helfen werden.«

Diesmal verschluckte sich Andreotti an seinem Kaffee. »Was zur Hölle hat Sophia Lange damit zu tun?«, japste er, als der Hustenanfall vorbei war. Zum zweiten Mal an diesem Morgen spürte Andreotti das Stechen seines schlechten Gewissens. Diese Deutsche war seit dem letzten Fall so etwas wie Segen und Fluch zugleich.

»Ich wollte ohnehin viel lieber, dass Sophia mir hilft, den Taschendieb zu finden. Aber dann hat sie gemeint, es wäre besser, wenn Sie mir helfen würden.«

»Hah«, stieß Andreotti aus und schlug mit der flachen Hand auf den Tisch. »Nicht einmal deine Freundin will dir helfen.« Wo blieb Viola nur? Es war höchste Zeit, dass sie endlich eintraf, um ihn zu erlösen.

»Genau, weil Sie der *commissario* sind, wende ich mich an Sie.«

»Der *commissario* ist für richtige Fälle wie Raub oder Mord zuständig, nicht für Taschendiebstähle. So was kann Ernesto machen oder Viola.«

Wie auf Stichwort öffnete sich die Tür, und Viola trat ein, endlich.

»Sie sind zu spät«, wies Andreotti sie zurecht, ohne aufzublicken.

»Es gibt ein Verbrechen«, entgegnete Viola.

»Ich weiß, Fredo hat mir gerade davon berichtet.«

»Was weiß Fredo von dem Mord?«

Das Funkeln in den Augen der jungen Polizistin verriet Andreotti, dass er sich nicht verhört hatte – jenes Funkeln aus Faszination und Ehrgeiz, das Andreotti schon bei so vielen Anfängern gesehen hatte und das auch einmal in ihm gelodert hatte, vor etlichen Jahren in seiner Zeit in Rom.

»Wo?«, grunzte Andreotti.

»Auf einem Weinberg zehn Kilometer von hier. Ernesto sichert bereits die Stelle.«

Was Andreotti darüber hinaus interessierte, war, wieso er als Letzter von dem Mord erfuhr. Aber dafür hatte Viola eine Erklärung. Der Feldarbeiter, der die Leiche gefunden hatte, war ein entfernter Cousin von Ernesto und hatte als Erstes ihn angerufen. Ernesto wiederum hatte Viola kontaktiert, die es übernahm, Andreotti zu informieren, weil Ernesto es vorzog, Andreottis berüchtigte Morgenlaune zu meiden. Dabei war er morgens gar nicht so schlecht gelaunt, fand Andreotti.

»Und was weißt du von dem Toten?«, wandte sich Viola nun an Fredo.

»Gar nichts. Ilonas Portemonnaie ist gestohlen worden.« Viola blickte von Fredo zu Andreotti, wie um sich zu versichern, dass man sich keinen Scherz mit ihr erlaubte, verkniff sich aber einen Kommentar und holte stattdessen ihre schwarze Tasche mit den Utensilien zur Spurensicherung hinter ihrem kleinen Schreibtisch am anderen Ende des Zimmers hervor. »Wonach riecht es hier eigentlich so erbärmlich?«, fragte sie, ohne aufzublicken.

»Acqua di Parma«, sagte Andreotti. Und Fredo fügte hinzu: »Exklusives Aftershave mit Zedernholz und Tabak.«

»Das meine ich nicht. Ich meine diesen erbärmlichen Gestank nach noch billigeren Zigaretten als sonst.«

Andreotti stand wortlos auf, warf sein blaues Jackett über und begann in der Schublade zu kramen, bis er sie endlich gefunden hatte, seine letzte Packung *MS*-Filterzigaretten.

Andreotti packte Fredo am Arm und zog ihn mit sich aus dem Kommissariat.

»Und was ist mit Ilonas Portemonnaie?«, rief Fredo entgeistert.

»Darum kann sich Sophia kümmern«, erwiderte Andreotti, ohne sich umzudrehen.

5

Der Tote lag auf der Seite zwischen den Weinreben. In seiner Hand hielt er ein leeres Weinglas, neben ihm lag eine angebrochene Weinflasche. Das Revers seines moosgrünen, zerschlissenen Jacketts war fleckig. Seine weißen, ungewaschenen Haare zierte wie zum Spott eine weiße Möwenfeder. Die Augen starrten weit aufgerissen gen Himmel, mit jenem glasigen Blick, den Andreotti schon so oft gesehen hatte.

»Kein schöner Anblick«, sagte Viola.

»Das ist es nie«, erwiderte Andreotti und drehte den Kopf des Toten zur Seite, wodurch sich die Feder löste und zu Boden fiel.

»Ich frage mich, was ihm kurz vor seinem Tod durch den Kopf gegangen ist«, überlegte Viola.

»Ich schätze, eine Kugel«, entgegnete Andreotti und zeigte auf das blutverklebte Einschussloch am Hinterkopf.

»Sie sind unverbesserlich«, seufzte Viola und kniete sich neben Andreotti nieder, um den Toten genauer zu betrachten.

Viola war ehrgeizig. Deswegen hatte sie auch die Zusatzausbildung zur Spurensicherung absolviert. Sie machte keinen Hehl daraus, dass sie davon träumte, eines Tages in einem größeren Kommissariat bei der Mordkommission zu arbeiten. Obwohl sie Andreotti manchmal gehörig auf die Nerven ging, schätzte er ihre Professionalität. Vor allem war ihr das Mitgefühl noch nicht abhandengekommen. Dieser Beruf forderte einen hohen Tribut – man verlor vieles, Freunde, den Glauben an die Menschen und irgendwann auch das Mitgefühl. Manchmal beneidete Andreotti sie dafür, dass sie noch nicht so abgestumpft war. Vielleicht war sie eine der wenigen, die es schafften, sich nicht völlig zu verändern. Andreotti wünschte es ihr.

»Im letzten Augenblick ihres Lebens bereuen die Menschen nicht das, was sie getan haben, sondern das, was sie nicht getan haben«, sagte Andreotti.

»Ich frage mich, was Ihnen als Letztes durch den Kopf gehen wird, Andreotti.«

»Bestimmt keine Kugel.«

»Bei Ihren unglücklichen Frauengeschichten würde ich darauf nicht wetten.« Viola öffnete ihre viel zu große schwarze Tasche und holte eine Lupe heraus, mit der sie begann, das Einschussloch zu untersuchen. »Kleines Kaliber, vielleicht 0.22 Millimeter«, bestätigte sie, was Andreotti bereits vermutet hatte.

»Um das zu erkennen, braucht man keine Lupe. Ein großes Kaliber pustet einem das Gehirn auf der anderen Seite heraus, während ein kleines Kaliber gegen die Knochenwand des Schädels prallt und dann im Gehirn Billard spielt, bis nur noch Brei übrig ist.«

»Nicht sehr schön, aber treffend beschrieben.«

»Erfahrung. Nichts als Erfahrung«, murmelte Andreotti.

Viola ließ die Lupe weiter über den Kopf des Toten wandern. »Keine Schmauchspuren, also kein aufgesetzter Schuss«, murmelte sie.

»Ein Schuss aus großer Distanz«, stimmte Andreotti zu. »Wahrscheinlich mit einem Jagdgewehr. Jeder zweite Bauer hier hat so ein Ding.«

»Es könnte auch ein Schuss aus einigen Metern Entfernung gewesen sein. Das lässt sich ohne Obduktion nicht feststellen.«

»Ein Schuss aus großer Distanz«, beharrte Andreotti. »Das wäre besser für uns.«

»Wieso das?«

»Das erkläre ich Ihnen später«, schloss Andreotti das Thema in einem Ton, der keinen Widerspruch duldete.

Viola steckte die Lupe ein und schaute sich um. »Wenn Sie recht haben …«

»Habe ich.«

»Wenn Sie recht haben«, setzte Viola erneut an, »dann muss der Täter irgendwo da oben gestanden haben.« Sie beschrieb mit ihrem Arm einen Viertelkreis, der die Hügel und Bäume am oberen Ende des Weinbergs einschloss.

»Oder die Täterin«, ergänzte Andreotti. »Es könnte auch eine Frau gewesen sein.«

»Frauen nutzen in Italien selten Schusswaffen. Die Wahrscheinlichkeit liegt bei eins zu fünfhundertzweiunddreißig«, entgegnete Viola. »Von irgendwo da oben könnte also unser Opfer ins Visier genommen worden sein«, schloss sie ihre Beobachtung und widmete sich wieder dem Toten.

»Das Opfer muss eine Weile hier gestanden haben. Die Fußspuren sind tiefer, deswegen hat der Regen sie noch nicht vollständig weggespült. Wahrscheinlich hat er den Ausblick auf den See genossen.«

Andreotti kramte sein weißes Taschentuch aus der Innenjacke, nahm es zwischen die Finger und ergriff damit das Weinglas. Er musste ein wenig daran ziehen, bis die Hand des Toten es freigab. Andreotti hielt es gegen das Sonnenlicht. Die Weinreste waren bereits getrocknet. Das Glas war fleckig, als hätte es schon vor dem letzten Schluck seit Ewigkeiten keine Spüle mehr gesehen. Ansonsten war es ein gewöhnliches Weinglas und doch ungewöhnlich für einen Landstreicher in den Bergen.

Andreotti ertastete den durch den nächtlichen Regen durchnässten sandigen Boden. Dann beugte er sich über den Mund des Toten und schnüffelte daran. Wie nicht anders zu erwarten, hatte der Tote sich etwas gegönnt. Obdachlose waren in Salò zwar selten, und noch seltener traf man sie in den Weinbergen an, aber alles schien zu passen. Die verlotterte Kleidung, die ungewaschenen Haare, die ungepflegten Zähne – ein Penner, der hier seinen Feierabendschluck hatte genießen wollen. Nur das Weinglas wollte nicht ins Bild passen. Andererseits hatte Andreotti schon verrücktere Dinge gesehen.

»Obdachlos, aber mit Stil«, sagte Andreotti und legte das Weinglas zurück.

»Sieht nach einem Jagdunfall aus«, hörte Andreotti Ernesto hinter sich sagen, der sie eine Weile beobachtet hatte.

»Das war kein Jagdunfall«, entgegnete Andreotti.

»Sie haben doch selbst gesagt, dass es ein Jagdgewehr gewesen sein könnte.«

Andreotti drehte sich abrupt um. Ernesto war kaum älter als Viola, strahlte aber bei Weitem nicht ihre Intelligenz aus. Andreotti kannte solche Typen. Stolz auf ihre Uniform, zu allem eine Meinung, aber von nichts eine Ahnung. »Wenn ich sage, dass es kein Jagdunfall war, dann war es kein Jagdunfall.«

»Wie kommen Sie darauf?«, bohrte Ernesto weiter.

»Intuition«, schnaubte Andreotti und ärgerte sich zugleich. Weniger über den *carabiniere* als über sich selbst. Schließlich hatte er es nicht nötig, sich einem jungen Polizisten gegenüber zu rechtfertigen. »Befragen Sie lieber mögliche Zeugen.«

»Hier ist niemand.«

»Und die Leute dort sind niemand?«

Andreotti deutete auf eine kleine Gruppe Feldarbeiter, die wenige Meter entfernt hinter der provisorischen Absperrung sensationsgierig das Geschehen beobachteten. Ernesto zog missmutig ab, um seiner Pflicht nachzukommen. Er würde kaum einen Zeugen finden, wusste Andreotti, außer der Möwe, die sie aus sicherem Abstand interessiert beobachtete. »Stimmt's, kleiner Freund?«, fragte Andreotti. »Vielleicht hast du sogar etwas gesehen. Es war kein Jagdunfall, nicht wahr?« Intuition, diese verdammte Intuition konnte man den jungen Leuten nicht erklären.

»Keine Faserspuren«, fasste Viola zusammen, was auch ungewöhnlich gewesen wäre bei einem Distanzschuss, es sei denn, der Täter hätte das Opfer noch bestehlen wollen. Aber was gab es bei einem Penner schon zu stehlen, abgesehen von der Weinflasche.

Andreotti nahm wieder sein Taschentuch und hob die Flasche am Hals an. Sie sah nicht aus wie aus einem der örtlichen Lebensmittelgeschäfte, sondern glich eher jenen, die die örtlichen Winzer benutzten, um ihren Wein abzufüllen. Die ungewöhnlich gedrungene Form und die Gebrauchsspuren auf dem grünen Glas waren typisch. Vielleicht hatte der Alte die Flasche irgendwo mitgehen lassen oder geschenkt bekommen. Das wäre zumindest ein Ansatz. Das Etikett der Flasche war leicht vergilbt, zwei Ecken hatten sich bereits vor langer Zeit gelöst. Die Unterseite der gelösten Ecken war nicht mehr weiß, sondern grau vor Schmutz. Nicht nur die Flasche war alt, sondern auch der Inhalt. Kein Winzer würde einen neuen Wein abfüllen und ein altes Etikett drauflassen. Andreotti löste den Korken und führte die Flasche an seine Nase, dann schloss er die Augen. Ein fruchtiger Duft umspielte seine Geruchsnerven, lieblich und zart mit einer leichten fruchtigen Note. Der Alkohol war eher als Nuance zu erkennen und nicht so dominant wie bei billigem Fusel.

»Ermitteln Sie wieder mit allen Sinnen, oder haben Sie Durst?«, fragte Viola.

»Beides«, knurrte Andreotti und streckte die Flasche von sich weg. »*Concordia*«, las er halblaut vor. »›Eintracht‹ oder ›Zusammenhalt‹.« Von diesem Wein hatte er noch nie gehört, klang aber so, als ob der Erzeuger von der Harmonie der Trauben überzeugt war. Die örtlichen Winzer hatten ihre eigenen Ideen, wenn es um die Namen ihrer Weine ging. Andreotti holte seine Lesebrille heraus und setzte sie umständlich auf. Es stand keine Jahreszahl auf dem Etikett, auch das war nicht ungewöhnlich. Es handelte sich um einen Rosé, den Winzer nie mit Jahreszahlen versahen. Das hatte Andreotti mal irgendwo gelesen.

Ein Obdachloser, der einen edlen Tropfen genossen hatte. Vielleicht den besten Tropfen seines Lebens. Wenigstens hatte sein Leben mit einem Höhepunkt geendet. Was den Inhalt betraf, würde er sich später noch auf dem Kommissariat damit beschäftigen. Andreotti verschloss die Weinflasche wieder und legte sie zurück. Als Nächstes tastete er das Jackett ab. Es war von Pal Zileri, dem bekannten Herrenmodedesigner aus Verona. Wahrscheinlich hatte der Tote es aus der Altkleidersammlung und sich für einen Moment wie ein Millionär gefühlt, falls er überhaupt wusste, wer Pal Zileri war. Andreotti ertastete etwas in der rechten Innentasche, etwas Großes, Kantiges und Hartes, und zog es hervor. Es war ein Buch, eine Bibel, nicht weniger zerschlissen als das Jackett. Also ein gläubiger Obdachloser. Das war gar nicht so ungewöhnlich. Oft fanden die Ärmsten am Rande der Gesellschaft ihren Trost in Jesus und Gott. Wenn das Leben schon nichts mehr bot, so blieb zumindest die Hoffnung auf Erlösung. Gerade als Andreotti die Bibel zurückstecken wollte, sah er ein weißliches Stück Papier unter dem Oberkörper des Toten schimmern. Andreotti schob das Jackett des Toten zur Seite. Das Papier war nicht weiß, sondern perlmuttfarben und kam ihm bekannt vor. Er wusste, wo er es schon einmal gesehen hatte. Andreotti blickte verstohlen zu Viola. Sie schien nichts bemerkt zu haben. Also setzte er erneut seine Lesebrille auf. Ein wenig Erde lag auf dem Papier, doch dazwischen meinte Andreotti Brotkrumen auszumachen. Das passte überhaupt nicht zu dem Papier, wenn es das war, was er vermutete.

Den auffälligen Aufdruck hatte er sofort wiedererkannt. Es konnte auch sein, dass es nichts zu bedeuten hatte. Andreotti beschloss, der Sache erst einmal ohne Viola auf den Grund zu gehen. Manchmal ließ es sich einfach besser alleine arbeiten. Der *commissario* schaute sich verstohlen um. Viola hatte bereits ihre Tasche gepackt. Ernesto war ebenfalls auf dem Rückweg von seiner Suche nach Zeugen. Andreotti machte ein unschuldiges Gesicht und begann, an dem Papier zu zerren, doch es drohte zu zerreißen. Andreotti versuchte, mit der linken Hand den Rücken des Toten ein wenig anzuheben. Doch der war schwerer, als er aussah. Andreotti versuchte es ein weiteres Mal, strengte sich mehr an, stemmte sich mit aller Kraft gegen den Körper. Er spürte, wie ihm eine Schweißperle über die Stirn lief. Der Tote ließ sich bewegen, gerade so weit, dass das Papier sich löste. Andreotti riss es an sich, ließ den Toten zurückfallen und plumpste unter der Wucht hinterrücks auf den Boden.

»Geht es Ihnen gut, *commissario?*«, fragte Ernesto, der sofort bei ihm war.

»Meine Knie machen Probleme«, keuchte Andreotti und täuschte einen Hustenanfall vor, um das Papier geräuschlos in seiner Jackentasche verschwinden zu lassen.

»Ich kenne das von meinem Onkel Gilberto. Bei ihm knackt es auch immer, und dann kann er nicht mehr aufstehen.«

»Dann tun Sie mal das, was Sie bei Ihrem Onkel Gilberto tun«, schnaufte Andreotti. Ernesto blickte ihn verständnislos an. Andreotti streckte die Hand aus. Endlich verstand der junge Polizist und half ihm binnen weniger Sekunden auf die Beine. Andreotti klopfte sich den Schmutz von der Jacke. Viola hatte sich ebenfalls aufgerichtet.

»Ich bin hier fertig«, sagte Andreotti. »Suchen Sie oben nach Spuren.« Der Regen hatte zwar mit Sicherheit alle Spuren verwischt, aber vielleicht hatten sie Glück.

»Und was soll ich in den vorläufigen Bericht schreiben?«, wollte Ernesto wissen.

»Vermutlich Jagdunfall.«

»Ich dachte, es war kein Jagdunfall?«

»Wer ist hier der *commissario,* Sie oder ich?«

»Also gut, Jagdunfall«, murmelte der junge Polizist und steckte sich eine Zigarette an.

Andreotti streckte ein weiteres Mal fordernd die Hand aus. Diesmal verstand Ernesto sofort und reichte dem *commissario* ebenfalls eine Zigarette. Tote waren nie gut, sie bedeuteten Arbeit, aber dieser hier war besonders schlecht. Die Möwe kam auf ihren schwarzen Beinen neugierig näher gewatschelt. Andreotti stieß einen Zischlaut aus, um sie zu verscheuchen. Die Möwe schwang sich kurz auf, landete wenige Meter entfernt wieder und beobachtete ihn weiter. Andreotti hörte das Papier in seiner Jackentasche knistern. Möwen waren wie Probleme, man konnte sie nur für kurze Zeit verscheuchen.

6

Hast du dich mit der Dame vertraut gemacht?«, fragte Giuseppe. Für den alten Geigenbaumeister war jedes Instrument eine Dame mit ihrem eigenen Wesen.

»Wir kennen uns, und ich werde hier helfen können«, antwortete Sophia.

Giuseppe nickte zufrieden. Konzentriert hatte Sophia die Enrico-Rocca-Geige von 1890 untersucht, während Giuseppe sich dem Lackieren einer Bratsche des Geigenbauers Oreste Martini aus den Dreißigerjahren gewidmet hatte. Selbstverständlich waren ihr seine Seitenblicke nicht entgangen. Zumindest hatte sich Giuseppe heute seine Kommentare verkniffen, was ihm schwergefallen sein musste. Dabei hatte sie bis jetzt lediglich das Instrument in Augenschein genommen und noch gar nicht mit der eigentlichen Arbeit begonnen. Sophia hatte unter dem Lack versteckt zahlreiche Ausbesserungsarbeiten entdeckt, die mal mehr, mal weniger professionell im Lauf der Jahrzehnte vorgenommen worden waren. Sie hatte eine Tonleiter über vier Oktaven gespielt, die ihr verriet, dass sich nicht alles durch das Stimmen des Instruments richten ließ. Die Geige hatte zwar insgesamt voll geklungen, jedoch in den Höhen etwas schwach, vermutlich ein Problem mit dem Hals. Als Nächstes würde Sophia sie behutsam zerlegen und den Hals freilegen müssen. Im Grunde handelte es sich um solide Detektivarbeit, die mit Bedacht angegangen werden musste. »Wenn du einen Plan hast, solltest du innehalten und überlegen, ob du etwas übersehen hast. Nur die Torheit der Jugend lässt einen mit Begeisterung lossprechen«, lautete eine der vielen Weisheiten von Maestro Giuseppe.

»Jetzt muss ich mich noch um die Fiedel von Pepe kümmern«, murmelte Sophia zu sich selbst. In der Welt des Geigenbaumeisters gab es neben Damen eben auch Fiedeln, jene billigen Instrumente, die sich am besten eigneten, um von Laien und Schülern gequält zu werden. Und eine solche Schülergeige hatte vor wenigen Tagen die aufgeregte Mutter des kleinen Pepe vorbeigebracht. Pepe hatte das Instrument fallen lassen, ob absichtlich oder nicht, blieb offen, und dabei war der Hals zerbrochen. Sophia würde den Hals einfach durch einen anderen ersetzen, den sie im Lager für Einzelstücke gefunden hatte. Der Klang würde zwar ein wenig darunter leiden, aber das tat er wegen Pepes mangelndem Talent ohnehin schon. Sophia wollte gerade den Geigenkorpus aus dem Regal nehmen, als die Türglocke im vorderen Teil der Werkstatt einen Kunden meldete.

Es war das zweite Mal an diesem Tag, dass jemand die Werkstatt aufsuchte. Der erste Kunde war der ewig unzufriedene Signore Conti gewesen, der mindestens einmal die Woche vorbeikam, weil er etwas an dem Klang seiner Geige auszusetzen hatte. »Das Instrument kann nicht das Unvermögen des Geigers ausgleichen«, murmelte Giuseppe jedes Mal, wenn Signore Conti mit seiner gerichteten Geige und neu gewonnener Zuversicht auf ein besseres Geigenspiel wieder davongestapft war. Aber auch Kunden wie Signore Conti waren wichtig, denn einmal im Jahr gab er sein aktuelles Instrument gegen ein besseres und teureres in Zahlung, was wiederum Geld in Giuseppes Kasse spülte. Eine gute Geigenwerkstatt brauchte nicht viele, aber dafür treue, zahlungsbereite Kunden mit einer Leidenschaft für wertvolle Instrumente.

Aber besonders liebte Sophia Kunden wie die junge Musikstudentin Giulia, die nun die Werkstatt betrat und die sie voller Vorfreude begrüßte. Vor einigen Wochen hatte sie von ihren mühsam zusammengesparten dreitausend Euro bei einer Haushaltsauflösung in Brescia eine fast neue Bratsche aus der Werkstatt des Südtiroler Geigenbauers Gabrieli Rubino ersteigert. Ein wahres

Schnäppchen, war doch eine gute Rubino normalerweise locker das Doppelte wert. Nur war das Instrument seit bestimmt einem Jahrzehnt nicht mehr gepflegt worden, aber dafür gab es ja Giuseppes kleine Werkstatt, in der zwar die Zeit stillzustehen schien, deren Ruf aber vielleicht gerade deswegen weit über Salò hinausreichte. Denn nicht nur pflegte Giuseppe die traditionelle Art des Geigenbaus und der Restaurierung, sondern er konnte auch von sich sagen, ein direkter Nachfahre des großen Gasparo da Salò, des Erfinders des italienischen Geigenbaus, zu sein, wenn man davon absah, dass er genau genommen der Nachfahre eines Schülers und Adoptivsohns Gasparos war. Aber am Gardasee liebte man Geschichten von Tradition, und so suchten Musikbegeisterte aus dem ganzen Umland diese unscheinbare Werkstatt auf, um ihre guten Stücke in die Obhut des Maestros zu geben – oder eben inzwischen auch in Sophias Hände. Denn Giuseppe hatte befunden, dass Sophias Fertigkeiten mittlerweile gut genug waren, dass sie zunehmend wertvollere Instrumente bearbeiten konnte. Dabei hatte Sophia bereits vor zwei Jahren in Deutschland ihre Ausbildung als Geigenbauerin abgeschlossen. Nicht genug nach Meinung des alten Meisters – was ja auch der Grund gewesen war, dass Sophia in die Heimat ihrer Kindheit zurückgekehrt war, zu dem Mann, den sie als kleines Mädchen *nonno* genannt hatte – Großvater.

Es waren Augenblicke wie dieser, in denen sie ein Strahlen in das Gesicht einer talentierten Musikerin zaubern konnte, die Sophia an ihrem Beruf so liebte. Giulia nahm ihre Geige in die Hand, hielt sie in die Höhe wie eine kostbare Trophäe. »Darf ich sie anspielen?«, fragte sie mit aufgeregter Stimme. Natürlich durfte sie, und so erfüllten die zarten Klänge der Rubino Giuseppes Werkstatt. Giulia war wirklich talentiert, und das Instrument hatte bei ihr ein gutes Zuhause gefunden. Vielleicht würde Sophia eines Tages in einem Konzert Giulia lauschen, wie sie der Geige ihren Zauber entlockte, und dann würde sie sich still daran freuen, dass sie ihren Teil dazu beigetragen hatte.

Giulia reichte schließlich Sophia die Violine. Sophia schlug das Instrument in das perlmuttfarbene Seidenpapier mit dem Namen Giuseppe Maggio ein und legte es in den Geigenkasten. Wenige Minuten später verließ eine selige Giulia die Werkstatt, um mit ihrer Violine neue Klangwelten zu erleben. Sophia lächelte versonnen und wollte sich gerade zurück in die Werkstatt zu Giuseppe begeben, als erneut die Glocke ging. Der Tag heute schien sich doch noch zu entwickeln. Der eintretende Mann wirkte wie einer jener Gäste aus Verona oder Rom, die sich am Wochenende am Gardasee auf ihrer Jacht tummelten. Selbstsicher stand er im Laden und schob seine goldgefasste Sonnenbrille in die grau melierten Haare, die er streng zurückgegelt hatte. Langsam schaute er sich um, als würde er zwar etwas suchen, aber nicht genau wissen, was. Wahrscheinlich wieder ein Vater, der den Auftrag hatte, für seinen Sprössling ein geeignetes Instrument zu kaufen. Eigentlich ein dankbares Geschäft, gaben die Wohlhabenden aus der Großstadt doch weit mehr für ihre Kinder aus als notwendig. Doch je mehr Sophia den Mann musterte, wie er dastand und sich im Laden umsah, umso weniger sicher war sie, ob er wirklich so zahlungskräftig war, wie er auf den ersten Blick gewirkt hatte. Die wertvolle *Panerai*-Armbanduhr mochte echt sein. Doch der blaue Kragen des weißen Designer-Polohemds war am Rand vom vielen Waschen aufgerieben, und die eleganten hellbraunen Lederschuhe wirkten in die Jahre gekommen. Nicht so sehr, als dass man sie nicht mehr hätte tragen können, aber Sophia hatte inzwischen genügend Erfahrung mit den Wohlhabenden aus der Stadt gemacht, um zu wissen, dass sie solche Schuhe und ein solches Hemd längst entsorgt hätten.

»Wie kann ich Ihnen helfen?«, fragte Sophia. Der Mann sah sie an, als habe er sie gerade erst bemerkt, und setzte ein breites Lächeln von einer Art auf, die Sophia unweigerlich an Andreotti erinnerte.

»Welch ein bezaubernder Anblick«, sagte er.

»Sie meinen diese Geige hier?« Sophia deutete auf das Instrument in der Glasvitrine hinter ihr. »Es ist ein Originalbau von Vincenzo Maggio, dem Großvater des heutigen Werkstattinhabers.«

»Die auch«, sagte der Mann mit einem hintergründigen Lächeln. Sein Blick erinnerte sie an einen Falken, der seine Beute belauert.

»Sie sind auf der Suche nach einem Streichinstrument?«, fragte sie.

»Für meine Frau. Sie will das Geigenspiel lernen.«

Sophias Blick wanderte unwillkürlich zu seinen ringlosen Händen. »Dann empfehle ich eine Mendini. Ein gefälliges Instrument, das sich hervorragend für Anfänger eignet. Sie ist leicht anzuspielen. Nicht sehr voll in den Höhen, muss ich hinzufügen, aber das ist am Anfang nicht so gravierend.«

Sophia holte eine Mendini aus der Vitrine, legte sie behutsam auf die Ladentheke und begann die Fingerabdrücke mit einem Stofftuch wegzuwischen. Doch der Mann hielt seine Falkenaugen weiter auf sie gerichtet.

»Ich vertraue Ihnen da voll und ganz, Signora. Schließlich wurden Sie mir empfohlen.«

»Das hören wir immer gerne, wenn man uns weiterempfiehlt«, sagte Sophia.

»Man hat mir nicht die Werkstatt empfohlen, sondern Sie persönlich.«

Sophia hielt in der Bewegung inne.

Das Lächeln des Mannes wurde noch breiter. »Oder sollte ich mich geirrt haben? Wie heißen Sie doch gleich?«

Spontan verriet Sophia ihren Namen und hätte sich im selben Moment auf die Zunge beißen können.

»Richtig. Sophia«, wiederholte er langsam. »Wenn du eine Geige für deine Frau brauchst, dann geh zu Sophia, hat Andreotti gesagt.«

»Sie sind ein Freund von Andreotti?«

»Selbstverständlich. Und er hat mir viel von Ihnen erzählt.«

»Das passt eigentlich nicht zu ihm.«

»Ich weiß, Andreotti ist ein schroffer Kerl. Aber unter seiner harten Schale steckt ein weicher Kern.«

»Das stimmt allerdings.«

»Und ein guter Frauengeschmack.«

Sophia ignorierte das Zwinkern.

Plötzlich wich das selbstsichere Lachen des Mannes Sorgenfalten. »Andererseits frage ich mich, ob mein guter Freund hier wirklich glücklich ist, hier in Salò. Hat er denn Freunde, oder würden Sie sagen, dass er Rom vermisst?«

»Andreotti und Freunde?« Sophia stieß ein verächtliches Lachen aus. »Und wenn Sie Freunde sind – ob er Rom vermisst, das müssen Sie ihn schon selbst fragen.«

»Da haben Sie recht, aber Sie wissen ja, wie verschlossen er ist. Dennoch glaube ich, dass ihn hier nicht wirklich etwas hält.« Er stutzte, als ob ihm gerade etwas eingefallen wäre. »Oder bleibt er etwa Ihretwegen in Salò?«

»Meinetwegen?« Sophia stieß ein trockenes Lachen aus und rückte demonstrativ die Geige auf dem Ladentresen zurecht. »Wohl kaum. Wie gesagt – diese Geige hier wäre ideal für Anfänger.«

Der Mann wandte seinen Falkenblick noch immer nicht von Sophia ab. »Das Einzige, was einen Mann wie Andreotti irgendwo halten könnte auf seine alten Tage, wäre eine Frau.«

»Sie scheinen Andreotti doch nicht so gut zu kennen.«

»Menschen ändern sich.«

»Andreotti nicht.«

»Da bin ich erleichtert. Er ist halt doch noch ganz der Alte.«

Sophia wollte etwas erwidern, zog es aber vor, endgültig das Thema zu wechseln. »Am besten, Ihre Frau kommt selbst vorbei und spielt die Geige mal an. Ein Instrument muss immer zum Musiker passen.«

»Sie haben mir alles erklärt, was ich wissen wollte«, erwiderte der Mann, ohne die Geige eines Blickes zu würdigen. »Grüßen Sie mir Andreotti, wenn Sie ihn sehen.«

»Von wem denn?«

Der Falke zwinkerte Sophia zu, um gleich danach seine Augen hinter seiner goldgefassten Sonnenbrille verschwinden zu lassen. »Richten Sie ihm einfach Grüße aus. Er weiß, wer ich bin.«

Im nächsten Augenblick war er fort. Sophia legte nachdenklich die Mendini zurück. Während sie die Vitrinen verschloss, dämmerte ihr, dass sie mit Andreotti reden musste. So wenig Lust sie auch darauf hatte. Oder hatte der merkwürdige Mann genau das gewollt – dass sie Andreotti von ihm berichtete? Doch jetzt würde sie sich erst einmal Pepes Geige widmen. Andreotti konnte noch ein wenig warten.

7

Normalerweise mied Andreotti die Restaurants auf der Promenade. Hier waren einfach zu viele Touristen. Lieber mochte Andreotti die kleinen Osterias in den verwinkelten Gassen. Aber heute war ihm nach einem ausgedehnten Blick auf den See zumute, und so hatte er kurzerhand Viola zu einem Arbeitsessen eingeladen. *Il lago* war das Herz und das Leben dieser Gegend und brachte Inspiration zugleich, und die würde er gebrauchen können bei dem, was ihm bald bevorstand.

Ein Teenager mit viel zu weiten Hosen schoss auf einem Skateboard um Haaresbreite an ihm vorbei und legte ein waghalsiges Manöver hin, um gerade noch Maria, der Wirtin, auszuweichen. Sie wütete ihm hinterher, schnappte sich ein Tuch, als sie genug geschimpft hatte, und führte Viola und Andreotti an einen Tisch direkt an der Uferbalustrade, der soeben frei geworden war. Ein älteres deutsches Paar, das offenbar schon auf diesen Platz gewartet hatte, beschwerte sich lauthals in bellendem Deutsch über die vermeintliche Ungerechtigkeit. Andreotti ließ seine Polizeimarke blitzen, was die beiden augenblicklich zum Schweigen brachte. Manche Dinge ließen sich auch ohne Fremdsprachenkenntnisse sagen.

»Musste das sein?«, fragte Viola.

»Jetzt haben sie wenigstens etwas zu Hause zu erzählen«, erwiderte Andreotti kategorisch und erkundigte sich bei Maria nach ihrem Befinden, was diese dankbar mit ihrem typischen Wehklagen über ihr Kreuz und den zunehmenden Geiz der Gäste beantwortete. Andreotti nickte verständnisvoll, um dann für sich das Übliche und für Viola einen Kaffee zu bestellen. Wenig später servierte Maria den duftenden Kaffee und Andreotti einen Grappa di Lugana.

»Wir sind im Dienst«, kommentierte Viola Andreottis Getränkewahl.

»Sie vielleicht. Ich habe Mittagspause«, sagte Andreotti, schwenkte die klare Flüssigkeit, die nur darauf wartete, genossen zu werden, und zündete sich mit der anderen Hand eine Zigarette an.

Versonnen widmete er sich dem klaren Blau des Sees. Zwei Möwenfedern trieben auf dem Wasser, bis ein vorbeifahrendes Motorboot die Wellen zum Tanzen brachte und ein Sog die Federn unter den Kai zog, wo sie seinem Blick entschwanden. Zwischen den belanglosen Gesprächsfetzen der anderen Gäste drang Geigenmusik an sein Ohr, die ihn an etwas erinnerte.

Andreotti nahm einen weiteren Zug, ließ den Rauch in Ringen aufsteigen und wandte sich schließlich Viola zu. »Und was denken Sie?«, fragte er.

»Seit wann fragen Sie mich um eine erste Meinung?«

»Ich kann es auch lassen, wenn Sie das Denken wieder mir überlassen wollen«, knurrte Andreotti. Er konnte Viola förmlich ansehen, wie sie mit sich rang.

»Ich glaube, Sie irren sich«, presste sie schließlich hervor. »Das war kein Jagdunfall.«

»Das habe ich auch nie geglaubt«, entgegnete Andreotti.

»Aber Sie haben doch gesagt …«

»Ein *commissario* kann nicht immer offen sagen, was er denkt. Aber wieso glauben wir beide nicht an einen Jagdunfall?«

»Erstens passieren Jagdunfälle in der Dämmerung, seltener bei hellem Tag. Vor allem nicht, wenn der Jäger die Sonne im Rücken und somit beste Sicht hat.«

»Sehr gut. Hat man euch doch etwas auf der Polizeischule beigebracht. Aber was ist zweitens?«

»Der Schütze hatte präzise in den Kopf getroffen. Bei Jagdunfällen gehen die meisten Schüsse in den Oberkörper, weil der auf der Höhe des Wildes ist.«

»Oder es war ein miserabler Schütze«, gab Andreotti zu bedenken.

»Das mag sein, aber noch etwas passt nicht. Der Mann stand am Rand der Weinreben. Man musste ihn von allen Seiten gut gesehen haben. Jagdunfälle geschehen aber meist, weil ein Spaziergänger durch das Dickicht im Wald geht und ein übereifriger Jäger den Spaziergänger dann mit Wild verwechselt.«

Der Geigenspieler legte sich nun noch mehr ins Zeug. Andreotti erkannte ihn. Er war öfter hier. Sein Geigenspiel hatte sich in den letzten Wochen jedoch verändert, klang besser, reifer. Andreotti zwang sich dazu, sich wieder auf den Fall zu konzentrieren.

»Es könnte auch ein halb blinder, miserabel schießender Jäger gewesen sein«, gab er zu bedenken. Er nippte an seinem Grappa und ließ die herb-fruchtige Flüssigkeit seine Zunge umspielen.

»Das ist eher unwahrscheinlich«, widersprach Viola.

»Meinen Sie?« Andreotti drehte demonstrativ das Glas in seinen Händen, bis Viola verstand.

»Sie meinen, ein Betrunkener? Der kann aber nicht sonderlich gut zielen.«

»Eben drum. Vielleicht wollte er ein paar Krähen über dem Kopf des Unglücklichen erlegen, oder er hat seine Waffe gereinigt, und rums, war das Gehirn des Opfers weg.«

»Das wäre aber ein sehr seltsamer Zufall.«

»Sie glauben gar nicht, wie seltsam Zufälle sein können. In meiner Zeit in Rom ist ein hochrangiger Manager erschossen worden. Ein riesiger Wirbel wurde veranstaltet. Sonderkommission und so. Bis dann zweifelsfrei festgestellt wurde, dass ein Nachbar bei geöffnetem Fenster seine Pistole gereinigt und sich ein Schuss gelöst hatte. Über einhundert Meter flog die Kugel durch die Hecke, zerschlug das Fensterglas und wurde erst von der linken Herzkammer des Managers aufgehalten.«

»Bedauerlich«, sagte Viola.

»Wohl kaum. Im Rahmen der Ermittlungen bekamen wir raus, dass der saubere Manager Geldwäsche für die Drogenmafia betrieb. Hat also nicht den Falschen erwischt. Manchmal ist das Schicksal doch gerecht.«

»Also schließen Sie einen Unfall doch nicht aus?«

»Ich wollte nur zeigen, dass nichts unmöglich ist und wir nichts kategorisch ausschließen sollten. Aber mein Bauchgefühl sagt mir, dass es Mord war.« Der Geiger hatte seine Darbietung beendet und begann das Geld zu zählen. Nur beim letzten Fall hatte Andreotti wieder begonnen, diesen Nervenkitzel zu spüren, diese Faszination, das Geheimnis aufzudecken. Beim letzten Fall, als er mit Sophia Lange zusammen ermittelt hatte. Er nahm schnell einen weiteren Schluck.

»Sie schulden mir noch eine Erklärung, Andreotti.«

»Tue ich das?«

»Sie sagten, dass Sie mir erklären würden, wieso es kein Schuss aus nächster Nähe sein konnte.«

»Ganz einfach. Es gibt eine recht gängige Hinrichtungsmethode der Mafia. Einfach an dem Opfer von hinten vorbeischlendern, eine kleinkalibrige Waffe ziehen, wenn man direkt hinter dem Opfer ist, abdrücken und wie selbstverständlich weitergehen. Die kleinen Kaliber sind so leise, dass sie im Straßenverkehr kaum auffallen. Und wenn die Passanten überhaupt etwas bemerken, dann sehen sie meist nur einen Mann, der zusammensackt. Bis sie begreifen, was geschehen ist, ist der Täter bereits über alle Berge.«

»Und hier ist das nicht der Fall?«

»Das funktioniert auf der Straße, aber wie soll sich der Täter an einem Weinhang unauffällig genähert haben?«

»Der Täter und das Opfer können sich gekannt haben.«

Diesen Einwand ließ Andreotti nicht gelten. »Hier finden keine Mafiamorde statt.«

»Was nicht sein darf, kann nicht sein, meinen Sie wohl.«

»Die Obduktion wird bestätigen, dass ich recht habe.«

»Wenn Sie es sagen, *commissario*«, kommentierte Viola knapp und leerte ihren Espresso. »Was machen wir als Nächstes?«

»Sie schauen mal, ob Sie schon erste Neuigkeiten vom Gerichtsmediziner haben, und können sonst das machen, was Sie halt sonst so machen.«

»Was mache ich denn so?«

»Rumtelefonieren und irgendetwas am Computer recherchieren.«

»Und was macht der werte *commissario* derweil?«

Andreotti wusste genau, was er nun zu tun hatte, auch wenn er nicht die geringste Lust darauf hatte. Aber es half alles nichts. Er nahm einen letzten Zug und drückte die Zigarette aus. »Die Mittagspause ist beendet«, knurrte Andreotti und stürzte den Rest seines Grappas hinunter.

8

Sophia hatte begonnen, den Hals von Pepes Fiedel zu lösen, musste aber ständig an diesen seltsamen Besucher denken, als das penetrante Schellen des alten Telefons sie aufschreckte. Eilig ging sie zurück in die Werkstatt, wo Giuseppe unbeirrt Pinselstrich um Pinselstrich den Lack auftrug. So war es an Sophia, das Gespräch anzunehmen. Sie hob den schwarzen, fast schon antiken Hörer ab und konnte kaum ihren Namen nennen, als eine wohlvertraute Stimme sie unterbrach.

»Sophia. Du musst nach Hause kommen. Sofort«, klang es knisternd aus dem schwarzen Hörer.

»Tante Marta? Bist du es?«

»Wer sonst?«

Nun hätte es eigentlich jeder sein können, nur nicht Tante Marta, die noch nie in der Werkstatt angerufen hatte. Es musste also wirklich etwas geschehen sein.

»Giacomo ist hier, völlig aufgelöst. Du musst sofort kommen.«

Sophia versuchte den Namen zuzuordnen, was bei der großen Verwandtschaft und Tante Martas breitem Freundeskreis nicht einfach war. »Nasen-Giacomo«, half Tante Marta ihr ungeduldig auf die Sprünge. Allmählich tauchte ein Gesicht vor Sophias innerem Auge auf. Genauer gesagt: eine große Nase, gefolgt von einem Gesicht, das sie noch von dem Geschrei beim gestrigen Straßenfest in Erinnerung hatte.

»Dein Cousin?«, fragte Sophia vorsichtig.

»Großcousin«, korrigierte Tante Marta sie. »Er ist sturzbetrunken. Du musst sofort kommen.«

Sophia wunderte sich, dass ausgerechnet sie die letzte Rettung für einen betrunkenen Nasen-Giacomo sein könnte, zumal Tante

Marta in ihrer Osteria mit betrunkenen Gästen auf ihre resolute Weise recht gut klarkam. Aber Tante Marta schien nicht willens zu sein, genauere Erklärungen abzugeben, zumal im Hintergrund besagter Giacomo offenbar gerade wieder etwas anstellte und Tante Marta ihn anfuhr, sich hinzusetzen.

»Du kommst jetzt«, befahl Tante Marta und hatte im nächsten Moment aufgelegt.

»Gibt es ein Problem?«, fragte Giuseppe, ohne von seiner Arbeit aufzuschauen.

»Nasen-Giacomo sitzt in Tante Martas Osteria und ist sturzbetrunken.«

»Nasen-Giacomo«, wiederholte Giuseppe nachdenklich. »Der ist ein Mensch gewordenes Problem.«

Gerade deswegen durfte Sophia Tante Marta nicht warten lassen. Giuseppe mochte vielleicht das Sagen in der Werkstatt haben, aber niemand widersprach Tante Marta. Kurzerhand packte Sophia Pepes Geige in den Rucksack, umarmte Giuseppe, der es widerwillig über sich ergehen ließ, und stürmte los. Doch ihr Knie erinnerte sie daran, dass sie lieber langsam nach Hause radeln sollte. Einen weiteren Unfall wie heute früh mit Fredo brauchte sie wirklich nicht.

Nasen-Giacomos Wehklagen war bereits von Weitem zu hören. Worte wie *disastro* und *scandalo* drangen aus Tante Martas Wirtshaus. Sophia lehnte das Fahrrad gegen den braunen Holzzaun und eilte zur Tür, auf alles gefasst. Um diese Zeit waren die Tische der Osteria noch leer, bis auf einen in der hinteren Ecke. Dort saß jener Mann, dessen Tobsuchtsanfall Sophia auf dem Weinfest mitbekommen hatte und den sie davor das letzte Mal in ihrer Kindheit gesehen hatte. Seine große Nase hing betrübt über einem halb vollen Glas Wein. Neben ihm saß Onkel Alberto und hatte seinen Arm tröstend auf Giacomos Schulter gelegt. Tante

Marta lief unterdessen auf und ab und knetete ein Handtuch in den Händen, wie sie es meist tat, wenn sie außer sich war. »Da bist du ja endlich, Kindchen«, rief sie erleichtert aus und warf zum Dank die Hände gen Himmel. »Siehst du, Giacomo, es wird alles gut. Sophia ist da.« Giacomo nickte, ohne aufzuschauen, und wirkte weit weniger hoffnungsvoll. Tante Marta dirigierte Sophia auf den anderen Stuhl neben Giacomo. »Sophia wird dir helfen.« Sophia nahm den Rucksack ab und legte ihn auf den Tisch, gewillt, Giacomos Leidensgeschichte anzuhören.

»*È un disastro*«, jammerte Nasen-Giacomo auch sogleich wieder los und schenkte erst sich und dann Alberto einen weiteren Schluck aus der Karaffe ein. »*Incredibile disastro.*« Beim letzten *disastro* schlug Giacomo mit der flachen Hand auf den Holztisch und verfehlte nur knapp Sophias Rucksack samt Pepes Fiedel. Eilig brachte Sophia den Rucksack unter ihrem Stuhl in Sicherheit. »Mein Wein ist ruiniert. Ich bin ruiniert«, lallte Giacomo.

»Kann mich mal jemand aufklären? Um welche Katastrophe handelt es sich, und wie kann ich Nasen…, also Giacomo helfen?«, wandte sich Sophia an Tante Marta, und diese begann nun endlich das große Drama zu umreißen, das sich rund um Giacomos Weine entfaltet hatte.

Giacomo hatte vor ein paar Monaten alte Weinfässer aus einer Geschäftsauflösung gekauft, um endlich den besten Wein aller Zeiten zu keltern. Dunkel erinnerte sich Sophia daran, dass er auch schon in ihrer Kindheit jedem, der nicht schnell genug flüchten konnte, von dem besten Wein aller Zeiten vorgeschwärmt hatte, den er eines Tages kreieren würde. Die Fässer jedenfalls wirkten gut erhalten, und Giacomo meinte, ein Schnäppchen gemacht zu haben. Doch nun hatte sich herausgestellt, dass sechs der Weine gekippt und ungenießbar waren. Neun Fässer waren ihm noch geblieben, in denen die Weine tadellos zu jenem besten Wein aller Zeiten heranzureifen schienen. Doch ausgerechnet eines jener Fässer hatte beim Weinfest ebenfalls verdorbenen Wein ausgespuckt.

Dabei war das Weinfest Valtenèsi in Rosa so was wie eine Generalprobe der Winzer für die große Weinprämierung im kommenden Monat. Dort würden alle Winzer der Gegend, die etwas auf sich hielten, ihren Rosé präsentieren, und die besten Tropfen würden ausgezeichnet werden. Giacomo befürchtete nun, dass irgendetwas mit den Fässern nicht stimmte und seine letzten Weine bis dahin ebenfalls zu ungenießbarer Plörre werden würden. Sein Ruf wäre ruiniert, und er könnte seinen Wein in Zukunft nur noch an Tankstellen verkaufen.

Das klang alles recht dramatisch, dennoch verstand Sophia nicht, wie sie hier helfen konnte. »Füll den Wein doch einfach in Flaschen ab«, schlug sie vor und war recht zufrieden mit der schnellen Lösung.

Nicht so Nasen-Giacomo. Denn der riss verzweifelt die Hände hoch und rief ein lautes *Mio dio!* gegen die Decke. »Du hast Ahnung von Holz, aber nicht die geringste von Wein. Du warst meine letzte Hoffnung. Ich bin wirklich ruiniert.«

»Es war ja nur ein Versuch«, beschwichtigte Sophia.

»Der Wein muss noch zwei Tage in den Fässern lagern. In diesen Fässern, verstehst du?« Giacomo packte Sophia mit einer Behändigkeit an den Schultern, die sie dem betrunkenen Mann nicht zugetraut hätte, und begann, sie durchzuschütteln. »Diese Fässer, verstehst du? Nur diese sind eigentlich für den besten aller Weine geeignet.«

Tante Marta versetzte Giacomo einen Klaps auf den Hinterkopf, und sofort ließ er von Sophia ab, eine Entschuldigung murmelnd. »Das Holz, die Verarbeitung, es ist alles perfekt.«

Allmählich ahnte Sophia, wieso sie hier war. »Du meinst, etwas ist mit dem vermeintlich perfekten Holz doch nicht so perfekt?«

Nasen-Giacomo nickte eifrig, und dabei wurde seine Nase noch röter, als sie ohnehin schon war. »Du verstehst mich. Es muss das Holz sein. An meinem Wein kann es nicht liegen.«

»Und da ich mich als Geigenbauerin mit Holz auskenne, dachtet ihr, dass ich mir das Holz mal genauer anschaue.«

»Das würdest du tun?«, rief Giacomo und packte Sophia wieder an den Schultern, wenn auch sanfter als vorher, um ihr gleich darauf um den Hals zu fallen. »Danke. Du bist die Beste.«

»Habe ich dir nicht gesagt, dass Sophia ein Engel ist? Sie kann dir helfen«, stimmte Marta zu und war derart erleichtert, dass sie sich erst einmal selbst einen Wein einschenkte. Und so war es bereits beschlossene Sache, was Sophia nicht einmal angeboten hatte, wie es eben in ihrer italienischen Familie die Art war. Sophia ergab sich ihrem Schicksal. Sie würde sich also nicht nur um Geigen, sondern auch um Weinfässer kümmern müssen. Tante Marta servierte köstlich duftende Pasta mit Sardellen und Oliven, und Onkel Alberto holte eine weitere Karaffe Wein, um die anstehende Lösung von Nasen-Giacomos Problem zu begießen.

9

Sophia hatte gut daran getan, sich gestern gleich nach dem Gespräch mit Nasen-Giacomo und Tante Martas Sardellenpasta in ihr Zimmer zurückzuziehen, denn mit fortschreitender Stunde hatte Giacomo mit Alberto nicht nur sein Leid, sondern auch noch einige weitere Karaffen Wein geteilt. Und so war Sophia im Gegensatz zu Onkel Alberto an diesem Morgen nicht verkatert, sondern hellwach und hatte bereits binnen zwei Stunden in der Werkstatt Pepes Fiedel mit dem neuen Hals versehen. Jetzt musste nur noch der Lack trocknen, und sie hätte sich unterdessen der Enrico Rocca widmen können. Doch heute gelang es ihr einfach nicht, Zugang zu dem Instrument zu finden. Während Giuseppe sich konzentriert den finalen Arbeitsschritten einer Bratsche widmete, starrte Sophia gedankenverloren vor sich hin. Natürlich entgingen ihr Giuseppes aufmerksame Seitenblicke nicht.

»Nur wenn du in Gedanken unbelastet bist, kannst du dich deiner Aufgabe widmen«, murmelte er. »Reden befreit.«

»Kennst du dich mit Weinfässern aus?«, fragte Sophia also.

Giuseppe hielt kurz inne, blickte sie über den Rand seiner Brille hinweg an und zog dann die nächste Saite auf. »Wieso beschäftigen dich Weinfässer?«

»Nasen-Giacomo hat ein Problem.«

»Nasen-Giacomo hat immer Probleme. Meist ist er selbst die Ursache. War er wieder betrunken?«

»Ein wenig.«

»Das war auch nicht anders zu erwarten.«

»Jedenfalls meinte er, dass etwas mit seinen Eichenfässern nicht stimmt«, sagte Sophia.

Giuseppe fuhr unbeeindruckt mit seiner Arbeit fort, während er als Nächstes eine seiner sokratischen Fragen stellte. »Wenn ein schlechter Geigenbauer ein miserables Instrument erstellt, ist dann das Holz der Geige schuld?«

Sophia wusste, worauf Giuseppe hinauswollte. Wer scheiterte, gab meist den Umständen die Schuld und suchte selten die Verantwortung bei sich selbst. Genau wie Musiker oft das Instrument für ihr mangelndes Talent verantwortlich machten. Giuseppe mochte auch bei Giacomo richtigliegen.

»Aber es kann doch trotzdem auch am Holz liegen«, beharrte Sophia.

Giuseppe hob behutsam die Martini-Bratsche in die Höhe und musterte die Ebenmäßigkeit der Oberfläche mit einem zusammengekniffenen Auge, während er antwortete. »Giacomo jammert seit Jahren. Mal ist es die Sonne, die den Trauben zu sehr zugesetzt hat, dabei scheint sie für alle gleich. Dann ist es der Boden, der zu trocken ist. Und diesmal sind eben die Weinfässer schuld.«

»Fässer sind aber eben nicht alle gleich«, wandte Sophia ein. »Sie sind von Menschen gemacht.«

Giuseppe legte das Instrument zurück auf die Werkbank, stand auf und schlurfte in den hinteren Bereich der Werkstatt, um kurze Zeit später mit einer weiteren Saite zurückzukehren.

»Er hat extra Weinfässer aufgekauft, und so mies sind die Weine noch nie geworden«, fuhr Sophia fort, als er zurückgekehrt war.

Giuseppe führte die neue Saite behutsam durch den Steg und den Wirbelkasten der Bratsche, während er die Spannung langsam erhöhte, bis die Saite straff gespannt war. »Man müsste sich mal die Fässer anschauen«, sagte er schließlich beiläufig. »Kann natürlich sein, dass etwas mit dem Holz nicht stimmt, dass nicht sauber gearbeitet wurde.«

»Du meinst also, es wäre einen Versuch wert?«

»Aus Giacomo wird dadurch zwar kein guter Winzer. Aber immerhin könntest du noch mehr über Holz lernen, und das kann nie schaden.« Giuseppe zupfte an der Saite und nickte versonnen bei dem Klang. »Außerdem, Dilettant hin oder her, Nasen-Giacomo gehört zur Familie.«

Sophia nickte stumm. Sie musste an Fredo denken, dem sie nicht geholfen hatte. Allerdings war er kein Familienmitglied, und sie war keine Detektivin, sondern eine Geigenbauerin, versuchte Sophia ihr schlechtes Gewissen zu beruhigen. Aber so richtig wollte es ihr nicht gelingen. Das Klingeln der Ladenglocke riss sie aus ihren Gedanken. Sophia ging nach vorne, und als sie sah, wer den Laden betreten hatte, erstarrte sie.

»Andreotti«, kam ihr anstelle eines Grußes über die Lippen.

»Sophia«, antwortete er.

Es folgte Schweigen. Der *commissario* trug wie immer eines seiner alten Jacketts. Er war unrasiert, hätte einen Haarschnitt nötig gehabt, schien aber mit sich zufrieden. Mäßig interessiert musterte er die Instrumente in der Vitrine. »Ist die neu?«, fragte er und zeigte auf eine Mendini.

»Ja, ganz neu.«

»Ist bestimmt ein Vermögen wert.«

»Fünfundsiebzig Euro. Es ist eine Schülergeige.«

»Fünfundsiebzig Euro«, wiederholte Andreotti halblaut.

»Wollen Sie zu mir, Andreotti?«

»Nicht zu Ihnen. Ich muss Giuseppe sprechen.« Den Grund nannte er natürlich nicht. Wozu auch? Er war ja der *commissario*, und so rief Sophia nach dem Geigenbaumeister.

Giuseppe kam aus der Werkstatt geschlurft und musterte Andreotti über seine Lesebrille hinweg. Man kannte sich. Andreotti wusste daher, dass Giuseppe kein Freund von unnötigen Höflichkeitsfloskeln war, und kam gleich auf den Punkt. »Kennen Sie das hier?« Er legte eine durchsichtige Kunststofftüte auf den Tisch, die wiederum ein Papier enthielt, das Sophia nur allzu vertraut vorkam.

»Mein Name steht darauf«, knurrte Giuseppe. »Natürlich kenne ich das.«

Auch Sophia erkannte es nun eindeutig, hielt sie solch ein Papier doch täglich in den Händen. Es war jenes Papier, das sie nutzten, um die Instrumente zum Schutz einzuwickeln, wenn sie sie den Kunden übergaben. Giuseppes Sohn, Luigi, hatte die Idee dazu gehabt. Dabei war es ihm weniger darum gegangen, den Lack der Instrumente zu schonen, sondern darum, den Wert der Arbeit zu betonen. Giuseppe hatte zwar befunden, dass seine Arbeit kaum aufgewertet werden würde durch Firlefanz wie perlmuttfarbenes Seidenpapier mit aufgedruckten ockerfarbigen Geigen und dem geschwungenen Schriftzug *Bottega del Liutaio Giuseppe Maggio,* aber er hatte seinen Sohn gewähren lassen. Und so verließen die Instrumente fortan die Werkstatt in edlem Seidenpapier, das für die nächsten fünf Jahr reichen würde. Das war kurz bevor es zum Bruch zwischen Vater und Sohn gekommen und Luigi nach Brescia verschwunden war.

Noch immer mied Andreotti krampfhaft Sophias Blick, als er fortfuhr. »Oben in den Bergen wurde ein Toter gefunden, und er hatte dieses Stück Papier mit den Insignien Ihrer Werkstatt bei sich.«

Giuseppe schlug ein Kreuz und murmelte ein kurzes Gebet.

»Sie kannten also den Toten?«

»Nur weil ich für ihn bete, heißt das nicht, dass ich ihn kannte.«

»Dennoch hatte er Ihr Packpapier dabei.«

»Seidenpapier«, korrigierte Sophia.

»Von mir aus auch Seidenpapier«, knurrte Andreotti, und es war das erste Mal, dass er sie ansah. Und für den Bruchteil einer Sekunde sah Sophia etwas, das sie nicht erwartet hatte, so etwas wie einen Funken schlechten Gewissens.

»Nur ist es recht ungewöhnlich, dass ein Vagabund das Seidenpapier einer der angesehensten Geigenwerkstätten Norditaliens bei sich hat.«

Der alte Meister runzelte die Stirn, wie er es immer machte, wenn er etwas angestrengt von allen Seiten betrachtete. Seine Hand tastete nach Halt am Tresen. »Ein Landstreicher?«, fragte er schließlich, und Sophia entging nicht das leichte Zittern in seiner Stimme. Rasch schob sie einen Stuhl heran. »Sind Sie sicher?«

»So sicher, wie das eine Geige ist«, sagte Andreotti und deutete auf die Bratsche in der Vitrine. Sophia verkniff es sich, den *commissario* zu korrigieren. »Der Tote war ein Vagabund. Deswegen nannten ihn die Leute auch …«

»*… il vagabondo*«, beendete Giuseppe den Satz, und seine Stimme war kaum mehr als ein Flüstern geworden, als er sich auf den Stuhl fallen ließ, den Sophia für ihn bereithielt.

Andreotti war dankbar, dass Sophia so schnell reagiert hatte. Er bemerkte ihren eindringlichen Blick und nickte ihr zu. Er würde den alten Mann nicht unnötig aufregen. »Sie kannten also den Mann, der gestern zu Tode gekommen ist«, fuhr Andreotti mit betont sanfter Stimme fort.

»Der Mann, den ich mal kannte, ist nicht erst gestern gestorben«, antwortete Giuseppe, noch immer flüsternd.

»Doch, gestern zwischen fünf Uhr und sieben Uhr abends.«

Wieder schüttelte Sophia den Kopf, diesmal energischer.

»Sie kannten ihn also«, setzte Andreotti diesmal so sanft an, wie es seine Reibeisenstimme zuließ.

»*Il vagabondo* kannten viele, doch wirklich kannte ihn keiner«, sagte Giuseppe mehr zu sich selbst als zu Andreotti.

»Könnten Sie bitte ein wenig klarer antworten?«

»Er war ein Landstreicher, und nun ist er tot. Gott sei seiner Seele gnädig«, stellte Giuseppe knapp fest.

Jetzt konnte sich Andreotti vage daran erinnern. Einige Streifenpolizisten hatten gelegentlich den Spitznamen *il vagabondo* erwähnt, aber nie in Zusammenhang mit größerem Ärger. Manchmal haben sie ihn halt freundlich gebeten, weiterzugehen, wenn er sich zu lange vor einem Geschäft aufhielt. Giuseppe schien offenbar mehr zu wissen. »Wie hieß denn der Mann, für den Sie gerade gebetet haben? Er wird ja wohl einen Namen gehabt haben.«

»Haben Sie einen Vornamen?«, entgegnete Giuseppe.

»Sicher habe ich einen.«

»Wie lautet er?«

»Das tut nichts zur Sache. Jeder kennt mich als Commissario Andreotti. Das reicht.«

»Und jeder kannte ihn als *il vagabondo*. Das reicht dann doch auch.« Giuseppe verschränkte die Arme vor der Brust.

Andreotti warf Sophia einen Hilfe suchenden Blick zu, doch die wich ihm aus. Er war Giuseppe nur ein paarmal begegnet. Doch aus Sophias Erzählungen wusste er, dass er ein eigenbrötlerischer Kauz war, für den jenseits der Geigen nicht viel existierte. Im Grunde, dachte Andreotti, waren diese Geigenbauer alle Sturköpfe, und Sophia schien ihm da keinen Deut besser. Andreotti gab es auf, dem kauzigen Geigenbauer etwas zu entlocken. Es war unwahrscheinlich, dass der alte Geigenbaumeister etwas mit dem Mord zu tun hatte. Dennoch hätte er liebend gerne mehr erfahren. Giuseppes Familie gehörte zu den ältesten Salòs. Wenn jemand etwas über seltsame Menschen in Salò wusste, dann er. Andreotti spürte, dass Sophia ihn noch immer ansah. »Es war schön, Sie wiederzusehen«, sagte er.

Sie wollte etwas antworten, schwieg dann aber doch.

»Vielleicht hätte ich mal vorbeischauen sollen«, murmelte er mehr zu sich selbst.

»Wäre nicht schlecht gewesen«, hörte er sie sagen.

Andreotti schloss die Ladentür hinter sich und blickte die kleine, leere Gasse entlang. Nachdenklich fischte er eine Zigarette aus der Tasche und atmete tief durch, als der Rauch seine Lunge ausfüllte. Mit dem Nikotin kam ihm eine Idee, und je mehr er darüber nachdachte, umso mehr gefiel sie ihm.

10

Nachdem Andreotti gegangen war, fiel es Sophia noch schwerer als zuvor, sich auf die Arbeit zu konzentrieren. Dabei hätte die Enrico Rocca all ihre Aufmerksamkeit verdient. Doch Andreottis plötzliches Auftauchen nach all den Wochen hatte Sophia völlig aus dem Konzept gebracht. Eigentlich hätte er ihr egal sein sollen. Sie hatten zusammen einen Fall gelöst, und damit war die Sache erledigt, zumindest für Andreotti. Andererseits hatte Sophia doch das Gefühl gehabt, dass sich so etwas wie eine Freundschaft entwickelt hatte. Aber wahrscheinlich war Andreotti einfach nicht der Typ für Freundschaften.

Und dann war da noch der seltsame Besucher, der nach ihm gefragt hatte. In der ganzen Aufregung um Giuseppe hatte Sophia ganz vergessen, ihn zu erwähnen. Der Tod des Landstreichers schien ihm wirklich nahegegangen zu sein. In der letzten Stunde hatte er nur an seiner Werkbank gesessen und auf die Oreste Martini gestarrt.

»Du kanntest *il vagabondo* gut?«, fragte Sophia unvermittelt. Giuseppe schob die Martini sanft zur Seite. Dann blickte er auf.

»Umberto Cattaneo, so hieß der Mann, den sie nur noch *il vagabondo* nannten, früher einmal«, antwortete Giuseppe. »Und er war nicht immer ein Landstreicher, sondern einmal einer der größten Winzer der Gegend. Sein Ruf reichte bis über Italien hinaus in die ganze Welt. Aber das ist lange her. Er kam öfters, und ich habe ihm immer ein Brot zugesteckt.« Gedankenverloren fuhr Giuseppe mit den Fingern über die Oberfläche der Geige. »Die Menschen sind undankbar und vergesslich. Wie viele große Künstler sind in der Vergessenheit versunken? So auch Umberto Cattaneo.«

Sophia hätte gerne mehr erfahren, doch jenes kurze Zeitfenster, in dem Giuseppe redete, hatte sich bereits wieder geschlossen.

»Konzentriere dich auf dein Instrument«, sagte Giuseppe, stand mühsam auf und schlurfte davon, wahrscheinlich, um Ruhe in seinem kleinen Gärtchen hinter dem Haus zu finden. Auch Sophia zog sich zuweilen dorthin zurück. Doch als Giuseppe nach eineinhalb Stunden immer noch nicht zurückgekehrt war, beschloss sie, im Garten nach dem Rechten zu schauen. Dort saß Giuseppe noch immer bei einem Glas Rosé und starrte auf die Blumenbeete. Sophia zog sich leise zurück und ließ den alten Meister in seinen Gedanken, die wahrscheinlich dem *vagabondo* Umberto Cattaneo galten.

Sophia beschloss, die Arbeit für heute ruhen zu lassen und sich um Nasen-Giacomos Fassproblem zu kümmern, wobei ihr noch immer nicht klar war, wie sie das angehen wollte. Aber zuvor musste sie noch einen Abstecher woandershin machen.

11

Umberto Cattaneo«, schleuderte ihm Viola entgegen, als Andreotti das Kommissariat betrat.

»Wer soll das sein? Ein Popstar?«, fragte Andreotti mäßig interessiert und ging direkt zur Thermoskanne, in der Hoffnung, darin noch einen Rest zu finden. Den Morgen hatte er in der Stadt verbracht, um bei zwei Kaffee in Marias Cafeteria über dem Fall zu brüten. Es hatte zwar nicht viel gebracht, dennoch konnte er für den beginnenden Nachmittag einen weiteren Koffeinschub gebrauchen, auch wenn die Plörre aus der Kanne einen deutlichen Abstieg bedeutete.

»Umberto Cattaneo ist kein Popstar, sondern unser Mordopfer.«

Andreotti stieß einen Pfiff aus. »Wie haben Sie das so schnell herausgefunden?«

»Das haben Sie nicht mir zu verdanken, sondern ihr.« Viola deutete beiläufig mit dem Daumen nach links. Andreotti folgte Violas Daumen in Richtung der Wand hinter der Tür, und da stand sie: Sophia Lange. Andreotti hatte sie erst gar nicht bemerkt, weil sie von der geöffneten Tür verdeckt gewesen war. Sie schaute ihn ungerührt an, und dennoch meinte Andreotti so etwas wie Genugtuung in ihren Augen zu sehen.

»Was machen die Geigen?«, fragte Andreotti so beiläufig wie möglich.

»Denen geht es genauso gut wie immer.«

»Schön zu hören.«

»Mir geht es übrigens auch gut.«

»Mir auch«, entgegnete Andreotti ein wenig hilflos.

»Nun, da es ja allen bestens zu gehen scheint«, mischte sich Viola ein, »können wir uns ja nun endlich um den Fall kümmern.«

»Der Tote war nicht zufällig auch Geigenbauer?«, fragte Andreotti.

»Nein, diesmal nicht«, antwortete Sophia. »Giuseppe hat ihm nur hin und wieder ein belegtes Brot zugesteckt. Aber Umberto Cattaneo war nicht immer ein Landstreicher.«

»Das sind Landstreicher selten«, knurrte Andreotti.

»Früher war er mal ein ganz großer Winzer, hat Giuseppe gesagt.«

»Und ist dann zu seinem besten Kunden geworden«, resümierte Andreotti. Sophia rollte entnervt mit den Augen und wollte gerade etwas erwidern, doch Viola kam ihr zuvor. Sie drehte ihren Computerbildschirm demonstrativ zu Andreotti. Offenbar hatte sie bereits mithilfe von Sophias Informationen einige erfolgreiche Recherchen angestellt. »Umberto Cattaneo. Achtundsiebzig Jahre. Er war früher der Besitzer der Winzerei Cattaneo, wie aus dem Grundbuchamt hervorgeht.«

Allmählich sagte der Name Andreotti etwas. »Ist das nicht die oben in den Bergen mit dem kleinen Schlösschen?«

»Genau jene«, bestätigte Viola.

Andreotti schloss die Augen. Er sah das kleine verträumte Weingut vor sich, das wie aus einer anderen Zeit wirkte. Vor zwei Jahren war er einmal dort gewesen. Oder war es drei Jahre her? Bei einem Weinfest. Eine Frau und ein Mann, Anfang dreißig, hatten sich mit einem Angestellten um die Gäste gekümmert. Die Frau war ihm in Erinnerung geblieben. Hübsch, aber ein wenig zu dominant für seinen Geschmack. Jedenfalls schien sie die Zügel in der Hand zu haben. Der junge Mann war der Charmeur, der die Gäste bezirzte. Dabei war er kein Filou, sondern wirkte patent, wie er in seinem Winzerkittel seine Weinkenntnisse vermittelte. Deswegen hatte Andreotti damals auch eine Kiste Rosé dort gekauft, der köstlich gewesen war. Er öffnete die Augen wieder, und das Weingut wich dem trostlosen Interieur des Kommissariats.

»Ich entsinne mich, dass die Winzerei von einem jungen Ehepaar geführt wird.«

»Kein Ehepaar«, korrigierte ihn Viola. »Sondern die beiden Kinder Cattaneos, Nicoletta und Filipo.« Ein verzeihliches Missverständnis, schließlich war Andreotti damals nicht dort gewesen, um die Betreiber zu beobachten, sondern den Wein zu genießen und die Zeit mit seiner damaligen Flamme zu verbringen – Chiara, oder war es Carmina gewesen?

»Geschwister also«, wiederholte Andreotti.

»Umberto Cattaneo hat den Kindern das Weingut überschrieben, als sie sieben und acht Jahre alt waren«, erklärte Viola.

»Nicht deren Mutter?«

»Nein, direkt den Kindern. Die Mutter lebte zwar noch, ist aber zehn Jahre später verstorben, gerade als die Tochter volljährig geworden war.«

»Das steht alles in der Polizeidatenbank?«, wunderte sich Andreotti.

»Das nicht. Aber im Grundbuchamt, und da arbeitet meine Freundin Alma. Ich habe sie vorhin angerufen, und sie hat mir binnen fünf Minuten alles gesagt, was sie rausfinden konnte. Und da sie auch Tratsch und Klatsch liebt, weiß sie einiges mehr, als in den Akten steht.«

Nicht schlecht, musste Andreotti anerkennen. »Dann waren die Kinder volljährig, haben dem Vater aber kein Obdach gegeben, weil sie hatten, was sie wollten. Die Winzerei«, überlegte Andreotti halblaut.

»Müssen Sie immer gleich das Schlimmste denken?«, wandte nun Sophia wieder ein.

»Das bringt mein Beruf mit sich.« Dennoch hatte Sophia nicht unrecht. Es war zu früh, um Schlüsse zu ziehen. Andreotti dachte angestrengt nach, was ihm ohne Nikotin nicht so richtig gelingen wollte.

»Tolle Kinder. Haben sich den Grund und Boden des Vaters überschreiben lassen und genießen nun ein gutes Leben.« Ein weiterer Grund, wieso er froh war, keine Familie zu haben.

»Wir sollten die Geschwister befragen«, regte Viola an.

»Zu früh«, widersprach Andreotti. »Wir brauchen mehr Hintergrundinformationen. Nur so wissen wir auch, in welche Richtung wir unsere Fragen lenken müssen.«

»Aber sollte man nicht das direkte Umfeld als Erstes befragen?«, warf Sophia ein.

»Sie machen sich doch auch nicht an einer alten Geige zu schaffen, ohne sie vorher untersucht zu haben.« Andreotti suchte in seinen Erinnerungen nach ihren Gesprächen. »Sie bestimmen doch als Erstes, wie alt das Holz ist. Welche Teile der Geige mal ausgebessert oder überarbeitet wurden.«

»Sie haben es also nicht vergessen«, sagte Sophia.

»Wie könnte ich. So viel, wie Sie mir von Ihren Geigen erzählt haben.«

»Ich könnte mich ja noch mal bei meinen Kontakten umhören«, schlug Viola vor.

»Können Sie tun. Sophia kann derweil bei Giuseppe in Erfahrung bringen, wieso die Kinder den Alten vom Hof gejagt haben.«

In Sophias Augen blitzte etwas auf, was Andreotti gar nicht gefiel.

»Wieso sollte ich das machen?«

»Aus Freundschaft?«

»Ein sehr dünnes Eis, auf das Sie sich gerade begeben, Andreotti. Aber ich mache es, weil Sie mir danach einen Gefallen schulden, den ich bestimmt gedenke einzulösen.«

»Dann vergessen Sie es«, winkte Andreotti ab.

»Zu spät«, erwiderte Sophia. »Jetzt haben Sie mich an der Backe.«

Andreotti stieß einen inbrünstigen Seufzer aus.

»Sie hätten sich in den letzten Wochen ruhig mal blicken lassen können«, sagte Sophia. Andreotti schaute zu Viola, doch die starrte demonstrativ auf ihre Tastatur. Von ihr war keine Hilfe zu erwarten.

»Wieso ich?«, knurrte Andreotti. »Sie hätten sich auch mal bei mir blicken lassen können.«

»Vielleicht bin ich ja zweimal vorbeigekommen.«

»Und vielleicht bin ich ja auch mal beschäftigt oder gar nicht hier.«

»Nach Feierabend? Da habe ich geklopft, und Sie haben nicht geöffnet.«

»Da habe ich ein Privatleben und treffe mich mit Freunden.«

»Sie haben keine Freunde.«

Jetzt wusste Andreotti wieder, warum er Sophia gemieden hatte. »Ich habe Sie Ihnen nur nicht vorgestellt. Außerdem habe ich auch ein Liebesleben.«

Sophia deutete mit dem Kopf Richtung Sofa, auf dem noch das Kissen und die Decke lagen. »Scheint aber mal wieder nicht so gut zu laufen.«

»Ist das jetzt ein Verhör über mein Privatleben?«

Sophia schüttelte resigniert den Kopf. »Sie können machen, was Sie wollen. Ich hätte mich nur gefreut, wenn wir uns mal treffen, schließlich dachte ich, wir sind so etwas wie …«

Andreotti klatschte in die Hände, lauter, als er vorgehabt hatte. »Konzentrieren wir uns auf die Arbeit.«

12

Nach ihrem kurzen Abstecher ins Kommissariat war Sophia nach Hause geradelt, um sich von Tante Marta Giacomos Adresse geben zu lassen. Sie war recht zufrieden mit sich. Auf die vermeintliche Freundschaft mit Andreotti gab sie keinen Cent mehr, doch was sie durchaus reizte, war die Tüftelei an einem Kriminalfall. Das war fast ein wenig, wie dem Geheimnis des Klangs einer alten Geige auf die Spur zu kommen. Vor allem, wenn es um einen richtigen Mordfall ging und nicht solche Bagatellen wie Nasen-Giacomos Wein, aber auch darum hatte sie sich zu kümmern.

Tante Marta gab ihr nicht nur die Adresse, sondern bestand auch darauf, dass Onkel Alberto Sophia mit dem Wagen zu Nasen-Giacomos kleiner Winzerei fuhr. »Nicht, dass dir etwas passiert«, sagte sie, was eine von Tante Martas Hauptsorgen war, egal, ob Sophia mit dem Mountainbike zur Arbeit fuhr oder nur am See spazieren ging. Aber diesmal war es Sophia ganz recht, denn Giacomos Weingut lag einige Kilometer außerhalb von Salò, dort, wo die Weinberge begannen, und auf eine abendliche Radtour konnte Sophia gut verzichten.

Tante Marta musste sie angekündigt haben, denn Giacomo stand bereits vor der Tür, als sie von dem holprigen Weg gut durchgeschüttelt endlich anhielten. Giacomo winkte ihnen, einzutreten. Im Gegensatz zu ihrer letzten Begegnung wirkte er ausgeglichen, geradezu im Einklang mit sich und der Welt. Aber der Anschein mochte trügen. Jedenfalls war er nüchtern, das war schon mal eine erhebliche Verbesserung. Giacomo verschwand in der Küche, während Sophia und Alberto sich an dem kleinen Holztisch niederließen. Sein Haus war spärlich, aber gemütlich eingerichtet. Alles schien seinen bestimmten Platz zu haben: die Bücher, eine kleine Bibel, ein paar dekorativ präsentierte Weinflaschen in den Regalen. Doch etwas fehlte – keine Bilder, keine Blumen.

»War Giacomo nicht verheiratet?«, flüsterte Sophia Alberto zu.

»Doch, mit Clementina«, raunte Onkel Alberto. »Erwähne sie lieber nicht.«

»Verstorben?«

»Durchgebrannt nach Brescia vor zehn Jahren mit einem deutlich Jüngeren.«

In dem Moment schwang die Tür auf, und Giacomo balancierte nicht nur ein Tablett mit drei Gläsern Orangensaft, sondern zudem auch noch drei kleine Teller mit *torta di mele e cioccolato*. Sophia liebte diesen Schokoladenkuchen mit Äpfeln, den auch ihre Mutter gelegentlich gebacken hatte.

»Schön, dass ihr gekommen seid«, sagte Giacomo, als sie alle versorgt waren und begannen, sich den Kuchen schmecken zu lassen. Die *torta di mele* war absolut köstlich, und Giacomo wirkte – gemessen an der letzten Begegnung – wie ausgewechselt.

Er erkundigte sich, wie es Sophia inzwischen in Salò gefalle – sehr gut – und ob sie gedenke, wieder nach Deutschland zurückzukehren – eher nicht. Er äußerte seine Bewunderung sowohl dafür, dass Sophia Geigenbauerin geworden war, als auch dafür, dass sie unter Giuseppe arbeitete, der es ihr bestimmt nicht leicht machte. Sophia war nicht sonderlich gut darin, Gespräche zu führen, und so war sie ganz dankbar, dass Giacomo sie mit Fragen überflutete. Sie war sich gar nicht mehr so sicher, ob sie wirklich wegen Giacomos Fässern hier war oder ob er einfach die Gesellschaft genoss.

»Was ist eigentlich mit deinen Fässern?«, fragte sie schließlich und ärgerte sich zugleich. Der Themenwechsel war mal wieder so ungeschickt, wie nur sie es anstellen konnte.

Giacomo wurde schlagartig ernst, und sein Gesicht nahm wieder jenen Ausdruck an, den sie in Martas Osteria gesehen hatte.

»Komm«, forderte er sie auf. Er führte Sophia und Alberto durch die schmale Tür in die Küche und von dort zu einer kleinen Treppe, die in einen muffigen Keller führte. Der Geruch nach altem Holz und Wein stieg ihr in die Nase. Mehrere nackte Glühbirnen tauchten Reihen von Fässern in gelbliches Licht. Es waren mehr Fässer, als Sophia erwartet hatte. Gut zwei Dutzend zählte sie. Grünliche Glasflaschen waren auf hölzernen Regalen aufgereiht. Schläuche und Trichter lagen in den Ecken. »Das ist mein Reich«, sagte Giacomo mit einer Spur Stolz. Diesem »Reich« hätte man nicht angesehen, dass hier erlesene Weine entstehen konnten. Aber Giacomos Werkstatt konnte man ebenso wenig ansehen, dass dort die besten Geigen Italiens entstanden. Und wenn es stimmte, dass das Genie im Chaos regierte, müsste hier eigentlich ein wahrhaft genialer Wein entstehen. »Dies sind die Rotweine«, begann Giacomo zu erklären und zeigte auf die linke Reihe der Fässer. »Und in der anderen Reihe sind die Roséfässer.«

»Und die sind alle verdorben?«, fragte Sophia.

»Zum Glück nicht.« Giacomo nahm einen Metallbecher von einem Regal, ging zu einem der markierten Fässer, öffnete es und schöpfte mit einer riesigen Kelle etwas Wein in einen Becher. Er hielt seine große Nase an das Gefäß. »Köstlich«, sagte er und reichte ihn Sophia. Sie nahm einen Schluck und musste zugeben, dass der Wein nicht schlecht war.

»Und nun der Wein vom Valtenèsi in Rosa«, sagte er und holte eine angebrochene Flasche Roséwein hervor, die mit einem Korken verschlossen war, den ein doppelköpfiger Adler zierte. Giacomo drehte den Korken heraus und goss die rosafarbene Flüssigkeit in einen weiteren Becher.

Wieder steckte er seine große Nase hinein, verzog sie aber diesmal angewidert. »Hier«, sagte er und streckte Sophia den Becher hin. Sophia schnupperte nun ebenfalls. Es roch nach Wein, etwas säuerlich vielleicht, aber sie konnte nichts Störendes ausmachen.

Also führte Sophia den Metallbecher an die Lippen und nahm einen Schluck. Bitter war das Erste, was ihr durch den Kopf ging. Wahrlich kein Wein, den sie trinken würde.

»Widerlich, nicht wahr?«, sagte Giacomo. Sophia musste ihm zustimmen. Das Zeug war wirklich widerlich.

»Kann was mit den Flaschen sein?«, fragte Sophia.

»Da ist nichts. Deswegen verwendet man ja Glas. Das ist neutral«, erklärte Giacomo.

»Schimmel im Holzfass?«, fragte Sophia.

»Das habe ich als Erstes geprüft, aber auch nichts.«

Sophia überlegte fieberhaft, wie sie dem armen Giacomo helfen konnte. Sie war Geigenbauerin, keine Winzerin. Aber sie verfügte über Holzexpertise. Also fragte Sophia nach der Herkunft und Verarbeitung der Fässer. Giacomo erklärte, dass er die Fässer aus dem Restbestand der Firma Rosetto gekauft hatte, des letzten Fassbaubetriebs in der Gegend, dem letzten Handwerksbetrieb seiner Art, der vor einigen Monaten seine Pforten für immer geschlossen hatte. Zwar wusste Giacomo selbst nur wenig über die Herstellung der Fässer zu sagen, dafür müsste Sophia den Fassbauer selbst befragen, jedoch seien die Fässer selbst teilweise rund dreißig Jahre alt gewesen.

»Aber sie waren einwandfrei«, versicherte Giacomo erneut. »Ich kenne mich da aus. Aber irgendetwas muss auf den Wein gewirkt haben, sodass er irgendwann verdarb.«

Das wollte Sophia ihm glauben. Gut gelagertes Holz konnte Jahrhunderte überdauern. Sonst wären jahrhundertealte Geigen nicht so wertvoll. Andererseits wurde das Holz der Geigen lackiert, um sie zu schützen, Weinfässer hingegen nicht. Von außen wirkten die markierten Fässer genau wie die anderen. Sophia konnte mit dem bloßen Auge auch keine Holzschwindung ausmachen, die auftrat, wenn man Holz zu oft bei unterschiedlichen Temperaturen lagerte. Sophia kannte das Problem von alten Geigen. Nur war Holzschwindung dort nicht leicht zu erkennen. Bei Fässern dieser Größe müsste Holzschwindung ihr aber sofort auffallen. Doch die Fässer wirkten nicht deformiert.

»Sind die alten Fässer die Ersparnis wirklich wert?«, fragte sie.

»Es geht nicht darum, dass sie günstiger sind, sondern um den Geschmack«, erklärte Giacomo. »Junge Fässer geben mehr Aroma an den Wein ab, altes Holz hingegen streichelt den Wein nur, was ideal für den Rosé ist, der mir vorschwebt.«

»Aber wie kannst du sicher sein, dass gebrauchte Fässer das passende Aroma haben? Da war doch vorher vielleicht ein ganz anderer Wein gelagert.«

»Sie waren alt, aber ungebraucht. Sonst hätte ich sie tatsächlich ausschaben müssen und neu von innen räuchern. Dann wäre aber das abgegebene Aroma wieder viel prägnanter.«

Sophia konnte sich durch ihr Wissen in Holzkunde die Zusammenhänge gut erschließen. Durch den Räucherungsprozess zogen sich die Holzfasern zusammen. Dadurch waren sie dichter und gaben weniger Sauerstoff an den Wein ab. Und dass der Oxidationsprozess wichtig für die Güte des Weins war, wusste selbst sie, die nicht unbedingt eine Weinkennerin war.

»Vielleicht haben die Fässer über die Jahre zu viel Feuchtigkeit abgegeben«, überlegte Sophia laut. Auch bei Feuchtigkeitsverlust zogen sich die Holzfasern zusammen und ließen die Poren größer werden. Gut für den Klang einer Geige, schlecht hingegen, wenn man vermeiden wollte, dass zu viel Sauerstoff an den Wein gelangte.

»Ich habe sie natürlich vor der Verwendung einen Monat lang befeuchtet.«

So kamen sie also nicht weiter. Wenn Sophia überhaupt helfen konnte, dann musste sie, wie bei einer Geige, Holzproben entnehmen. Sie wusste nur nicht, wonach sie dann suchen sollte. Aber wenigstens wollte sie es versuchen, Giacomo und der Familie zuliebe. Sophia erklärte, was sie brauchte, und so ließ Giacomo aus jedem betroffenen Fass die Hälfte des Weins ab, holte zwei Stichsägen und machte sich zusammen mit Alberto daran, jeweils ein Stück Holz von dem oberen, unbenetzten Teil des Fasses und von der Seite, wo zuvor noch Wein gestanden hatte, herauszusägen. Eine knappe Stunde später lagen vor Sophia fünf trockene und fünf feuchte Stücke Holz. Nasen-Giacomo holte ein paar Tücher, wickelte sie ein und übergab sie Alberto. Sophia ließ sich noch die Flasche des verdorbenen Weins geben, und so verließen sie wenig später mit den Holzproben unter dem Arm und der leeren Flasche Wein in der Hand sowie Giacomos Hoffnung im Nacken die kleine Winzerei.

13

Am nächsten Morgen fiel es Sophia schwer, sich auf die Arbeit an der Enrico Rocca zu konzentrieren. Giuseppe war noch fort, um Besorgungen zu machen, wie er seine Lebensmitteleinkäufe nannte. So hätte sie sich eigentlich voll und ganz dem Instrument widmen können. Aber ihre Gedanken schweiften immer wieder ab. Sie wusste nicht, ob es die Begegnung mit Andreotti war oder dass sie nun bei Giuseppe etwas über Umberto Cattaneo in Erfahrung bringen sollte, was ihr umso weniger behagte, je mehr sie darüber nachdachte. Vielleicht war es auch einfach die Sache mit Nasen-Giacomos Fässern. Da hatte sie sich mal wieder in etwas hineinziehen lassen, was eigentlich gar nicht ihre Aufgabe war – wie so oft.

Aber Probleme löste man nicht, indem man sie aufschob, sondern indem man sie anging. Also wickelte sie die Geige in ein Tuch, legte sie zurück ins Regal und legte die Holzstücke, die sie gestern bekommen hatte, vor sich auf die Werkbank. Als Erstes untersuchte Sophia das nicht vom Wein berührte Holz. Es war gröber als das, was für den Geigenbau verwendet wurde, und zudem unbearbeitet. Sophia löste mit ihrem Schnitzwerkzeug ein paar Millimeter ab. Die Quellspuren waren auch in den tieferen Lagen deutlich zu erkennen. Ein oder vielleicht zwei Jahre musste das Holz in Wasser gelagert gewesen sein, bevor es seiner eigentlichen Bestimmung zugeführt wurde. Bei alten Streichinstrumenten wusste Sophia, wonach sie suchen musste, aber nicht bei Fässern.

»Wir Instrumentenbauer nutzen alle Sinne.« Sophia fuhr herum. Giuseppe war zurückgekehrt und schaute ihr interessiert über die Schulter. »Das sieht aber nicht nach einem Instrument aus, sondern eher nach Nasen-Giacomos Problem.«

»Das sind Proben seiner Fässer, in denen der Wein verrottet ist«, erklärte Sophia.

Der alte Meister stellte den Einkaufskorb ab und beugte sich interessiert vor. »Wonach suchst du?«

»Schimmel, Holzschwämme. Eigentlich weiß ich es gar nicht so genau.«

»Das Holz scheint gesund«, bestätigte Giuseppe Sophias Einschätzung.

»Ich müsste es in einem Labor untersuchen lassen.«

»Ein Labor für Weinfässer wirst du kaum finden. Jedenfalls ist mir keins bekannt. Aber wir Geigenbauer haben alle eine gute Beobachtungsgabe, auch du, Sophia. Nutze sie.« Eigentlich hatte Sophia den Eindruck, dass sie genau das tat, aber Giuseppe schien anderer Meinung zu sein. »Wie machst du es bei einer alten Geige, die du zum ersten Mal in der Hand hältst?«

»Ich untersuche das Holz, versuche die Geschichte zu verstehen, welche Arbeiten im Lauf der Jahrhunderte vorgenommen wurden.«

Giuseppe wog den Kopf leicht und schien noch nicht zufrieden.

Sophia überlegte, worauf er hinauswollte. Sie suchte in ihren Erinnerungen nach all dem, was er ihr beigebracht hatte. »Die Handschrift«, sagte sie langsam. »Was die Handschrift der Meister war und mit welcher Absicht sie die Geigen bauten.«

»Richtig, aber mehr noch.«

»Die Arbeitsweise«, sprudelte es plötzlich aus Sophia heraus. »Wenn ich weiß, wer der Geigenbauer war, dann versuche ich seine Philosophie zu verstehen, um der Geige wieder jenen Klang zu geben, den der Geigenbauer mal im Sinn hatte. Du meinst, ich soll nicht nur das Ergebnis sehen, sondern eintauchen in die Tradition und zurück zu den Wurzeln?«

»Meine Schülerin«, murmelte Giuseppe mit einer Spur von Stolz. »Nimm dir den Nachmittag frei, geh zurück zu den Wurzeln und verstehe.«

Der Geigenbaumeister nahm wieder den Korb, um die Einkäufe in der Abstellkammer zu verstauen.

14

Das alte Gewerbegebiet von Gavardo lag rund zehn Kilometer südwestlich von Salò, und Sophia hatte nicht einmal eine Stunde von Giuseppes Werkstatt bis hierher gebraucht. Langsam rollte Sophia durch die verlassenen Straßen. Die verwitterten Mauern der Fabrikgebäude zeugten von vergangener industrieller Blüte. Das sanfte Rauschen des nahe gelegenen Flusses begleitete sie auf ihrem Weg. Fast wäre Sophia an dem Gebäude vorbeigefahren, denn unter einer Fabrik hatte sie sich etwas anderes vorgestellt. Jedenfalls nicht diese kleine, hölzerne Halle, die wirkte, als könnte sie jederzeit in sich zusammenfallen. Vorsichtig hatte Sophia gegen die Eingangstür geklopft, von der bereits seit Jahren der Lack abgeblättert war. Die geschwungene Schrift *Fabbrica di botti di Rosetto* war nur noch mit viel Mühe zu erkennen. Doch Sophias Klopfen blieb unbeantwortet. Eine Klingel war auch nicht zu entdecken. So nahm Sophia all ihre Kraft zusammen und pochte, so fest sie konnte, gegen die Tür, was zur Folge hatte, dass noch mehr Lack abblätterte und kleine Stückchen zu Boden segelten. Plötzlich bewegte sich die Tür, erst einen Spalt, dann schwang sie gänzlich auf. Vor Sophia stand eine kleine, zarte Gestalt in einem weinroten Jackett mit einem grünen Einstecktuch. Die wenigen grauen Haare waren streng zurückgegelt.

»Sind Sie meine Verabredung?«, fragte der Mann.

»Sehe ich so aus?«

Der kleine Mann kniff die Augen zusammen und musterte sie wie eine exotische Pflanze. »Sie sind blond, viel zu jung und ein wenig zu füllig«, stellte er fest.

»Na, erlauben Sie mal!«

»Sie haben gefragt«, sagte er mit einem entschuldigenden Lächeln und schlug sich plötzlich auf die Stirn. »Außerdem kennt meine Verabredung ja gar nicht meine Adresse. Wir wollten uns ja in der Osteria treffen.«

Der Mann verbeugte sich leicht. »Rosetto, Antonio Rosetto. Seitdem mir mein Enkel dieses Profil auf dieser Dating-Seite für Senioren im Internet eingerichtet hat, treffe ich wieder interessante Menschen. Dafür ist man ja nie zu alt«, sagte er und zwinkerte Sophia zu, um gleich hastig hinzufügen: »Nicht, dass Sie mich falsch verstehen. Sie sind viel zu jung für mich. Jahrzehnte zu jung.«

»Und zu füllig«, fügte Sophia hinzu.

»*Scusi*, ich meinte nur, dass meine Verabredung sich mir anders beschrieben hatte. Aber Sie sind ja nicht meine Verabredung.«

»Nein, und das hätten wir damit ja geklärt.«

»Allerdings. Das hätten wir geklärt. Nur eben nicht, wer Sie sind und was Sie hier wollen.«

»Ich bin Sophia Lange.«

»Deutsche?«

»Zur Hälfte Deutsche, zur anderen Hälfte Italienerin.«

»Das ist reizend, aber was hat das mit Ihrem Besuch bei mir zu tun?«

»Nichts.«

»Verstehe.«

»Aber ich bin eine Freundin von Giacomo Brizzi.«

»Giacomo Brizzi«, wiederholte der wunderliche Mann nachdenklich.

»Er hat vor ein paar Wochen all Ihre Fässer aufgekauft.«

»Ach, der. Giacomo hieß er also. Ich kann mir Namen nämlich nicht so gut merken, deswegen schreibe ich mir alle meine Verabredungen hier auf«, erklärte Rosetto und klopfte mit der flachen Hand auf seine Reverstasche, in der offenbar ein Notizbuch steckte.

»Was ist mit diesem Giacomo Brizzi? Hat er sich beschwert? Meine Fässer sind beste Qualitätsware. Die größten Winzer der Gegend haben in den letzten Jahren bei mir bestellt.«

»Hat er nicht«, wiegelte Sophia ab. »Aber da ich mich für die Geschichte der Weinherstellung interessiere, wollte ich einfach mal mit einem echten Fasshersteller aus der Gegend sprechen.«

Rosetto zückte eine goldfarbene Taschenuhr aus der Außentasche seines Jacketts und ließ sie aufschnappen. »Ein paar Minuten habe ich schon noch. Man sollte eine Dame bei einer Verabredung nicht warten lassen, andererseits kann das ja die Spannung erhöhen«, sagte er schwungvoll und ließ die Taschenuhr wieder in der Jackentasche verschwinden. Er winkte Sophia herein.

Die Halle karg zu nennen, wäre übertrieben gewesen. Sie war absolut leer, abgesehen von einem Fass, das verlassen mitten in der Halle stand, und zwei riesigen Kisten unter einer Eisentreppe, die in den oberen Bereich führte. Rosetto ging zielstrebig darauf zu, schwang sich mit einer Eleganz, die man dem alten Mann nicht zugetraut hätte, auf das Fass und ließ seine Beine baumeln. »Kommen Sie«, sagte er und reichte Sophia die Hand. Skeptisch prüfte Sophia die Konstruktion. Es war ein normales Fass, lediglich zwei Holzkeile sicherten es, damit es nicht davonrollte. Also nahm sie seine Hand und setzte sich neben ihn.

»Ich würde Ihnen ja gerne eine bessere Sitzgelegenheit anbieten, aber ich habe alles verkauft. Alles«, erklärte Rosetto und machte eine Armbewegung, die das Wort »alles« umriss. »Letzte Woche habe ich endlich auch das Gebäude verkauft. In vier Wochen muss ich raus. Erst hatte ich Angst davor, als mein Enkel mir riet, in Rente zu gehen. Aber als ich mich erst mal an den Gedanken gewöhnt hatte, bin ich richtig aufgeblüht. Schauen Sie mich an«, fuhr er fort und strich mit beiden Händen über sein Jackett.

»Wirke ich nicht mindestens zehn Jahre jünger?« Nun wusste Sophia weder, wie alt Rosetto war, noch, wie er früher ausgesehen hatte, aber sie nickte anerkennend, und Rosetto schien zufrieden. »Wir vergessen vor lauter Arbeit zu leben, sagt mein Enkel immer, und er hat absolut recht.«

Sophia musste an Giuseppe denken. Sie bezweifelte, dass er jemals in den Ruhestand gehen würde, und bei dem Gedanken, dass der alte Geigenbaumeister plötzlich einen zweiten Frühling erleben könnte, musste sie unweigerlich lächeln. Rosetto erwiderte ihr Lächeln.

»Die Fässer, die Sie Giacomo verkauft haben, sind alle aus eigener Fertigung?«

»Selbstverständlich. Die sind alle von mir und meinen damaligen Mitarbeitern in mühsamer Handarbeit erstellt worden. Wir waren der letzte Betrieb im Umkreis von hundertfünfzig Kilometern, der Weinfässer hergestellt hat.«

»Und wo bekommen die Winzer jetzt ihre Weinfässer her?«

»Da, wo sie sie auch schon in den letzten dreißig Jahren zunehmend häufiger bezogen haben. Aus Frankreich, da sind die größten Fassfabriken, und in den letzten Jahren zunehmend aus Osteuropa. Vor allem aus Rumänien. Das ist billiger dort. Aber nicht jeder kann mit Holz wirklich gut umgehen.«

»Ich verstehe, was Sie meinen. Ich bin nämlich Geigenbauerin.«

»Und wollen jetzt Fässer bauen?«

»Nein, ich bleibe beim Geigenbau, aber ich interessiere mich für Ihre Arbeit.«

Rosetto zog die Augenbrauen hoch und schien darüber nachzudenken, wie das Sinn ergeben könnte. »Und Sie wollen jetzt aus Holzfässern Geigen bauen?«

»Vergessen Sie einfach die Geigen. Mich interessiert nur, wie wichtig die Eigenschaft des Holzes für das Gelingen eines Weines ist.«

Rosettos Gesicht hellte sich wieder auf. »Eine sehr kluge Frage, Signora. Eine sehr gute Frage. Die richtig guten Winzer kaufen nicht einfach ein Weinfass. Sie bringen sich in die Fassproduktion mit ein, denn sie wissen ganz genau, wie stark die Oxidation sein soll. Deswegen halte ich ja nichts davon, dass die jungen Winzer irgendwo in Rumänien oder Frankreich Fässer von der Stange kaufen. Da muss man sich mit dem Material und der Bearbeitung auseinandersetzen, verstehen, wie das Holz atmet.«

Genau wie beim Geigenbau, wollte Sophia hinzufügen, verkniff es sich aber gerade rechtzeitig.

»Das ist ein altes Handwerk, manche sagen, eine Kunst. Ein gutes Holzfass kann einem Wein ein ganz besonderes Aroma geben. Holz ist ein Naturstoff, der lebt, und jeder Wein ist etwas anders. Weil es so schwierig war, sind immer mehr Winzereien auf Stahlfässer ausgewichen. Es gibt keine Qualitätsunterschiede, und somit ist der Wein aus einer Ernte immer gleich, aber was gleich ist, ist auch langweilig. Stellen Sie sich vor, wir Menschen wären alle gleich. Herrgott, das würde mir wahrscheinlich die Zeit sparen, eine nette Dame kennenzulernen. Kennst du eine, kennst du dann alle, aber zugleich wäre ich vor Langeweile bereits gestorben.«

Sophia versicherte, wie gut es war, dass nicht alle Frauen gleich seien, um auf die Weinfässer zurückzukommen. »Das hat sich bestimmt auch in Ihrem Geschäft bemerkbar gemacht«, knüpfte Sophia wieder an die Fässer an.

»Zu Beginn ja, aber solide Handwerkskunst vergeht nicht und wird eines Tages wiederentdeckt. So auch der Wein in guten Eichenfässern. Der Trend kam in den Achtzigerjahren aus Frankreich mit den Barrique-Weinen.«

»Sind das nicht Weine mit einem besonders ausgeprägten Eichenaroma?«

»Richtig, junge Dame. Und das gelingt nur mit kleinen Fässern, wenn also die Oberfläche des Holzes im Verhältnis zum Volumen des darin gelagerten Weins besonders groß ist. Mehr Holz pro Wein lautete da die Formel.«

»Was bestimmt gut für die Fasshersteller war, denn nicht nur kamen Eichenfässer wieder in Mode, sondern es wurden auch mehr pro Liter Wein benötigt.«

»Sehr wohl, vor allem für die französischen Fasshersteller. Aber auch in Italien zog der Trend ein, und es wurden neben den Massenweinen auch vermehrt wieder Weine in Eichenfässern gekeltert.«

»Das muss Ihnen gefallen haben.«

»Gefallen ist gut. Wir kamen mit der Arbeit kaum hinterher.«

»Weswegen Sie hier die einfachen Fässer den Angestellten überlassen haben und bei den anspruchsvollen Fässern, den Individualanfertigungen, selbst Hand angelegt haben«, antwortete Sophia.

»Sie sind sehr klug, mein Kind.«

»Ich kenne das vom Geigenbau. Bei viel Arbeit leidet leider die Qualität. Darum gibt man einfache Arbeiten ab und kümmert sich um die schwierigen Tätigkeiten selbst.«

»Sie kennen sich beim Geigenbauen aus?«, fragte Rosetto. Sophia überlegte, ob er einen Scherz gemacht hatte, doch er schien wirklich überrascht.

»Ich bin Geigenbauerin«, sagte Sophia langsam.

Rosetto nickte freudig. »Sie wollen aus Fässern Geigen bauen?«, wiederholte er sich.

»Ich wollte mit Ihnen über Giacomo Brizzi sprechen«, lenkte Sophia ab.

»Ist das ein Geigenbauer?«

»Er hat vor einigen Monaten alle Fässer von Ihnen abgekauft.«

Rosetto warf die Stirn in Falten. »Ja, ich erinnere mich. Da war jemand, der die letzten Fässer gekauft hat, die ich hatte. Genauer gesagt, die uralten Individualanfertigungen, die niemand mehr haben wollte.«

»Hätten die ursprünglichen Auftraggeber die nicht noch haben wollen?«

»Wohl kaum. Manche Fässer lagerten da schon seit dreißig Jahren. Manchmal nimmt ein Auftraggeber doch weniger ab oder verstirbt. Da es Spezialanfertigungen sind, nehmen andere Kunden sie eher selten.«

Das war nun wiederum anders als beim Geigenbau. Eine Geige ließ sich immer verkaufen, je älter, umso besser. Aber Sophia vermied es, das Thema erneut auf den Geigenbau zu bringen.

»Kann es sein, dass mit den Fässern etwas nicht stimmte?«, fragte sie stattdessen.

»Was sollte mit denen nicht stimmen? Sie waren erstklassig gelagert.«

»Kein Schimmel?«

»Kein Schimmel und keine Fäule. Ich habe die Fässer alle ausgiebig geprüft. Das hat mich fast einen ganzen Tag Arbeit gekostet. Will der etwa die Fässer zurückgeben? Ohne mich. Der Laden ist zu, und ich nehme keine Fässer zurück.«

»Er möchte die Fässer nicht zurückgeben.«

Plötzlich zog Rosetto seine Taschenuhr an der goldenen Kette heraus und ließ sie aufschnappen. »Ich muss jetzt los«, sagte er. »Ich bin mit einer Dame verabredet, und eine Dame lässt man nicht warten. Wie heißt sie noch?« Er hielt die Uhr etwas weiter von sich entfernt, und Sophia konnte sehen, dass in der oberen Hälfte ein kleiner Zettel befestigt war. »Antonetta«, las er vor. »Zweiundsiebzig Jahre alt. Verwitwet. Liebt es zu tanzen.« Er ließ die Uhr wieder zuschnappen. »Mein Neffe hat mir nämlich diesen Computer eingerichtet.«

»Und da sind Sie in Portalen unterwegs, um Frauen kennenzulernen.«

»Woher wissen Sie das?«

Sophia legte ihre Hand auf seinen Arm. »Eine Frage habe ich noch. Giacomo möchte die Weinfässer nicht zurückgeben. Doch er meint, dass die Fässer sich verändern würden. Dem Wein nicht guttun.«

Rosetto legte die Stirn in Falten.

»Giacomo Brizzi ist der Mann, der die gesamten letzten Fässer von Ihnen gekauft hat«, fügte Sophia sicherheitshalber hinzu.

»Ich weiß, wer Giacomo Brizzi ist, aber mit den Fässern war alles in Ordnung.«

»Könnten irgendwelche Chemikalien das Holz beschädigt haben?«

»Meine Weinfässer sind selbstverständlich unbehandelt.«

»Aber wenn Holz unbehandelt ist, dann verändern sich doch die Poren mit der Zeit.«

»Sie kennen sich mit Holz aus?« Zum Glück ignorierte Rosetto seine eigene Frage und fuhr fort. »Deswegen muss man ihnen erst wieder Feuchtigkeit zuführen. Am besten stellt man sie in Wasser oder beregnet sie. Das braucht dann nicht so lange, weil ja die Poren nicht wieder in ihren ursprünglichen Zustand zurückgekehrt sind, aber ein paar Tage oder Wochen würde ich der Sache schon geben.«

»Vielleicht war das Giacomos Problem«, sagte Sophia halblaut.

»Welches Problem? Gibt es ein Problem?«, fragte Rosetto.

»Nein, aber Sie sollten sich jetzt beeilen. Länger sollten wir Antonetta nicht warten lassen.«

»Sie kennen Antonetta?«

»Vom Hörensagen.«

»Das freut mich«, sagte Rosetto und sprang mit einer Eleganz von dem Fass, als wäre er vierzig Jahre jünger.

Sie überlegte, wie es damals gewesen sein musste, als sich die Winzer der Gegend hier um die besten Fässer rissen, und plötzlich kam ihr ein Gedanke. Sie ließ sich ebenfalls vom Fass rutschen und beeilte sich, um zu Rosetto aufzuschließen. »Kannten Sie Umberto Cattaneo?«

»Cattaneo, das alte Schlitzohr?« Rosetto kicherte verwegen. »Selbstverständlich. Ich war der beste Fassbauer weit und breit und er der anspruchsvollste Winzer, den die Gegend je gesehen hat. Einmal die Woche kam er vorbei und hat sich angeschaut, wie das Holz im Wasser lagerte. Als ob es da etwas zum Zuschauen gäbe.« Rosetto blieb stehen, hob einen Zeigefinger und verstellte die Stimme. »Jeden Schritt muss man genau im Auge behalten, guter Junge. Jeden Schritt.« Rosetto verfiel wieder in seine normale Stimme. »Das hat er immer gesagt. Da kann ich mich noch gut dran erinnern. – Ein paar Fässer von Cattaneo habe ich aber noch. Er hat sie nie abgeholt«, fügte Rosetto fast beiläufig hinzu.

»Sie haben sie noch?«

»Nein, doch nicht. Die hat ja dieser Mann alle mitgenommen, wie heißt er noch?«

»Giacomo Brizzi?«

»Genau der. Er hat sie alle mitgenommen.« Rosetto machte eine galante Verbeugung. »Grüßen Sie mir Cattaneo, er soll sich mal wieder blicken lassen«, sagte er zum Abschied, und einen Augenblick später spazierte Rosetto zufrieden und mit einem Lied auf den Lippen zu seiner Verabredung.

15

Auf der Rückfahrt beschloss Sophia, noch mal bei Giuseppe vorbeizufahren. Ein wenig plagte sie ein schlechtes Gewissen, dass sie vorhin einfach so aufgebrochen war. In den letzten Wochen war der alte Meister zwar nachsichtiger geworden, aber Sophia wusste auch, dass dies unter anderem an dem Bruch mit seinem Sohn lag. Giuseppe war inmitten seiner Geigen und Bratschen einsam geworden.

Als sie die Werkstatt betrat, war er gerade dabei, aufzuräumen. Er nickte ihr kurz zu und legte nicht gebrauchte Teile der Instrumente in eine Kiste. Sophia nahm einen Lappen und wischte stumm die Oberfläche ihrer Werkbank sauber. Giuseppe packte seine Kiste und trug sie nach hinten zu der Abstellkammer, wo er all die Ersatzteile lagerte.

Plötzlich platzte es aus Sophia heraus: »Magst du mir von *il vagabondo* erzählen?«

Giuseppe reagierte nicht, sondern schlurfte unbeirrt weiter. Kurz bevor er in der Abstellkammer verschwand, blieb er einen kurzen Augenblick stehen. »Komm«, sagte er, ohne sich umzusehen, und war im nächsten Moment in der Kammer verschwunden. Das ließ Sophia sich nicht zweimal sagen. Sie sprang auf und folgte ihm. Giuseppe wartete bereits auf sie in dem kleinen Raum, wo sich die unzähligen Teile alter Geigen stapelten, die sich in den Jahrzehnten angesammelt hatten. Er hielt eine Flasche Wein in der einen und zwei Gläser in der anderen Hand. Sophia wunderte sich, wo Giuseppe diese so schnell aufgetrieben hatte, und vor allem, wo er sie in der Abstellkammer aufbewahrt hatte.

»Komm«, sagte er ein zweites Mal und ging durch die zweite Tür der Kammer hinaus in den kleinen Garten, den er sein kleines Paradies nannte. Nicht selten hatte Sophia Giuseppe hier gefunden, wenn er über ein besonders anspruchsvolles Instrument oder einfach über das Leben nachdachte. Auf der alten Holzbank im Schatten ließ er sich nieder, reichte Sophia die Gläser und befreite mit seinem Schnitzmesser die Flasche von dem Korken.

»Der Rosé ist mehr als nur ein Wein«, sagte Giuseppe, als er ihn in die Gläser füllte. »Ein guter Rosé erfasst das ganze Valtènesi in einem Glas.« Er hob das Weinglas an, hielt es gegen das Sonnenlicht und betrachtete versonnen das Farbenspiel. Schließlich fächerte er sich die Aromen zu und nahm sie genüsslich auf. Sophia tat es ihm gleich. Der Wein duftete wahrlich vorzüglich.

»Ich wusste gar nicht, dass du so viel von Wein verstehst, *nonno*.«

»Weitaus weniger als von Geigen, und ich mache auch kein Gewese darum wie diese aufgeblasenen Weinhändler oder Touristen. Aber wie jeder Salòer weiß ich einen guten Wein meiner Heimat zu schätzen, vielleicht mehr noch als diese sogenannten Weinkenner.«

Wieder hob Giuseppe das Glas und betrachtete den kleinen Garten wie durch ein Vergrößerungsglas. »Ich müsste mich um das Unkraut im Beet kümmern. Gisella würde mit mir schimpfen, wenn sie ihn so sehen würde.«

»Gisella schaut von oben zu und weiß, wie hart du arbeitest.«

»Im Herbst sind es zehn Jahre«, seufzte Giuseppe.

Sophia konnte sich noch gut an Gisella erinnern. Eine rundliche, herzensgute Frau, die alle mit Essen und Gebäck versorgte. Fast wie Tante Marta. Gisella hatte vergeblich versucht, Sophia für das Kochen und Backen zu begeistern. Viel lieber hatte Sophia mit Giuseppes Sohn Luigi in der Werkstatt auf der alten Kiste gesessen, die Beine baumeln lassen und dem Meister beim Geigenbauen zugeschaut. Als sie ein wenig älter waren, durften sie sogar selbst Hand anlegen. Behutsam führte Giuseppe ihre Hand, als sie die ersten Pfeilstriche machte, und führte sie in die Geheimnisse der Hölzer und des Klangs der Geigen ein. Dann hatten ihre Eltern beschlossen, nach Deutschland zu gehen – in das Land, aus dem ihr Vater kam und das sie selbst bis dahin nie kennengelernt hatte. Gisella hatte sie nie wieder gesehen.

»Lass uns lieber über etwas Schönes reden, wie diesen Wein«, sagte Giuseppe und machte eine ausladende Handbewegung. »Mit dem Wein ist es wie mit den Geigen. Die Menschen genießen ein Violinkonzert, loben die Musiker, aber verstehen nicht den wahren Ursprung.«

Sophia wusste, worauf Giuseppe hinauswollte. Es war das alte Los der Geigenbauer. Nur wenige verstanden die Bedeutung eines guten Geigenbaus für die Kunst des Spielers. Sicher, die Menschen kannten den Namen Stradivari, aber was Geigenbau wirklich ausmachte, davon hatten sie keine Ahnung. Die Geigenbauer waren die verborgenen Künstler hinter den Künstlern. Denn wann hatte ein Kritiker jemals den Geigenbauer gelobt für das Gelingen eines Konzerts? Giuseppe nahm einen weiteren Schluck. Sophia wartete geduldig. Sie hatte gelernt, diese wenigen Momente zu schätzen, in denen der wortkarge alte Geigenbaumeister sich Zeit nahm zu reden, und wenn er redete, dann lohnte es sich zuzuhören.

»Die alten Meister mögen tot sein, doch sie leben in unserer Arbeit weiter. Und in Hunderten von Jahren wird deine Arbeit fortbestehen in deinen Geigen und in der Arbeit der nachfolgenden Generationen.«

Sophia betrachtete nachdenklich ihre Hände. »Die Menschen kommen an den Gardasee, fahren mit ihren Segelbooten, trinken ihren Wein, aber diese Gegend ist mehr. Sie ist das Erbe der Menschen der Jahrhunderte, ihrer Träume und ihrer Traditionen. Wer den Gardasee wirklich erleben möchte, muss die Menschen und ihre Traditionen verstehen.«

Giuseppe studierte die rosafarbene Flüssigkeit, als würde er im Wein eine gewisse Wahrheit finden. »Andreotti und du, ihr habt euch doch mal ganz gut verstanden«, wechselte Giuseppe das Thema, wie es typisch für ihn war.

»Als ich ihm nützlich war. Jetzt braucht er mich nicht mehr«, antwortete Sophia und konnte die Bitterkeit nicht verbergen.

Giuseppe schürzte nachdenklich die Lippen. »Freundschaft ist eine komplizierte Sache. Nicht jeder weiß sie zu schätzen. Manche Menschen können sie so wenig formen, wie ein Laie aus einem Stück Holz eine Geige machen kann.« Giuseppe betrachtete wieder nachdenklich die rosafarbene Flüssigkeit in seinem Glas. »Auf *il vagabondo*«, sagte er plötzlich und nahm einen Schluck. Er ließ die liebliche Flüssigkeit über die Zunge streichen, um sie schließlich mit einem tiefen Seufzer zu genießen. Sophia tat es ihm gleich, nur das Seufzen unterließ sie. »Der Tropfen eines wahren Meisters«, sagte Giuseppe, und Sophia musste ihm zustimmen.

»Du kanntest *il vagabondo* gut.« Es war mehr eine Feststellung als eine Frage.

»Ich kannte ihn sogar sehr gut. Kurz vor Sonnenaufgang ist er immer zur Werkstatt gekommen, und ich habe ihm jedes Mal ein Brot in Papier eingewickelt und gegeben.« Giuseppe hatte es in jenem Tonfall gesagt, der Sophia verriet, dass Giuseppe nun in der Stimmung war, mehr preiszugeben. Im Gegensatz zu Andreotti wusste Sophia, dass man den alten Meister nie drängen durfte, etwas zu erzählen. Er teilte sein Wissen nur, wenn er fand, dass der richtige Zeitpunkt mit den richtigen Menschen gekommen war. Giuseppe nahm einen weiteren Schluck und setzte an zu erzählen.

»Jetzt, da Umberto nicht mehr auf dieser Erde wandelt, dürfte er nichts dagegen haben, dass ich seine Geschichte einem lieben Menschen erzähle, der sie versteht. Es ist eine Geschichte, die so ungewöhnlich ist, dass sie nur hier im Valtènesi entstanden sein kann, wo die Menschen so ursprünglich, facettenreich und knorrig sind wie die Landschaft. Hier, wo Tradition die Menschen verbindet, ist Freundschaft fast so wichtig wie die Familie.« Giuseppe nippte an seinem Glas. »Und dies ist die Geschichte einer Freundschaft, die am Ehrgeiz zerbrach.«

So wie ihre Freundschaft mit Giuseppes Sohn Luigi, dachte Sophia.

»Wahre Freunde finden wir in der Jugend, wenn wir noch unberührt sind vom Übel der Welt. Wenn unsere Herzen noch offen sind und wir noch nicht verlernt haben, zu vertrauen. Später wird es schwierig, noch enge Freunde zu finden. Vor allem wir Männer tun uns schwer, jedenfalls die meisten.« Giuseppe vergewisserte sich, dass er Sophias volle Aufmerksamkeit hatte, und fuhr fort. »Umberto war ein typischer Valtèneser. Seine Familie gehörte zu der Gegend wie die Berge und der See. Man sagt, schon zu Zeiten der Etrusker haben die Cattaneos hier gesiedelt. Sie sind hier vielleicht die Geschichte des Weins. Wir sind zusammen in die Schule gegangen, waren Freunde. Wir beide kamen aus einem Elternhaus mit großer Handwerkstradition und mussten diesem Anspruch gerecht werden. Das verbindet. Doch nach der Schule trennten sich unsere Wege. Ich folgte dem Klang der Geigen, und Umberto widmete sich Tag und Nacht dem Wein. Gelegentlich sind wir uns begegnet, auf dem Markt oder beim Weinfest.«

»Weil Freundschaften nun mal auseinandergehen?«, fragte Sophia.

»Wahre Freundschaften entstehen in der Jugend. Danach mögen sie für einige Jahre ruhen, hören aber nie wirklich auf zu sein. Aber es geht nicht um Umberto und mich, sondern um jene Menschen, die er später als Winzer kennengelernt hat. Sie glaubten, dass es Freundschaft war, die sie verband, doch sie irrten sich.«

»Kanntest du sie denn auch?«

»Nein, aber nach dem, was dann geschehen ist, habe ich auch keinen Wert darauf gelegt.« Giuseppe nahm einen weiteren Schluck und fuhr fort. »Als Kinder erleben wir unschuldige Freundschaft. Später zernagt der Ehrgeiz unsere Herzen, wollen wir etwas im Leben aufbauen. Wir treffen Leute, die die gleichen Ziele haben oder unseren Zielen nutzen und verwechseln dies mit Freundschaft. So war es auch mit den fünf Freunden. Sie hatten das große, gemeinsame Ziel, den besten Groppello-Rosé aller Zeiten zu schaffen. Das Quintett nannten sie sich. Jeder war ein Spezialist auf seinem Gebiet. Der eine verstand sich besonders gut auf die Gärung, der andere auf die Abfüllung, doch Umberto war derjenige mit den Ideen. Er war der Kopf des Ganzen. Das Weingut ist also seit hundertfünfzig Jahren im Besitz der Cattaneos. Sie haben den wilden Groppello, eine hier heimische Traubenart, domestiziert und der Traube die Zuneigung zukommen lassen, die sie verdient hat. Doch niemand verstand es, derart exquisite Rosés zu kreieren wie Umberto. Er fühlte die Groppello-Traube wie kein anderer, sagte man. Seine Weine waren legendär, und bald wurde er selbst zu einer Legende. In den Weinsalons in New York riss man sich ebenso darum wie in der hohen Gesellschaft von Paris. Ein Cattaneo-Wein war einzigartig, und die Leute verlangten nach mehr, immer mehr. Doch Umbertos Weingut war nun mal nicht sonderlich groß, und die Groppello-Traube ist nicht sehr ergiebig. Und so geschah es wie bei seltenen Geigen alter Meister.« Giuseppe schaute Sophia auffordernd an.

»Die Preise schossen exorbitant in die Höhe?«, fragte sie.

»Genau so war es. Eine Flasche wurde schnell für Tausende von Dollar gehandelt. Und nicht anders als bei Geigen wollten viele hinter sein Geheimnis kommen, wollten selbst Weine von solcher Güte keltern. Umberto hat das früh vorausgesehen. Wir haben uns oft darüber unterhalten.«

»Umberto hat mit dir über Wein geredet?«

»Warum denn nicht? Nur weil ich kein Weinkenner bin wie die edlen Leute aus New York und Paris? Umberto konnte ja auch keine Geigen bauen, und dennoch verstanden wir, was den anderen bewegte. Wir haben gemeinsam die Schulbank gedrückt, und beide haben wir den Betrieb unserer Väter übernommen. Das ist eine große Bürde, die auf den Schultern eines jungen Mannes lastet.«

Sophia musste unweigerlich an Luigi denken, der schließlich an dieser Last zerbrochen war. »Wie war er denn so?«

»Ich würde sagen, exzentrisch. Aber sind wir das nicht alle, wir Künstler auf unserem Gebiet? Andreotti findet dich und mich bestimmt auch exzentrisch«, sagte Giuseppe. Sophia fand, dass sie nicht exzentrischer war als Andreotti.

»Umberto war aber auch launisch. Wenn ihm ein guter Wein gelang, konnte er tagelang lachen und schien die ganze Welt zu umarmen. Wenn jedoch etwas nicht so voranging, wie er es wollte, schrie und tobte er. Er soll einmal in Anwesenheit seiner Mitarbeiter wutentbrannt ein Weinfass mit einem Hammer zertrümmert haben, weil die Oxidation nicht exakt so verlaufen war, wie er es sich vorgestellt hatte. Andererseits kann man es ihm nicht verdenken. Was würdest du mit einer Geige machen, deren Holz nicht mitarbeitet?«, fragte Giuseppe.

»Jedenfalls nicht vor den Angestellten mit dem Hammer zertrümmern«, entgegnete Sophia und musste an jene Familienanekdote denken, nach der Giuseppe als junger Geigenbaumeister einmal vor Wut eine halb fertige Geige gegen die Wand geschmettert haben soll. Vielleicht war das auch der Grund, dass er sich damals so gut mit diesem Umberto verstanden hatte, bevor er mit den Jahren ruhiger wurde.

»Als er begann, immer bessere Weine zu kreieren, habe ich ihn dann auf die Idee gebracht, es wie die alten Geigenbaumeister zu machen«, fuhr Giuseppe fort. »Die alten Geigenbaumeister haben jeden Schritt des Geigenbaus als strenges Geheimnis gehütet. Welches Holz gewählt wurde und wie lange es in Wasser liegen musste, um die richtige Festigkeit zu bekommen, wusste nur der Holzbauer. Ein Schüler wusste, wie man den Hals ausformt, ein anderer, wie man den Körper bearbeitet, und ein dritter schließlich war darin unterrichtet, wie man die Geige lackiert, um ihr den warmen Klang zu geben. Natürlich lernten die Schüler mit der Zeit auch die anderen Aspekte des Geigenbaus, aber nie kannten sie den ganzen Prozess einer Werkstatt. So konnte der Meister davon ausgehen, dass seine Schüler hervorragende Geigenbauer wurden, aber niemals seine Geigen bauen konnten.«

»Genauso wie Tante Martas Risotto«, überlegte Sophia laut. »Sie teilt das Rezept mit anderen, aber ein Gewürz gibt sie niemals preis. Damit bleibt es immer Tante Martas Risotto.«

»Das erklärt natürlich, wieso meine liebe Gisella nie Martas Risotto so köstlich nachkochen konnte. Marta ist ein raffiniertes Biest«, antwortete Giuseppe lachend. »Jedenfalls habe ich Umberto von Beginn an empfohlen, sein Wissen sorgsam zu trennen, und er hat es sich zu Herzen genommen. So zogen die Freunde alle an einem Strang, aber nur Umberto kannte das ganze Geheimnis.«

»Hat das nicht zu Neid und Missstimmung zwischen den Freunden geführt?«

»Natürlich. Aber es wäre so oder so zu Zwietracht gekommen. Schließlich waren es keine Freundschaften aus Kindheitstagen, und auf diese Weise hatte Umberto wenigstens seine Weine geschützt.«

Sophia mochte Giuseppes Meinung über Freundschaften nicht ganz teilen. Sie war überzeugt, dass auch später im Leben tiefe Bindungen entstehen könnten. Auch wenn sie es selbst noch nicht erlebt hatte, wollte sie einfach den Glauben daran nicht aufgeben. »Wieso kam es zum Streit?«, hakte Sophia nach.

»Großer Erfolg und tiefes Leid liegen oft nah beieinander. So auch bei Umberto, wobei die ersten Anzeichen des Unglücks in weiter Ferne in New York auftauchten. Hast du vom großen italienischen Weinskandal gehört?«

Sophia meinte sich dunkel an etwas erinnern zu können, es war aber zu wenig, sodass sie verneinte.

»Im März 1986 traten in der Lombardei erste Fälle von Methanolvergiftungen auf. Es war der Beginn des großen italienischen Weinskandals der Achtzigerjahre. Aber es blieb nicht nur bei der einen Winzerei. Das Misstrauen wuchs, und daher wurden auch zunehmend die Weine anderer Hersteller untersucht und immer mehr gepanschte Weine entdeckt. Zahlreiche Winzer hatten den Alkoholgehalt ihrer Weine durch Methanol angereichert. In geringen Mengen fiel das nicht auf, aber wenn man sich in der Menge vertut, kann es zu erheblichen körperlichen Schäden oder gar zum Tod führen. Die ganze Winzereibranche war in Misskredit gebracht. Und die ehrlichen Winzer, die um ihren hart erarbeiteten guten Ruf fürchteten, empörten sich lautstark, allen vorweg Umberto. Er gab jeder Zeitung im Umland Interviews, schrie Leute an, trat aus dem örtlichen Winzerverband aus und forderte strenge Gütesiegel für Weine, um den italienischen Wein zu retten. Stell dir mal vor, mehrere italienische Geigenbauer würden systematisch neue Geigen künstlich altern lassen. Einzelne schwarze Schafe gibt es immer wieder, aber wenn wir von systematischem Betrug reden, dann wäre der italienische Geigenbau erledigt. Nicht anders bei Weinen.«

»Nur dass bei gefälschten Geigen niemand zu Tode kommt«, hätte Sophia fast hinzugefügt, doch dann musste sie an den Fall mit Andreotti denken.

»In den Medien wurde nur über die Methanolpanscherei berichtet. Aber was völlig unterging, waren die zahlreichen anderen kleineren Gaunereien, die im Zuge der Ermittlungen aufgedeckt wurden und die nichts mit dem eigentlichen Skandal zu tun hatten, aber an und für sich bereits skandalös genug gewesen wären. So entpuppten sich viele Weine als Fälschungen.«

»Weine kann man fälschen?«, wunderte sich Sophia.

»Wieso nicht? Alles, was einen Wert hat, kann man fälschen, nur die Liebe nicht«, sagte Giuseppe und gönnte sich einen weiteren Schluck, ehe er fortfuhr. »Zahlreiche hochwertige Weine waren mit günstigeren Weinen verschnitten worden und natürlich zu hohen Preisen verkauft worden.«

»Wie die künstliche Alterung von Holz bei Geigen«, sagte Sophia.

»So in etwa. Wenn wir aber bei einer Geige solch einen Betrug aufdecken, dann können wir davon ausgehen, dass es allenfalls ein paar Dutzend Geigen betrifft. Viel mehr kann man ja in ein paar Jahren nicht herstellen. Was natürlich den finanziellen Schaden nicht geringer macht. Aber hier ging es um mehrere Hektoliter. Die Kontrollen waren also strenger, und mit den Jahren wurde der Ruf des italienischen Weins wiederhergestellt. Doch rund zehn Jahre später geschah eines Tages das Unfassbare.«

»Du willst doch nicht sagen …?«, rief Sophia aus.

Giuseppe nickte bedauernd. »Doch. Bei einer Kontrolle entdeckte man, dass Umbertos erlesener Groppello gepanscht war.«

»Das ist nicht möglich«, rief Sophia aus.

»Das hatte man bis dahin auch gedacht, aber man stellte immer mehr Flaschen sicher. Wie viele es waren, weiß ich nicht mehr, aber genügend, sodass sein Ruf ruiniert war. Er, der Saubermann der Weinszene, der sich überall über die mangelnden Standards echauffiert hatte, entpuppte sich selbst als Betrüger.«

»Glaubst du, dass er es wirklich gewesen ist?«

»Wenn du mich fragst, ob jener Umberto, den ich als Kind gekannt habe, zu so etwas fähig gewesen wäre, dann würde ich kategorisch verneinen. Aber Menschen verändern sich mit der Zeit.«

»Hast du ihn denn nie gefragt?«, wunderte sich Sophia.

»Ich hatte nie die Gelegenheit dazu, und als dann alles vorbei war, war es ohnehin egal.«

»Wie meinst du das, als alles vorbei war?«

»Geduld war noch nie deine Stärke, Sophia. Aber gut. Die Freunde gingen aufeinander los, beschuldigten sich gegenseitig. Jeder meinte, der andere hätte den Wein gepanscht, und natürlich zeigten auch viele auf Umberto selbst, und so blieb nicht viel von der Freundschaft übrig. Das Quintett zerbrach.«

»Wie tragisch. Konnte Umberto jemals seinen Ruf wiederherstellen?«

»Dazu sollte es gar nicht mehr kommen. Denn eines Morgens tat er das, wozu ihn sein gebrochenes Herz und sein Temperament brachten. Er stürmte auf sein Weingut mit einem Vorschlaghammer in der Hand und verjagte alle Arbeiter vom Hof, selbst seinen treuen Kellermeister Enzo. Ratlos standen sie vor den Mauern der Winzerei. Sie hatten Angst, dass er sich etwas antun würde, doch trauten sich nicht mehr hinein. Schließlich nahm sich Enzo ein Fahrrad und radelte zum Markt, um Umbertos Frau zu holen, die mit den Kindern beim Einkaufen war. Doch als er mit ihnen zurückkehrte, sahen sie bereits aus der Ferne, dass es zu spät war. Das ganze Gut stand in Flammen. Die Arbeiter rannten, holten Eimer, versuchten den Brand zu löschen, doch sie konnten nicht verhindern, dass alles niederbrannte.«

»Und Umberto?«, fragte Sophia gespannt.

»Nun, Umberto hockte auf einem Felsstein, das Gesicht in den Händen, und starrte vor sich hin, als würde ihn das alles nichts angehen.« Giuseppe seufzte. »Als der Brand endlich gelöscht war, stand er auf und ging fort, ohne sich noch einmal umzudrehen, erzählte man sich. Es war, als hätte er sein gesamtes Leben hinter sich gelassen.«

»Und er ist nie zu seiner Familie zurückgekehrt?«, fragte Sophia.

Giuseppe schüttelte den Kopf. »Er lebte fortan unter freiem Himmel, schlief zwischen den Weinreben, wenn es warm war, und wenn es regnete, fand man ihn manchmal unter einem der Unterstände. Umberto war für immer fortgegangen, geblieben war *il vagabondo*.«

Sophia war tief bewegt von dieser Geschichte. »Wie traurig«, sagte sie leise und warf dem Vogel, der begierig darauf gewartet hatte, eine Brotkrume zu.

»Ja, es ist wahrlich eine Tragödie, aber gleichzeitig auch die Geschichte einer wahren Freundschaft. Denn in der Zeit der Einsamkeit wusste Umberto, dass er auf mich zählen konnte. Deswegen kam er auch immer wieder, manchmal redete er sogar. Nicht viel, aber er erkundigte sich nach meinen Geigen, redete über das, was er in den Bergen gesehen hatte, und er bekam jeden Morgen sein belegtes Ciabatta von Gisella und später von mir und dankte es gelegentlich mit einer Flasche Wein. Ich werde ihn vermissen.«

Sophia betrachtete nachdenklich die rötliche Flüssigkeit in ihrem Glas. »Ist dieser Wein von Umberto?«

»Es war das letzte Geschenk, das er mir gemacht hat«, sagte Giuseppe und drehte dabei die Flasche in der Hand.

Jetzt erst fiel Sophia das ungewöhnliche Etikett auf. Das Papier war vergilbt, die Ränder abgestoßen. Es musste jahrzehntealt sein. Der Rand war mit einer geschwungenen Linie verziert. Die Beschriftung selbst wirkte neu. »*Concordia*«, las Sophia.

»Er hat die Etiketten selbst beschriftet«, sagte Giuseppe, als hätte er ihre Gedanken gelesen. »Jedenfalls diejenigen, die er verschenkte.«

»Ist dieser *Concordia* ein besonderer Wein?«

»Das kann ich dir nicht sagen. Aber Umberto hat jeder Weinflasche, die er verschenkte, einen Namen gegeben.«

»Genauso wie Geigenbaumeister es mit ihren Geigen getan haben?«

»So in etwa. Und genauso mochte es manchmal einen tieferen Sinn haben und manchmal auch nicht.«

»Meinst du wirklich, dass man nur in der Kindheit wahre Freundschaften finden kann, und wenn dieses Zeitfenster im Leben verpasst ist, es uns nie wieder gelingen wird?«

»Wenn es uns gelingt, uns frei von den erlebten Enttäuschungen zu machen, die man Erwachsenwerden nennt, dann kann es uns auch später noch gelingen. Aber dazu muss man bereit sein. Nicht jeder will es, und selbst diejenigen, die es wollen, können es oft nicht. Und jetzt kannst du deinem *commissario* erzählen, was es mit *il vagabondo* auf sich hatte.« Giuseppe hob sein Glas ein weiteres Mal. »Auf Umberto Cattaneo. Einen ganz besonderen Freund und auf Freunde, die es verdienen, so genannt zu werden.« So tranken sie einen Schluck auf diesen ungewöhnlichen Menschen, den Sophia nie kennengelernt hatte und dessen trauriges Leben sie dennoch berührte.

16

Als Sophia am Morgen auf dem Weg zur Werkstatt durch die Porta de Marco radelte, trat sie nicht wie sonst noch mal extra kräftig in die Pedale, sondern ging in die Bremsen und brachte das Rad abrupt zum Stehen. Giuseppes Informationen konnte sie Andreotti genauso gut persönlich mitteilen, auch wenn er wahrscheinlich wieder, wie an fast jedem Morgen, schlecht gelaunt war.

Doch sie sollte sich irren. Als sie nämlich die Tür zum Kommissariat öffnete, fand sie den *commissario* zwar wie üblich mit den Beinen auf seinem Schreibtisch vor, doch hielt er ihr wie zum Gruß eine prall gefüllte Papiertüte entgegen. »Cornetti«, sagte er gut gelaunt. »Gab es beim Bäcker im Sonderangebot, weil sie von gestern sind. Da dachte ich, ich beglücke mal alle hier.«

»Sie haben heute gute Laune?«

»Vor allem habe ich Hunger«, erwiderte Andreotti, öffnete die Tüte und warf erst ihr und dann Viola ein Hörnchen zu. Dann biss er selbst genüsslich in sein Cornetto. Ein wenig Marmelade tropfte aus seinem Mundwinkel. Amüsiert betrachtete er Sophia. »Schießen Sie schon los«, sagte er mit halb vollem Mund und nickte Richtung Stuhl. Sophia nahm Platz und legte das Cornetto zurück auf Andreottis Schreibtisch. Irgendwie war ihr Andreottis gute Laune fast ein wenig unheimlich, aber sie war hier, um mitzuteilen, was sie über Umberto Cattaneo in Erfahrung gebracht hatte, und so begann sie zu berichten.

Andreotti war an diesem Morgen recht zufrieden mit sich. Nicht nur, weil er das Gebäck besorgt hatte, sondern auch, weil er bei Sophia richtiggelegen hatte. Andreotti lauschte ihr aufmerksam und machte sich hier und da ein paar Anmerkungen in seinem kleinen schwarzen Notizbuch. Sophia war nach wie vor gut darin, die wichtigsten Fakten getreu wiederzugeben.

»Fünf Freunde, die sich das Quintett nannten. Brennender Ehrgeiz. Lug und Betrug. Und schließlich Wahnsinn«, fasste Andreotti zusammen. »Eine faszinierende Geschichte. Das erklärt natürlich seine letzten Jahre als Vagabund.«

»Könnte es sein, dass der Mord etwas mit der zerbrochenen Freundschaft zu tun hatte?«, überlegte Sophia. »Schließlich wäre das ja ein Motiv.«

»Um das zu sagen, müssen wir noch mehr herausfinden. Wer zum Beispiel zu diesem Quintett gehörte. Aber unsere liebe Viola möchte schon den ganzen Morgen mit etwas herausrücken. Denn als ich heute beim Bäcker war, hat sie etwas in Erfahrung gebracht.«

»Woher wissen Sie das?«, wunderte sich Viola.

»Ich bin der *commissario*. Ich weiß so was.«

»Aber das, was jetzt kommt, werden Sie nicht wissen. Der Obduktionsbericht ist heute früh gekommen, und der ist sehr aufschlussreich.«

Andreotti forderte Viola mit einer ungeduldigen Handbewegung auf, fortzufahren.

»Kaliber 0.22, vermutlich von einem Jagdgewehr. Das Opfer war sofort tot.«

»Hab ich doch gesagt.«

»Da ist aber noch mehr. Unser Opfer war schwer krank. Leberkrebs im Endstadium.«

»Wahrscheinlich zu viel gesoffen.«

»Alkohol ist durchaus ein Risikofaktor, aber Leberkrebs kann auch bei Menschen entstehen, die keinen Alkohol trinken. Es ist eine tückische Krebsart. Weil sie lange ohne Beschwerden ist, bleibt sie lange unbemerkt.«

»Vor allem, wenn man ein Landstreicher ist, der nie zum Arzt geht«, bemerkte Andreotti.

»Umberto Cattaneo ist aber zum Arzt gegangen. Und zwar regelmäßig.«

»Und das wissen wir woher?«

»Im Obduktionsbericht sind Einstichspuren in der Armbeuge erwähnt.«

»Und da das Drogenscreening negativ war, haben Sie geschlussfolgert, dass es von Blutabnahmen stammte«, führte Andreotti Violas Gedankengang zu Ende.

»Richtig. Also habe ich die örtlichen Ärzte abtelefoniert, und bei Dottore Conti hatte ich Glück.«

Andreotti konnte sich an ihn erinnern, ein freundlicher Mann mittleren Alters. Er war mal bei ihm gewesen und hatte den nicht überraschenden und wenig angenehmen Rat erhalten, weniger zu rauchen und mehr Sport zu treiben.

»Dottore Conti behandelt Obdachlose unentgeltlich. Wenn sie sich denn behandeln lassen wollen.«

»Und Umberto Cattaneo wollte nicht?«

»Als Conti den Krebs diagnostiziert hatte, hatte unser Opfer jegliche Behandlung entschieden abgelehnt.«

Andreotti konnte es ihm nicht verdenken. Wahrscheinlich hielt ihn nichts mehr auf der Erde. Sein Lebenswerk hatte er schon vor Jahren selbst zerstört, und seine Kinder wollten nichts von ihm wissen. »Wie lange hätte er noch gehabt?«, hakte Andreotti nach.

»Maximal drei Monate, sagt der *dottore.*«

»Dann hätte der Mörder sich die Kugel sparen können.« Wer weiß, wie viele Morde gar nicht erst begangen würden, wenn die Täter die Zeit des Ablebens wüssten, die das Schicksal für ihre Opfer geplant hatte.

»Vielleicht war es auch assistierter Selbstmord.« Es war Ernesto, der lautlos das Kommissariat betreten hatte. Selten war Andreotti so erfreut, den jungen Polizisten zu sehen, denn er hielt etwas in den Händen, was wie eine neue Kaffeemaschine aussah. Funkelnagelneu schien sie allerdings nicht zu sein.

»Das ist Unfug«, knurrte Andreotti.

Aber Ernesto ließ sich nicht von seiner Theorie abbringen. Während er die Maschine auf das Regal stellte und begann, sie anzuschließen, erklärte er unbeirrt: »Ich habe da mal gelesen, wie ein Mann wusste, dass er todkrank war, und dann über Kontakte bei der Mafia einen Killer beauftragte, der ihn ermorden sollte, damit die Hinterbliebenen die Lebensversicherung kassierten.«

Andreotti stieß ein entnervtes Stoßgebet gen Himmel aus. »Mit fünf einfachen Fragen können wir zeigen, dass das kein assistierter Suizid war. Passen Sie auf, vielleicht lernen Sie noch etwas.« Nun wandte sich Andreotti an Viola. »Erstens: Haben wir Hinweise, dass der Tote Kontakte zur Mafia hatte?«

»Nicht, dass wir bisher wüssten«, sagte Viola.

»Zweitens: Verfügte Cattaneo über das Geld für einen Auftragsmörder?«

Wieder verneinte Viola.

»Gab es eine Lebensversicherung?«

Ein drittes Mal schüttelte Viola den Kopf.

»Viertens.« Nun wandte sich Andreotti wieder an Ernesto, der inzwischen im Begriff war, Wasser in die Maschine zu füllen. »Schauen Sie gerne Krimis, Ernesto?«

»Ja, woher wissen Sie das?«

»War so ein Gefühl.«

»Und fünftens?«, wollte nun Sophia wissen, die bis dahin aufmerksam zugehört hatte.

»Fünftens: Funktioniert die Kaffeemaschine?«

Sie funktionierte, und so konnte Andreotti wenigstens nach Tagen wieder einen heißen, wenn auch nicht sonderlich guten Kaffee an seinem Schreibtisch genießen, bevor sie losziehen würden, um endlich die Kinder des Mordopfers zu befragen.

»Heute Abend gibt es bei Tante Marta übrigens *spiedo bresciano*. Onkel Alberto hat gestern das beste Fleisch vom Markt geholt und alles vorbereitet.«

Andreotti verstand nicht, was das mit dem Fall zu tun haben sollte.

»Ich dachte …«

»Was dachten Sie?«, hakte Andreotti nach.

»Dass Sie vielleicht auch kommen wollen?«

Andreotti stieß einen Seufzer aus. »Ich habe zu viel zu tun hier.«

»Am Abend?«

»Auch am Abend. Papierkram. Verstehen Sie?«

»Sie schulden mir aber noch einen Gefallen.«

»Der darin besteht, dass Sie mich zum Essen einladen?«

Plötzlich bekam Andreotti von unverhoffter Seite Hilfe. »Andreotti hat wirklich einiges an Papierkram zu bearbeiten«, sagte ausgerechnet Viola. »Er muss schließlich einen Bericht darüber schreiben, wie ein Beweisstück vom Tatort verschwinden konnte.«

»Muss ich das?«, entfuhr es Andreotti und ahnte, dass Viola ihm doch nicht zu Hilfe gekommen war. Viola nahm ihr Notizbuch hervor und begann darin etwas zu suchen. »Ach ja, hier. Ein weißes Stück Seidenpapier ist vom Tatort verschwunden.«

Andreotti erstarrte. Viola war wirklich verdammt gut. Vielleicht sollte er sie doch früher für einen anderen Posten empfehlen. »Sie erpressen mich«, raunte Andreotti.

»Wie könnte ich Sie erpressen? Sie haben doch nichts falsch gemacht«, antwortete Viola scheinheilig. »Jedenfalls kann es sein, dass ich mich an nichts erinnern kann, und dann haben Sie ja Zeit, essen zu gehen.«

»Von mir aus. Ich werde da sein«, hörte Andreotti sich knurren.

»Sie kommen wirklich?«, fragte Sophia ungläubig.

»Wenn ich das sage«, grunzte Andreotti.

»Heute Abend in Martas Osteria?«

»Genau dorthin«, antwortete Andreotti, während er sein letztes Stück Cornetto aus der Papiertüte fischte.

»Dann lade ich auch Fredo ein!«, rief Sophia freudig aus. Andreotti begann zu husten. Ihm blieb wirklich auch nichts erspart. Doch es sollte noch schlimmer kommen. Sophia schien noch etwas auf dem Herzen zu haben. »Neulich war jemand bei mir im Laden.«

»Soll vorkommen.«

»Der meinte, Sie hätten ihm empfohlen, wegen einer Geige zu mir zu kommen.«

»Meinte er das also.« Andreottis Laune verfinsterte sich weiter. »Wie sah er denn aus?«, hakte Andreotti nach. Sophia begann den Mann zu beschreiben, doch Andreotti unterbrach sie bald mit einer beiläufigen Handbewegung. Er wusste bereits, wer das war.

»Kennen Sie ihn?«, wollte Sophia wissen.

»Ein alter Bekannter. Ich hatte es nur vergessen«, entgegnete Andreotti, doch er merkte selbst, wie unglaubwürdig seine Stimme klang. »Ich muss mich an die Arbeit machen«, knurrte er. Er gierte förmlich nach einer Zigarette, und seine gute Laune war endgültig verflogen. Er sprang auf. »Wir müssen los, Viola. Die Kinder des Opfers befragen.« Und im nächsten Moment stürmte er davon.

Sophia blickte ihm verdattert hinterher. »Was ist denn mit dem los?«, fragte sie Viola, die noch ihre Sachen zusammenpackte.

»Vielleicht Angst vor der eigenen Courage, sich heute mit dir und Fredo zu treffen«, antwortete Viola schmunzelnd. »Und vielleicht die Erkenntnis, dass er dich vermisst hat.«

Sophia traute Andreotti so einiges zu, aber dass er sie vermisst haben könnte, kaum. Dennoch taten ihr Violas Worte gut. Sie mochte Viola. Beide liebten sie ihren Beruf und waren ungefähr gleich alt. Nur dass Viola auch ohne Weiteres als Schauspielerin durchgehen konnte, so elegant, wie sie sich kleidete. Viola griff nach ihrem Notizblock und folgte Andreotti. Jetzt oder nie, sagte sich Sophia. »Ich brauche deine Hilfe, Viola. Und ich weiß, dass ich Andreotti das nicht fragen kann.«

Sophia öffnete den schweren Rucksack und reichte Viola die Holzproben.

»Das sieht nach Stücken von Holzfässern aus«, sagte Viola.

»Könntest du sie im Labor untersuchen lassen?«

»Hat das etwas mit dem Fall zu tun?«

»Eher nicht«, antwortete Sophia.

Viola dachte kurz nach. »Ich kann das Labor damit leider nicht beschäftigen«, befand sie schließlich.

»Es ist für meine Familie«, drängte Sophia.

Viola zögerte. »Andererseits untersuchen wir ja den Fall eines toten Winzers«, sagte Viola schließlich. »Das könnte ja damit zusammenhängen.«

»Aber wie sollte das zusammenhängen?«, fragte Sophia.

»Um das zu wissen, benötigen wir die Laborergebnisse«, antwortete Viola mit einem verschmitzten Lächeln. »Allerdings wäre es hilfreich, wenn das Labor wüsste, wonach es suchen soll.«

»Nicht sichtbare Schimmelspuren, Chemikalien, die da nicht hingehören.«

»Das müsste sich machen lassen. Im Labor haben die aktuell nicht so viel zu tun. Morgen solltest du die Ergebnisse haben.«

Sophia reichte Viola gleich noch die Flasche, die sie bei Giacomo gesichert hatte.

»Die auch?«, fragte Viola.

Sophia nickte. »Danke dir, Viola.«

»Wofür? Wir arbeiten halt an einem Fall.« Damit sprintete Viola los, um Andreotti einzuholen, und ließ die verdutzte Sophia im Kommissariat zurück.

Sophia sollte es egal sein, denn ihr eigener Fall, nämlich der der verseuchten Fässer, gewann allmählich an Fahrt. Sie spürte wieder diesen Nervenkitzel, wenn es darum ging, ein Rätsel zu lösen. Ernesto hatte sich an Violas Schreibtisch niedergelassen und schien sich irgendwelche Seiten im Internet anzuschauen. Also holte sie ihr Handy aus dem Rucksack, überlegte es sich dann aber anders. Sie schaute zu Violas Schreibtisch hinüber. Er war klein und funktional. Aber dann war da noch Andreottis Schreibtisch, mächtig und aus schwerem Holz. Er stand im Raum wie ein Relikt aus einer anderen Zeit. Kurz entschlossen ging Sophia hinüber und ließ sich auf dem alten Ledersessel nieder. Von hier aus sah das Kommissariat ganz anders aus. Tatsächlich war es, als ob sie über allem thronte, als ob die Leute zu einer Audienz kämen. Sophia nahm das Telefon in die Hand, lehnte sich zurück und legte die Füße auf den Tisch. Das war weitaus besser als ihr Arbeitsplatz in Giuseppes Werkstatt. Sie nahm ihr Handy und wählte die Nummer aus, die sie erst kürzlich eingespeichert hatte. Nach wenigen Sekunden erklang Giacomos Stimme.

»Ich bin's, Sophia.«

»*Come stai, mia cara?*«

»*Bene,* Giacomo. Wir kommen in deinem Fall voran.« Sophia erklärte Giacomo, dass nun professionelle Laboruntersuchungen vorgenommen werden würden, und fühlte sich zunehmend wie Andreotti in seinem kleinen Reich. Giacomo schien tatsächlich ein wenig beruhigter zu sein, und so hoffte Sophia, dass er heute nicht wieder Maria in der Osteria sein Leid klagen würde.

Kaum hatte sie aufgelegt, flog plötzlich die Tür des Kommissariats auf, und Andreotti stürmte herein. Vor Schreck rutschte Sophia vom Stuhl und fiel krachend auf den Boden, genau auf das Bein, das neulich bereits bei ihrem Zusammenstoß mit Fredo in Mitleidenschaft gezogen worden war. Mühsam rappelte sie sich auf. »Wieso sind Sie schon wieder zurück, Andreotti?«

»Die Frage ist eher, was machen Sie unter meinem Schreibtisch?«

»Mir ist ein Stück vom Cornetto runtergefallen. Schmeckt übrigens vorzüglich«, sagte Sophia und hielt das Stück hoch, das sie noch in der Hand gehabt hatte.

Andreotti starrte sie unverwandt an, ging dann zu seinem Schreibtisch, riss die Schublade auf und hielt eine Zigarettenpackung hoch. »Meine *M*S. Habe ich vergessen. Ebenfalls vorzüglich. Und jetzt marsch. In meinem Büro hat niemand etwas zu suchen außer mir und Viola.« Damit schob er sie vor sich her aus seinem Büro und warf Ernesto einen letzten vorwurfsvollen Blick zu.

17

Andreotti musterte das Gebäude, das wie ein kleines Schlösschen aus einer längst vergangenen Zeit auf dem Weinberg thronte. Doch so alt, wie der Bau wirkte, war er nicht. Die symmetrische Fassade und die kleinen Türmchen und dekorativen Kapitelle und Stuckornamente waren typische Elemente des neoklassizistischen Stils, der hier in Norditalien in der ersten Hälfte des zwanzigsten Jahrhunderts noch beliebter gewesen war als in anderen Teilen Europas. Bevor sie klingelten, gab es jedoch noch etwas klarzustellen. Andreotti räusperte sich. »Ich will, dass Sie …«

»Ich weiß«, unterbrach ihn Viola. »Sie wollen, dass ich mich nicht einmische. Sie führen, wie immer, die Befragung durch.«

»Wie kommen Sie denn darauf?«

»Na, weil Sie das doch immer sagen.«

»Was ich immer sage, ist, dass Ermittlungsarbeit mehr als nur Spurensicherung ist und Sie noch viel lernen müssen. Deswegen führen *Sie* die Befragung durch.«

»Und was machen Sie?«

Was für eine unsinnige Frage, dachte Andreotti. Natürlich würde er alles beobachten. Dafür war er schließlich da.

Der Tod ihres Vaters war für die Geschwister Cattaneo keine Neuigkeit. Einer der übereifrigen Carabinieri hatte wohl von Viola die Verwandtschaftsverhältnisse erfahren und in einem Anfall von Pflichtbewusstsein sofort die beiden informiert. Das war ärgerlich, denn so hatte Andreotti nicht die erste Reaktion auf die Todesnachricht beobachten können. Aber dafür hatte er noch eine weitere Information, mit der er die Kinder konfrontieren konnte, die ihnen mutmaßlich noch nicht mitgeteilt worden war.

Aber jetzt galt es erst einmal abzuwarten. Nicoletta Cattaneo war kurz verschwunden, um einen Kaffee aufzusetzen. Und nachdem sie zurückgekehrt war, saßen die beiden Cattaneo-Geschwister wie zwei verschüchterte Schulkinder auf dem ledernen Sofa in der großen Halle, um Violas Fragen über sich ergehen zu lassen. Die Halle war dekoriert mit allerlei Schnickschnack, der ihr die Atmosphäre von Winzereitradition verleihen sollte. Nur konnten das kaum Originale sein, die waren schließlich allesamt verbrannt.

»Mein Beileid«, wiederholte Viola bereits zum dritten Mal, und Andreotti musste sich Mühe geben, nicht doch das Gespräch an sich zu reißen. Offenbar wollte ihr kein richtiger Einstieg gelingen. »Hatte Ihr Vater Feinde?«, fragte sie als Nächstes. Andreotti hätte am liebsten die Hände vor das Gesicht geschlagen. Was lehrte man heute überhaupt auf der Polizeischule? Niemals fiel man mit der Tür ins Haus.

»Hat nicht jeder Feinde?«, wich Filipo mit einer Gegenfrage aus, die Andreotti schon Hunderte Male gehört hatte und die nichts anderes besagte, als dass der Tote alles andere als beliebt gewesen war.

»Wann haben Sie Ihren Vater das letzte Mal gesehen?«, versuchte es Viola nun anders. Andreotti entging nicht der Blick, den Filipo seiner Schwester zuwarf, bevor er antwortete.

»Vielleicht vor zwei Wochen. Oder vier?« Wieder dieser Seitenblick.

Viola wollte schon die nächste Frage stellen, doch Andreotti konnte nicht länger ruhig bleiben. »Uns interessiert weniger, wann Sie Ihren Vater das letzte Mal gesehen haben, sondern wann Sie ihn das letzte Mal gesprochen haben.«

Filipo schwieg. Dafür antwortete seine Schwester. »Mein Vater und wir haben schon lange nicht mehr miteinander geredet.«

Also doch. Andreotti hatte gleich gespürt, dass da etwas nicht stimmte. »Das beantwortet nicht meine Frage. Wann haben Sie das letzte Mal mit ihm gesprochen?«

»Es ist vielleicht zwei oder drei Jahre her«, sagte Nicoletta nach kurzem Nachdenken.

»Und worüber haben Sie gesprochen?«, wollte Viola nun wissen.

»Wissen Sie noch, worüber Sie vor zwei oder drei Jahren mit jemandem geredet haben?«, erwiderte Nicoletta Cattaneo dünn.

»Wenn es das letzte Mal wäre, dass ich mit meinem Vater gesprochen hätte, dann schon«, entgegnete Viola, der offenbar die ungewöhnliche Reaktion der beiden Kinder ebenfalls nicht entgangen war.

»Unser Vater war kein einfacher Mensch«, antwortete nun Filipo. »Er war ein Landstreicher. Die Familie hatte er verlassen, als wir noch Kinder waren.«

»Hatte die Familie verlassen«, nicht: »hatte uns« oder »mich verlassen«. Eine übliche emotionale Distanzierung, die auf unverarbeitete Verletzungen hinwies, befand Andreotti.

»Wir haben ihn alle paar Jahre mal gesprochen, und dann ging es immer um dasselbe Thema«, fügte Nicoletta hinzu.

»Und das wäre?«, hakte Viola nach.

»Den perfekten Wein. Immer wieder faselte er davon, dass er den perfekten Wein geschaffen habe und dies sein Vermächtnis sei und er eines Tages dieses Wissen jemandem vermachen werde. Doch dafür sei die Zeit noch nicht reif.«

»Der perfekte Wein. Das klingt aber vielversprechend«, sagte Viola. Doch Filipo schien anderer Meinung zu sein. »Es gibt nicht den perfekten Wein. Haben Sie eine Ahnung, wie viele Faktoren in einen hervorragenden Wein reinspielen? Man kann Perfektion anstreben, aber den perfekten Wein gibt es nicht.«

»Was könnte Ihr Vater denn gemeint haben?«, wollte Viola nun wissen.

»Unser Vater war ein verbitterter alter Mann, der nicht ganz richtig im Kopf war. Früher war er eine Legende, doch dann ist er verrückt geworden, hat alles hingeschmissen und ist von heute auf morgen fortgegangen. Einfach so.« Filipo unterließ es zwar zu erwähnen, dass sein Vater zudem noch das ganze Weingut abgebrannt hatte, aber ansonsten hatte er die Vorgänge wohl recht treffend zusammengefasst. Und obwohl er die ganze Zeit so tat, als würde ihn das alles nicht berühren, schwang eine gehörige Portion Wut mit. Nur, ob die Wut für einen Mord reichte, bezweifelte Andreotti.

»Es hat unserer Mutter das Herz gebrochen«, fügte Nicoletta hinzu.

»Und Sie wollten trotzdem in die Fußstapfen Ihres Vaters treten?«, fragte Viola.

»Wir sind nicht in die Fußstapfen dieses alten, verrückten Mannes getreten, sondern bauen etwas Neues auf. Wir schaffen eine neue Art des Weinbaus«, entgegnete Filipo.

Andreotti bezweifelte das. Wollte nicht jeder Sohn, der den gleichen Beruf wie sein Vater wählte, sich mit ihm messen und ihn gar übertrumpfen?

»Was genau bauen Sie denn auf?«, fragte Viola weiter.

»Mein Bruder und ich bringen die alte Tradition zurück. Arbeiten mit autochthonen Trauben, also jenen, die aus der Gegend stammen, und alles natürlich streng biologisch«, erklärte Nicoletta, und Andreotti entging das Leuchten in ihren Augen nicht.

Filipo legte seine Hand auf Nicolettas. »Und wir schaffen hier eine Erlebnisgastronomie. Wir beherbergen Gäste, denen wir dann die Winzerei und die Weinberge zeigen, sodass sie die alte Kultur des Weinbaus im Valtènesi aus erster Hand kennenlernen.«

»Ein ambitioniertes Projekt«, merkte Andreotti an.

»Wir beide schaffen das. Wir sind ein gutes Team«, antwortete Filipo, und Andreotti nahm ihm das ab – zumindest, dass sie daran glaubten.

»Und das Vermächtnis Ihres Vaters hat Sie nie interessiert?«, fragte Viola noch mal.

Filipo schüttelte energisch den Kopf. »Alles, was unser Vater hinterlassen hat, war Leid und Kummer. Glauben Sie mir, wir wollten von ihm gar nichts.«

»Immerhin hat er Ihnen das Weingut hier überschrieben«, gab Andreotti zu bedenken. Die Geschwister schwiegen. »Fassen wir also zusammen«, führte Andreotti das Gespräch weiter. »Sie haben nie das Interesse verspürt, das Geheimnis Ihres Vaters, den besten Groppello zu kreieren, in Erfahrung zu bringen.« Beide verneinten stumm.

»Besitzen Sie eine Waffe?«, wechselte Viola das Thema.

»Sie wollen doch nicht behaupten …?«, setzte Filipo an, doch Andreotti brachte ihn mit einer energischen Handbewegung zum Schweigen.

»Meine Kollegin will gar nichts behaupten, sondern nur in Erfahrung bringen, wer alles ein Gewehr im Haus hat.«

»Ein Gewehr besitzt hier in der Gegend so gut wie jeder, um Ratten und Hasen zu jagen.«

Plötzlich sprang Nicoletta auf. »Der Kaffee!«, rief sie aus und war im nächsten Moment in Richtung Küche verschwunden.

»Sie beide verstehen sich offenbar gut«, führte Viola die Befragung fort.

»Das Leid und das Ziel haben uns zusammengeschweißt«, antwortete Filipo.

»Wo waren Sie vorgestern Abend?«

»Als unser Vater starb? Beim Weinfest auf dem Castello di Moniga del Garda.«

Kein sonderlich gutes Alibi. Binnen fünfundvierzig Minuten konnte man von Salò hier hochgefahren sein, den alten Cattaneo erschossen haben und wieder zurückgekehrt sein. Kaum jemand hätte das Verschwinden bemerkt bei dem Trubel.

»Wohnt noch jemand hier?«, fragte Viola.

»Nur Enzo. Er kümmert sich um die Arbeiten auf dem Gut und ist der Kellermeister. Er hat schon zu Vaters Zeiten hier gearbeitet. Heute hat er frei. Als unser Vater erschossen wurde, war er ebenfalls in Salò. Die anderen Arbeiter sind nur tagsüber hier. Wobei wir gerne noch einen Gärtner anstellen würden, der auch hier leben könnte. Aber es ist heute sehr schwierig, Personal zu finden.«

Als Viola zu einer weiteren Frage ansetzen wollte, stieß Andreotti sie mit dem Fuß an. Sie verstand und machte sich stattdessen ein paar Notizen. Sie würden warten, bis die Schwester wieder käme. Andreotti ließ den Blick durch die kleine Halle wandern.

Die Zeit zog sich in die Länge, und nur das laute Ticken der Wanduhr erfüllte den Raum. Filipo schien die Stille nichts auszumachen. Jedenfalls machte er keine Anstalten, das Schweigen zu brechen. Das wiederum sprach für ihn. Wer ein schlechtes Gewissen hat, kann mit Schweigen oft nicht umgehen. Endlich kehrte Nicoletta Cattaneo zurück. In den Händen balancierte sie ein Tablett mit Kaffeetassen.

»Ich habe den Kaffee verschüttet«, sagte sie und stellte schließlich das Tablett auf dem Tisch ab, wobei ihr beinahe das nächste Missgeschick passierte. »Ich musste ihn neu aufsetzen.« Das wiederum sprach nicht für Nicoletta Cattaneo.

Andreotti nahm einen Schluck, lobte pflichtbewusst den Kaffee, um nun seinerseits den nächsten Pfeil abzuschießen. »Ihr Vater war sterbenskrank. Leberkrebs im Endstadium.«

Nicoletta Cattaneo verschluckte sich an ihrem Kaffee und brach in ein lautes Husten aus. Filipo selbst wirkte wie erstarrt. Andreotti ließ Nicolettas Husten abklingen, ehe er weitermachte.

»Drei Monate hatte er noch. War Ihnen das bekannt?« Es war den Geschwistern nicht bekannt, und Andreotti glaubte es ihnen. Er nickte Viola zu, damit sie wieder übernahm.

»Würden Sie uns nun Ihre Waffen zeigen?«, fragte sie. Die beiden Geschwister warfen einander einen unsicheren Blick zu.

»Gibt es da ein Problem?«, hakte Viola nach.

»Nicht wirklich«, antwortete Filipo gedehnt.

»Sagen Sie uns jetzt nicht, dass ein Gewehr seit einigen Tagen vermisst wird«, schaltete sich Andreotti wieder ein, wobei er das Wort »vermisst« mit seinen Fingern in Anführungszeichen setzte.

»Das Einzige, was Sie vermissen werden«, entgegnete Filipos Schwester und setzte dabei ebenfalls mit Fingern Anführungszeichen, »ist die vorschriftsgemäße Lagerung.«

»Kein Waffenschrank?«

»Kein Waffenschrank«, bestätigte Filipo.

»Wenn es nur das ist, dann wollen wir mal drüber hinwegsehen.« Als ob überhaupt einer der Bauern hier einen Kehricht auf die Vorschriften gäbe.

Das schien Filipo zwar nicht wirklich zu beruhigen, aber da sie keine weiteren Ausflüchte parat hatten, führte Nicoletta sie voran, einen schmalen Gang entlang, vorbei an einer Treppe, die offenbar in den Keller führte, und blieb schließlich vor einer unauffälligen Tür stehen. Sie zückte einen Schlüsselbund und entriegelte die Tür. »Hier ist unser Büro«, erklärte sie überflüssigerweise, denn der Raum sah aus, wie ein Büro aussehen musste – ein Schreibtisch, ein Computer und ein paar Akten. Nicoletta ging zu einem hohen Schrank und öffnete die Türen, die kein Schloss besaßen. Da stand es in der linken Ecke, angelehnt gegen die Schrankwand. Ein Schrotgewehr, konnte Andreotti auf den ersten Blick erkennen. Viola ging näher heran, um es in Augenschein zu nehmen.

»Staubspuren«, murmelte sie und öffnete den Lauf. »Bestimmt seit ein paar Wochen nicht mehr benutzt.«

»Selbstverständlich nicht«, zischte Filipo. Andreotti sah aus den Augenwinkeln, wie Nicoletta ihre Hand auf den Arm ihres Bruders legte und ihn zum Schweigen brachte.

Viola stellte das Gewehr zurück und fuhr mit den Fingern über den Schrankboden. »Ein wunderschönes Stück«, sagte sie. »Ich vermute, ein Erbstück der Familie?«

»Seit dem großen Brand ist nichts geblieben. Meine Mutter hat ihn von einem Bekannten direkt nach dem Brand bekommen«, antwortete Nicoletta. So ganz konnte Andreotti Violas Faszination für den Schrank nicht teilen. Das Möbelstück war zweifelsohne alt, aber nun wahrlich nichts Besonderes. Die Schranktüren hatten über die Jahre in der Mitte des unteren Randes Kratzspuren vom Öffnen und Verschließen hinterlassen. Links und rechts waren Kanten des Schrankrandes abgebrochen. Dem Augenschein nach waren die Beschädigungen nicht neu, vielleicht ein paar Monate alt, soweit es Andreotti aus der Ferne erkennen konnte. Ansonsten war der Schrank leer.

Schließlich stand Viola auf und schloss die Schranktüren wieder. »Dann wollen wir mal zurück zu unserem Kaffee«, sagte sie. Nur war der Kaffee, wie zu erwarten, mittlerweile kalt, aber da sie ohnehin nicht zum Kaffeetrinken gekommen waren und fürs Erste die wichtigsten Fragen beantwortet waren, beschloss Andreotti, dass es Zeit war zu gehen.

Er ging an der Theke vorbei, auf der ein Gästebuch lag. Wie beiläufig öffnete er es und blätterte durch die weißen Seiten.

»Für die Gäste, die wir demnächst beherbergen werden«, erklärte Filipo.

Andreotti schlug das Buch zu und ging weiter, als sein Blick auf eine Geige an der Wand fiel. Und plötzlich kam ihm eine Idee. Er wusste nicht, ob sie total verrückt oder genial war. »Ist das eine Mendini-Geige?«, fragte er. Es war der einzige Geigenname, an den er sich erinnern konnte.

»Keine Ahnung. Mein Vater hat sie gekauft.«

»War Ihr Vater ein Sammler?«

»Eher nicht. Laut meiner Mutter hat er einfach allerlei Schnickschnack auf den Flohmärkten zusammengekauft, um das Weingut zu dekorieren.«

»Sie hatten nie Gäste hier?«, hakte Viola nach.

»Nicht, dass ich mich daran erinnern kann«, sagte Nicoletta. »Aber wie gesagt, die Erinnerungen an unseren Vater sind eher verschwommen. Wir waren klein, als er ging, und davor war er auch nie wirklich da für uns.«

Man konnte die Liebe zum Wein in den vielen kleinen Details spüren, in der Art, wie die Weinflaschen aus den verschiedenen Jahren in Abständen auf kleinen Podesten präsentiert wurden, in den alten Schwarz-Weiß-Fotos von Großeltern und Urgroßeltern, die neben Weinfässern und vor Kutschen standen. Alle mit diesen leicht eng stehenden Augen und dem prägnanten Kinn, das auch Filipo und Nicoletta geerbt hatten. Doch diese Liebe zum Wein war dunkel, geprägt von Leid und Wut. Eine unselige Mischung, ein perfekter Nährboden für Mord. Nur fehlte das Motiv.

»Und wie habe ich mich gemacht?«, wollte Viola wissen, als sie über den Vorhof zum Wagen gingen.

»Geht so«, knurrte Andreotti.

»Das ist ja nicht gerade nett.«

»Wenn Sie meine Meinung nicht hören wollen, dann fragen Sie mich nicht.«

Schweigend stiegen sie ins Auto. Als Andreotti den Wagen startete, fragte Viola schließlich: »Was hätte ich denn besser machen können?«

»Alles.«

»Können Sie das konkreter sagen?«

»Sie müssen erst einmal allgemeine Fragen stellen, die harmlos sind, damit sich die Befragten sicher fühlen. Dann nähern Sie sich den empfindlichen Themen. – Ein ungewöhnliches Geschwisterpaar«, wechselte Andreotti das Thema.

»Sie vereint eben ein Traum«, sagte Viola.

»Und wohl auch ein Albtraum: der Vater.«

»Meinen Sie, dass sie ihren Vater umgebracht haben?«

Andreotti ließ den Wagen über den Sandweg rollen und überlegte kurz, bevor er antwortete. »Keine Ahnung. Ein Motiv sehe ich bislang nicht. Wenn sie denn die Wahrheit gesagt haben, was ihren Vater angeht.« Das aber konnte Andreotti nicht mit Sicherheit sagen.

»Wie war Ihr Eindruck von der Schwester?«, wollte Viola wissen.

»Etwas tollpatschig, die Dame.«

»Sie meinen, weil sie den Kaffee verschüttet hatte? Das kann ja mal passieren.«

»Einmal ja, aber zweimal? In der Küche hatte sie den Kaffee auch schon einmal verschüttet«, sagte Andreotti und warf Viola einen Seitenblick zu.

Es dauerte einen Moment, bis sie verstand. »Es sei denn, sie ist gar nicht so tollpatschig«, sagte Viola. »Und hat gar keinen Kaffee verschüttet, sondern musste etwas anderes erledigen.« Plötzlich stieß sie einen Pfiff aus. »Das würde zu dem passen, was mir an dem Schrank aufgefallen ist.«

»Was war denn so faszinierend an dem Schrank?«

»Die untere Kante auf der linken Seite war beschädigt. Kleinere Absplitterungen, die vermutlich von dem Gewehr stammten. Das Ding ist schwer, und wenn man damit schnell gegen die Kante knallt, kann schon mal etwas absplittern.«

»Und genau diese Spuren haben Sie auch auf der anderen Seite des Schranks entdeckt«, führte Andreotti Violas Ausführungen fort.

»Richtig, da muss also auch mal ein Gewehr gestanden haben.«

»Das Nicoletta möglicherweise hatte verschwinden lassen, als ihr angeblich das Kaffeemalheur passiert war.«

Langes Kaffeekochen und ein paar Schrammen zu viel am Schrank waren keine Beweise, allenfalls Indizien. Einen Durchsuchungsbefehl würden sie nicht rechtfertigen.

Violas Handy unterbrach Andreottis Gedankengang, und während er den kleinen Fiat über die staubigen Straßen manövrierte, murmelte Viola hier und da ein »ja« und »interessant«. Dann legte sie wieder auf. »Das war Ernesto. Er ist auf etwas gestoßen.«

Ausgerechnet Ernesto.

»Es gab einen weiteren Jagdunfall in der Gegend.«

Das klang nun wiederum tatsächlich interessant.

»Noch ein Toter?«

»Richtig. Nur war das vor dreißig Jahren.«

Nun war ein zweiter Jagdunfall in all den Jahren statistisch nicht außergewöhnlich. Dennoch würde man – respektive Viola – sich das genauer ansehen müssen.

»Sie werden bestimmt etwas in Ihrem magischen Computer dazu finden.«

»Das glaube ich nicht. Erst seit rund zwanzig Jahren werden die Fallakten in der Datenbank erfasst. Wir müssten ins Archiv gehen.«

»Dann wissen Sie ja, was Sie die nächsten Stunden vorhaben.« Andreotti ignorierte Violas missmutige Miene. Wer sagte schon, dass Polizeiarbeit immer Spaß machte? Zudem nahm der Gedanke, der Andreotti vorhin bei dem Gästebuch gekommen war, inzwischen konkretere Formen an und entwickelte sich allmählich zu so etwas wie einem Plan. So würde er gleich zwei Fliegen mit einer Klappe schlagen. Er könnte etwas wiedergutmachen, worin er ansonsten nie sonderlich gut war, und er würde mehr über dieses seltsame Geschwisterpaar in Erfahrung bringen. Und da passte Martas *spiedo bresciano* am Abend hervorragend. Andreotti war derart zufrieden mit sich selbst, dass er beschloss, den Nachmittag an der Seepromenade ausklingen zu lassen.

18

Verstohlen schaute Andreotti den beiden Schönheiten aus dem Augenwinkel nach, die an ihm vorbeischlenderten, bis sie auf ihrer Jagd nach der nächsten Bluse oder Handtasche in einer Seitengasse verschwanden. Jung müsste man sein, dachte Andreotti bei sich, noch einmal jung. Aber das, was er erlebt hatte, rief nicht danach, ein weiteres Mal erlebt zu werden. Und dennoch würde er nichts anders machen. Eigentlich konnte er mit seinem Leben hier in Salò recht zufrieden sein. Diesmal beehrte er das kleine Café direkt am Kopf der Uferpromenade, wohin sich nur wenige verirrten. Andreotti setzte sich an einen der leeren Tische, lehnte sich zurück, schloss die Augen und ließ sich die warmen Sonnenstrahlen ins Gesicht scheinen. Er lauschte den Wellen, die sich am Ufer brachen, und den Schreien der Möwen.

»Ich wusste, dass ich dich hier finden würde«, hörte er plötzlich eine Stimme sagen, die er seit über zehn Jahren nicht mehr gehört hatte. Mit einem Mal war seine gute Laune verflogen. »Darf ich mich setzen?«

Andreotti antwortete nicht. Doch das Schaben des freien Stuhls sagte ihm, dass sein ungebetener Gast sich die Frage selbst bejaht hatte, wie es schon immer seine Art gewesen war.

»Ich dachte mir schon, dass du es warst bei dem Weinfest. Obwohl ich mir erst nicht sicher war«, sagte Andreotti schließlich. »Aber als du dann in der Geigenwerkstatt aufgetaucht bist, hatte ich keinen Zweifel mehr.« Andreotti öffnete die Augen, und da saß er, Carlo Rinaldi. Seine ergrauten Haare, in die er eine goldgefasste Designer-Sonnenbrille geschoben hatte, waren stramm zurückgegelt, sein Gesicht war fahler, die Falten tiefer geworden. Doch seine Augen waren wach wie eh und je. Mit seiner weißen

Hose und dem hell gestreiften Poloshirt wirkte er wie einer jener wohlhabenden Italiener aus der Großstadt, die am Gardasee als Wochenendvergnügen ihre Segeljacht unterhielten.

»Die scheinen euch bei der Spezialabteilung noch immer nicht sonderlich gut zu bezahlen«, sagte Andreotti.

Carlo Rinaldi strich über sein Poloshirt. »Kaum besser als früher, aber die Mafiosi haben heute auch mehr Stil als damals, da fällt es umso schwerer, mitzuhalten.«

Andreotti nahm eine Zigarette aus der Packung und reichte sie Carlo.

»Seit fünf Jahren nicht mehr«, erwiderte er.

»Jeder braucht seine Droge«, entgegnete Andreotti gleichgültig und zündete sich eine Zigarette an. »Aber Alkohol trinkst du noch?«

»Nicht mehr wie früher. Aber bei guten Anlässen gönne ich mir einen Wein.« Andreotti zweifelte, dass diese Begegnung gut war, dennoch winkte er die junge Bedienung herbei. Als sie schließlich zwei Rosé gebracht hatte, hob Carlo das Glas. »Auf die alten Zeiten«, sagte er.

»Auf die Gegenwart«, entgegnete Andreotti und nippte an dem Wein, um seine Aufmerksamkeit dann wieder dem See zuzuwenden, als würde er dort ein Gesprächsthema finden. Früher waren Carlo und er unzertrennlich gewesen, hatten so viel gemeinsam erlebt. Aber das war Vergangenheit, eine Vergangenheit, die man besser hätte ruhen lassen sollen, wenn es nach Andreotti gegangen wäre. Aber diesmal ging es nicht nach ihm. Also überließ er es Carlo, das Gespräch zu führen. Sollte er doch von sich aus sagen, wieso er nach all den Jahren aus heiterem Himmel wieder aufgetaucht war.

»Einen niedlichen kleinen Ort hast du dir ausgesucht, Andreotti.«

Andreotti lachte trocken auf. »Ausgesucht ist kaum das richtige Wort. Abgeschoben hat man mich hierher.«

Carlo nickte verständnisvoll. »Es war besser für dich. Nicht nur für dich.«

»Ich hoffe, du bist nicht gekommen, um mir nach all den Jahren zu meinem Posten in Salò zu gratulieren.«

»Das bin ich nicht.«

»Gut«, grunzte Andreotti. »Ob du es glaubst oder nicht, das hat schon jemand anderes gemacht.«

Andreotti hob die Hand und winkte übertrieben freundlich der alten Adelina zu, die mit zwei Einkaufstaschen beladen an ihnen vorbei nach Hause tippelte.

»Buongiorno, commissario«, rief sie ihm zu.

»*Buongiorno,* Signora Garibaldi«, grüßte Andreotti überschwänglich zurück.

»Du fühlst dich wohl hier«, stellte Carlo fest.

»Inzwischen schon.«

»Hat das auch mit der Kleinen zu tun? Sophia heißt sie, nicht wahr? Als ich gesehen habe, wie sie dir auf dem Weinfest nachgeschaut hat, hatte ich schon befürchtet, dass du doch noch ein weiches Herz bekommen hast. Aber in der Werkstatt schien sie zum Glück weniger begeistert von dir zu sein.«

Andreotti lag eine Antwort auf der Zunge, aber er ersparte sie sich lieber. Früher mal, da hätte er vielleicht etwas erklärt, aber früher waren sie Partner gewesen.

»Willst du wissen, wie es den anderen Kollegen geht?«, fragte Carlo.

Andreotti nahm einen extralangen Zug, während er sich eine Antwort überlegte. »Ich will wissen, was du nach all den Jahren von mir willst.«

Carlo lächelte. »Immer noch der Alte, keine Zeit für Sentimentalitäten, sondern gleich auf den Punkt.« Dann beugte er sich vor und fuhr nun leiser fort. »Nun gut. Wir brauchen jemanden wie dich in Rom, bei der organisierten Kriminalität. Klar, wir haben viele junge Talente. Wir brauchen aber jemanden mit Erfahrung, einen, der es richtig draufhat. Einen wie dich.«

»Carlo, Carlo, Carlo. Du bist immer noch der Alte. Schmierst einem stets Honig um den Dreitagebart.«

»Vielleicht solltest du endlich mal lernen, ein Kompliment anzunehmen.«

»Wäre ich so gut gewesen, hättet ihr mich nicht abgeschoben.«

»Du weißt genau, warum du hier gelandet bist. Bei dem Mist, den du gebaut hast.«

»Du weißt aber genau, warum ich es damals getan habe.«

»Als dein Freund – ja. Aber hätte ich meine Karriere auch noch in den Mülleimer werfen sollen?«

Andreotti sog die frische Seeluft ein. »Sicher«, antwortete er knapp. »Reicht, wenn einer im Mülleimer gelandet ist.«

Carlo überging Andreottis Sarkasmus. »Wir brauchen jemanden wie dich in Rom.«

Andreotti deutete mit dem Kopf Richtung See. »Schön, nicht wahr?«

Carlo gab so etwas wie ein zustimmendes Grunzen von sich.

»Weißt du, Carlo, das hier ist jetzt meine Heimat. Hier gehöre ich hin, zu den Menschen hier, der alten Carla, die dort vom Einkauf kam, zu Maria und ihrer Osteria, den Bauern im Umland.«

»Und den Touristen«, sagte Carlo süffisant.

»Und den Touristen«, antwortete Andreotti ernsthaft.

Carlo wandte die ganze Zeit nicht den Blick von Andreotti. Es lag ihm etwas auf der Zunge, das konnte der *commissario* sehen. Carlo hatte wieder diesen skeptischen, leicht spöttischen Gesichtsausdruck von früher. »Andreotti, alter Junge. Du kannst weder dir noch mir etwas vormachen. Ich weiß, dass du den Nervenkitzel vermisst, die ganz großen Fische zu jagen und diese Genugtuung, wenn sie einem endlich ins Netz gehen.« Andreotti spürte Carlos Hand auf seinem Unterarm. »Weißt du noch, wie früher.

Wir gegen die ganz Großen. Gezittert haben sie vor uns. Sag mir nicht, dass du es nicht vermisst.«

»Jeder braucht halt seine Droge«, sagte Andreotti. »Von manchen sollte man irgendwann die Finger lassen.« Er nahm einen weiteren Zug von seiner Zigarette und sog diesmal extra viel Rauch ein.

»Und man kommt von keiner Droge wirklich jemals los. Wie oft hast du aufgehört zu rauchen, mein Freund? Manche Drogen sind zerstörerisch, andere tun jedoch Gutes.«

»Und wiederum andere zerstören Menschenleben.«

»Du musst die alten Erinnerungen loslassen.«

»Das versuche ich. Jede Nacht versuche ich es, Carlo.«

Carlo ließ Andreottis Arm los und studierte sein Gesicht. Diesmal wirkte er nicht spöttisch, sondern ernst. »Also bist du nicht mehr der Alte.« Es klang Mitleid mit in der Art, wie Carlo es sagte, um dann gleich nachzusetzen: »Hast du sie mal wiedergesehen?«

Andreotti schwieg und nahm einen weiteren Zug.

»Es soll ihr gut gehen. Ist inzwischen mit einem angehenden Architekten zusammen, habe ich gehört. Wollen heiraten«, fuhr Carlo unerbittlich fort.

Andreotti stieß den Rauch so kräftig aus, wie er konnte. »Carlo. Weshalb kommst du ausgerechnet jetzt nach all den Jahren? Wieso hast du nicht einfach angerufen?«

Carlos Augen leuchteten kurz auf, nur den Bruchteil einer Sekunde, aber Andreotti war es nicht entgangen. »Der Puppenspieler«, rückte er schließlich mit der Sprache raus. »Nach all den Jahren haben wir endlich wieder eine Spur.«

Andreotti kramte in seinem Gedächtnis. Es waren so viele Fälle gewesen. So viele offene Enden, die er Nacht um Nacht in den letzten Jahren versucht hatte zu vergessen. Doch dann fiel es ihm wieder ein. Der Puppenspieler, er war einer jener Mafiosi, zu denen es weder Namen noch Gesicht gab. Das hing damit zusammen, dass er nicht aus einer der klassischen Mafiafamilien stammte. Eigentlich war er ein Externer gewesen, hatte das Geld der Banda della Magliana gewaschen. Die Banda della Magliana war in den Achtzigerjahren der mächtigste Mafiaclan Roms gewesen und hatte selbst die hohen Kreise der Politik und Wirtschaft unterwandert. Der Puppenspieler allerdings war selten in Rom gewesen, und die Mafiosi hatten nur über Mittelsmänner Kontakt zu ihm. Aber er war nicht einfach ein Buchhalter, sondern höchst gefährlich. So manch ein Mord ging auf sein Konto, wobei er die Taten weder selbst ausgeführt noch direkt beauftragt hatte. Er manipulierte die Menschen im Hintergrund, spielte mit ihnen wie ein Puppenspieler mit Marionetten.

»Wir haben einen Tipp bekommen, wo der Puppenspieler sich aufhalten könnte.«

»Hier in Salò«, tippte Andreotti. Deswegen war Carlo also hier. Natürlich war es ihm nicht um eine alte Freundschaft gegangen, sondern um einen Fall. Andreotti ärgerte sich, dass er auch nur einen Moment etwas anderes geglaubt hatte. »Dann geh ihn doch suchen. Wieso brauchst du mich dafür?«

»Mach es mir nicht so schwer, alter Freund. Du kennst die Menschen hier, du kennst dich hier aus. Mensch, Andreotti. Ich brauche dich. Wir, das Kommissariat in Rom, brauchen dich.«

»Bist du offiziell hier, Carlo?«

»Selbstverständlich! Und man weiß, dass ich dich zu Hilfe hole. Wenn wir erfolgreich sind …« Carlo beugte sich wieder vor. »Das heißt, wenn du erfolgreich bist, dann hat man eine Stelle für dich frei in Rom. Das ist offiziell.«

»In der organisierten Kriminalität?«

»In der OK, da wo du hingehörst. Andreotti. Das hier ist nichts für dich. Das weißt du doch selbst. Die einzige Sorge, die ich hatte, war, dass diese Sophia dich hier halten würde. Tut sie aber nicht. Persönliche Bindungen schaden uns nur in diesem Beruf, und du gehörst nicht hierher. Nicht hier zwischen Ladendiebstähle und Bootsunfälle.«

Andreotti drückte die Zigarette aus. Die Glut wollte nicht wirklich erlöschen, also goss er den Rest seines Weins in den Aschenbecher. Den vorwurfsvollen Blick der Bedienung konnte er eher ertragen als dieses Gespräch. Als die Zigarette ertränkt war, stand Andreotti auf. »Ihr werdet ohne mich auskommen müssen.«

»Überleg es dir. Ich wohne im Hotel Laurin.«

»Es gibt nichts zu überlegen«, murmelte Andreotti und wandte sich um. Seine Schritte waren schwer, doch er zwang sich weiter, und je weiter er sich entfernte, umso mehr fiel ihm eine alte Last von den Schultern.

19

Die Osteria war brechend voll. Auf dem Hinterhof drehte Onkel Alberto mehrere Spieße über offenem Feuer, damit die Fleischstücke auf den Spiedos ihr rauchiges Aroma erhielten. Die Zubereitung erfordert Geduld und Erfahrung, um sicherzustellen, dass das Fleisch saftig und perfekt gegart ist. Onkel Alberts *spiedi bresciani* waren schon immer legendär gewesen, und die Ankündigung, dass er heute welche grillen würde, ließ Freunde und Stammgäste aus dem ganzen Umland eintrudeln.

Tante Marta wirbelte selbst von Tisch zu Tisch und kam kaum hinterher, um zu prüfen, ob die Weinkaraffen noch ausreichend gefüllt waren. Es war wie damals bei den Familienfesten aus Sophias Kindheit. Auch damals hatte Marta alle bewirtet und stets alles im Griff gehabt. Sie schien in all den Jahren nicht gealtert zu sein. Während sie von Tisch zu Tisch eilte, scherzte sie, gab bissige, nicht ganz ernst gemeinte Spitzen von sich und hatte ihre Freude daran, dass alle sich wohlfühlten. Sophia hatte einen Platz neben zwei Rentnern zugewiesen bekommen, die sich sichtlich über die Anwesenheit einer jungen Frau freuten. Beide legten sich mächtig ins Zeug und übertrumpften einander mit Abenteuergeschichten aus ihrer Jugend, als sie noch bei Morgendämmerung auf den See fuhren und die prächtigsten Fische fingen. Wobei sie sich über die Größe der Fische ebenso uneins waren wie über die Jahreszahlen. Nur in einem waren sich beide einig: dass früher der See sauberer war, die Fische besser schmeckten und die Oliven mehr Aroma hatten, also kurzum damals alles besser gewesen war. Zwischendurch blickte der Kleinere der beiden Sophia mit einem ebenso erwartungsvollen wie zahnlosen Lächeln an, und Sophia stimmte ihm zu.

»Siehst du, Ettore. Das Mädchen weiß, was wir meinen.«

»Das Mädchen kann nicht wissen, was wir meinen. Sie war damals noch nicht einmal geboren«, erwiderte der Größere der beiden.

»Aber sie versteht etwas von gutem Essen. Das sieht man doch.«

Sophia spürte, wie sie knallrot wurde. Sie überlegte, etwas zu entgegnen, aber ihr wollte beim besten Willen nichts einfallen.

Der Gesprächigere der beiden erhob sein Glas Wein und prostete Sophia zu: »Auf die Schönheit der Signora.«

Der Zahnlosere stieß mit an, und so tat es Sophia ihm gleich. Während die beiden jeweils einen ordentlichen Schluck nahmen, nippte Sophia nur ein wenig. Sie kannte Martas Feste und wollte nicht wie beim letzten Fest vor einigen Wochen enden.

»Da bin ich«, erklang eine Sophia bekannte Stimme. Es war Fredo. Sein Haar war zu einem Scheitel gegelt, der notorische Dreitagebart einer ordentlichen Rasur zum Opfer gefallen, und er trug ein etwas zu weites Jackett, das ihm aber doch recht gut stand. Und natürlich roch er bereits aus zwei Metern Entfernung nach Zitronen-Rasierwasser.

»Was ist denn mit dir passiert?«

Fredo verzog das Gesicht. »Ilona ist mir passiert. ›Du musst ordentlich aussehen für die Feier‹, hat sie gesagt, und dann hat sie das aus mir gemacht.« Fredo zeigte mit beiden Händen an sich herab. Betrübt nahm er neben Sophia Platz und ließ sich von den beiden Rentnern musternd betrachten, die offenbar wenig begeistert waren, dass nun Fredo Sophias Aufmerksamkeit bekam. »Junge Leute«, hörte Sophia den Zahnlosen murmeln.

Fredo öffnete sein Jackett und holte verstohlen eine Rose aus der Innentasche, der man ansah, dass sie es darin nicht gerade gemütlich gehabt hatte. »Die soll ich mitbringen, hat Ilona gesagt.«

»Ich glaube kaum, dass du mir die Rose geben sollst, sondern eher Marta.«

»Wer hat nach mir gerufen?« Tante Marta war wie auf das Stichwort erschienen, tauschte die fast leere Karaffe Wein gegen eine volle aus und nahm Fredo mit grimmiger Miene die Rose aus der Hand. »Dass mir hinterher keine Klagen kommen über fehlende Portemonnaies oder Uhren. Haben wir uns verstanden?«

»Ich bin privat hier«, entgegnete Fredo trocken.

»Aber bitte nicht so lange«, sagte Marta und schoss wieder davon, um den nächsten Gast glücklich zu machen.

»Du kennst Marta«, setzte Sophia zu einer Erklärung an. »Sie meint es nicht so.«

»Solange sie mich nicht verhungern und verdursten lässt, ist alles gut.« Und das ließ Marta Fredo nicht. Wenn auch mit nicht weniger grimmiger Miene als zuvor, servierte sie ihm alsbald ebenfalls köstliche Fleischspieße.

Plötzlich sah Sophia ein blaues Jackett unter den Gästen aufblitzen. Sie erkannte es sofort. Andreotti schob sich an den Tischen vorbei, blieb hier und da stehen, nahm Grüße entgegen und gab Komplimente zurück. »Man kennt mich eben«, seufzte er, als er es endlich zu Sophia an den Tisch geschafft hatte. Das Gesicht der beiden Alten hellte sich wieder merklich auf, als sie sahen, wer sich da zu ihnen an den Tisch setzte, während sich Fredos Miene verdunkelte. Der Ältere der beiden legte zwei Finger an die Schläfe und deutete einen militärischen Gruß an – oder was er dafür hielt. Andreotti erwiderte den Gruß auf dieselbe Weise.

»Du hast gar nicht erwähnt, dass er hierherkommt«, zischte Fredo.

»Sie hat auch nicht erwähnt, dass du hier bist«, raunte Andreotti.

»Muss ich erst die Gästeliste verlesen?«, erwiderte Sophia. »Außerdem war ich nicht sicher, ob Sie überhaupt kommen würden, Andreotti, so unzuverlässig, wie Sie sind.«

»Wo guter Wein und gutes Essen ist, ist ein Andreotti nicht weit«, entgegnete der *commissario*.

»Und das ist auch gut so, denn der *commissario* ist heute ein gern gesehener Gast«, sagte Marta und knallte eine weitere Karaffe Wein auf den Tisch, obwohl die andere noch gar nicht geleert war. Marta mochte eigentlich jeden, und alle mochten Marta. Nur zwei Personen konnte sie nicht leiden, und daraus machte sie keinen Hehl. Fredo wollte sie nicht in ihrer Osteria haben, um ihre Gäste zu schützen, und Andreotti nicht, um Sophia zu schützen. Ihrer Meinung nach hatte Andreotti Sophia in einen gefährlichen Mordfall reingezogen, und auch sonst hielt sie nicht viel von ihm, vor allem wegen seiner Frauengeschichten, die man sich in Salò erzählte. »Einer muss ja auf den da aufpassen«, knurrte Marta und zeigte auf Fredo.

»Ich bin privat hier«, empörte sich Fredo. »Außerdem ist Andreotti keine große Hilfe. Taschendiebe sind dem schnuppe. Jedenfalls ist Ilonas Portemonnaie noch immer fort.«

»Hier wird heute gar nichts verschwinden, außer meine köstlichen Speisen in euren Mägen, damit das klar ist«, beendete Marta die Diskussion und wirbelte weiter zum nächsten Tisch.

Das Essen war köstlich, und auch wenn Andreotti und Fredo einander zu Beginn ein wenig belauerten, so sorgte der Wein doch dafür, dass sich die Stimmung ein wenig lockerte. Andreotti erkundigte sich nach Sophias Fortschritten in der Kunst des Geigenbaus, und Sophia fragte Fredo nach dem Befinden seiner Kinder, von denen er wie immer gerne und ausführlich berichtete. Es versetzte Sophia immer wieder ins Staunen, dass auch ein Taschendieb wie Fredo ein normaler Familienvater war. Auch bestand er darauf, dass zumindest einer seiner Söhne eines Tages in seine Fußstapfen treten sollte. Schließlich müsse auch in seinem Beruf die Familientradition fortbestehen. Ihre Gespräche wurden im Lauf des Abends lauter und zugleich unverständlicher, wie es der Alkohol nun einmal so mit sich brachte, und dennoch schafften sie es recht manierlich, kritische Streitthemen zu umschiffen. Dabei wanderten

Andreottis Augen mit vorrückender Stunde immer häufiger zu einer Frau mittleren Alters am Nachbartisch hinüber, die seine Blicke zu erwidern begann. Sophia wusste, es war nur noch eine Frage der Zeit, bis Andreotti sich empfehlen und den Tisch wechseln würde. Nur Fredo bemerkte offenbar nichts. Er schien zunehmend guter Dinge und in Redelaune zu sein. Er wusste mit dem letzten Klatsch und Tratsch zu unterhalten und war bei der Witwe des Bäckers angekommen, die offenbar einen neuen Ofen brauchte, wofür Fredo ihr ganz gentlemanlike etwas Geld geliehen hatte. »Signora, habe ich gesagt. Sie backen das beste Brot, und da ist es selbstverständlich, dass ich etwas dazu beitrage, damit das so bleibt. Das sehen Sie doch genauso, *commissario,* nicht wahr?«

Andreotti, der inzwischen vom Zuzwinkern zum Zuprosten übergegangen war, nickte nur geistesabwesend.

»Sind Sie in Gedanken etwa schon wieder bei Ihrem neuen Fall?«, hakte Fredo nach.

»Ein neuer Fall. Ganz richtig«, murmelte Andreotti.

»Sie scheinen Fortschritte zu machen.«

»Kann man so sagen.«

»Dann werden Sie die Sache also bald geklärt haben?«

»Ist zu vermuten«, antwortete Andreotti und lächelte versonnen.

»Dann wissen Sie schon, wer der Täter ist?«

»Welcher Täter?«

»Na, der von dem Toten auf dem Weinberg.«

»Ach, *der* Täter«, sagte Andreotti und schien mit einem Mal wieder im Hier und Jetzt zu landen. »Schwieriger Fall«, seufzte er, »ganz schwieriger Fall«, und setzte dabei eine Miene auf, als würde die Last der Welt auf ihm liegen. Ein Gesichtsausdruck, den Sophia an ihm nicht kannte.

»Sie untersuchen ja den Mord erst seit zwei Tagen. Da kann man noch nicht allzu viel erwarten«, warf Sophia ein.

»Bisher ist es ein Jagdunfall. Aber ich bin gewohnt, schnell zum Erfolg zu kommen«, antwortete Andreotti, und dabei wanderte sein Blick wieder zum Nachbartisch.

»Bei unserem letzten Fall hat es ja auch ein wenig länger gedauert«, sagte Fredo.

»Bei *meinem* letzten Fall, meinst du wohl«, wies ihn Andreotti zurecht.

»Wir haben Sie aber unterstützt«, warf Fredo mit schwerer Zunge ein.

»Ein Commissario Andreotti braucht keine Unterstützung.«

»Braucht er nicht«, stimmte ihm Fredo zu.

»Braucht er nicht«, hörte Sophia den Wein in ihr sagen, und sie erhob das Glas. »Auf Commissario Andreotti.« Auch die beiden Rentner erhoben ihre Gläser. Das wiederum schien dem *commissario* zu gefallen, und so stießen sie gemeinsam an.

»Ein Andreotti weiß aber, sich erkenntlich zu zeigen«, behauptete Andreotti. Dies allerdings war Sophia neu. »Sophia, Sie haben mir den einen oder anderen Hinweis bei der Sache mit dem Geigenbauer damals gegeben.« Das war zwar einerseits maßlos untertrieben, aber andererseits weit über dem, was Sophia an Anerkennung von Andreotti erwarten konnte, weswegen sie zustimmte. »Deswegen will ich mich erkenntlich zeigen.« Andreotti räusperte sich, beugte sich vor und setzte eine verschwörerische Miene auf. »Ich möchte Ihnen ein paar Tage Urlaub schenken.«

»Und was ist mit mir?«, wollte Fredo wissen.

»Ruhe«, zischte Sophia etwas heftiger, als sie gewollt hatte. »Sie wollen mich fortschicken, Andreotti?«

»Ein Andreotti schickt doch keine Freunde fort.«

»Wir sind Freunde?«

»Sicher, wir sind alle Freunde fürs Leben«, mischte sich nun Fredo ein, warf dabei sein Weinglas um und tränkte den Tisch in einen roten See.

»Natürlich sind wir keine Freunde«, korrigierte Andreotti.

»Natürlich nicht«, stimmte Sophia zu.

»Ich möchte, dass Sie Ihre neue Heimat noch besser kennenlernen, und da dachte ich …«

»Was dachten Sie?«, lallte Fredo.

»Ruhe«, zischten Andreotti und Sophia gleichzeitig.

»Ich habe Ihnen einen viertägigen Kurzurlaub auf der Winzerei Cattaneo geschenkt.«

»Ein wahrlich schönes Geschenk«, mischte sich nun der zahnlose Rentner ein. »Seine Kinder sollen es dort wundervoll hergerichtet haben.«

»Ganz im Sinne des alten *vagabondo*«, pflichtete ihm sein Kumpel bei. Andreotti brachte die beiden mit einem strengen Blick dazu, wieder in ihre Weingläser zu starren.

Andreotti beugte sich vor und flüsterte weiter: »Was halten Sie davon?«

Sophias fiel es immer schwerer, Worte zu formen. »Das ist ein wundervolles Geschenk«, brachte sie heraus. »Ich kann ja im nächsten Frühling dort ein wenig Urlaub machen.«

Andreotti knallte mit der flachen Hand auf den Tisch, dass die Gläser klirrten. Er schaute kurz zum Nachbartisch und setzte ein entschuldigendes Lächeln auf, bevor er fortfuhr. »Nicht im Frühling. Jetzt. Sie brauchen jetzt Urlaub.«

Irgendetwas war hier im Busch, dessen war sich Sophia jetzt absolut sicher. Der Wein hinderte sie nur daran, zu verstehen, was es war. Doch da half ihr Fredo auf die Sprünge. »Urlaub, dass ich nicht lache. Sie soll dort für Sie spionieren.«

»Nicht so laut«, zischte Andreotti. »Spionieren würde ich das jetzt nicht nennen. Aber Sie könnten sich ja mal ein wenig dort umschauen.«

»Wieso sollte ich das tun?«

»Die haben da eine Geige.«

»Nur weil da irgendwo eine Geige ist, lasse ich doch nicht alles sofort stehen und liegen.«

Andreotti zuckte nur mit den Schultern und nahm einen Schluck Wein.

»Was für eine Geige ist das denn?«, wollte Sophia wissen.

»Bestimmt keine Stradivari«, stellte Andreotti fest.

»Hätte ich auch nicht erwartet in einem abgelegenen Weingut.«

»Der *commissario* nutzt dich nur aus«, rief Fredo. Andreotti lehnte sich zurück und warf entnervt die Arme in die Luft. »Da meint man es einmal gut, und dann so etwas. Und ich dachte, Sie würden sich für Geheimnisse und Kriminalfälle interessieren.«

»Aber Sophia ist nicht an Ihrem Fall interessiert.«

»Was genau soll ich denn tun?«, wollte Sophia wissen.

»Sophia«, ermahnte sie Fredo.

»Ruhe, Fredo«, fauchten Sophia und Andreotti wieder gleichzeitig.

»Sie sollen gar nichts tun«, erklärte Andreotti. »Sie sollen nur mein Dankeschön annehmen, morgen einen Urlaub dort antreten und mir dann das eine oder andere berichten, was Ihnen da auffällt.«

»Welche Geige da an der Wand hängt?«

»Was interessieren mich Geigen?«

»Was denn sonst? Worauf soll ich achten?«

»Keine Ahnung. Wenn ich das wüsste, bräuchte ich Sie nicht.«

»Hah.« Fredo sprang auf. »Jetzt hat er es gesagt. Er braucht dich.«

»Das war ein Kompliment, das habe ich nicht so gemeint.«

»Machen Sie Frauen immer Komplimente, die Sie nicht meinen, um das zu bekommen, was Sie wollen?«, fragte Sophia eine Spur zu laut.

Andreottis Blick wanderte wieder zu dem Tisch gegenüber. »Das würde ich nie machen.«

»Also hat er es doch so gemeint«, sagte Fredo zu Sophia.

»Haben Sie es so gemeint?«, wollte nun auch Sophia von Andreotti wissen. »Brauchen Sie mich, und ich soll Ihnen helfen – unter Freunden?«

Andreotti schaute zerknirscht drein, als er die Worte über die Lippen brachte: »Ja, ich brauche Ihre Hilfe.«

»Unter Freunden.«

»Ja, unter Freunden, verdammt noch mal!«

Sophia lehnte sich zufrieden zurück und spürte, wie sich ein Grinsen über ihr ganzes Gesicht spannte. »Aber wie bekomme ich so schnell ein Zimmer dort?«

»Ein Engelchen hat vorausschauend etwas für Sie dort gebucht.«

»Vielmehr ein Teufelchen«, murmelte Fredo.

»Wann geht es also los?«

»Morgen.«

»Ich habe in der Werkstatt zu tun.«

»Nehmen Sie die Geige mit. Sagen Sie Giuseppe, dass Sie Ruhe brauchen. Irgendetwas wird Ihnen schon einfallen.«

»Das stellen Sie sich aber leichter vor, als es ist.«

»Ihnen wird schon etwas einfallen. Nur sollten Sie es zügig klären. Ihre Ankunft ist für morgen um dreizehn Uhr angekündigt.«

»Sie haben alles vorausgeplant.«

»Selbstverständlich.«

»Und was ist mit mir?«, mischte sich nun wieder Fredo ein.

»Was soll mit dir sein?«

»Na, mein Dankeschön. Schließlich habe ich Ihnen auch damals geholfen, nicht nur Sophia.«

»Ich kaufe dir morgen eine Flasche Wein.«

Doch so leicht war Fredo nicht abzuspeisen. Er warf Sophia einen Blick zu, und für einen Moment lichtete sich die Wolke, die der Wein vor ihren Geist geschoben hatte, und sie verstand. »Fredo hat recht. Mit einer Flasche Wein ist es nicht getan. Sie werden aber etwas anderes tun.«

Andreotti schien zu verstehen. »Nein«, sagte er. »Nein, und damit basta.«

»Sì«, entgegnete Sophia bestimmt. »*Sì*, Sie werden den Dieb finden, der Ilona beklaut hat, und ich werde Sie bei Ihrem Fall unterstützen.«

»Ich brauche keine Unterstützung.«

»Ich brauche keinen Urlaub.«

Andreotti warf den Kopf in den Nacken und schickte ein Stoßgebet gen Himmel. »*Dio mio*, dann finde ich eben den Dieb, und Sie machen Urlaub. Das klingt nicht wirklich nach einem guten Deal.«

Fredo hingegen war äußerst zufrieden. Er streckte seine Hand auf den Tisch. »Abgemacht«, sagte er.

Sophia legte ihre Hand auf seine. »Abgemacht«, stimmte sie ihm zu.

Schließlich schlug auch Andreotti ein.

»Concordia e amicizia!«, erschallte die raue Stimme des Alten zu ihnen herüber, der kaum verstanden haben konnte, worum es ging, der aber zumindest mitbekommen hatte, dass ein Pakt geschlossen worden war. Auch sein *compagno* hob sein Glas. *»Concordia e amicizia!«*

Fredo, Sophia und Andreotti hoben ebenfalls ihre Gläser. Auf Eintracht und Freundschaft ließ sich gut trinken. *»Concordia e amicizia!«*

Andreotti lehnte sich zurück und schien mit sich selbst zufrieden. Doch eine Kleinigkeit nagte noch in Sophia. »Sie haben heute Nachmittag schon alles veranlasst«, fasste sie nachdenklich zusammen. »Aber woher wussten Sie, dass ich zustimmen würde?«

»Das, meine Liebe, liegt auf der Hand. Ich bin der *commissario,* ich kann mit Menschen, wenn ich will. Ganz besonders mit Frauen.«

Der Wein hatte Sophias Verstand zu langsam und ihre Zunge zu schwer für eine Antwort werden lassen, und bevor sie etwas erwidern konnte, war Andreotti aufgestanden und hatte sich an den Nachbartisch begeben.

20

Die pittoresken Türme des kleinen Weinguts Cattaneo hatten es Sophia sofort angetan, und der Ausblick von hier oben war einfach überwältigend. War Salò im Wesentlichen vom See geprägt, so erstreckte sich hier eine gänzlich andere Landschaft. Grüne Bänder endloser Rebstöcke verliehen jedem der unzähligen Weinhänge sein eigenes Muster, unterbrochen nur von vereinzelten Bäumen, unter deren Schatten sich Feldarbeiter ausruhten. Vereinzelt waren weiße Häuser mit ihren typisch hellroten Ziegeldächern zwischen den Weinhängen auszumachen.

Selbst die Luft war hier, wenige Hundert Meter über dem See, eine andere. Sie kam Sophia noch frischer vor, aber auch erdiger, würziger, als würde die leichte Sommerbrise die alte Kultur der Winzereien mit sich tragen. Und über all dem thronte dieser hübsche Bau im Stil einer kleinen romanischen Burg. Das Gebäude war nicht alt, das sah Sophia sofort, doch mit seinen kleinen Türmchen, dem romanischen Bogen und grauen Steinmauerwerk hatte der Erbauer alles dafür getan, dass es sich harmonisch in die Landschaft einfügte.

»Es ist wunderschön«, seufzte Sophia.

»Warst du noch nie hier?«, fragte Fredo.

»Ich glaube, es gibt zu viele Orte am Gardasee, an denen ich noch nicht war.«

»Dann wird es aber Zeit«, erwiderte Fredo und machte sich daran, Sophias Tasche aus dem Kofferraum zu holen. Ein untersetzter Mann, der offenbar bereits auf sie gewartet hatte, kam auf sie zugeeilt. Er wischte seine Hände an einem weißen Kittel ab und winkte ihr zu. *»Ciao, bella signora.«*

Sophia wollte gerade zurückwinken, als Fredo ihr den Koffer vor die Füße stellte. »Willst du den nicht reinbringen?«, fragte sie.

»Nein, ist schlecht für das Geschäft«, sagte Fredo und schob seine Mütze tiefer ins Gesicht. »Je weniger man mich wiedererkennt, umso besser für die Arbeit.«

Sophia fand, dass Fredo zwar etwas übertrieb, aber ließ ihn gewähren. Er tippte zum Abschied mit dem Zeigefinger an seine Schiebermütze, sprang in den Wagen und fuhr los, ehe Sophia noch etwas sagen konnte.

»Signora Lange aus Germania?«, fragte der ältere, rundliche Mann ein wenig außer Atem. Dieses kleine verschlafene Gut wirkte zwar nicht, als ob es täglich Gäste bekäme, aber Sophia tat ihm den Gefallen und stellte sich vor. Der Mann grunzte eher missmutig als freundlich und schnappte sich ihren Koffer, der in seinen großen Händen wie ein Spielzeug wirkte. Sophia musste sich beeilen, ihm zu folgen, als er davonstapfte. Kurz bevor sie den Torbogen durchquerten, schaute sie sich noch einmal um. Auf dem sandigen Weg, der sich zwischen den Weinbergen entlangschlängelte, konnte sie den grauen Fiat Punto, den sich Fredo von Tante Marta geliehen hatte, nur noch als kleinen Flecken ausmachen. Jetzt war sie auf sich allein gestellt.

Der Mann, der sich auf Sophias Nachfrage knapp als Enzo vorstellte, führte sie mit lautem Schnauben und entschlossener Miene durch einen hübschen Innenhof. Weinranken zogen sich an den inneren Mauern empor und schimmerten in den verschiedensten Grüntönen, je nachdem, wie die Sonnenstrahlen sie streiften. Ein kleiner Springbrunnen bildete den Mittelpunkt des romantischen Innenhofs, und zwei gusseiserne Bänke luden zum Verweilen ein. Der Mann stapfte unbeirrt mit ihrem Koffer weiter. »Sie sind der erste Gast«, sagte er plötzlich. Es klang fast wie ein Vorwurf, als würde sie ihn in seiner Tagesroutine stören.

»Das wird sich bestimmt bald ändern, wenn sich einmal rumspricht, wie schön es hier ist.«

»*Se Dio vuole,* Signora, wenn Gott will«, entgegnete Enzo und stapfte weiter. Inzwischen hatten sie den zweiten Torbogen passiert und das Hauptgebäude betreten. Terrakottafarbene Fliesen verliehen dem Raum mediterranes Flair. Sorgsam arrangierte Pflanzen in passenden Terrakottakübeln zierten den Raum. Neben einer kleinen Sofaecke waren zwei Bücherregale platziert. Alles wirkte eher wie ein Gutsherrenanwesen als ein Hotel, wenn da nicht der kleine Rezeptionstresen gewesen wäre, vor dem der grobschlächtige Mann Sophias Koffer auf die Fliesen plumpsen ließ. Noch ehe Sophia sich überlegen konnte, wie viel Trinkgeld sie ihm geben würde, machte er sich auf und davon, verschwand durch einen der steinernen Bögen, die zu einem der vielen Gänge führten, und ließ sie allein zurück.

Lediglich das Ticken der antiken Wanduhr, die über dem Sofa in der Sitzecke hing, durchbrach die Stille. Neben der Uhr hing auch die besagte Geige. Sie schien ein Original zu sein. Anhand der detailreichen Verzierungen und der besonders glatten Oberfläche vermutete Sophia, dass es sich um ein Instrument von Igino Sderci handeln könnte, etwa aus den Siebzigerjahren des letzten Jahrhunderts. Normalerweise etwas teuer für eine einfache Dekoration, andererseits schien sie arg in Mitleidenschaft gezogen worden zu sein, weswegen sich wohl niemand die Mühe gemacht hatte, sie zu reparieren. Die Einrichtung des Weinguts schien insgesamt nicht neu zu sein, war jedoch keineswegs heruntergekommen. Im Gegenteil, sie strahlte einen gewissen Charme aus, der zeigte, dass hier jemand wusste, Altes zu bewahren und es so zu arrangieren, dass es voll zur Geltung kam.

Da seinerzeit alles abgebrannt war, waren die meisten Stücke wahrscheinlich auf örtlichen Antikmärkten zusammengekauft worden. Zwei Flaschen zierten das Holzbrett neben dem Empfang. Sie sahen aus wie jene, die Cattaneo Giuseppe geschenkt hatte. Auch auf ihnen stand *Concordia,* darunter jedoch zusätzlich in geschwungener Handschrift: *La mano dell'industrioso arricchisce.*

»Signora Lange?«

Sophia fuhr herum. Ein junger Mann war hinter dem Rezeptionstresen erschienen. Er war gut einen Kopf größer als sie, seine Augen funkelten freundlich, und sein energisches Kinn umspielte ein Lächeln. »Signore Cattaneo, vermute ich.«

»Sie kennen meinen Namen?« Filipo Cattaneo runzelte erstaunt die Augenbrauen, was irgendwie charmant aussah.

»Das ist doch das Weingut Cattaneo, und auf der Homepage stand, dass es ein Familienbetrieb sei.«

»Stimmt, so schwierig war es wirklich nicht«, lachte der junge Cattaneo. »Ja, wir sind ein Familienbetrieb. Meine Schwester Nicoletta und ich führen ihn.«

»Und der grummelige Mann ist auch ein Verwandter von Ihnen?«

Wieder lachte Filipo. »Nein, Enzo ist der Kellermeister und gehört sozusagen zum Inventar. Er war schon Kellermeister, als wir noch Kinder waren.«

»Was macht denn ein Kellermeister?«

»Er überwacht den Herstellungsprozess des Weins. Prüft die Trauben, achtet auf die Reife und die Güte der Fässer. Selbstverständlich packen wir hier alle mit an, aber Enzo ist uns eine große Hilfe. Sie müssen seine Art entschuldigen. Er ist es noch nicht gewohnt, Gäste zu haben. Wir haben erst diese Saison unser Haus dafür geöffnet.«

»Umso besser für mich, dann kann ich die Ruhe genießen.«

»Das können Sie allerdings«, stimmte der junge Cattaneo ihr zu. »Ich hoffe nur, dass es Ihnen hier oben bei uns nicht zu ruhig ist und Sie sich nicht langweilen.«

»Da machen Sie sich keine Sorgen«, erwiderte Sophia. »Einerseits will ich ja einiges über Ihre Weine erfahren. Andererseits werde ich die Zeit für Ausflüge in der Gegend nutzen.« Auch, um regelmäßig in der Werkstatt und bei Andreotti vorbeizuschauen, fügte Sophia in Gedanken hinzu.

»Dann lasse ich Ihnen von Enzo das Mountainbike bereitstellen. Damit lassen sich die besten Touren in der Gegend machen. Natürlich ist das ein Service des Hauses.«

Ein sehr zuvorkommender Service, fand Sophia und nahm das Angebot gerne an.

Gerade als der junge Mann ihr das obligatorische Gästeformular reichen wollte, erschien eine junge Frau mit einem Notizblock in der Hand.

»Ich habe mir den Sauerstoffgehalt angeschaut …« Sie unterbrach sich, als sie Sophia bemerkte, wischte sich eine braune Haarsträhne von der Stirn und setzte ein Lächeln auf. Das musste Nicoletta sein. »Entschuldigen Sie bitte. Enzo hat mir gar nicht gesagt, dass Sie angekommen sind.«

»Sie haben es hier schön. Sehr liebevoll gestaltet.« Ein weiteres Lächeln huschte über das Gesicht der jungen Frau. Sie war unverkennbar Filipos Schwester, die gleichen Augen, das gleiche Kinn. »Wir geben uns Mühe, den Charme der alten Winzerei mit der Moderne zu verbinden.«

Nicoletta war auf eine gewisse Weise hübsch. Das hatte sie vor allem der Gnade der Natur zu verdanken, dass ihr Kinn nicht so prägnant wie das ihres Bruders ausgefallen war.

»Genau dieser ursprüngliche Charme hat mich auf Ihrer Webseite so angesprochen«, sagte Sophia.

»Gefällt Ihnen unsere Webseite? Die hat mein Bruder erstellt.«

»Da ist aber noch einiges zu machen«, antwortete Filipo fast ein wenig entschuldigend.

»Gute Dinge brauchen Zeit«, sagte Sophia. »Wie ein guter Wein.«

»Den wir mit viel Liebe zum Detail hier reifen lassen. Wir nutzen traditionelle Verfahren und versuchen, die alte Kunst des Weinbaus hier wieder zur Blüte zu führen. Aber das werden wir Ihnen alles zeigen.« Die beiden wirkten überhaupt nicht so distanziert, wie Andreotti sie beschrieben hatte, sondern ausgesprochen sympathisch. Andererseits konnte man ihnen nicht verdenken, gegenüber einem *commissario* distanziert zu sein, der sie zum gewaltsamen Tod ihres Vaters befragte. Hier waren sie in ihrem Element, und sie schienen die gleiche Begeisterung für die Tradition des Weinbaus zu haben wie Sophia für den italienischen Geigenbau. Die Cattaneos hatten recht. Sophia würde sich hier wohlfühlen. Sie musste nur darauf achten, ihren kritischen Verstand beizubehalten.

»Ich zeige Ihnen jetzt Ihr Zimmer«, sagte Filipo, kam um den Tresen herum und griff nach ihrem Koffer. Doch als er den Geigenkasten nehmen wollte, kam Sophia ihm zuvor. Filipo deutete eine Verbeugung an und führte Sophia durch einen der vier steinernen Bögen einen Gang entlang. Die Wände waren sorgfältig dekoriert mit pittoresken Malereien, die Landschaftsszenen des Valtènesi zeigten. In regelmäßigen Abständen waren auf kleinen Podesten leere Weinflaschen präsentiert, offenbar als Zeugnis der Geschichte dieser kleinen Familienwinzerei.

»Sind Sie Detektivin?«, fragte Filipo plötzlich. Sophia blieb abrupt stehen. »Na, weil Sie eine Geige mitgebracht haben«, sagte Filipo amüsiert. »Sherlock Holmes ist doch auch immer mit Geige gereist.«

Sophia atmete erleichtert auf. »Das wusste ich gar nicht. Geigen sind nur meine Leidenschaft. Das ist eine Enrico Rocca. Hier aus der Gegend. Ich reise nie ohne eine gute Geige.« Und sie reiste auch nicht ohne Werkzeug. Schließlich hatte sie Giuseppe heute Morgen versprochen, in ihrer Abwesenheit zumindest ein wenig an dem Instrument zu arbeiten.

»So wie ich nie ohne einen guten Wein verreisen würde. Wo immer man auch hinreist, man sollte immer ein Stück Heimat mit sich nehmen.« Die Cattaneos hatten recht. Sophia würde sich hier wohlfühlen.

21

Kurz nachdem Fredo Sophia bei den Cattaneos abgesetzt hatte, meldete er sich wie abgemacht bei Andreotti im Kommissariat. Er nutzte die Gelegenheit, um dem *commissario* gleich wieder wegen Ilonas Portemonnaie in den Ohren zu liegen. Andreotti musste sich etwas überlegen, wie er Fredos Portemonnaie-Problem ohne viel Aufwand lösen konnte. Bisher war ihm noch immer etwas eingefallen, lästige Angelegenheiten loszuwerden. Aber das hatte noch Zeit. Jetzt musste er erst einmal mehr über Cattaneo in Erfahrung bringen, und dafür war ein Besuch im besten Weingeschäft Salòs einen Versuch wert. Also schüttelte Andreotti Fredo ab, machte sich auf den Weg in die Innenstadt und wurde wenig später mit einem von zwei großen, roten Lippen geflöteten *Salute* und herzlichen drei Küssen begrüßt, als wäre ein lange verschollener Sohn wieder heimgekehrt.

»Andreotti! Du bist aber mager geworden. Gibt es denn niemanden, der sich um dich kümmert?« Donatella Boccherini war wie immer eine Erscheinung. Sie trug einen ihrer goldbestickten Kaftane, die sie wegen ihrer Körperfülle bevorzugte. An jedem ihrer Finger prangte ein Ring, und mit ihrem schrillen Make-up und den kastanienrot gefärbten Haaren wirkte sie weniger wie die Inhaberin einer der bestsortierten Weinhandlungen im Umland, sondern eher wie eine Wahrsagerin. Tatsächlich hatte sie auch etwas von einer Wahrsagerin, denn sie konnte treffsicher voraussagen, welcher Wein einem Kunden am besten schmecken würde. Deshalb hatte sie eine treue Stammkundschaft, zu der auch Andreotti gehörte, seit er vor zehn Jahren nach Salò gekommen war und seine Augen am Schaufenster dieses kleinen, aber erlesenen Geschäfts hängen geblieben waren. Wenn er es genau bedachte, war Donatella die erste Person, die er in Salò außerhalb des Kommissariats näher kennengelernt hatte, und er war ihrer Weinkenntnis und ihren Weinen treu geblieben, auch wenn sein letzter Besuch ein paar Wochen her war. Aber nun galt es, einen guten Vorsatz in die Tat umzusetzen und seinen Körper wieder mit besseren Tropfen zu verwöhnen. So konnte er gleich das Angenehme mit dem Nützlichen verbinden, denn Donatella Boccherini wusste mehr über die Menschen in der Gegend als die meisten anderen. Die Weinhändlerin lotste ihn zu einem der Barhocker an dem runden Weinprobentisch und kredenzte ihnen beiden einen vielversprechend duftenden Rotwein, einen Garda Cabernet, wie das Etikett verriet. Donatella Boccherini fächerte sich das Weinaroma zu, und ihr Gesicht erstrahlte zu einem mondförmigen Lächeln. »Wo du schon Wochen nicht da warst, muss ich dich mit etwas ganz Besonderem verwöhnen. Tiefrote Farbe, kräftiger Körper, reichhaltig an Tanninen«, schwärmte sie. »Aromen von Schwarzer Johannisbeere, Brombeere und Vanille.«

Andreotti kostete den Rotwein, und ja, er war natürlich mal wieder vorzüglich. Genau das, was er brauchte. Donatella war wirklich eine Hellseherin, wenn es um den Geschmack ihrer Kunden ging. Andreotti gönnte sich einen weiteren Schluck. »Wenn jemand etwas über den Wein in dieser Gegend weiß, dann bist du es, die großartige Donatella Boccherini«, erklärte er.

»Du schmeichelst mir, mein lieber Andreotti«, flötete Donatella Boccherini mit gespielter Bescheidenheit. »Aber ich will zugeben, ich weiß viel über die Weine aus dieser Gegend. Schließlich ist der Handel mit dem Saft der erlesensten Trauben seit bald dreißig Jahren meine Leidenschaft.«

»Fast dreißig Jahre? Hast du etwa schon im Säuglingsalter angefangen?«

»Du bist und bleibst ein alter Charmeur, Andreotti«, erwiderte Donatella Boccherini glucksend, um gleich darauf etwas betrübter hinzuzufügen: »Meine Leidenschaft sind die Weine und Weingüter, doch die Menschen dahinter interessieren mich nicht sonderlich.«

»Aber die Geschichte von Umberto Cattaneo kennst du doch.«

»War der Tote, den man am Weinhang gefunden hat, also doch Cattaneo? Bist du deswegen hier?« Andreotti nickte stumm. Donatella Boccherini bekreuzigte sich eilig. »Es gab ja Gerüchte, dass er es war, aber ich gebe nicht viel auf Gerüchte.« Plötzlich warf Donatella Boccherini theatralisch die Hände vor den Mund. »Ermordet?«, flüsterte sie.

»Ich ermittle noch. Vermutlich aber ein Jagdunfall«, gab Andreotti die offizielle Version zum Besten. »Was kannst du mir über Cattaneo sagen?«

»Nicht mehr als andere auch, die sich mit der Geschichte des Weins in der Gegend auskennen. Das Schicksal von Cattaneo kennt jeder, der sich schon damals mit Wein beschäftigt hat. Er war eine Legende. Sein Ruhm reichte bis nach Paris, New York, in die ganze Welt. Er war zudem ein bibeltreuer Mann. Nicht unbedingt gläubig, aber sehr belesen.«

Andreotti winkte ungeduldig mit der Hand. »Die Loblieder kenne ich schon. Ich brauche die dunklen Seiten des Mannes.«

»Wie zum Beispiel, dass er als Tyrann galt, der zum Schluss wahnsinnig geworden ist und seine Winzerei niedergebrannt hat?«

»Weil sein Wein vergiftet worden war«, stimmte Andreotti zu.

»So sagt man jedenfalls, doch vielleicht war das nicht der alleinige Grund.«

Donatella Boccherini schlug abermals ein Kreuz. »Wir sollten über die Toten nicht schlecht reden.«

»Das ist den Toten herzlich egal«, sagte Andreotti. »Aber es könnte helfen, den Täter zu finden.«

»Also war es doch kein Jagdunfall?«

»Auch bei einem Jagdunfall gibt es einen Täter.«

»Sicher«, stimmte ihm die Weinhändlerin zu. »Nur glaube ich nicht, dass diese alten Geschichten dir bei einem Jagdunfall weiterhelfen. Aber du bist der *commissario.*« Donatella Boccherini schien in einen kurzen inneren Diskurs zu gehen, der sie etwas in ihren Erinnerungen finden ließ. »Man sagt, dass Cattaneo schon einige Jahre zuvor seine Magie verloren hätte. Seine Weine waren zwar immer noch hervorragend, aber einfach keine Spitzenklasse mehr. Bereits zwei Jahre vor dem Brand begann ihnen einfach das gewisse Etwas zu fehlen. Keine Frage, Cattaneo war immer noch ein ganz Großer, und für den gewöhnlichen Weingenießer waren das nach wie vor Spitzenweine. Aber die Kritiker konnte er nicht mehr überzeugen.«

»Das ist aber noch lange kein Grund, verrückt zu werden und ein Weingut abzubrennen.«

»Wandeln Genies nicht immer auch ein wenig am Rande des Wahnsinns? Wer weiß, wie wenig es braucht, um sie aus der Balance zu bringen.«

Da mochte die Weinhändlerin recht haben. Künstler waren alle ein wenig verschroben. Aber vielleicht konnte Donatella Boccherini ihm bei einer weiteren Frage weiterhelfen. »Sagt dir das ›Quintett‹ etwas?«

»Ach ja, das sagenhafte Quintett.« Die Weinhändlerin lächelte versonnen vor sich hin und nahm einen weiteren Schluck. »Eine schöne Legende, nicht wahr? Um jedes Genie ranken sich Legenden.«

»Du hältst sie nicht für wahr?«

Donatella Boccherini wog ihren rundlichen Kopf von einer Seite zur anderen, als schien sie ihre nächsten Worte genau zu überlegen. »Man sagt ja, dass es oft unscheinbare Helfer im Hintergrund sind, die die wahre Arbeit machen, die einem Genie erst ermöglichen, große Leistungen zu bringen. Das sogenannte Genie war vielleicht nur der Initiator.«

»Du meinst also, dass jemand anderes nicht unmaßgeblich zum Erfolg beigetragen hat?«

»Ich meine gar nichts, lieber Andreotti. Ich sage nur, dass manchmal die Dinge anders liegen, als man denkt.«

»Und du hast keine Ahnung, wer jene Freunde waren, die man das ›Quintett‹ nannte?«

»Es ist lange her, und wie gesagt, ich bin erst ein Jahr nach seinem Zusammenbruch in den Weinhandel eingestiegen. Man erzählt sich aber, sie haben geschworen, nie wieder darüber zu reden. Die Winzerei war zerstört, die Arbeiter in alle Winde zerstreut und auf anderen Weingütern in Italien unterwegs, und das Quintett geriet in Vergessenheit. Mit der Zeit kamen neue Generationen, schufen neue Weine und neue Erlebnisse. Und Cattaneo mit seinem Quintett wurde zu einer jener Geschichten, die der Gardasee aufnahm und mit dem Wind über das Land verstreute.«

Die Geschichten mochten bei den meisten Menschen in Vergessenheit geraten sein, aber Wut konnte auch über Jahrzehnte ein Herz vergiften, bis sie sich eines Tages ihren Weg nach außen bahnte. Manchmal holte einen die Vergangenheit einfach wieder ein. Genau wie Andreotti nach all den Jahren in Salò. Aber darum würde er sich später kümmern.

Andreotti zögerte einen Moment, bevor er mit der anderen Angelegenheit herausrückte, die ihn beschäftigte. Aber schließlich kannte Donatella Boccherini jeden, der Geschmack hatte in Salò. Es war also einen Versuch wert. »Hast du schon einmal von einem Mann gehört, der ›Puppenspieler‹ genannt wird?«, fragte Andreotti.

Donatella Boccherini überlegte kurz. »Du meinst den Marionettenspieler mit seinem kleinen Theater in Salò?«

»Der, den ich meine, ist nicht wirklich ein Puppenspieler. Zumindest nicht so einer wie der mit dem kleinen Theater. Das ist eher ein Spitzname.«

»Hat das etwas mit dem Fall zu tun?«

»Es geht mehr um einen Gefallen für einen Freund«, entgegnete Andreotti.

»Ich kann mich mal umhören«, schlug Donatella Boccherini vor.

Andreotti überlegte kurz. »Belästige lieber nicht deine Kunden damit«, sagte er schließlich. »Aber wenn du etwas hörst …«

»Dann melde ich mich natürlich«, versicherte sie.

Andreotti leerte das Glas. »Was bin ich dir schuldig, Donatella?«

»Mein lieber Andreotti, das war selbstverständlich eine Weinprobe auf Kosten des Hauses.« Andreotti bedankte sich und stand auf.

»Das heißt aber nicht, dass du nichts kaufen sollst.« Donatella Boccherini zwinkerte Andreotti schelmisch zu. Andreotti gab sich nur zu gerne geschlagen. »Dann gib mir eine Flasche von diesem Garda Cabernet.« Die Weinhändlerin ging zum Regal hinüber und holte mühelos eine Weinkiste heraus. »Nimm lieber gleich eine ganze Kiste. Wenn man einmal davon trinkt, bereut man es, nicht mehr erworben zu haben.«

Andreotti beglich bereitwillig den Betrag, der höher war als erwartet.

»Such dir noch eine Flasche auf Kosten des Hauses aus«, versuchte Donatella ihm die hohe Ausgabe zu versüßen. »Vielleicht als Geschenk für die Kollegin.«

Andreotti hatte zwar nicht vor, Viola mit einer Flasche Wein zu beglücken, aber eine Gratisflasche klang immer gut. Donatella gewährte ihm einen Blick auf das Regal hinter ihr, in dem sich die verschiedensten Flaschen aneinanderreihten. Alles Weine aus der Gegend. Andreotti versuchte, anhand der Form der Flaschen und der Namen auf den Etiketten zu erkennen, welche Weine besonders wertvoll sein mochten. Grüne Flaschen mit modernen Etiketten standen neben schlanken braunen. Manche Flaschen wirkten wie aus einem Supermarkt, andere hatten die typische Form von Flaschen, die Winzereien für die Hausabfüllung nutzten. Die Etiketten zierten Namen von Weinen, Trauben oder Winzereien. Lugana, Chiaretto di Bardolino, Sangiovese, Iskariot. Andreotti stockte. Der Name sagte ihm nichts, aber das Etikett kam ihm bekannt vor. Es handelte sich um eine Winzereiflasche, und sie sah genauso aus wie jene Flasche, die neben der Leiche gelegen hatte. Die gleiche unscheinbare Form, das gleiche große, vergilbte Etikett mit den geschwungenen Rändern und der handgeschriebenen Aufschrift, nur dass nicht *Concordia,* sondern *Iskariot* darauf geschrieben stand. Andreotti nahm sie in die Hand.

»Die ist unverkäuflich«, sagte Donatella Boccherini, und bevor Andreotti sichs versah, hatte sie ihm die Flasche bereits aus der Hand genommen.

»Ich hatte nicht vor, sie zu kaufen. Schließlich wolltest du mir eine Flasche schenken.«

»Sie ist auch nicht zu verschenken.«

»Woher hast du sie?«

»Die hat der alte Cattaneo vor einigen Wochen vorbeigebracht.«

»*Il vagabondo* kommt einfach so vorbeispaziert und bringt dir eine Flasche?«

»Wieso nicht? Bin ich es nicht wert, mal beschenkt zu werden? Außerdem war er ein wunderlicher alter Kerl.«

»Was denkst du, wo er sie herhatte?«

»Keine Ahnung. Vielleicht hat er sie selbst geschenkt bekommen. Ich habe ihm jedenfalls dafür zwei Flaschen Chianti Classico aus der Toskana angeboten.«

»Das ist großzügig von dir.«

»Angesichts seiner Verdienste um den Wein in dieser Gegend war es das Mindeste, was ich tun konnte. Nur angenommen hat er die beiden Flaschen nicht.«

»Was willst du mit dem Iskariot machen?«

Signora Boccherini überlegte eine Weile. »Keine Ahnung. Vielleicht stoße ich mal in einer ruhigen Minute auf den guten Cattaneo an oder verkaufe sie, jetzt, da er tot ist.«

»Ich dachte, sie ist nicht verkäuflich?«

»Nicht im normalen Handel. Aber ich bin mir sicher, dass es immer noch irgendeinen Sammler gibt, der ein paar Scheine für eine Flasche springen lässt, die der legendäre Cattaneo für gut genug befunden hat, um sie zu verschenken. Ich würde fast tippen, dass das sogar seine Handschrift auf dem Etikett ist. Sie könnte nach seinem Tod ein hübsches Sümmchen bringen. Der Preis eines Weines lebt nicht allein vom Geschmack, sondern vor allem von den Geschichten, die sich um ihn ranken.«

»Einen solchen Käufer musst du erst einmal finden, wenn die Menschen Cattaneo vergessen haben.«

»Wahre Weinkenner vergessen nicht«, entgegnete Donatella Boccherini.

Die Weinbranche kam Andreotti zunehmend genauso verschroben vor wie die Welt der Geigensammler. Er nahm aufs Geratewohl einen Weißwein, den das Etikett als einen Garda Cabinet auswies, und wollte gerade gehen, als er es sich anders überlegte. »Den Iskariot muss ich leider mitnehmen. Er könnte ein Beweisstück sein.«

»Was soll der bei einem Jagdunfall beweisen?«, wunderte sich Donatella Boccherini.

»Meine liebe Donatella, wir kennen uns nun schon zehn Jahre«, sagte Andreotti und setzte sein breites Lächeln auf.

Signora Boccherini zwinkerte ihm wohlwollend zu. »Du brauchst gar nicht erst deinen Charme spielen zu lassen. Ich stelle keine Fragen, und du nimmst die Flasche mit, wenn sie dir hilft. Aber trink sie nicht aus.«

»Was denkst du von mir.«

»Wie du richtig sagtest, wir kennen uns seit über zehn Jahren«, entgegnete Donatella Boccherini verschmitzt.

»Ich werde sie unversehrt zurückbringen«, versprach Andreotti mit gespielt feierlicher Miene, und Signora Boccherini wiederum versprach, dass sie die Ohren spitzen würde, falls jemand etwas über einen Puppenspieler erwähnte.

So marschierte der *commissario* wenige Minuten später mit einer Kiste Wein sowie einer Tasche mit dem Garda Carbanet und dem Iskariot-Wein in der Hand und dem Kopf voller Gedanken zurück zum Kommissariat. Eigentlich hätte er sich darüber Gedanken machen sollen, welchen Wein er als Erstes probieren sollte, den Weißwein, den Garda Cabernet oder gar den Iskariot. Aber da war die Vergangenheit, die ihn eingeholt hatte. Und Andreotti wusste, dass er ihr nicht weiter aus dem Weg gehen konnte. Deshalb machte er sich nach einem kurzen Abstecher ins Kommissariat auf den Weg zum Hotel Laurin.

22

Andreotti wollte gerade die Dame an der Rezeption fragen, als er das weiße Poloshirt an der kleinen Bar im hinteren Teil des Hotels erspähte. Er zwinkerte der Rezeptionistin zu und schlenderte zielstrebig in Richtung Poloshirt. »Ist fünf Uhr nicht ein wenig früh, um den Abend einzuläuten?«, fragte Andreotti und ließ sich auf dem Barhocker neben Carlo nieder.

»Seit wann hast du es mit der Uhrzeit, Andreotti? Außerdem ermittelt man am besten, wenn man die Leute beobachtet.«

Andreotti schaute sich in der leeren Bar um. »Um zu ermitteln, solltest du mit den Leuten am Marktplatz, bei den Booten sprechen und nicht an der Bar sitzen.«

»Manchmal bekommt man die besten Tipps an der Bar. Weißt du noch, als wir Francesco, genannt ›die Narbe‹, auf der Spur waren? Wir saßen an der Bar, als die beiden Mädels sich keine zwei Meter von uns entfernt hinsetzten und von dem Freier mit der auffälligen Narbe auf der Brust erzählten.«

»Keine zwei Stunden später hatten wir ihn«, sagte Andreotti. Es war einer ihrer größten Erfolge. »Aber es war auch pures Glück.«

»Das war es nicht«, widersprach Carlo. »Wir wussten, dass sich ›die Narbe‹ oft in der Nähe seine Mädchen besorgte, und haben zwei Monate lang alle Bars besetzt. Das war kein Glück, sondern Spürsinn.«

»Und deine Nase sagt dir jetzt, dass der Puppenspieler gerne in Hotelbars abhängt?«, fragte Andreotti.

»Meine Nase hat mir gesagt, dass du es dir noch mal überlegen würdest.«

»Deine Nase trügt dich«, erwiderte Andreotti.

»Dennoch bist du hier.« Carlo hob sein leeres Weinglas Richtung Rezeption und winkte damit, bis er gesehen wurde. Die Rezeptionistin eilte wenige Augenblicke später herbei, füllte Carlos Glas auf und schenkte Andreotti ebenfalls einen Wein ein.

»Auf die alten Zeiten«, sagte Carlo, als die junge Frau wieder verschwunden war, und hob sein Glas.

»Auf die alten Erfolge«, stieß Andreotti an.

»Und auf die neuen«, ergänzte Carlo.

Der Wein war fad, nicht so fruchtig wie jener, den er bei Donatella Boccherini gekostet hatte.

»Erzähl mir mehr von dem anonymen Anruf in Rom«, forderte Andreotti Carlo auf.

Das tat Carlo nur zu gerne und ohne Umschweife. Vor ein paar Wochen hatte sich ein anonymer Anrufer in der Zentrale der organisierten Kriminalität gemeldet, der sagte, dass er wüsste, wo der Puppenspieler sei. Unglücklicherweise hatte ein neuer Kollege das Gespräch angenommen. Carlo seufzte bei dem Gedanken daran. »Der Neue hat ganz korrekt nach Lehrbuch seinen Text abgespult. Gefragt, wie der Anrufer heißt, wo er wohnt, von wo er anruft, um wen es sich bei dem Puppenspieler handele, welches Verbrechen er begangen habe.«

Andreotti lachte laut auf. »Das könnte der Bruder von Ernesto gewesen sein.«

»Ernesto?«

»Ein Neuer bei uns auf dem Kommissariat.«

Carlo fiel in Andreottis Lachen ein und hob sein Glas. »Auf die Neuen, die uns die Arbeit schwer machen.«

Andreotti stieß an. »Auf die Neuen.«

»Jedenfalls hat der anonyme Tippgeber einfach aufgelegt. Dann hat es weitere zwei Tage gedauert, bis der Neue mir endlich die Notiz von dem Anruf überreichte. Du kannst dir vorstellen, was für ein Donnerwetter ich da gemacht habe.«

Das konnte Andreotti nur zu gut. Er war damals auch nicht anders gewesen. Die »verwegenen zwei« hatte man sie genannt, geachtet, respektiert und gefürchtet.

»Zumindest konnte die Telefonzentrale nachträglich noch den Anschluss identifizieren, von dem aus der Anruf getätigt wurde.«

»Lass mich raten, es war hier in Salò«, sagte Andreotti.

»Absolut richtig, und das von der einzigen verbliebenen öffentlichen Telefonzelle direkt am Rathaus. Ich war gestern dort. Cafés gibt es dort ja genug, aber natürlich konnte sich keiner der Angestellten an jemanden erinnern, und Videokameras gibt es da auch nicht.«

»Es könnte aber auch ein Scherz gewesen sein.«

»Das hat Ale auch vermutet.«

»Doch nicht etwa Ale Marino? Den gibt es noch?«

»Klar, er ist inzwischen sogar zum *ispettore superiore* befördert worden.«

»Der junge Ale ist inzwischen Hauptinspektor? Alle Achtung!«

»Er macht sich gut, auch wenn er hier falschlag. Der Puppenspieler ist der Öffentlichkeit nicht bekannt. Nur Insider kennen ihn, und er ist seit Jahren nicht mehr in Erscheinung getreten. Wenn jemand einen Scherz machen wollte, dann gäbe es da ganz andere Namen.«

Das klang schlüssig, musste Andreotti zugeben.

»Und bei dem Städtchen Salò habe ich natürlich sofort an dich gedacht und bin dann zum alten Barbieri gegangen.«

Beim Gedanken an Präfekturkommissar Barbieri verzog Andreotti unweigerlich das Gesicht. »Er war bestimmt dagegen, so wie ich ihn damals schikaniert habe.«

»Ganz im Gegenteil. Er war es sogar, der mir anbot, dich wieder zur OK zu holen, wenn wir erfolgreich sind.«

»Ausgerechnet Barbieri?«

»Wir werden eben alle älter und manchmal auch ein wenig weiser.«

»Was erwartest du von mir?«

Carlo schürzte nachdenklich die Lippen. »Du kennst die Leute hier. Du könntest dich umhören.«

»Wenn man hier nach einem Puppenspieler fragt, landet man allenfalls im Marionettentheater.«

Carlo wurde hellhörig. »Es gibt hier ein Marionettentheater?«

»Du glaubst doch wohl kaum, dass er wirklich als Marionettenspieler arbeitet.«

»Unwahrscheinlich«, stimmte Carlo zu und nippte an seinem Glas.

Andreotti versuchte die Sache von allen Seiten zu betrachten. Sie wussten nicht, ob der Puppenspieler sich seit Jahrzehnten oder seit ein paar Wochen hier aufhielt. Weder über sein Aussehen noch über seine Gewohnheiten war etwas bekannt. Allenfalls, dass er über fünfzig Jahre alt sein musste. Das konnte auf jeden Dritten in Salò zutreffen.

»Keine Chance«, sagte Andreotti. »Wenn wir nicht wieder einen Tipp bekommen oder er sich irgendwie bemerkbar macht, ist die Sache aussichtslos.«

»Deshalb bin ich ja zu dir gekommen, Andreotti. Warst du nicht mal der Mann für aussichtslose Fälle?«

»Bis ich selbst zu einem aussichtslosen Fall wurde.«

»Und dennoch bist du zu mir gekommen«, antwortete Carlo.

Andreotti nahm schweigend einen Schluck.

»Sie ist groß geworden, eine richtig hübsche junge Frau«, sagte Carlo plötzlich. »Ich bin ihr neulich in Rom begegnet.«

Andreotti seufzte betont laut. Carlo konnte das Thema einfach nicht lassen. »Carlo, du weißt, dass es besser war, dass ich mich aus ihrem Leben zurückgezogen habe.«

»Besser für Sie oder für dich?«

Wahrscheinlich für keinen von beiden, aber das ließ sich jetzt nicht mehr ändern.

»Es waren üble Zeiten. Das weißt du genauso gut wie ich. Die Mafia war auf Rache aus, drohte unseren Familien, und je weniger ich mit ihr zu tun hatte, umso besser für sie.«

»Das war damals. Die Drahtzieher sind mittlerweile alle hinter Gittern. Du hättest längst mit ihr Kontakt aufnehmen können.« Hätte er allerdings. Nur wollte sie ihn wahrscheinlich gar nicht sehen.

»Du bist nicht gerade der Richtige, um Ratschläge zum Familienleben zu geben«, erwiderte Andreotti mit einem gequälten Lächeln.

»Als alter Freund durchaus. Gib dir einen Ruck. Sie braucht dich.«

»Sie ist erwachsen.«

»Das ändert nichts an der Tatsache, dass sie dich braucht.«

»Ich lasse es mir durch den Kopf gehen.«

»Das ist doch schon mal etwas«, sagte Carlo. »Außerdem brauchst du ja mehr als nur einen alten Kumpel, wenn du wieder nach Rom kommst.«

»Dafür müssen wir aber erst einmal den Puppenspieler kriegen.« Andreotti war erleichtert, dass sie sich wieder auf ein Terrain begaben, auf dem er sich sicherer fühlte.

»Es bringt nichts, wenn ich beginne, überall in Salò Fragen zu stellen. Allenfalls würde das den Puppenspieler aufscheuchen, und er würde schneller irgendwo in Italien untertauchen, als wir *scusi* sagen können. Aber ich kenne da jemanden, der für dich unauffällig Nachforschungen anstellen könnte.«

»Doch wohl nicht dieser neue Kollege von dir?«

Andreotti lachte laut auf. »Alles andere als ein Kollege. Auch wenn er es glaubt.«

»Und er ist zuverlässig?«

»So zuverlässig wie ein dreißig Jahre alter Fiat Uno.«

»Du machst mir nicht gerade Hoffnung.«

»Aber er kennt sich aus. Und vor allem erhofft er sich Hilfe von mir. Dafür würde er alles tun.«

»Du arbeitest noch wie früher, Andreotti. Eine Hand wäscht die andere. Wie damals bei Rizoni, der Natter.«

Andreotti musste unweigerlich grinsen. »Du meinst, als wir Rizoni weisgemacht haben, dass seine feinen Mafiafreunde ihn ausknipsen wollen?«

»Den haben wir so richtig zum Schwitzen gebracht, bis er mit fliegenden Fahnen zu uns übergelaufen ist.« Andreotti lachte lauthals los, und Carlo fiel in sein Lachen ein. Und so verbrachten sie den Abend an der Bar und schwelgten in Erinnerungen an alte Zeiten, die bald gar nicht mehr bitter und fremd wirkten, sondern süß und wohlig.

23

Der Schrei einer Möwe ließ Sophia aufschrecken. Sie brauchte einen Moment, bis sie begriff, dass sie nicht in ihrem vertrauten Bett lag. Die schrägen Sonnenstrahlen verrieten ihr, dass es bereits über ihre übliche Aufstehzeit hinaus sein musste. Sie warf einen Blick auf ihre Armbanduhr. Tatsächlich war es bereits kurz nach acht. Sophia schwang sich auf, und wie zur Bestätigung ertönte erneut der Ruf der Möwe. Sophia hätte nicht gedacht, dass die Möwen vom See bis hier oben in die Weinberge gelangen würden. In ihrem Zimmer in Martas Osteria bekam sie so gut wie nie etwas von den Wasservögeln mit. Aber wahrscheinlich mieden sie einfach die Nähe der Menschen. Sie liebten den See, die Freiheit und offenbar auch die Ruhe der Weinberge. Und genau diese Ruhe war es, die Sophia so lange schlafen ließ. Sie öffnete das Fenster, um noch einmal den einzigartigen, traumhaften Ausblick auf den See zu genießen, den sie bereits gestern Abend bewundert hatte. In etwa einer Stunde stand Filipos Führung durch die Winzerei auf dem Programm. Sophia atmete den Duft der Erde und der Weinreben ein, ähnlich wie sie den Geruch einer alten Geige aufnahm, ehe sie sich ihr widmete.

Wortkarg servierte Enzo einen kräftigen Espresso und Brioche mit Marmelade sowie ein wenig Obst in dem kleinen Raum neben der Halle. Sophia aß begierig, und bald darauf begann Filipos morgendliche Führung durch die Winzerei. Eine halbe Stunde lang führte Filipo sie mit leuchtenden Augen von einem Objekt zum anderen in der Halle und erzählte dabei von der Kunst des Weinbaus, und das so spannend und kunstvoll, dass ihr keinen Moment langweilig wurde. Obwohl alle Gegenstände, die die

Wände zierten, wahrscheinlich erst nach dem Brand erworben worden waren, hatte man keinen Moment den Eindruck, dass sie nicht schon seit Generationen hierher gehörten. Die Schwarz-Weiß-Fotos zeugten von den Traditionen des Weinbaus, zeigten jedoch keine Familienmitglieder, sondern nur Werkzeuge und Trauben, stammten also mutmaßlich von woandersher. Nur ein Foto zeigte einen kleinen Jungen mit einer Weinrebe in der Hand, der Filipo mit etwa zehn Jahren gewesen sein könnte. Wahrscheinlich eines der letzten Überbleibsel, das den Brand überlebt hatte.

Den Brand selbst hatte Filipo sogar kurz erwähnt, jedoch sowohl die wirklichen Hintergründe als auch den Weinskandal und den Verbleib seines Vaters ausgelassen. Sophia hatte auch nicht weiter nachgefragt. Schließlich wollte sie nicht zu neugierig wirken. Aber wenn bald richtige Gäste kämen, würde der eine oder andere bestimmt nach dem Vater fragen oder nach der Ursache des Brandes. Sophia überlegte, was sich Filipo dann einfallen lassen würde.

»Der Weinbau lebt von dem Wissen, das von Generation zu Generation weitergegeben wurde«, erklärte er nun.

»Ihre Eltern müssen Ihnen viel Wissen vermittelt haben«, sagte Sophia.

»Eher meine Mutter. Meinen Vater haben wir kaum gekannt«, erwiderte Filipo unerwartet offen. Sophia zögerte kurz, ob sie weiterfragen sollte, hielt sich dann aber zurück. Besser, sie überließ es Filipo, ob er diese Tür geöffnet halten wollte. »Was hat Ihnen Ihre Mutter denn beigebracht?«

»Unsere Mutter war eher verschwiegen. Sie hat nicht wirklich versucht, uns etwas durch Worte zu vermitteln. Sie hat gemacht, und wir haben beobachtet. Und dann gab es diese wenigen Momente, wo sie über meinen Vater geredet hat und wie sie früher gearbeitet haben.«

Genauso wie Giuseppe, als Sophia noch ein Kind gewesen war.

»Am meisten beeindruckt hat mich immer, dass sie über die Reben gesprochen hat wie eine Mutter über ihre Kinder. Sie zog sie auch groß wie Kinder, ließ sie ihre eigenen Früchte entwickeln. Natürlich gab sie die Richtung vor, aber dann ließ sie die Beeren sich zum Besten entwickeln, was sie sein konnten, ohne diesen Prozess lenken zu wollen, ohne viel Absicht und Willen, mehr mit Intuition und Hingabe.«

Je mehr Sophia darüber nachdachte, desto mehr bezweifelte sie, dass die Cattaneos das Weingut betrieben, um ihrem Vater etwas beweisen zu wollen; eher schienen sie es aus Liebe zur Mutter zu tun.

»Sie muss eine beeindruckende Frau gewesen sein«, sagte Sophia nicht ohne Wehmut. Die wenigen freudigen Erinnerungen an das Lachen ihrer Mutter, als sie noch in Salò gelebt hatten, waren überlagert vom Bild einer zutiefst unglücklichen Frau, die in Deutschland nie ihren Platz gefunden hatte und dort unglücklich gestorben war.

»Aber wir sollten uns jetzt nach draußen begeben, dorthin, wo alles seinen Anfang hat«, erklärte Filipo und führte Sophia durch einen Seitengang hinaus zum Weinhang. Sophia kniff die Augen zusammen und brauchte einen Moment, bis sie sich an die grelle Sonne gewöhnt hatte. Filipo war bereits bei einem der Rebstöcke in die Hocke gegangen und nahm etwas Erde in die Hand. Sophia folgte ihm eilig. »Was fällt Ihnen an dem Boden auf?«, fragte er, als sie zu ihm aufgeschlossen hatte.

Eigentlich war da nichts Besonderes, es war einfach Erde. Andererseits war Holz auch nicht einfach nur Holz. Sophia hockte sich neben Filipo, nahm ihrerseits etwas Erde in die Hand und ließ sie durch die Finger rieseln. »Sandig«, sagte sie. Zwischen dem Sand konnte sie kleine Kiesel ertasten. »Und tiefschwarz mit weißen Kalkresten.« Die Erde war hier ganz anders als unten in Martas Garten.

»Das sind Ablagerungen von Gletschern, die sich zum Ende der Eiszeit zurückgezogen haben«, erklärte Filipo.

Sophia ließ die alte Erde ein letztes Mal durch ihre Finger rieseln und stand schließlich auf. »Der Boden hier ist eigentlich nicht sehr ergiebig, eher karg. Ideal zum Anbau von Wein.«

»Vor allem für unseren Groppello«, sagte Filipo stolz und zeigte auf die Weinreben. »Groppello ist die einheimische Traubensorte vom Gardasee.«

»Ein ungewöhnlicher Name«, sagte Sophia.

»Groppello stammt von *il groppo*, ›Knoten‹«, erklärte Filipo, nahm eine der Reben vorsichtig in die Hand, ohne sie abzupflücken, und hielt sie behutsam hoch. Fast so, wie Sophia eine kostbare Geige halten würde. Die Trauben waren klein, standen eng beieinander und wirkten tatsächlich, als habe jemand ein Seil mit zu vielen kleinen Knoten geflochten.

Die Beeren selbst waren prall und wie mit weißem Puderzucker bedeckt. »*Neve,* der Schnee der Beeren«, erklärte Filipo. »Die Pflanzen bilden ihn als einen natürlichen Schutz vor der Sonne. So trocknen die Früchte nicht aus und bleiben prall und lieblich.«

Sophia ließ sanft die Rebe los, und sie schmiegte sich wieder an ihren ursprünglichen Platz, um weiter zu reifen.

»Die Groppello-Traube gedeiht nur hier am Gardasee«, fuhr er mit leuchtenden Augen fort. »Nur noch auf allenfalls zweitausend Hektar wird sie überhaupt angebaut. Man hat nie versucht, sie durch Zucht zu verändern. Deswegen ist sie nicht sehr ergiebig, sondern eher eigen. Die großen Weinbetriebe interessieren sich nicht für sie. Die Groppello sollte nie irgendwelchen Geschmäckern von sogenannten Weinkennern auf der ganzen Welt genügen. Sie genügte stets nur sich selbst und erfreute die Menschen hier, die sie für sich anbauten, und blieb deswegen so ursprünglich, wie sie schon zur Zeit des alten Roms war.«

»So ursprünglich wie die Menschen hier«, sagte Sophia.

»Sie sagen es. Und ebenso, wie Sie hier viele Traditionen entdecken können, wenn Sie mal abseits der von Touristen ausgetretenen Pfade wandeln, so werden Sie im Geschmack der Groppello-Beere den Geschmack der Tradition entdecken. Sie hat noch ihren wilden Charakter bewahrt. – Natürlich gibt es verschiedene Varianten der Rebe«, führte Filipo weiter aus. »Am bekanntesten sind die Groppello Gentile, Groppello di Mocasina und Groppello di Santo Stefano. Der Groppello vereint das, was das Valtènesi ausmacht: den Duft der kargen Erde, die Leichtigkeit des Sees, die sonnige Fülle der Beeren und all das gekeltert in der Tradition unserer Vorfahren.«

»Wann wird denn der Wein geerntet?«, fragte Sophia.

»Die Erntezeit von Groppello hängt von verschiedenen Faktoren wie dem Standort, dem Klima und der Reife der Trauben ab. In der Regel wird die Ernte jedoch in der zweiten Septemberhälfte bis in den Oktober hinein durchgeführt.«

»Das ist ähnlich wie beim Geigenbau. Das Holz eines jungen Baums lässt ein Instrument höher klingen, das Holz eines älteren Baums verleiht dem Instrument hingegen einen volleren Klang.«

»Als Geigenbauerin haben Sie wirklich ein Gespür für das Besondere. Ähnlich ist es tatsächlich beim Wein. Die optimale Erntezeit für Groppello-Trauben ist ein kritischer Punkt, da sie entscheidend für die Qualität des Weins ist. Die Winzer müssen die Trauben sorgfältig beobachten, um den richtigen Zeitpunkt zu bestimmen, an dem sie ausreichend reif, aber nicht überreif sind. Eine zu frühe Ernte kann zu einem Mangel an Aromen und einer zu hohen Säure führen, während eine zu späte Ernte zu einem zu hohen Zuckergehalt führen kann, der den Alkoholgehalt des Weins beeinflusst.« Plötzlich lachte Filipo auf. »Aber was rede ich über den Wein. Sie müssen ihn schmecken. Und wer den Gardasee besucht und keinen Groppello genießt, versündigt sich.« Er zwinkerte ihr zu. »Und Sie wollen sich doch gewiss nicht versündigen.«

Filipo ging weiter an den Rebstöcken entlang und hielt auf eine kleine Bank zu, die an einem aus Findlingen gestalteten Brunnen stand.

Sophia musste anerkennen, dass Filipo nicht nur ein sehr guter Winzer war, sondern sein Handwerk auch sehr anschaulich und interessant zu erklären verstand. Nie hätte sie gedacht, dass Wein so spannend sein konnte. Aber wahrscheinlich ging es anderen mit Geigen ähnlich. Was für eine Tradition und Geschichte sich hinter ihnen verbarg, konnte man nur wissen, wenn man sich mit einem wahren Kenner unterhielt.

Die Gegend strahlte eine Ruhe und Harmonie aus, wie Sophia sie selten erlebt hatte. Doch plötzlich musste sie an den Toten denken. Sophia blieb stehen und sah sich um. Ein paar vereinzelte Arbeiter auf den Weinbergen gingen ihrer Arbeit nach. Sophia blickte den Weinhang hinab. Ein kleines weißes Bauernhaus lag verloren weiter unten. Ansonsten nichts außer Weinreben.

Ein Vogel stob davon. Sie schloss die Augen und versuchte, den Gedanken an den Toten zu verdrängen und die Unschuld der Gegend wieder heraufzubeschwören. Vielleicht war sie tatsächlich nicht für diese Art von Arbeit gemacht. Sie beeilte sich, zu Filipo aufzuschließen.

»War etwas?«, wollte Filipo wissen.

»Ich habe nur die Schönheit der Gegend bewundert«, erwiderte Sophia.

»Das kann ich Ihnen nicht verdenken«, antwortete Filipo und ging weiter. Sophia beeilte sich, ihm zu folgen.

Filipo schien ihr die dunklen Gedanken nicht anzumerken. Er steuerte einen steinernen Brunnen an, der ein wenig wirkte, als sei er einem Märchen entsprungen, und setzte sich auf die daneben stehende Bank. Sophia tat es ihm gleich. »Ein hübscher Brunnen«, sagte sie.

»Er ist über hundertfünfzig Jahre alt und stammt noch aus der Zeit der Unabhängigkeitskriege. Der Brunnen ist das Älteste hier auf dem Weingut. Dabei ist er nichts Besonderes. Jedes Gut hier hat solch einen Brunnen. Früher diente er nicht nur als Wasserreservoir, sondern auch als Versteck für die Wertsachen der Familie.«

»Wer weiß? Vielleicht ist da unten ja noch ein Goldschatz«, sagte Sophia mit einem Schmunzeln.

»Schön wäre es, aber Enzo hat vor zwei Jahren alles entschlackt. Wenn dort etwas gewesen wäre, hätte er es gefunden«, erwiderte Filipo.

»Doch *einen* Schatz beherbergt der Brunnen ganz gewiss«, warf Sophia ein. »Die Erinnerung der Vergangenheit.«

»Ein schöner Gedanke«, stimmte Filipo schmunzelnd zu.

»Erzählen Sie mehr von den Menschen«, forderte ihn Sophia auf. »Im Weinbau steckt Leidenschaft. Ich würde gerne die Menschen und ihre Tradition dahinter verstehen.«

»Sie sind eine ungewöhnliche Frau, Signora Lange.«

»Sophia ist mir lieber. Signora Lange klingt so alt«, erwiderte sie.

»*Scusi,* Sophia. – Die Menschen verstehen«, wiederholte er leise und schien in seinen Gedanken zu suchen, doch dann hellte sich sein Gesicht auf. »Ich erzähle Ihnen die wahre Geschichte meiner Familie, eine Geschichte von einer Liebe, die im Krieg geboren wurde und zu einem köstlichen Wein wurde.«

»Na, das klingt mal wirklich vielversprechend.«

»Allerdings. Und dafür braucht es einen ganz besonderen Wein.«

Filipo sprang auf und kehrte wenige Minuten später mit zwei Gläsern und einer Flasche Wein zurück, in der ein Rosé verlockend schimmerte. Einen Moment fühlte sich Sophia an ihr Gespräch mit Giuseppe auf der Bank in seinem Gärtchen erinnert, nur dass Filipo die Weinflasche natürlich nicht, wie Giuseppe, mit einem Schnitzmesser, sondern mit einem Korkenzieher öffnete.

»Wir lassen den Rosé erst einmal die Sommerluft atmen«, erklärte Filipo, goss die rosafarbene Flüssigkeit in die beiden Gläser und schwenkte sie behutsam. Sophia sollte es recht sein, denn sie war ohnehin viel zu gespannt, die Geschichte von der im Krieg geborenen Liebe zu hören.

»Wussten Sie, dass das Rote Kreuz hier am Gardasee entstan den ist?« Das wusste Sophia tatsächlich nicht. Filipo deutete in Richtung Westen. »Dort unten liegen die Dörfer San Martino und Solferino. Im Jahr 1859 tobte dort eine der wichtigsten und furchtbarsten Schlachten des zweiten italienischen Unabhängigkeitskrieges. Genau am Tag der Schlacht besuchte ein junger Schweizer namens Henry Dunant das kleine Örtchen Solferino. Zuerst wollte er einfach weiterreisen.«

»Was man ihm nicht verdenken konnte.«

»Allerdings, aber dann sah er die vielen Verwundeten, und wie die Bevölkerung ihnen half. Dabei machten sie keinen Unterschied, welcher Armee die verletzten Angehörigen angehörten. In ihren Augen waren alle Kinder Gottes.«

»Eine noble Einstellung«, sagte Sophia.

»Henry Dunant blieb also und half im Lazarett. Noch Monate danach ließen ihn die dramatischen Eindrücke nicht los, und zurück in der Schweiz, schrieb er sie nieder in seinem Buch *Un souvenir de Solférino*.«

»Eine Erinnerung an Solferino, welch eine Untertreibung!«

»Allerdings, denn in dem Buch schilderte er ausführlich das Grauen des Krieges.«

»Ich kann mir denken, dass das eine ziemliche Sensation war, schließlich wurde der Krieg damals eher glorifiziert.«

»Genau das war es. Henry Dunants Buch war eine Sensation. Von den Tantiemen und Zuwendungen gründete er eine Vereinigung, die den Opfern von Kriegen hilft, unabhängig von ihrer Nationalität oder Religion. Und so wurde das Rote Kreuz geboren.«

»Beeindruckend.« Sophia bekam eine Ahnung, dass es noch so viel zu entdecken gab am Gardasee. »Aber was hat das mit dem Weingut Ihrer Familie zu tun?«

»Sind Sie immer so ungeduldig? Ich dachte, beim Geigenbau benötigt es ebenso Geduld wie beim Weinanbau.«

»Aber Sie haben mir eine Liebesgeschichte versprochen, und bei so was bin ich doch eher ungeduldig.«

»Das kann ich verstehen, aber auch die Liebe braucht ihre Zeit.«

»Da mögen Sie recht haben«, stimmte Sophia ihm zu.

»Gut, ich will Sie nicht länger auf die Folter spannen. Schließlich wartet zum Abschluss auch der Rosé auf uns. Eine der ersten Freiwilligen, die sich der Initiative von Henry Dunant anschlossen, war die junge Gräfin Maria Traccagni. Auch sie war im Ort San Martino gewesen und hatte beherzt bei der Versorgung der Verwundeten angepackt. Um einen jungen verwundeten Soldaten kümmerte sie sich besonders. Lag es an seiner Willensstärke oder an ihren liebevollen Augen? Man weiß es heute nicht mehr, aber jedenfalls verliebten sie sich ineinander. Wenige Monate später heirateten sie, und er zog mit seiner Familie hierher an den Gardasee. Sie brachte als Mitgift dieses Weingut hier ein, auf dem wir heute sitzen, und der Brunnen, der könnte von ihm selbst gebaut worden sein.«

Nun, das war eine Geschichte nach Sophias Geschmack.

»Ihr Sohn übernahm das Gut und studierte sogar Weinkunde an der Universität von Montpellier. Mit der Zeit wurde er zu einem der bekanntesten Weinbauern Italiens.«

»Wahrscheinlich, weil er die Fürsorge seiner Mutter und den Mut seines Vaters geerbt hatte, um neue Wege zu gehen und einen noch besseren Wein zu kreieren.«

»So habe ich das noch gar nicht gesehen. Verstehen Sie etwas von Wein?«

»Überhaupt nicht, aber ich verstehe etwas von der Tradition alter Kunst.«

»Sie reden fast so, als würden Sie vom Gardasee kommen.«

Sophia stockte einen Augenblick der Atem. Doch Filipo schien sich nichts weiter dabei zu denken. »Mutig war er tatsächlich, und traditionsbewusst«, fuhr er fort. »Die französischen Weinbautraditionen dominierten auch hier in Italien, aber Ugo war stolzer Gardasee-Bewohner und wollte die besonderen Trauben, die es nur hier gab, zur Geltung bringen. So schuf er den ersten Wein aus der Groppello-Traube.«

»Sie meinen, wir haben den Groppello-Wein Ihrem Urgroßvater zu verdanken?«

»Nun, Ugo war noch ein wenig vor meinem Urgroßvater, aber sonst haben Sie recht.«

Filipo hatte Wort gehalten. Es war eine bezaubernde Geschichte von der Liebe zweier Menschen und der Liebe seiner Familie zum Wein. Doch etwas passte nicht zusammen.

»Und später hat Ihr Vater das Weingut noch bekannter gemacht.« Filipo schwieg. Als Sophia aufblickte, sah sie, dass sein sonniges Gemüt sich verfinstert hatte. »Ich vermute, das hier ist ein Groppello-Rosé?«, wechselte Sophia das Thema.

»So ist es. Auf die Tradition des Gardasees«, sagte Filipo, füllte die Gläser und reichte ihr eins.

»Auf die Tradition des Gardasees und seine Menschen«, ergänzte Sophia. Denn das war etwas, worauf es sich wirklich anzustoßen lohnte.

Sie sog das Aroma des Groppello-Rosé auf, der mit Spuren saftiger roter Beeren, einer blumigen Note und einem Hauch von Gewürzen und der frischen Brise des Gardasees die Tradition und Liebe zum Wein harmonisch vereinte.

24

Die ganze Sache schmeckte Fredo überhaupt nicht. Sophia oben in den Weinbergen allein zurückzulassen war ihm alles andere als leichtgefallen und hatte ihm die halbe Nacht den Schlaf geraubt. Es sei alles ganz harmlos, nur ein bisschen umhören sollte sich Sophia, hatte der *commissario* gesagt. Aber es handelte sich schließlich um einen Mordfall. Und abgesehen davon traute Fredo Andreotti keinen Millimeter über den Weg. Der konnte Menschen wie Werkzeuge benutzen. Entsprechend war Fredo auch recht wortkarg gewesen, als er die vier ältesten Kinder zur Schule gebracht hatte. Anstatt nach Hause zu gehen, schlenderte er durch die Gassen. Es war noch viel zu früh, als dass Fredo sich seinem Beruf hätte widmen können. Doch es wollte ihm nicht so richtig gelingen, auf andere Gedanken zu kommen, denn immer wieder hörte er die Stimme des *commissario* in seinem Kopf, wie er seinen Namen rief. Vielleicht sollte er doch nach Hause gehen und sich von Ilona einen guten Kaffee geben lassen. Aber wieder erklang die Stimme des *commissario.* »Fredo! Hörst du nicht, verdammt noch mal?« Das war nicht in seinem Kopf. Fredo schaute sich um, und tatsächlich kam Andreotti eilig auf ihn zu, begleitet von einem sonnengebräunten Mann, der wie ein alternder Gigolo aussah.

Fredo blieb seufzend stehen. »Kann man nicht einfach in Ruhe spazieren gehen?« Andreotti und der Fremde schlossen zu ihm auf. »Außerdem, wie haben Sie mich überhaupt gefunden?«

»Wir waren bei Ilona, und sie sagte, dass du die Kinder zur Schule gebracht hast und danach wahrscheinlich in der Stadt spazieren gehen würdest. Da Salò nicht sonderlich groß ist, war es einen Versuch wert. Und das ist übrigens mein alter Freund und

Kollege, Carlo Rinaldi. Er ist vom Kommissariat für organisierte Kriminalität aus Rom.« Den letzten Satz hatte Andreotti bedeutungsvoll geflüstert.

»Ich wusste nicht, dass Sie Freunde haben.«

»Fredo, mach keine Witze. Natürlich habe ich Freunde, und Freunde helfen einander. So wie Sophia mir hilft und ich dir und Ilona helfe – und du jetzt eben Carlo helfen wirst.«

Das ging Fredo ein wenig zu schnell. »Seit wann helfen Sie mir und Ilona und wobei?«

»Ich würde gerne helfen, Ilonas Geldbörse zu finden. Leider bin ich mit anderen Dingen beschäftigt, und zwar für meinen lieben Freund Carlo. Aber wenn du Carlo helfen würdest, könnte ich mich um das Portemonnaie kümmern.«

In seiner unfreundlichen Variante war der *commissario* Fredo lieber. »Soll ich für Ihren Freund auch in einer Mordsache ermitteln? Genau wie Sophia?«

»Sophia ermittelt für dich?«, fragte Carlo überrascht.

»Natürlich nicht. Sie tut mir einen Gefallen. Du weißt doch, wie das ist. Die alten Methoden, Carlo.« Carlo schien jene alten Methoden zu verstehen. »Fredo ist der beste Taschendieb von Salò und kennt wirklich jeden.«

»Der beste Taschendieb der Stadt also«, wiederholte Carlo anerkennend. »Da muss ich aufpassen, dass ich nach unserem Gespräch noch alle Gegenstände bei mir habe.«

»Um Ihre gefälschte Rolex müssen Sie sich bei mir keine Sorgen machen.«

Carlo Rinaldi griff reflexartig an seine Armbanduhr, und für den Bruchteil einer Sekunde entglitten ihm die Gesichtszüge. Dann lachte er auf. »Gutes Auge! Andreotti, du hast recht. Das könnte der richtige Mann für den Job sein.«

»Sag ich doch«, entgegnete Andreotti zufrieden und begann, Fredo einzuweihen.

25

Sie hatten fast die halbe Flasche Rosé genossen, als Sophia schließlich Filipo drängte, ihr mehr über die Weinherstellung zu erzählen. Das ließ er sich nicht zweimal sagen und führte sie dorthin, wo sich das wahre Geheimnis der Winzer verbarg, wie er es nannte, in den Weinkeller. Sie gingen zurück zur Halle, den Flur entlang bis zu einer alten metallbeschlagenen Holztür. Als er sie öffnete, zeigte sich, dass der Begriff »Weinkeller« maßlos untertrieben war. Tatsächlich war es ein Weingewölbe, das sich unter dem ganzen Gut erstrecken musste.

»Rosé ist ja bekanntlich keine Mischung aus Rotwein und Weißwein«, erklärte er, als sie weiter in das Gewölbe vordrangen. Es duftete nach altem Holz und Traubensaft. Reihen von Holzfässern säumten die kalten Steinwände bis an die Decke. »Der Saft von roten Trauben ist genauso farblos wie der von hellen«, führte Filip weiter aus. »Die eigentliche Farbe bekommt der Rotwein daher, dass er mit den Schalen gärt, und diese geben dadurch ihre Pigmente ab.«

»Und bei Rosé lässt man die Schalen nicht so lange mit dem Wein zusammen?«, fragte Sophia.

»Genauso ist es. Es gibt verschiedene Herstellungsarten für Rosé. Wir verwenden aber die Mazeration. Dafür lassen wir die Traubenmaische zusammen mit den Schalen eine Weile liegen.«

»Wie lange dauert denn so was?«

»Na, Sie wollen es ja wirklich genau wissen. Wollen Sie uns etwa eines Tages Konkurrenz machen?«

»Ich habe ja nicht mal einen Weinberg.«

»Das wäre allerdings hilfreich, wenn Sie selbst Rosé herstellen wollen. Aber dennoch kann ich Ihnen nicht sagen, wie lange wir die Maische zusammen mit den Schalen ruhen lassen, denn das ist so etwas wie unser Geheimnis. Die Dauer wirkt sich nicht nur auf die Intensität der Farbe aus, sondern auch auf den Geschmack. Außerdem hängt das natürlich vom Jahrgang ab. Jeder Wein ist unterschiedlich fruchtig, und die Tannine, die dem Rosé seine Würze geben, sind unterschiedlich ausgeprägt. Die Tannine hängen auch vom Boden ab. Je mehr Eisen, umso mehr Tannine. Aber ein wenig kann man das im Gärungsprozess beeinflussen.«

»Also je dunkler ein Rosé, umso länger hat der Kontakt mit den Schalen stattgefunden?«, erkundigte sich Sophia.

»Das stimmt. Und das gilt für alle Herstellungsarten. Nur können Sie nicht von der Farbgebung eines Rosé auf dessen Qualität schließen.«

»Genauso wenig wie bei Geigen die Farbe des Holzes etwas über den Klang aussagt«, ergänzte Sophia.

»So könnte man es beschreiben. Und wahrscheinlich ebenso behutsam wie Sie mit den Instrumenten, gehen wir bei unserem Groppello vor. Denn wenn man viele würzige Tannine wünscht, darf man nicht zu viel aus ihnen herausholen. Für die einfachste Abfüllung, die wir machen, arbeiten wir normalerweise mit einer sehr kurzen Mazeration auf den Schalen. Die Gärung selbst erfolgt ohne Schalen oft in Stahlfässern.«

»Stahlfässer?«, fragte Sophia verwundert und schaute sich um, konnte aber nur Holzfässer entdecken. »Das klingt nach Fabrikfertigung.«

»Überhaupt nicht. Viele Winzer arbeiten mit Stahlfässern. Das hat zwei einfache Gründe. Stahlfässer kann man beliebig oft wiederverwenden, Holzfässer hingegen vielleicht zwei- oder dreimal. Das verteuert den Wein erheblich, je nach Fassgröße um bis zu fünfzig Cent je Liter Wein.«

Das Kostenargument überzeugte Sophia, auch wenn sie lieber die Traditionen mochte und bereit war, dafür mehr auszugeben.

»Zweitens braucht die Gärung im Holzfass mehr Aufmerksamkeit. Sauerstoff gelangt an den Wein, und ein Teil des Weins entweicht über die Poren des Holzes. Man muss regelmäßig Wein nachgießen und auch sonst darauf achten, dass der Wein nicht verdirbt. Aber natürlich nutzen wir für die besseren Weine Holzfässer, genauer gesagt Eichenfässer. Falls Sie sich wundern, wo unsere Stahlfässer sind, die befinden sich hinten, kommen Sie, ich zeige es Ihnen.«

Filipo führte sie an den Reihen von Holzfässern entlang vorbei an etwas, das wie eine Werkbank aussah, auf der Schläuche lagen.

»Was geschieht hier?«, wollte Sophia wissen und zeigte auf die Werkbank und das Regal.

»Das ist nur Enzos kleine Experimentierecke, wie Nicoletta es nennt. Enzo versucht sich selbst an ein paar Weinen. Er ist schon lange bei uns, da lassen wir ihn gern seine kleinen Experimente machen.«

Sophia betrachtete fasziniert die Fässer mit den weißen Kreidemarkierungen, die mit einem »E« wohl als Enzos ausgewiesen waren. Die Regale waren voll mit weiteren Schläuchen, Trichtern und leeren Glasflaschen, die jenen glichen, die Sophia oben in der Halle gesehen hatte, nur dass diese hier unbeschriftet waren, bis auf das Etikett einer gefüllten Flasche. *Concordia* stand darauf, jedoch im Gegensatz zu Giuseppes Flasche darunter noch etwas: Elisa. Mit dem Namen konnte Sophia nichts anfangen.

Filipo führte sie weiter, und schließlich gelangten sie in einen weiteren Raum voller kalter Stahlfässer. Hier herrschte eher die Atmosphäre einer Fabrik als einer Winzerei.

»Die Gärung in Stahlfässern ist unkomplizierter, braucht weniger Aufmerksamkeit, sieht aber auch weniger traditionell aus.« Filipo lächelte verlegen. »Deswegen haben wir sie hier hinten aufstellen lassen, damit wir vorne unseren Gästen den beeindruckenden Anblick der Holzfässer präsentieren können.«

Sophia musste ihm zustimmen und folgte ihm dankbar zurück zu dem Bereich mit den Holzfässern, der zwar schummriger, aber romantischer war.

»Bei diesem Wein arbeiten wir mit einer längeren Maischegärung. In diesem Fall verwenden wir Holz, um die Tannine zu entwickeln und ihn rund zu machen. Jedenfalls pumpen wir den Saft dann ab, und die Gärung wird ohne die Schalen in den Eichenfässern abgeschlossen, bis der fertige Wein in die Flaschen gefüllt wird.«

Sophia nahm gedankenverloren einen der Korken mit dem aufgebrannten doppelköpfigen Adler aus der Kiste und spielte damit.

»Bei uns ist alles rein biologisch, und damit meine ich nicht nur den Anbau«, fuhr Filipo fort. »Auch die gesamte Verarbeitung erfolgt ohne chemische Zusatzstoffe, und das ist gar nicht so einfach.«

»Werden denn sonst so viele Chemikalien verwendet?«, wunderte sich Sophia.

»Mehr, als die meisten ahnen. So zum Beispiel zum Reinigen der Fässer. Zum Schutz vor Schimmelbefall wird oft Chlor, Kupfer oder Natriumhydroxid verwendet.«

»Das klingt sehr giftig.«

»Jede Chemikalie ist giftig, wenn man zu viel verwendet. Auch Alkohol. Häufig wird auch Schwefel der Maische zugefügt, damit der Wein nicht zu sehr oxidiert, auch das Fass wird manchmal damit versehen.«

Sophia kam sich plötzlich vor wie im Chemieunterricht. »Aber was machen Sie denn dann, um diese Chemikalien nicht verwenden zu müssen?«

Filipo lächelte hintergründig. »Das ist unser Geheimnis. Aber Schwefel kann man zum Beispiel vermeiden, wenn man faule Beeren aussortiert. Da steckt dann viel Handarbeit drin.« Plötzlich ging Filipo zu einem Regal und entnahm ihm ein Werkzeug, das aus mehreren Schläuchen bestand. »Kommen Sie, ich zeige Ihnen etwas.«

Sophia folgte ihm. Zielstrebig ging er zu einem Fass und blieb dort stehen. Seitlich am Fass setzte er die gebogene Spitze des Werkzeugs an, aus dem die Schläuche ragten. Behutsam führte er das lange, dünne Rohr mit geschickten Händen zwischen den Holzfasern durch. »Es braucht einiges an Geschick«, erklärte er konzentriert. »Es darf kein Sauerstoff hineinkommen, das würde den sorgsam ausbalancierten Oxidationsprozess stören«, fügte er leise hinzu, fast, als würde er mit sich selbst reden. Als er tief genug eingedrungen war, blies er in den dünnen, abstehenden Schlauch, erzeugte so einen Überdruck, sog die rote Flüssigkeit in den Schlauch und ließ sie von dort in ein Glas fließen.

Als Filipo genug entnommen hatte, zog er genauso behutsam die Metallspitze wieder aus dem Fass. »Sobald ich die Spitze des Weinhebers entfernt habe, verschließt sich das Holz des Fasses auf natürliche Weise, da es seine ursprüngliche Form wieder annimmt.«

Zufrieden mit seiner Arbeit richtete er sich auf, als ihm plötzlich einer der Schläuche entglitt und zu Boden fiel. Sophia bückte sich, um ihn aufzuheben, als sie plötzlich etwas zwischen den Fässern schimmern sah. Erst glaubte sie, dass ihre Augen ihr einen Streich gespielt hätten, aber dann erkannte sie die Konturen genau. Ihr wurde schlagartig kalt. Langsam hob sie den Weinheber auf und reichte ihn Filipo. »Wie tollpatschig von mir«, sagte er. Doch sonst schien er unbesorgt. Schweigend nahm Sophia das Glas entgegen und versuchte das Zittern ihrer Hände zu unterdrücken. Entfernt nahm sie die frische, fruchtige Note des Weins wahr, als sie ihn sanft im Glas verwirbelte. Ihre Lippen berührten das Glas, und der Geschmack von Beeren und Gewürzen tanzte auf ihrer Zunge. Es war ein Moment der Hingabe an die Sinne, der sie in die Welt des Weins eintauchen ließ. Dieser Groppello war noch jung, zeigte aber bereits jetzt seinen außergewöhnlichen Charakter. »Drei Wochen vor dem Verkauf werden wir ihn in unsere Flaschen abfüllen«, sagte Filipo, doch diesmal wollte der Groppello Sophias Herz nicht erreichen. Ihre Gedanken waren bei dem, was sie erspäht hatte.

26

Nachdem Filipo den Rundgang beendet hatte, führte er sie zurück zum Brunnen und verabschiedete sich. Es wartete noch Arbeit auf ihn, und das konnte Sophia ihm nicht verdenken. Sie war ohnehin überrascht gewesen, dass er sich so viel Zeit genommen hatte. Er meinte es mit der Erlebniswinzerei wirklich ernst. Sophia stand unschlüssig am Brunnen herum. Inzwischen war sie sich nicht mehr sicher, ob sich ihre Augen im Dämmerlicht des Kellers nicht doch getäuscht hatten. Sie würde noch einmal nachschauen müssen. Nicht jetzt, sondern wenn sie sicher sein konnte, dass niemand sie stören würde. Enzo kam mit einer Schubkarre an ihr vorbeigestapft. Sophia grüßte, erntete aber nur ein Knurren.

Sie musste mehr in Erfahrung bringen über die Cattaneos und auch über diesen seltsamen Enzo. Vielleicht war es an der Zeit, ein paar weitere Menschen kennenzulernen. Sophia machte sich auf und folgte dem sandigen Feldweg talabwärts.

Sie sah in der Ferne Filipo, wie er am Weinhang mit einem der Arbeiter zu sprechen schien. Der Arbeiter schien recht aufgebracht, er nahm den Strohhut vom Kopf, warf ihn theatralisch auf den Boden, nahm ihn wieder auf. Offenbar war der Weinanbau doch nicht immer so harmonisch, wie es den Anschein hatte. Sophia richtete den Blick wieder auf das kleine Bauernhaus, das im typischen Stil aus dem weiß-gelblichen Kalkstein der Gegend erbaut war, dem *pietra locale*. Eine alte Frau hängte im Garten Bettlaken, weiße Hemden und T-Shirts an einer Wäscheleine auf. Sie war zu sehr mit ihrer Hausarbeit beschäftigt, um Sophia zu bemerken. »Salute, Signora«, machte sich Sophia bemerkbar, als sie den Gartenzaun erreichte. Die alte Frau richtete sich mühsam mit einem großen Bettlaken in der Hand auf. Ein Lächeln huschte über ihr Gesicht.

»Geht es hier nach Salò?«, fragte Sophia, um ein Gespräch anzufangen.

»*Sì.*« Die Signora deutete mit dem Kopf Richtung Tal. »Einfach dem Weg folgen. Aber zu Fuß wird das einen halben Tag dauern.« Sie stellte sich auf die Zehen, um das Laken über die viel zu hoch gespannte Leine zu werfen. Sophia überlegte einen Augenblick, ob sie zu sehr in die Privatsphäre eindringen würde, entschied sich dann aber dafür, es zu wagen. Mit einem *mi scusi* nahm sie der verdutzten Bäuerin das Laken aus der Hand und schwang es selbst über die Leine. Die Frau runzelte kurz die Stirn, schien aber nichts gegen die Hilfe zu haben. »Die Leinen sind sehr hoch«, sagte Sophia.

»Das ist besser so, dann schleifen die Laken nicht auf dem Boden«, murmelte die Signora, zerrte ein weiteres nasses Laken aus dem Korb und drückte es Sophia in die Hand. »Normalerweise macht mein Sohn das, aber er hat sich verspätet, und wenn ich die Wäsche nicht jetzt aufhänge, wird sie nicht bis morgen trocken, und das bringt meinen morgigen Tag durcheinander.« Sophia warf auch dieses Laken über die Leine, nahm die Wäscheklammern entgegen, die ihr die alte Frau wortlos reichte, und befestigte es. Als Nächstes folgten Hemden und Unterröcke. Fast fühlte es sich an, als würden sie jeden Tag gemeinsam die Hausarbeit machen. Als sie fertig waren, schaute sich die alte Frau das Werk zufrieden an.

»Gabriella«, sagte sie. »Aber die Leute nennen mich Ella.«

»Sophia.«

»Gehören Sie zu denen da oben?«, fragte Ella und deutete mit dem Daumen über die Schulter in Richtung Weingut Cattaneo. Sophia verneinte, ergänzte aber, als sie den misstrauischen Blick der alten Gabriella bemerkte: »Ich bin auf Reisen und habe mich dort vier Tage einquartiert.«

»Bieten die jetzt auch Gästezimmer an?«, wunderte sich Gabriella, doch plötzlich huschte ein Lächeln über ihr Gesicht. »Hausgemachte Limonata«, sagte sie, ging zu ihrem Haus, vor dem eine Holzbank zum Verweilen einlud, und verschwand durch die kleine Tür.

Sophia ließ sich auf der Holzbank nieder. Von hier aus konnte man den Weg ins Tal nicht mehr sehen, der sich auf der anderen Seite des Hauses entlangzog. Dafür entfaltete sich die traumhafte Szenerie der Weinberge. Die Touristen tummelten sich gerne in Salò, doch wie schön es hier oben war, wussten nur die wenigsten. Auch Sophia hatte diese Seite des Gardasees bislang nicht gekannt. Nur wenige Kilometer abseits der Strandpromenade konnte man sich in der Schönheit der Natur verlieren. Ein paar Krähen ließen sich in der Nähe nieder und begannen, Kerne oder Würmer zu picken. So genau konnte Sophia das nicht erkennen. In der Ferne meinte sie sogar einen Falken oder Bussard kreisen zu sehen.

»Limonata al limone.« Ella war zurückgekehrt und reichte ihr eines der beiden Gläser. Die Limonade war köstlich und das Beste, was man bei diesem Wetter nach getaner Arbeit genießen konnte.

»Selbst geerntet?«, fragte Sophia.

Ella nickte und setzte sich neben Sophia auf die Bank. »Wir machen alles selbst. Die Zitronen sind von dem Baum dort, der Wein ist von unseren Reben.«

»Dann ist Ihr Mann Winzer?«, fragte Sophia.

»Das war mein Alfonso, aber der Herrgott hat ihn schon lange heimgeholt. Mein Sohn kümmert sich seither um unser Weingut.« Wobei das Wort »Weingut« deutlich übertrieben war, wenn man nach der Größe des Hauses ging. Aber was des einen Hütte ist, ist des anderen Königreich, sagt man, und falls Sophia ein solches Haus nebst kleinem Weinberg besäße, würde sie es wahrscheinlich auch als ihr Weingut bezeichnen. »Natürlich machen wir nicht solche edlen Weine wie die da oben, aber die Leute mögen unseren Wein, und wir haben unser Auskommen.« Ella kniff die Augen zusammen, als schien ihr plötzlich etwas einzufallen. »Was interessiert Sie unsere Gegend überhaupt? Ihr jungen Leute seid doch lieber unten am See in Limone.«

»Ich bin Geigenbauerin.«

»Geigen finden Sie hier nicht.«

»Das nicht, aber einer der großen Geigenbaumeister lebt hier.«

»Der alte Giuseppe?«

»Sie kennen ihn?«

»Jeder in meinem Alter kennt den alten Giuseppe. Er hat sich wohl mit seinem Sohn überworfen. Jetzt soll da eine Neue arbeiten.«

»Ich wollte ihn mal kennenlernen«, spann Sophia hastig ihre Geschichte weiter. »Aber vorher wollte ich mir die Gegend mal in Ruhe anschauen, weitab von der Hektik.«

»Hektik gibt es hier oben allerdings nicht. Ich kriege so gut wie nie Besuch. Nur der Pastor und meine liebe Freundin Donatella kommen einmal die Woche vorbei. Donatella kenne ich schon ewig. Sie hört gut zu und gibt mir immer einen guten Rat. Aber sonst passiert hier nie etwas.«

»Ganz so ruhig ist es hier wohl nicht.« Den nächsten Satz versuchte Sophia so beiläufig wie möglich klingen zu lassen. »Neulich soll hier einer erschossen worden sein.«

»Jagdunfall. Da oben. Kann passieren«, antwortete die alte Ella.

»Das klingt aber gefährlich. Muss ich mir Sorgen machen?«

»In den letzten siebzig Jahren, die ich schon auf Gottes Erde wandeln durfte, gab es nur zwei Jagdunfälle. Einen vor dreißig Jahren und einen jetzt. Wenn also der nächste passiert, sind Sie wahrscheinlich schon wieder ganz woanders, und ich wandle längst nicht mehr auf dieser Erde.«

»Kannten Sie den Toten?«

»Wer will schon über die Toten reden.«

Sophia wollte das, aber es erschien ihr nicht wirklich sinnvoll, weiterzubohren.

»Mama, jetzt hast du doch die Wäsche aufgehängt.« Ein junger Mann betrat den Garten durch das kleine Tor, das Sophia zuvor genutzt hatte. Der Strohhut kam Sophia bekannt vor.

»Junge, die Wäsche ist sonst morgen nicht trocken.«

»Mama, du bist unverbesserlich.« Nun lenkte er seine Aufmerksamkeit auf Sophia. »*Salute, bella signora*. Einen so schönen Anblick habe ich hier nicht erwartet.« Dabei kniff er die Augen verschmitzt zusammen und setzte ein Lächeln auf, von dem er zu wissen schien, dass es seine Wirkung nicht verfehlte. Er mochte Anfang dreißig sein, doch so genau konnte man es nicht sagen. Seine Haut war von der vielen Arbeit an der frischen Luft sonnengegerbt. Kleine Fältchen unterstrichen das Lächeln seiner Augen und bildeten einen charmanten Kontrast zu seinem markanten Kinn. Selbst der Strohhut, den er zur Begrüßung in die Hand nahm, wirkte bei ihm jetzt irgendwie interessant. »Gestatten, Angelo, stolzer Besitzer dieses kleinen Weinguts und ebenso stolzer Sohn der besten Mama der Welt.«

»Ach du«, sagte Ella, konnte sich aber ein Lächeln nicht verkneifen.

»Und welcher Sommerwind hat Sie zu uns geweht?«

»Das ist Sophia. Die kommt von da oben«, erklärte Gabriella und deutete mit dem Daumen über die Schultern zu dem Weingut hinauf.

»Man sagt, alles Gute kommt von oben. Warum also nicht auch mal etwas von den Cattaneos«, entgegnete Angelo.

»Ist eine Touristin. Hat Angst, erschossen zu werden.«

»Erschossen?«, wunderte sich Angelo. »Ach, wegen dem Jagdunfall.« Er musterte sie amüsiert. »Mama und ich haben recht gute Augen. Oder hast du schon mal einen Menschen mit einem Kaninchen verwechselt, Mama?«

»Ich bin zwar alt, aber weder blind noch dumm.«

»Sehen Sie, bella Sophia, Sie müssen sich hier keine Sorgen machen.«

»Ich wollte mir einfach mal ein paar Winzereien anschauen«, sagte Sophia in der Hoffnung, dem Gespräch eine andere Wendung zu geben.

»Na, da haben Sie es richtig gemacht, bei uns einzukehren«, erwiderte Angelo erfreut. »Und Sie haben zudem gleich die beste Zitronenlimonade des Valtènesi kennenlernen dürfen.«

»Sie ist wirklich vorzüglich«, stimmte Sophia zu.

»Aber damit haben Sie noch nicht das Beste genießen dürfen, was wir hier zu bieten haben«, sagte Angelo.

»Sag nichts gegen meine Limonade«, knurrte Gabriella.

»Das würde ich niemals tun, liebste Mama. Aber das Beste, was Gott diesem Flecken Erde gegeben hat, ist nun mal der Wein, und den müssen Sie jetzt kosten.«

Sophias Begeisterung hielt sich in Grenzen, was Angelo nicht entging. »Haben Sie etwa heute schon ein Glas Wein getrunken?«, fragte er mit einer Spur Enttäuschung.

»Nicht nur eins.«

»Da oben?«, fragte Angelo. Sophia bejahte. »Dann wird es erst recht höchste Zeit, dass Sie einen richtigen Wein kennenlernen. Manche Leute sind so verkopft, dass ihnen das Gefühl für den wahren Wein abhandenkommt. Besonders unser Groppello ist wie die Menschen hier, Emotionen und Leidenschaft und keine akademische Wissenschaft. Aber was rede ich, kosten Sie selbst.« Angelo verschwand im Haus und kehrte kurze Zeit später mit drei reichlich gefüllten Gläsern Rosé und einer Flasche unter dem Arm wieder. Er verteilte die Gläser und hob nun seins an, als Aufforderung zum Trinken. Sophia blieb nichts anderes übrig, als seiner Einladung nachzukommen. Der Wein war süßlich mit einer leicht herben Note und dennoch fruchtig.

»Wonach schmeckt er?«, wollte Angelo wissen.

»Sommerluft«, kamen Sophia Filipos Worte in den Sinn, weil ihr so schnell nichts Besseres einfiel.

»Siehst du, Mama. Sophia schmeckt es auch.« Offenbar brauchte es nicht viel, um einen Winzer glücklich zu machen. Dennoch passte die Umschreibung zu dem Wein. Er war weniger würzig als der von Filipo, aber dadurch eine Spur leichter und mit einer Note von Himbeeren.

»Auf den Sommer am Gardasee«, sagte Angelo und hob sein Glas.

»Auf den Sommer und auf einen vorzüglichen Groppello«, erwiderte Sophia, ohne jedoch zu trinken, was Angelo gar nicht aufzufallen schien.

»Wir bauen hier vornehmlich Groppello an, natürlich auch Trebbiano di Lugana und Barbera. Aber unser Groppello ist unser ganzer Stolz. Ein wundervoller Rosé. Schauen Sie.« Angelo bückte sich und nahm etwas Erde in die Hand, die er Sophia unter die Nase hielt. »Schwarz und satt, aber sehen Sie den roten Schimmer? Das ist Eisen in der Erde. Hier gibt es mehr davon, woanders wieder weniger. Die Gletscher haben die Gaben der Erde ungleich verteilt. Eisen sorgt für Tannine in den Trauben, und das verleiht dem Wein eine ganz besondere Fülle.«

Das war durchaus interessant, aber Sophia wollte lieber wissen, ob die beiden nicht vielleicht doch etwas gesehen hatten. Als *commissario* hatte man es da leichter. Andreotti konnte einfach seine Fragen stellen. Sophia hingegen musste es geschickt anstellen. Sie versuchte es mit einem Kompliment. »Ihr Wein hat deutlich mehr Charakter als der von den Cattaneos.«

»Siehst du, Mama? Ich habe es immer gesagt.«

»Hast du«, stimmte ihm Ella zu und holte einen Sack Pinienkerne aus ihrer Schürze hervor. »Möchten Sie auch?« Sie streckte Sophia die Hand voller Pinienkerne entgegen.

»Bitte verraten Sie den Cattaneos nicht, dass ich Ihren Wein besser finde«, sagte Sophia und legte verschwörerisch den Finger auf die Lippen. »Ich will keinen Ärger bekommen.«

»Da machen Sie sich mal keine Sorgen«, knurrte Gabriella. »Wir sprechen nie miteinander.«

»Wirklich nie?«, hakte Sophia nach. »Ich dachte, ich hätte Sie, Angelo, vorhin am Weinhang der Cattaneos gesehen.«

Der junge Bauer wich ihrem Blick aus, doch dafür antwortete seine Mutter. »Angelo geht nie dorthin. Ich sagte doch, wir reden nicht miteinander.«

»Lass gut sein, Mama«, murmelte Angelo und versuchte, sie mit einem Lächeln zu besänftigen. »Wir Winzer sind halt manchmal eigenwillig. Normalerweise helfen wir einander, aber es gibt Menschen, denen geht man lieber aus dem Weg.«

Das bedeutete noch lange nicht, dass er nicht doch oben bei den Cattaneos gewesen war. Gut möglich, dass seine Mutter davon nichts wissen sollte. Sophia hob ihr noch immer volles Glas an. »Auf die Freuden und Tücken der Nachbarschaft.«

»Darauf lässt sich anstoßen«, stimmte Angelo zu, und die gedrückte Stimmung war sogleich wieder verflogen. Er begann wieder zu erzählen und kam gar nicht mehr aus dem Schwärmen für das kleine Gut heraus. Mit leuchtenden Augen erzählte er von den Zitronenbäumen, der Olivenernte, und sogar die Tomatenpflanzen im hinteren Garten zeigte er Sophia, während Gabriella sich genüsslich den Pinienkernen widmete. Keine Frage, er liebte nicht nur seine Mutter und seine Weine, sondern alles, was mit Pflanzen zu tun hatte. Sophia fragte sich, ob sie auch so war, wenn sie über Geigen sprach. Wahrscheinlich sogar.

»Wir haben auch einen alten Steinbrunnen«, erklärte Angelo.

»Wo Sie alte Schätze verbergen?«, fragte Sophia.

Angelo stutzte kurz.

»Und andere Dinge, die besser nicht ans Tageslicht gelangen«, rief Gabriella von der Bank.

»Auch Gurken bauen wir hier an«, fuhr Angelo voller Begeisterung fort.

»Sie interessiert sich für Wein, nicht für Gurken«, meldete sich Gabriella erneut.

»Sie wollten mir doch eine Flasche Wein geben?«, fragte Sophia schnell, bevor Angelo zur nächsten Gartenpflanze überging.

»Richtig. Der Wein. Kommen Sie.« Angelo führte Sophia durch die kleine Tür ins Bauernhaus. Das Haus war spärlich eingerichtet, hatte aber den Charme einer kleinen Puppenstube. Kleine Dekorationen und Fotos zierten die Wände.

»Gemütlich haben Sie es hier.«

»Sie sollten besser nicht mein Zimmer sehen. Aber alles andere hat Mama so belassen, wie es vor dreißig Jahren war«, antwortete Angelo. »Im Andenken an Papa.« Er führte sie durch eine kleine Stube, deren Mittelpunkt ein Kachelofen bildete. *Il vino fa buon sangue* stand auf einem geschnitzten Holzbrett – »Der Wein macht gutes Blut«. Auch wenn der Spruch nicht so gemeint war, wie Sophia spontan assoziierte, kam er ihr unter den Umständen doch ein wenig makaber vor. Daneben zierten Fotos aus vergangenen Tagen die Wand, und sie fingen im Wesentlichen die Menschen ein. Eine junge Frau, unverkennbar Gabriella in ihrer Jugend, trug vor Glück strahlend den zweijährigen Angelo auf dem Arm. Ein weiteres Foto zeigte den sechsjährigen Angelo, dessen amüsierte Augen als Kontrast zu seinem ausgeprägten Kinn sich bereits jetzt abzeichneten. Stolz hielt er eine Rebe in die Höhe und versuchte dabei, die Pose des Mannes neben ihm nachzuahmen, der mit schmalem Gesicht und ernstem Blick in die Kamera blickte. Unzählige Fotos zeugten von einer glücklichen Kindheit, wobei solche Aufnahmen stets nur die guten Momente festhielten. Wer fotografierte schon den Streit und das Leid einer Familie? Auch Sophias Familienalben zeugten lediglich von glücklichen Augenblicken und nicht vom Kummer ihrer Mutter, als sie mit Papa nach Deutschland ziehen und ihre gesamte Familie in Italien zurücklassen musste. Dennoch verrieten die zahlreichen

Fotos an der Wand mehr als nur die Geschichte eines kleinen Jungen, der zwischen Weinreben von einem ernsten Vater und einer liebenden Mutter aufgezogen wurde. Denn wie auch in Sophias Fotoalbum fehlte hier ab einem gewissen Zeitpunkt eine Person auf den Bildern. Nur dass es bei Angelo der Vater gewesen war. Dieses Fehlen wiederum hinterließ seine Spuren im Gesicht derer, die geblieben waren. Gabriellas Lachfalten waren Sorgenfalten gewichen. Angelos Kinn wirkte nun noch markanter, gar entschlossener. Nur den Witz in seinen Augen hatte er im Gegensatz zu Gabriella wiedergewinnen können.

»Schöne Bilder«, sagte Sophia.

»Mama liebt sie. Sie erzählen unsere Geschichte.«

»Nur die Höhepunkte«, sagte Sophia.

»Wer will schon die Tiefpunkte aufbewahren und sie in der Stube aufhängen?«, fragte Gabriella, die plötzlich hinter ihnen auftauchte. »Das ist wie verdorbener Wein. Den guten sollten wir genießen und den schlechten wegschütten.«

»Mama hat wie immer recht. Und deswegen hole ich jetzt einen guten Wein für Sie.« Angelo verschwand hinter einer Tür, während Gabriella aus einer Schublade Nähzeug holte und sich auf einem Holzstuhl niederließ.

Plötzlich fiel Sophia ein Bild auf, das sie schon einmal gesehen hatte. Es war das mit dem Jungen, der die Weintraube in die Höhe hielt. »Dieses Bild habe ich oben bei den Cattaneos gesehen«, sagte Sophia.

»Da war Angelo zehn Jahre alt«, erklärte Ella.

»Wieso haben die Cattaneos denn ein Bild von Angelo?«

Ella suchte ungerührt den passenden Zwirn in ihrer Schatulle, während sie antwortete. »Weil denen alles mal abgebrannt ist, und vor einigen Jahren wollten sie da ein wenig Persönliches reinbringen.«

»Und dann haben Sie ihnen einen Abzug gegeben.«

»Wollte ich eigentlich nicht. Aber der alte Cattaneo hat mich drum gebeten. Der war vielleicht ein Vagabund, aber ablehnen konnte man ihm so leicht nichts bei seinem Charme.« Mit erstaunlich ruhiger Hand führte sie den Faden durch das Nadelöhr und begann, eines von Angelos Hemden zu flicken. »Angelo braucht eine Frau«, sagte sie. Das mochte sein, und Sophia befürchtete, dass die resolute Mama ausgerechnet sie als mögliche Partie betrachten könnte. Deswegen blieb Sophia lieber stehen, als Ella ihr mit einem Kopfnicken einen Stuhl zuwies.

»Mein Rücken«, sagte Sophia.

»Sie brauchen eine Massage. Angelo massiert mich immer.«

Sophia nickte stumm.

»Jetzt setzen Sie sich schon, Kindchen. Ich tu Ihnen nichts«, sagte Gabriella.

Doch Sophia beharrte darauf, stehen zu bleiben.

»Angelo braucht wirklich eine Frau«, seufzte Gabriella und zwinkerte Sophia zu. »Er ist ein guter Junge, und er braucht jemanden an seiner Seite.«

Sophia versuchte, ihr Lächeln zu erwidern. Gabriella hob das Hemd an und musterte zufrieden ihre Arbeit. Erneut wies sie auf den leeren Stuhl, und Sophia wusste, dass sie hier wohl nicht so schnell wegkommen würde.

27

Die Sache mit Fredo war genauso gelaufen, wie es Andreotti geplant hatte, und somit hatte er vorerst zwei Probleme weniger. Fredo würde seine Kontakte nutzen, um Informationen über den Puppenspieler einzuholen. Damit war Carlo zufrieden, und Fredo würde Andreotti vorerst nicht mehr wegen des Portemonnaies nerven. So konnte er sich wieder voll und ganz auf den Fall konzentrieren.

Da ihm beim ersten Tatortbesuch noch das Weinfest in den Knochen gesteckt hatte, war er unkonzentriert gewesen. Sonst hätte er es gleich gemacht. So musste Andreotti es jetzt nachholen.

Um diese Uhrzeit waren die Arbeiter bereits auf den Hängen unterwegs. Sie gingen die Rebstöcke ab, prüften die Pflanzen und entfernten Unkraut. Noch waren es nicht viele, aber wenn die Erntezeit in einigen Monaten begann, würde es hier wimmeln wie auf einem Ameisenhaufen. Doch selbst die wenigen Arbeiter hatten bereits die verbliebenen Spuren zerstört.

Andreotti stand genau dort, wo Cattaneo gestanden haben musste, als ihn die Kugel getroffen hatte, und blickte auf den See, genauso wie Cattaneo es in den letzten Sekunden vor seinem Tod getan haben musste. Der Himmel hatte sein tiefstes Blau erreicht, und nur am Horizont zeigten sich vereinzelt weiße Wolken. Zwischen dem Grün der Berge blitzten die kleinen Häuschen wie weiße Farbtupfer im Schein der Sonne auf, und inmitten all dessen bildete der Gardasee das Zentrum. Er strahlte Hoffnung und Ruhe zugleich aus, wie es nur ein Naturwunder tun konnte, das das Schicksal der Menschen hier seit der Eiszeit geprägt hatte. »Was du schon alles gesehen haben musst«, murmelte Andreotti. Der See mochte die Geschichten der Menschen in sich tragen, aber finden musste man sie selbst, genauso wie Andreotti die Antwort auf die Frage finden musste, wo sich der Täter versteckt haben mochte, nachdem er gezielt gehandelt hatte, um seinem Opfer keinen weiteren Blick auf den See und diese Welt zu gönnen.

Andreotti drehte sich um. Der Schuss musste von dort oben gekommen sein. Die Reihen der Weinreben zogen sich den Hang hinauf und wurden von einem Weg unterbrochen, um sich dann in einem weiteren Muster fortzusetzen. Von einer Gabelung führte ein weiterer Weg zum Anwesen der Cattaneos. Andreotti kniff die Augen zusammen, konnte jedoch weder die Cattaneo-Geschwister noch diesen Enzo oder Sophia auf dem Gut ausmachen. Nur eine verirrte Möwe kreiste über den Dächern. Andreotti schätzte die Entfernung zum Gut auf rund fünfhundert Meter. Das war zu weit für ein 22-Millimeter-Geschoss. Auf halbem Weg zwischen dem Cattaneo-Anwesen und dem Ort, an dem er jetzt stand, befanden sich drei kleine Gruppen von Bäumen. Die Entfernung könnte passen. Andreotti schätzte den Winkel ab und kam zu dem Schluss, dass die mittlere Baumgruppe der wahrscheinlichste Ort war. Er begann, die Anhöhe hochzusteigen. Der Weg war nicht sonderlich steil, aber doch anstrengend zu nehmen in der Hitze.

Plötzlich rutschte der kiesige Boden unter Andreottis Füßen weg. Er griff nach einer Weinrebe, fand für einen Moment Halt, bis sie abriss und er zu Boden ging. Andreotti rappelte sich auf, noch immer die abgerissene Weinrebe in der Hand. Die Beeren waren bereits dabei, einen zarten Blauton anzunehmen. Andreotti warf die Rebe fort. Sollten sich wenigstens die Vögel daran erfreuen. Nach ein paar weiteren beschwerlichen Minuten erreichte er die kleine Baumgruppe. Andreotti konnte nachvollziehen, wie dankbar die Feldarbeiter dafür waren, dass die Winzer diese Schattenspender gepflanzt hatten. Andreotti schaute zurück auf den Weg, den er gekommen war. Irgendwo hier musste der Täter gestanden oder gelegen haben. Auf dem Boden waren keine Spuren zu erkennen, dazu war er zu kiesig und trocken. Auch sonst konnte er nichts Verdächtiges entdecken. Weder eine Faser noch irgendeinen Gegenstand, den der Täter in der Hektik verloren haben könnte. Doch dann fiel Andreotti eine Astgabelung an dem Busch auf, die sich etwa auf Brusthöhe befand. Andreotti begab sich hinter den Busch. Er stellte sich vor, er hätte ein Gewehr in den Händen, legte es auf die Astgabel, kniff ein Auge zu und zielte. Peng. Ein idealer Ort. Langsam drehte sich Andreotti um seine eigene Achse, ohne das imaginäre Gewehr abzusenken. Egal, wo Cattaneo sich entschieden hatte, seinen Wein zu genießen, von hier aus bot er aus jedem Winkel ein ideales Ziel. Andreotti war sich absolut sicher, dass er den Ort gefunden hatte, an dem der Täter gestanden haben musste. Allerdings lag die Astgabel in einer Höhe, die nichts über die Größe des Täters aussagte. Jeder, der größer als ein zwölfjähriges Kind war, konnte sie zum Zielen nutzen. Die Büsche boten genügend Schutz, um größtenteils verborgen zu bleiben. Wenn der Täter hier geschossen hatte, war er wahrscheinlich anschließend direkt zu dem weiter oben liegenden Feldweg gegangen.

Andreotti schritt den möglichen Weg des Täters ab. Man hätte den Täter vom Cattaneo-Weingut aus sehen müssen. Aber natürlich nur, wenn man in den wenigen Minuten zufällig aus einem der Fenster in diese Richtung geblickt hätte. Aber sie waren bei dem Weinfest gewesen. Andreotti konnte sich zwar nicht erinnern, sie dort gesehen zu haben, aber schließlich waren dort unzählige Gäste gewesen. Und Enzo war zum Tatzeitpunkt angeblich in Salò gewesen. Das wiederum konnten die Geschwister kaum bezeugen. Ein recht dünnes Alibi. Dann entdeckte Andreotti das kleine weiße Bauernhaus wenige Hundert Meter unterhalb der Cattaneo-Weinberge, mit bestem Blick auf den Feldweg. Vielleicht hatte es doch Zeugen gegeben.

28

Sophia zögerte noch immer, Platz zu nehmen. So nett Gabriella auch war, so unnachgiebig schien sie zu sein, wenn es um das Wohlergehen ihres Sohnes ging. Und offenbar hatte sie es sich in den Kopf gesetzt, dass Sophia fortan zu diesem Wohlergehen beitragen sollte. »Nur ein Weilchen, Angelo würde sich freuen«, drängte Gabriella.

Sophia suchte verzweifelt nach einer Ausrede, als es plötzlich laut an der Tür klopfte. Gabriella stand seufzend auf und schlurfte zur Tür. Eine Stimme erklang, die Sophia nur allzu bekannt vorkam.

»Was machen Sie denn hier?« Mit Sophia hatte Andreotti nun wirklich nicht gerechnet.

»Sie kennen sich?«, fragte Ella. Andreotti ärgerte sich über seinen Fehler. Früher in Rom wäre ihm so ein Lapsus nicht passiert. Er war einfach nicht mehr in Übung. »Ich bin der *commissario*«, sagte er, als ob das etwas erklären würde.

»Sophia hat doch nicht etwa etwas verbrochen?«

»Um Gottes willen, nein. Ihr Portemonnaie wurde gestohlen«, beschwichtigte Andreotti.

»Richtig«, bestätigte Sophia hastig. »Ich saß unten im Café, und schwups, war es einfach weg.«

Die Bäuerin schaute abwechselnd vom einen zum anderen. »Und Sie glauben, dass das Portemonnaie hier ist?«

»Ich bin wegen des Toten hier, den man oben gefunden hat«, erklärte Andreotti.

»Sie kümmern sich auch um Tote?«

»Taschendiebstähle kläre ich nur nebenbei auf. Morde sind eher mein Spezialgebiet.«

»Na, so viele gibt es hier ja zum Glück nicht.«

»Richtig. Deswegen habe ich auch Zeit, mich nebenbei um das Portemonnaie der jungen Signora zu kümmern, die bestimmt jetzt noch weiter die Schönheit dieser Gegend erkunden möchte.«

»Will ich das?«, wunderte sich Sophia.

Andreotti schaute Sophia durchdringend an. »Ja, das wollen Sie.«

»Richtig, das will ich«, stimmte Sophia ihm hastig zu. Sie verabschiedete sich, bedankte sich für das nette Gespräch und schob sich an ihm vorbei durch die Tür. Erleichtert atmete Andreotti auf, als sie endlich außer Sichtweite war. Das hätte auch schiefgehen können.

»*Ragazza gentile*«, sagte Gabriella.

»Ja, ein sehr nettes Mädchen«, stimmte ihr Andreotti zu.

»Und Sie sprachen von Mord? Ich dachte, es war ein Jagdunfall. Jedenfalls erzählt man sich das.«

Das war bereits der zweite Fehler, der Andreotti unterlaufen war. Mit den Jahren war er wirklich eingerostet. Carlo wäre so etwas bestimmt nicht passiert. »Solange wir uns nicht sicher sind, müssen wir es leider als Mordfall behandeln. Die meisten Fälle stellen sich dann aber doch als Unfall heraus.«

Die alte Frau schien mit der Erklärung zufrieden und bot Andreotti ein Glas Wasser an, das er dankend ablehnte.

»Sie wohnen hier allein?«, fragte er stattdessen.

»Komisch, das hat mich die nette Signora auch gefragt.«

»Dann können Sie es mir ja ebenfalls verraten«, sagte Andreotti mit seinem charmanten Lächeln. Die Bauern hier waren nette Leute, doch wenn man sie verärgerte, konnten sie unglaublich stur sein. Sein Lächeln indes verfehlte auch diesmal nicht seine Wirkung.

Die Signora entspannte sich und begann wieder zu stricken. »Mein Sohn Angelo wohnt noch hier.«

»Bekommen Sie häufig Besuch?«

»Eigentlich viel zu selten. Wenn man mal den Pastor ausnimmt, der gelegentlich vorbeikommt. Aber das ist mehr beruflich und zählt nicht als Besuch.«

»Sicher, der Pastor«, murmelte Andreotti und schob einen der kleinen geblümten Vorhänge beiseite, die das kleine Häuschen vor der Sonne schützten. »Und sonst kommt niemand vorbei?«

»So gut wie nie.«

»Die Nachbarn kommen nie vorbei?«

»Die Cattaneos? Nein, nie.«

»Besucht man sich nicht unter Nachbarn?«

»Die beiden sind seltsam. Kümmern sich nur um sich, und wenn es nach mir geht, ist das auch gut so.«

Andreotti entging nicht die kleine Zornesfalte auf der Stirn der sonst so freundlichen Frau. »Haben Sie Streit mit den beiden?«

»Die Cattaneos sind keine guten Menschen. Sie bringen nur Ärger.«

»Was für Ärger?«

»Ärger eben.« Andreotti verstand. Es ging wahrscheinlich weniger um das, was sie taten oder nicht taten, als um das, was sie ausstrahlten. »Das haben sie vom Vater. Der alte Umberto hat auch nur Ärger bedeutet.«

»Sie kannten Umberto?«

»Natürlich kannte ich ihn. Ich lebe schließlich schon seit meiner Kindheit hier.«

Das klang hoffnungsvoll. »Dann kennen Sie auch seine Freunde, die man das ›Quintett‹ genannt hat?«

Die alte Frau legte den Kopf schief, als würde sie in ihren verstaubten Erinnerungen suchen, doch offenbar fand sie nichts. »Da kamen und gingen so viele Menschen. Ich kenne mich da nicht so aus.«

Andreotti versuchte es nun anders. »Wie war Cattaneo als Mensch?«

»Er war ein Charmeur, konnte die Menschen für sich einnehmen. In ihm steckte ein Künstler und Geschichtenerzähler. Stundenlang konnte er über Wein reden, und man wollte immer mehr hören. Aber er war auch eine treulose Seele. Er konnte Menschen vor den Kopf stoßen und sie wie Werkzeuge benutzen. Dennoch haben sie ihm immer alles vergeben.«

»Was hat man ihm denn zum Beispiel vergeben?«

»Keine Ahnung. Man sagt es halt so. Seine undankbare Art vielleicht, seine Untreue. Dabei war er ein bibelfester Mensch. Er kannte das Buch Gottes wie kein anderer. Ein Mann der Kirche hätte er werden sollen, hatte der alte Pastor immer gesagt. Aber dagegen hat sich Cattaneo immer gewehrt. An Wein würde es in der Kirche ja nicht mangeln, aber an der Freude mit Frauen. Deswegen sei das kein Beruf für ihn.«

Andreotti schaute erneut aus dem Fenster. »Sie haben einen schönen Ausblick.«

»Zur Straße? Da ist nichts Schönes dran. Nach hinten raus können Sie auf den See schauen, wenn Sie das interessiert.«

»Ich meine, Sie können sehen, wer hier heraufkommt.«

»Das ist allerdings wahr. Manchmal, wenn ich den See satthabe, setze ich mich auf die Bank dort, lege ein Kissen darauf und schaue hinaus, in der Hoffnung, dass jemand kommt. Aber außer den Cattaneos und ihren Arbeitern kommt hier kaum einer vorbei.«

»Bestimmt haben Sie vor fünf Tagen gegen Abend auch hier gesessen am späten Nachmittag.«

»Da muss ich erst mal nachdenken, fünf Tage sind eine lange Zeit.« Sie dachte nach und kam zu dem enttäuschenden Schluss, dass sie vermutlich am Abend gerade Äpfel geschält hatte, was sie am liebsten hinten mit Blick auf den abendlichen See tat.

»Aber haben Sie vielleicht etwas gehört? Einen Knall, ein Motorengeräusch vielleicht?«

»Sie hat nichts gehört«, antwortete eine tiefe Stimme. Andreotti fuhr herum. Ein junger Mann stand vor ihm, einen halben Kopf größer als er, und betrachtete ihn mit einem nicht gerade freundlichen Gesichtsausdruck.

»Ich bin der *commissario*«, sagte Andreotti. Die Augen des jungen Mannes, die gleichen Augen wie Gabriellas, musterten Andreotti von oben bis unten, dann veränderten sie sich und wurden freundlicher.

»Richtig. Ich habe Sie schon mal unten in der Stadt gesehen.« Er entspannte sich und stellte die beiden Flaschen Wein ab, dann blickte er sich um. »Wo ist Sophia?«

»Sie musste gehen, mein Junge«, sagte Gabriella mit einem unüberhörbaren Bedauern in ihrer Stimme. »Der *commissario* ist übrigens wegen dem toten Cattaneo hier.«

»Ich hatte vorhin schon befürchtet, Sie wären einer von den Angestellten dieser Cattaneos.«

»Sie mögen die Cattaneos nicht.«

»Aufgeblasene Schnösel, die meinen, nur weil ihr Vater mal ein berühmter Winzer war, könnten sie einen besseren Wein machen.«

»Sie wollen Bioweine herstellen«, sagte Andreotti weniger als Feststellung, sondern mehr um das Gespräch in Gang zu halten.

»Natürlich wollen sie das«, entgegnete Angelo unwirsch. »Es bringt mehr Geld.«

»Mein Sohn ist ein sehr talentierter Winzer«, erklärte Gabriella nun. »Geld vergeht, Talent aber nicht.«

Talent vergeht also nicht. Andreotti fragte sich, ob das auch für den alten Cattaneo galt.

»Sie haben also nichts mit den beiden zu tun?«, fragte er weiter.

»Man sieht sich, man geht seiner Wege.«

»Apropos Wege. Haben Sie vor fünf Tagen etwas gehört oder gesehen?«

Auch der junge Bauer konnte sich nicht erinnern, etwas gehört zu haben, zumal er meinte, dass er zu dem Zeitpunkt der Tat auf der anderen Seite des Hauses, am Weinberg, beschäftigt gewesen war. Die Sache hier war eine Sackgasse. Zeugen waren rar in einem Mordfall, besonders wenn die Tat zwischen Sonnenauf- und -untergang geschah. Nachts nahmen die Menschen jede Kleinigkeit wahr, doch bis zum Sonnenuntergang hatten sie andere Dinge im Kopf.

29

Fredo biss erneut in das Ciabatta, das er sich nach dem Treffen mit Andreotti und dessen seltsamem Freund, Carlo, weniger aus Hunger, sondern mehr aus Frust gönnte. »Finde mal den Puppenspieler.« Wie stellte sich Andreotti das vor? Er war ein Taschendieb und kein verdeckter Ermittler. Andererseits hatte Andreotti ihm ein Angebot gemacht, das er nicht ablehnen konnte. »Du hilfst uns, den Puppenspieler zu finden, und ich beschaffe Ilonas gestohlenes Portemonnaie«, hatte Andreotti gesagt. Und da Andreotti sein Ehrenwort als *commissario* gegeben hatte, war Fredo wiederum nicht umhingekommen, das seine als Taschendieb zu geben. Somit war er nun doch so etwas wie ein verdeckter Ermittler.

Als Erstes hatte Fredo seinen Cousin Ronaldo angerufen, der im Salòer Marionettentheater aushalf. Dieses wurde inzwischen von einem dreißigjährigen Puppenspieler aus Verona betrieben. Der war zu jung und laut Ronaldo ein Künstler, der viel zu gutmütig für diese Welt war. Die Sache mit dem Marionettentheater wäre auch zu naheliegend gewesen, aber ausschließen durfte man es nicht. Als Nächstes hatte er begonnen, seine Kontakte zu nutzen und sie gebeten, Informationen einzuholen, wenn sie auf etwas stießen. Natürlich hatte er nicht gefragt, ob jemand den berüchtigten Mafioso, genannt der Puppenspieler, gesehen hat. Fredo hatte sich eine Legende ausgedacht, wie es im Polizeijargon hieß. Ein Bekannter von ihm sei auf der Suche nach einem alten Freund, der hier untergetaucht sei, weil er sich mit seiner Familie überworfen habe, und er wolle diesen alten Freund nun nach vielen Jahren zu seiner Familie zurückbringen. Die Geschichte klang halbwegs plausibel. Fredo log nur ungern seine Freunde an.

Weniger glaubwürdig, aber dafür wahr, war die Begründung, wieso Fredo so wenig über das Aussehen des Gesuchten sagen konnte. Er habe sich in den Jahren stark verändert, und der Bekannte habe kein Foto mehr von ihm. Auf den nächsten Teil der Legende war Fredo besonders stolz. Das hatte er diesen Profilern aus den Fernsehkrimis abgeschaut. Der gesuchte Freund sei über fünfzig, unscheinbar. Er würde wenige Freunde haben, wenn überhaupt, aber sehr freundlich und zuvorkommend sein. So hatte sich Fredo jemanden wie den Puppenspieler ausgemalt. Gebracht hatte es ihm jedoch wenig.

Die Hinweise seiner Freunde reichten von dem Geigenspieler in der Fußgängerzone, der kaum infrage kam, da sich ein alter Mafioso wohl nicht tagein, tagaus in der Fußgängerzone verdingen würde, bis hin zu dem Gemüsehändler Federico, den Fredo jedoch selbst von klein auf kannte und der wohl ebenso herzensgut war wie der Betreiber des Marionettentheaters. Sogar Tante Martas Alberto war ihm als möglicher Kandidat genannt worden. Die Personenbeschreibung war vielleicht doch viel zu vage.

Fredo biss erneut herzhaft in das Ciabatta und machte sich auf, dem nächsten Hinweis nachzugehen. Carmino, ein Gelegenheitsgauner, der in gestohlenen Fahrrädern machte, hatte gesagt, dass er vielleicht eine Information hätte. Wahrscheinlich wieder so ein erfolgloser Tipp, aber wenn Fredo etwas anging, dann wollte er es auch zu Ende bringen.

30

Das Kommissariat war leer, und so konnte Andreotti sich ungestört einen guten Kaffee aus der neuen Maschine gönnen. Und den konnte er wirklich gebrauchen. Der Ausflug in die Weinberge hatte nichts Brauchbares gebracht. Irgendwie hatte er das Gefühl, dass er sich im Kreis drehte. Nach einem kurzen Zischen begann sich die Tasse mit der köstlichen braun-schwarzen Flüssigkeit zu füllen, und das Aroma frisch gebrühten Kaffees erfüllte das Kommissariat. Andreotti nahm die Tasse, setzte sich an seinen Schreibtisch und wollte gerade vorsichtig schlürfen, als plötzlich die Tür aufflog und Viola hereinmarschierte. Kommentarlos warf sie einen schweren, grauen Ordner auf Andreottis Schreibtisch. Staub wirbelte auf, und Andreotti konnte gerade noch seinen Kaffee in Sicherheit bringen. »Was ist denn das?«

»Wonach sieht es aus? Der Jagdunfall vor rund dreißig Jahren.«

»Und?«, wollte Andreotti wissen.

»Was, ›und‹?«

»Was steht da drin?«

»Ich sollte die Unterlagen beschaffen. Lesen müssen Sie schon selbst«, entgegnete Viola, wandte sich um und setzte sich an ihren Schreibtisch.

Andreotti dachte gar nicht daran, selbst die Akten zu studieren. Betont lässig legte er die Beine auf den Schreibtisch und verschränkte die Hände hinter dem Kopf. Ehrgeiz war ungeduldig, und Andreotti wiederum konnte sehr geduldig sein. Er fuhr mit dem Finger über den Zigarettenfilter und nahm einen Schluck Kaffee. Viola begann fahrig an ihrem Computer zu tippen und schaute immer wieder zu Andreotti herüber, doch der hatte nur Augen für den Zigarettenfilter. Würden die Menschen mehr über den Geschmack und die Verarbeitung des Tabaks reden und die Kunst dahinter schätzen, wie sie es bei den Weintrauben taten, dann hätten Zigaretten vielleicht gar keinen so schlechten Ruf, wenn man mal von den gesundheitlichen Aspekten absah, überlegte Andreotti und hielt den Glimmstängel gegen das Licht, als könnte er die Verarbeitung prüfen. »Ich dachte, Sie wären eine gute *carabiniera*«, seufzte er schließlich. Viola antwortete nicht, sondern bearbeitete ihre Tastatur nur umso heftiger.

»Deshalb habe ich Ihnen den Auftrag gegeben, im Archiv zu suchen. Aber so kann man sich täuschen.«

»Kommen Sie mir nicht so«, fauchte Viola.

»Ich komme Ihnen gar nicht. Ich stelle nur fest. Eine gute Polizistin hätte sich die Unterlagen sofort angeschaut und würde bereits die Recherche fortsetzen.«

»Was meinen Sie, was ich gerade mache?«

»Wie können Sie recherchieren, wenn Sie den Inhalt des Ordners nicht kennen?«

»Also gut. Sie haben recht. Ich habe die Akten durchgelesen, und ja, es gab einen Jagdunfall. Ebenfalls mit einer 22-Millimeter-Jagdwaffe. Das ist die gute Nachricht.«

»Nicht für das Todesopfer.«

»Die schlechte Nachricht ist, dass man den Täter sofort gefasst hatte, weil er sich eine Stunde nach dem Unfall freiwillig gestellt hat.«

»Wäre nett, wenn jeder Täter einem diesen Gefallen täte.«

Viola nannte weitere Fakten. »Es war ein Bauer aus der Gegend. Zwei Jahre auf Bewährung hat man ihm aufgebrummt.«

»Das stand also offenbar in den Akten. Aber was hat Ihr Computer ausgespuckt?«

»Dass er rund drei Jahre vor dem Mord an Cattaneo eines natürlichen Todes verstorben ist.«

»Ein erstklassiges Alibi«, sagte Andreotti. Wäre auch zu schön gewesen. »Irgendwelche Verbindungen zu Cattaneo gab es nicht?«, hakte Andreotti noch mal mit einem letzten Funken Hoffnung nach.

Viola verneinte. »Jedenfalls nichts Offensichtliches. Ich habe selbst noch mal bei meinem Kontakt im Grundbuchamt nachgefragt. Damals wurden oft Grundstückparzellen verkauft oder übertragen. Aber auch da gibt es keinen Zusammenhang zwischen den beiden Fällen.« Ein weiterer Anruf Violas kurz zuvor bei einer weiteren Bekannten im Justizministerium hatte ebenfalls nichts ergeben. Es gab wohl auch keine Rechtsstreitigkeiten zwischen den beiden. Der Verursacher des ersten Jagdunfalls war ein einfacher Bauer gewesen, der im Wald auf der Suche nach einem verlorenen Schaf war und nichts mit dem Weinbau zu tun hatte. Das bedauernswerte Opfer hatte zwar etwas mit Wein zu tun, war aber lediglich ein Feldarbeiter. Andreottis Instinkt sagte ihm, dass der erste Tote wirklich ein Jagdunfall war und damit definitiv eine Sackgasse.

Doch Viola war noch nicht fertig. »Mein Bekannter im Grundbuchamt ist aber zufällig auf etwas anderes gestoßen, als er nachschaute, ob Cattaneo und unser anderes Unfallopfer irgendetwas miteinander zu tun hatten. Cattaneo hat knapp zwei Jahre vor seinem Tod etwa hundert der rund sechshundert Hektar seiner Winzerei an jemanden überschrieben. Und nun raten Sie einmal, an wen.«

Andreotti hatte keine Lust dazu. Viola verriet es ihm dennoch. »An Gabriella Mariani.«

»Cattaneos Nachbarin«, murmelte Andreotti.

»Woher wissen Sie, dass es die Nachbarin ist?«

»Bauchgefühl. Es musste ein Nachbar sein, denn man kann ja das Grundstück kaum mitgenommen haben. Außerdem habe ich sie heute kennengelernt, und mein Bauchgefühl sagt mir, dass sie es war. Überschrieben, sagen Sie, und nicht verkauft?«

»Nicht verkauft«, bestätigte Viola.

Vielleicht wieder eine Sackgasse. Andererseits schon interessant. Eigentlich hatte Andreotti den Eindruck gehabt, dass die alte Gabriella die Cattaneos nicht sonderlich mochte. Was es umso interessanter machte. Gut, die Übertragung hatte zwischen Cattaneo und Gabriellas Mann stattgefunden. »Wann war das genau?«, fragte Andreotti. Viola studierte ihre Notizen. »Drei Jahre vor dem Brand auf Cattaneos Anwesen.«

Plötzlich flog die Tür auf, und Ernesto steckte seinen Kopf rein. »Jemand hat etwas abgegeben unten. Dachte, das könnte Sie interessieren«, rief er. »Sie waren nicht da. Da habe ich es angenommen.«

Andreotti streckte die Hand aus. Ernesto schien dazuzulernen, denn er warf dem *commissario* das unscheinbare und doch so wertvolle Teil zu. Andreotti öffnete es routinemäßig, musterte den Inhalt und ließ es sofort in der Schreibtischschublade verschwinden. Viola war noch immer in ihre Arbeit vertieft. »Wollen Sie nicht …«, begann Ernesto, doch Andreotti fiel ihm ungeduldig ins Wort. »Von wem haben Sie das?«

»Die Witwe eines Winzers hat das Fundstück unten abgegeben, damit wir es dem eigentlichen Besitzer übergeben.«

»*Grazie*«, beendete Andreotti das Gespräch.

»Soll ich vielleicht …«

»*Grazie!*«, wiederholte Andreotti lauter. Endlich begriff Ernesto und verschwand wieder. Andreotti öffnete erneut die Schublade und schielte hinein, wo das kleine hellbraune Stück bereitlag, seinem Besitzer übergeben zu werden, wenn der richtige Zeitpunkt gekommen war. Es war schön, wie sich manche Dinge von selbst fügten.

31

Auf dem kurzen Weg zurück zum Weingut der Cattaneos schossen Sophia unzählige Gedanken durch den Kopf. Die Witwe Gabriella und Angelo waren nett, aber auch irgendwie verschroben, fast so, als würden sie ein Geheimnis bewahren. Aber vielleicht bildete sie sich das nur ein. Und obwohl sie sonst so umgänglich wirkten, waren sie auf die Cattaneos nicht gut zu sprechen. Sophia traute der alten Gabriella genauso wenig einen Mord zu wie Angelo. Außerdem hatte der alte Cattaneo nichts mehr mit dem Weingut zu tun. Wahrscheinlich ging sie die Sache falsch an. Andreotti würde sicherlich ganz andere Fragen stellen. Möglicherweise tat er das gerade. Er war nicht glücklich gewesen, sie dort zu sehen, aber was hatte er erwartet? Er konnte kaum davon ausgehen, dass sie die ganze Zeit auf dem Gut herumsaß. Aber jetzt musste sie die Sache im Weinkeller untersuchen. Mehr noch, sie musste sich etwas überlegen, um das Problem zu lösen. Und jetzt, als sie gerade die Schwelle des Gutshauses betrat und ein grimmig dreinblickender Enzo sie erwartete, wusste sie plötzlich, wie sie vorgehen konnte.

»Sie waren lange unterwegs«, knurrte Enzo und musterte sie misstrauisch von oben bis unten.

»Die Gegend hat viel zu bieten«, sagte Sophia.

»Man muss hier nicht alles kennenlernen, vor allem nicht jeden«, entgegnete Enzo. Er musste sie auf Gabriellas Hof beobachtet haben.

»Ich habe Hunger«, sagte Sophia. »Haben Sie ein Baguette für mich?«

»Wir sind nicht in Frankreich.«

»Natürlich nicht. Wer behauptet das?« Filipo war plötzlich aufgetaucht und strahlte Sophia freudig an.

»Ich hätte gerne morgen zum Frühstück ein Baguette«, erklärte Sophia mit einem Lächeln.

»Enzo könnte ein Ciabatta für Sie besorgen.«

»Aber ich hätte gerne ein Baguette«, wiederholte Sophia und versuchte es nun mit einem Augenaufschlag, bei dem sie sich ein wenig dümmlich vorkam, der aber seine Wirkung nicht verfehlte.

»Der Bäcker in Salò hat Baguettes. Enzo wird morgen etwas besorgen.«

»Das wäre fantastisch«, jauchzte Sophia und fühlte sich fast ein wenig schuldig, dass sie Enzo solche Umstände machte. Doch sie brauchte das Baguette wirklich.

32

Carmino wartete bereits in der Via San Carlo. Ein idealer Treffpunkt, denn obwohl sich die enge Gasse im historischen Zentrum von Salò befand, war sie nur wenig frequentiert. Schade eigentlich, dachte Fredo, dass die Touristen dieses kleine Schmuckstück mit den romantischen Steinmauern, dem historischen Flair und den Blumen einfach übersahen, weil sie auf den Hauptstraßen an ihr vorbeigingen. Jetzt sollte es ihm aber recht sein. Carmino trug wie immer seine zerrissenen Jeans, von denen er meinte, dass sie modisch seien, und sein Oberkörper steckte in einem mindestens zwei Nummern zu kleinen weißen T-Shirt, damit die Muskeln besser zur Geltung kamen, mit denen er trotz seiner fünfzig Jahre noch immer beeindrucken konnte. Die Drachentattoos auf seinen Oberarmen ließen ihn gefährlicher erscheinen, als er war. Carmino war einer der feinsten Kerle, die Fredo kannte, wenn er nicht mal wieder das Eigentum anderer zu seinem machte.

Sie stießen die Fäuste an zum Gruß, so wie Carmino es sich aus den amerikanischen Filmen abgeschaut hatte. »Ist dir jemand gefolgt?«, fragte Carmino und schaute Fredo über die Schulter.

»Wieso sollte mir jemand folgen?«

»Nicht so laut«, zischte Carmino. Fredo verstummte schlagartig. »Du bist wirklich naiv, Fredo.«

»Du tust ja gerade so, als wären wir in einem Spionagefilm.«

»Hör auf, dich lustig zu machen. Schließlich bist du es doch, der hier solch einen Staub aufwirbelt.«

Fredo verstand die Welt nicht mehr. »Wieso ich? Du hast doch so geheimnisvoll getan und wolltest nicht am Telefon reden.«

»Dazu gibt es auch allen Grund. Telefone haben nämlich manchmal Ohren.« Carmino tippte sich dabei verschwörerisch an dieselben.

Allmählich war Fredo überzeugt, dass Carmino wirklich zu viele schlechte Filme sah. »Und wie wirble ich deiner Meinung nach Staub auf?«

»Indem du überall nach dem Puppenspieler fragst.«

»Ich habe den Puppenspieler noch nie erwähnt, sondern nur nach einem alten Bekannten gefragt.«

»Ha!«, rief Carmino aus, beugte sich zu Fredo hinab und pochte mit seinem wulstigen Zeigefinger auf Fredos Brust, dass dieser einen Schritt zurück machte. »Jetzt hast du es selbst zugegeben, dass du nach dem Puppenspieler suchst.«

Fredo verzog verärgert das Gesicht. Vielleicht war er doch zu leicht durchschaubar für derartige Ermittlungen.

»Unscheinbar, über fünfzig, gut situiert«, wiederholte Fredo seine Beschreibung. »Das könnte auf jeden zehnten Einwohner Salòs zutreffen.«

Carmino winkte energisch ab. »Jeder, der etwas Verstand hat und noch die alten Mafiageschichten kennt, weiß genau, wen du meinst.«

»Das sehe ich anders«, widersprach Fredo. Doch plötzlich begriff er. »Außer natürlich, man hat etwas über den Puppenspieler gehört. Dann kann man natürlich eins und eins zusammenzählen.« Carmino verschränkte die massiven Arme vor der Brust und schwieg. »Du weißt etwas, Carmino. Deswegen wolltest du mich treffen.«

»Ich bin nur hier, um dir zu raten, nicht mehr nach dem Puppenspieler zu fragen. Sonst …«

»Sonst was?«, fragte Fredo fordernd und baute sich vor Carmino auf, was ihm bis zu dessen Nasenspitze gelang. Carmino schien angestrengt nachzudenken.

»Sonst was?«, wiederholte Fredo.

»Keine Ahnung«, gab Carmino zu.

»Du drohst mir, deinem alten Kumpel Fredo, und weißt nicht einmal, womit?«

»Ich habe dir nicht gedroht. Ich wollte dich warnen.«

»Mich warnen? Ich dachte, wir sind alte Freunde.«

»Gerade deshalb, weil wir alte Freunde sind.«

»Wenn wir Freunde sind, dann rückst du raus, was du über den Puppenspieler weißt«, zischte Fredo derart heftig, dass der fast einen Kopf größere Carmino zusammenzuckte.

»Ich weiß nichts über den Puppenspieler.«

Doch das ließ Fredo nicht gelten. Er rüttelte Carmino am Kragen, So ließ Carmino normalerweise nicht mit sich umspringen. Aber er schien wirklich verängstigt. »Rück raus, was du weißt.«

»Ich kenne nur ein paar Geschichten von alten Freunden aus Rom. Legenden, mehr nicht.« Fredo verkrallte sich noch fester in Carminos offenem Hemdkragen. »Freundschaft. Carmino, Freundschaft«, zischte er mahnend.

Carmino gab sich geschlagen. »Ich habe zufällig ein Gespräch mit angehört, als ich unten beim Rathaus neben der Telefonzelle stand und auf einen Kunden wartete. Ein Mann erwähnte den Puppenspieler und sagte, er wisse, wo er sei.«

»Wie sah der Mann aus?«

»Ich habe mir zunächst nichts dabei gedacht. Ich fand es nur ungewöhnlich, musste nur an die alten Geschichten denken, bis ich gehört habe, dass du nach jemandem suchst, auf den die Beschreibung des Puppenspielers passen würde. Wenn er hier ist und du nach ihm fragst, bist du in Gefahr. Ich wollte dich warnen.«

»Wie sah der Mann aus?«, wiederholte Fredo lauter. Endlich rückte Carmino mit der Information heraus. Er gab Fredo nicht nur die Beschreibung, sondern auch den Namen und den genauen Aufenthaltsort des Mannes. »Andreotti wird Augen machen«, murmelte Fredo.

33

Der nächste Morgen startete mit zwei guten Nachrichten. Enzo eröffnete Sophia, dass er das Mountainbike für sie bereitgestellt hatte. Ferner reichte er ihr das Baguette, auf das sie gehofft hatte.

»Ich esse auf dem Zimmer«, sagte sie und ließ Enzo verdutzt zurück. Kaum hatte sie ihr Zimmer erreicht, ergriff sie das Tuch, in das sie die Enrico-Rocca-Geige eingewickelt hatte, und schlug damit das Baguette ein. Anschließend setzte sie sich aufs Bett und starrte auf die Wanduhr. Nachdem fünf Minuten verstrichen waren, sprang Sophia auf, öffnete die Tür einen Spalt und lauschte. Niemand war zu hören. Wie zu erwarten, ging jeder wieder seiner Arbeit nach. Sie konnte nur hoffen, dass keiner im Weinkeller zu tun hatte. Sie ging aus dem Zimmer und zog leise die Tür hinter sich zu. Vorsichtig schlich Sophia den Flur entlang, bis ihr einfiel, dass sie damit alles andere als unauffällig wirkte, wenn jemand sie so sehen würde. Also richtete sie sich auf und schlenderte wie selbstverständlich mit dem Baguette in dem Tuch weiter. An der Treppe zum Weinkeller angelangt, hielt sie inne und lauschte einen Moment. Noch immer war niemand zu hören. Also gab sie sich einen Ruck und stürmte schnurstracks die Treppe zum Kellergewölbe hinab. Die schwere Holztür war zum Glück nicht verschlossen. Sophia öffnete sie und starrte in absolute Finsternis. Sie fluchte leise, dass sie nicht an ihr Handy mit der Taschenlampe gedacht hatte. Sie überlegte kurz, gab sich einen Ruck und knipste das Licht an. Wer jetzt an der Kellertreppe vorbeikäme, würde unweigerlich das Licht sehen. Aber es half alles nichts. Sie musste nur schnell sein. Sophia zählte die Gänge ab, beim vierten Gang bog sie nach links ab. »1967« stand auf dem Fass. Hier war es gewesen. Sophia ging weiter und zählte die Fässer. Beim sechsten blieb sie stehen. Sie beugte sich hinunter. Der Gegenstand war noch da. Sophia kniff die Augen zusammen. Jetzt konnte sie ihn genauer erkennen. Es war zweifellos Stahl, was im Schein des matten Kellerlichts schimmerte. Keine Frage. Das war ein Gewehr. Jemand musste es hastig hinter die Fässer geworfen haben. Sophia legte das Baguette auf das Weinfass, ging auf die Knie und streckte den Arm in den Freiraum zwischen den Fässern aus, um das Gewehr mit den Fingerspitzen zu erreichen. Doch ihr Arm war zu kurz. Sie musste es anders versuchen. Also zog sie ihren Schuh aus, setzte sich auf den Boden und streckte das rechte Bein zwischen die beiden Fässer. Mühsam tastete sie sich vor. Es fehlten immer noch einige Zentimeter. Frustriert zog sie das Bein wieder heraus. Sie hatte sich einige Schrammen an den Fässern geholt. Vielleicht ging es anders. Sophia kniete sich nun hin und steckte ihr Bein rücklings in den Spalt. Wenn jetzt jemand sie ertappte, hätte sie einiges zu erklären. Sie drückte ihr Bein tiefer in die Lücke zwischen den Fässern, bis es kaum noch ging. Dann endlich spürte sie etwas. Sie drückte ihren Fuß fest auf den Boden, bis sie sicher war, dass sie das Gewehr erreicht hatte. Nun begann sie vorsichtig auf allen vieren nach vorne zu krabbeln, während sie mit dem rechten Bein das Gewehr mit sich zog, Zentimeter um Zentimeter. Plötzlich kam ihr ein unguter Gedanke. Das Gewehr könnte noch geladen sein. Wenn es jetzt losginge, wäre das kein eleganter Abgang. Im Geiste sah sie schon Viola und den *commissario* kopfschüttelnd den Tatort inspizieren. Aber sie musste es jetzt zu Ende bringen. So zog sie das Gewehr Stück für Stück weiter, bis sie es mit den Händen erreichen konnte. Vorsichtig legte sie es vor sich ab. Sie nahm das Geigentuch, in dem bis dahin das Baguette eingewickelt war, und schlang es um den unteren Teil des Gewehrs. Es war zu klein, sodass der Lauf noch herausragte. Jeder würde sofort erkennen, dass sie ein Gewehr herumtrug. Doch dafür hatte sie bereits einen Plan. Wieder überlegte sie, ob das Gewehr geladen war. Aber sie kannte sich mit den Dingern nicht aus. Wenn sie es jetzt öffnete und sich ein Schuss löste, wäre ihr auch nicht geholfen. Sophia legte das Gewehr wieder vorsichtig auf den Boden. Sie hob nun das Baguette auf und brach ein Drittel davon ab. Den längeren Teil des Baguettes warf Sophia in den Spalt zwischen die Fässer. Nur wer genau hinsah, würde es entdecken. Sophia nahm nun das abgebrochene Baguette-Ende, schaute sich um und griff sich einen Korkenzieher, der auf einem kleinen Regal lag. Nach wenigen Sekunden hatte sie mit der Spitze des Korkenziehers ein tiefes Loch in das Baguette geschnitzt. Die Krümel entsorgte sie, indem sie sie aß. Anschließend stülpte sie das Baguette über den Lauf. Es passte besser, als sie gedacht hatte. Anschließend wickelte sie das Tuch noch fester. Schließlich nahm sie ihr Kunstwerk mit beiden Armen hoch und betrachtete es. Klar war es schwer, aber wenn sie es unter den Arm klemmte, dann sähe es aus, als würde sie ein Baguette mit sich herumtragen.

»Was machen Sie denn hier?«

Sophia fuhr herum. Enzo war unbemerkt hinter ihr aufgetaucht.

»Ich habe mein Baguette bei mir«, sagte Sophia. Sie presste das verkleidete Gewehr fester an sich.

»Das sehe ich«, knurrte Enzo misstrauisch.

»Und jetzt suche ich Käse«, sagte Sophia.

»Hier im Keller?«

»Ich wusste ja nicht, wo Sie den Käse aufbewahren.«

»Da, wo jeder vernünftige Mensch Käse aufbewahrt. In der Küche im Kühlschrank.« Enzo drehte sich um und hielt plötzlich inne. Langsam bückte er sich. Sophia hielt den Atem an. Fieberhaft suchte sie nach einer Ausrede für das Baguette hinter den Weinfässern. Doch er nahm nur ein paar Krümel auf. »Wir wollen es den Mäusen nicht zu leicht machen«, sagte er. Die paar Krümel würden den Mäusen egal sein, schließlich wartete auf sie ein ganzes Festmahl hinter den Weinfässern. Enzo richtete sich wieder auf und marschierte los. Sophia folgte ihm, das Gewehr-Baguette fest unter den Arm geklemmt. Es fiel ihr schwer, weil ihre Knie noch zitterten. Enzo stapfte die Treppe hoch und den Flur entlang bis zur Küche. Wieder betrachtete er das Gewehr-Baguette misstrauisch. »Sie wollen wirklich das ganze Baguette essen?«

»Ich habe großen Hunger.«

Enzo kramte im Kühlschrank herum, bis er fand, wonach er gesucht hatte. Er reichte Sophia ein gewaltiges Stück Käse. »Für Ihren riesigen Hunger.« Sophia nahm es mit der freien Hand entgegen. Das Gewehr wurde immer schwerer. Als Enzo sie endlich allein ließ, stellte sie es erleichtert ab. Ihr Arm zitterte. Vielleicht war das doch keine so gute Idee gewesen.

Es dauerte fast eine Stunde, bis Sophia mit dem Mountainbike, das Filipo ihr zur Verfügung gestellt hatte, am Kommissariat ankam. Meter um Meter rollte sie vorsichtig den Berg hinab, stets darauf bedacht, keine ruckartigen Bewegungen zu machen, falls das Gewehr doch geladen war. Alle paar Hundert Meter machte sie halt, wenn ihr Arm zu sehr verkrampfte, um es unter den anderen Arm zu klemmen. Sie war komplett durchgeschwitzt und ihr ganzer Körper verkrampft. Mühsam schleppte sie sich die Treppe hoch und stieß ohne anzuklopfen die Tür zum Kommissariat auf.

Andreotti sprang auf, als er Sophia sah. »Was ist denn mit Ihnen passiert? Hat man Sie über die Weinberge gejagt?«

»Brauchst du ein Glas Wasser?«, fragte Viola von der anderen Ecke des Kommissariats.

»Halb so schlimm«, japste Sophia. »Ich war unterwegs für den Fall. Aber Wasser wäre gut. Viel Wasser.« Und Viola brachte viel

Wasser. Erschöpft lehnte Sophia das Baguette-Gewehr gegen die Wand und begann begierig zu trinken. Am liebsten hätte sie sich die Flüssigkeit auch über den Kopf gegossen. »Ich habe ermittelt«, sagte Sophia schließlich nicht ohne einen Hauch von Stolz.

»Dabei sollten Sie sich aber nicht umbringen, *Dio misericordioso*«, entgegnete Andreotti, schien aber bereits deutlich weniger besorgt. »Na, wenigstens haben Sie uns etwas zu essen mitgebracht.«

Sophia nahm ihr Bündel hoch und ließ es mit einem lauten Krachen auf Andreottis Schreibtisch fallen. »Ich würde das nicht essen«, sagte sie und schlug das Tuch auf.

Andreotti sprang wieder auf. »Herrgott, das ist ein Gewehr!«

»Ich bringe ein Beweismittel.«

»Sie tragen ein geladenes Gewehr spazieren.«

»Spazieren kann man das nicht nennen.«

»Dafür könnte ich Sie einsperren lassen.«

»Und wer soll dann weiter für Sie bei den Cattaneos ermitteln?«

»Sie hätten jemanden umbringen können.«

»Vielleicht ist es ja gar nicht geladen«, erwiderte Sophia.

Andreotti nahm die Waffe in die Hand, richtete sie Richtung Fenster und entriegelte den Verschluss. Ein leises Klicken erklang und begleitete den Vorgang, und der Verschluss glitt nach vorne, um den Lauf und die Kammer freizugeben. »Von wegen nicht geladen. Da sind noch zwei Kugeln in der Kammer.« Zum Beweis ließ er die Patronen auf den Tisch fallen. »Sie haben Nerven. Man sollte Amateure nicht mit Polizeiermittlungen beauftragen«, grummelte er.

»Na, das war ja wohl Ihre Idee«, warf Viola ein. Doch Andreotti ignorierte sie. »Lassen Sie mal hören, woher Sie das Ding haben.«

Sophia berichtete von ihrem Winzereirundgang, und wie sie zufällig die Waffe entdeckt hatte. Sie erzählte, wie sie überlegt hatte, das Gewehr unauffällig aus der Winzerei zu schmuggeln, und dann auf die Idee mit dem Baguette gekommen war.

»Gewehre in Cellokästen kennt man ja«, murmelte Andreotti. »Wenn auch nur aus Filmen. Aber ein Gewehr in einem Baguette ist mal etwas ganz Neues. Sie hätten mich aber auch einfach anrufen können.«

»Konnte ich nicht. Erstens gibt es da oben keinen Empfang, und zweitens wäre dann meine Tarnung aufgeflogen.«

Andreottis Gesichtsausdruck verriet Sophia, dass er zumindest in diesem Punkt ihrer Meinung war.

»Und ist das die Tatwaffe?«, wollte Sophia wissen.

»Fragen wir doch einfach mal unsere Expertin von der Spurensicherung«, entgegnete Andreotti.

Viola schien nur auf diese Frage gewartet zu haben. »Ein Jagdgewehr, Kaliber 0.22, könnte passen. Genaueres wird ein ballistischer Abgleich mit dem Projektil ergeben. Das können wir im Labor untersuchen lassen.«

»Können Sie, müssen Sie aber nicht, weil das nämlich nicht die Tatwaffe ist«, sagte Andreotti bestimmt.

»Woher wollen Sie das wissen?«, fragte Sophia scharf und konnte nur schwer ihre Enttäuschung verbergen. »Viola hat doch mit der Untersuchung noch gar nicht angefangen.«

»Als *commissario* weiß man so was.«

»Na, das erklärt alles«, schnaufte Sophia.

»Weil ich als *commissario* auf solides Ermittlerhandwerk setze. Diese ganze Wissenschaft mag zwar gut sein, aber sie tötet eigenständiges Denken.«

»Jetzt sprechen Sie mir auch noch das Denken ab«, zischte Sophia.

»Viel nachgedacht haben Sie bestimmt nicht, sonst wären Sie kaum mit einem geladenen Gewehr durch Salò geradelt.«

»Es reicht«, fuhr Viola dazwischen. »Wir warten die Auswertungen ab, und dann wissen wir mehr.«

»Wenn Sie mit so was Überflüssigem das Labor beschäftigen wollen«, grummelte er.

»Wieso haben Sie so schlechte Laune?«, fragte Sophia.

»Habe ich nicht.«

»Hat er nicht. Er fühlt sich nur wieder wie der große Mafiajäger«, erklärte Viola.

»Wegen einem toten Winzer?«

»Wegen dem Puppenspieler. Aber am besten erzählt es Ihnen Andreotti selbst.«

Das tat Andreotti nur allzu gerne.

»Dieser Mann, der bei mir in der Werkstatt war, ist also Ihr Ex-Partner? Dann müssen Sie also nur noch den Puppenspieler fangen, Sie gehen zurück nach Rom, und wir sind Sie los«, sagte Sophia trocken.

»So einfach geht das nicht«, erwiderte Andreotti.

»Aber Sie haben bestimmt eine Spur«, vermutete Sophia.

»Sagen wir, ich habe meine Methoden«, gab sich Andreotti geheimnisvoll.

»Mich interessiert viel mehr, was du bei den Cattaneos herausgefunden hast«, unterbrach Viola.

Das schien auch Andreotti zu interessieren, denn er bedeutete in seiner typischen Handbewegung, dass Sophia Platz nehmen sollte. Sie ließ sich auf den Stuhl fallen und überlegte kurz, was es eigentlich zu berichten gab. »Die Geschwister scheinen sich gut zu verstehen. Jedenfalls habe ich keinen Streit bemerkt.«

»Ein paar Stunden sind nicht aussagekräftig«, befand Andreotti.

»Beide sind sehr engagiert, was den Wein angeht, und auf den Vater scheinen sie nicht gut zu sprechen zu sein.«

»Auch das ist nichts Neues.« Natürlich hatte Andreotti recht, aber was hatte er erwartet in der kurzen Zeit.

»Dieser Enzo wirkt seltsam. Er ist ein recht mürrischer Eigenbrötler.«

»Andreotti ist das doch auch. Das macht ihn nicht unbedingt verdächtig«, warf Viola mit einem Augenzwinkern ein.

»Ich berichte nur, was ich beobachtet habe. Außerdem war er schon zu Zeiten des alten Cattaneo auf dem Gut beschäftigt.«

»Das Quintett«, murmelte Andreotti und kniff die Augen zusammen, während er nachzudenken schien.

»Vielleicht sollten Sie ihn mal befragen«, schlug Viola vor.

Andreotti schüttelte langsam den Kopf. »Das bringt nichts. Zu früh. Wenn überhaupt.«

»Wieso nicht?«, wunderte sich Sophia.

»Das ist die falsche Frage. Die richtige Frage lautet: Wieso sollte er mit uns reden?«

Das war eine Frage, die Sophia tatsächlich nicht beantworten konnte. »Was ist mit der alten Gabriella und Angelo?«, versuchte es Sophia nun.

»Bei denen haben Sie ja einen bleibenden Eindruck hinterlassen«, antwortete Andreotti grinsend. »Dieser Angelo scheint ein Auge auf Sie geworfen zu haben, und Gabriella hat Sie zur neuen Schwiegertochter auserkoren.«

»Aber das macht sie nicht verdächtig, sondern zeugt allenfalls von gutem Geschmack«, warf Viola ein.

»Aber sie hätten ein Motiv«, gab Sophia zu bedenken.

»Das da wäre?«, fragte Andreotti.

»Nachbarschaftsstreit.«

»Wie jemand, der wegen Problemen am Gartenzaun den Nachbarn umlegt, wirkten die beiden nicht auf mich«, erwiderte Andreotti. Sophia musste ihm zustimmen. Die beiden waren vielleicht verschroben, aber sie wirkten harmlos. Im Grunde hatte sie seit gestern also nichts Neues herausgefunden, und wenn nun auch noch Andreotti recht haben sollte und das Gewehr nicht die Tatwaffe war, dann hatte sie außer einem ordentlichen Muskelkater gar nichts erreicht. Geigenbau war doch irgendwie einfacher. Aber vielleicht irrte sich Andreotti ja.

»Warum meinen Sie, dass das Gewehr nicht die Tatwaffe ist?«, hakte Sophia noch einmal nach. Doch Andreotti winkte nur ab.

»Das verrate ich Ihnen, wenn die heilige Wissenschaft mich bestätigt hat.« Andreotti musterte Sophia, wie sie durchgeschwitzt vor ihm saß. Er befand, dass die Antwort erst einmal reichen musste, zumal er hier die Verantwortung hatte. Genau jene Verantwortung war es auch, die ihn die Sache mit Sophia und den Cattaneos inzwischen anders sehen ließ. »Wir brechen die Sache ab«, sagte er kurzerhand.

»Was brechen wir ab?«, fragte Sophia.

»Ihre Ermittlungen als Privatperson bei den Cattaneos. Das ist zu heiß.«

»Sie haben wohl einen Vogel«, entfuhr es Sophia, und Andreotti fiel die Kinnlade herunter. Er sah, wie Viola ein Kichern unterdrückte. Andreotti rang nach einer passenden Antwort, doch Sophia kam ihm zuvor. »Ich schiebe meine Arbeit an der Enrico-Rocca-Geige beiseite, fahre hier gefühlt stundenlang mit einem Gewehr unter dem Arm durch die Berge, und dann sagen Sie einfach so ›das war's‹?«

Jetzt hatte auch Andreotti seine Sprache wieder gefunden. »Ich habe Ihnen einen Gefallen getan, meine liebe Sophia. Sozusagen als Wiedergutmachung habe ich Sie bei diesem Fall mitmachen lassen. Jetzt ist aber genug des Guten.«

»So ist das also? Sie tauchen wochenlang nicht auf, dann brauchen Sie mich, schicken mich auf das Weingut, und wenn Sie meinen, dass Sie auf mich verzichten können, verkaufen Sie das als Wiedergutmachung.«

»Ich verkaufe gar nichts, und ich habe auch nichts wiedergutzumachen«, wetterte Andreotti.

»Also war das nicht einmal eine Entschuldigung, sondern Sie haben mich nur benutzt?«

Andreotti biss sich auf die Lippen. Wie konnte Sophia nur alles so verdrehen. »Ich habe Sie nicht benutzt«, presste er hervor.

»Also finden Sie doch, dass Sie sich entschuldigen sollten, weil Sie sich so lange nicht gemeldet haben.«

Und verdammt nachtragend konnte sie sein. »Ich muss gar nichts, weder muss ich mich entschuldigen noch etwas erklären.«

»Aber den Fall klären. Das müssen Sie schon.«

»Allerdings, und ich erkläre das Abenteuer Weingut für beendet, denn ich bin der *commissario. Basta.*«

»Und ich bin Sophia und mache weiter. *Basta.* Auch wenn Sie sich noch so aufspielen, Sie sind nicht mein Vater.«

»Zum Glück, kann ich da nur sagen, zum Glück.«

»Allerdings, denn da würden Sie genauso wenig taugen wie als Freund.«

»Woher wissen Sie, was ich als Vater tauge?«, zischte Andreotti. »Sie wissen gar nichts über mich«, hörte er sich kalt hinzufügen. »Was ist?«, raunte Andreotti Viola zu, als er ihren skeptischen Blick bemerkte.

»Ich sollte das Gewehr lieber an mich nehmen, bevor es noch hier zum Einsatz kommt«, sagte sie und schnappte sich die Waffe mit einem mühsam unterdrückten Grinsen.

»Sehr witzig«, erwiderten Andreotti und Sophia gleichzeitig.

»Wenigstens da sind Sie einer Meinung«, sagte Viola und legte das Gewehr auf ihren Schreibtisch.

»Und ich werde zurück zu den Cattaneos gehen«, beschloss Sophia. »Ob es Ihnen passt oder nicht. Ich brauche niemanden, der mich bevormundet.« Doch bevor Andreotti etwas erwidern konnte, deutete Sophia auf die Weinflasche auf seinem Schreibtisch. »So eine habe ich schon einmal gesehen«, sagte sie. »Iskariot«, las sie leise das Etikett vor.

»Solche Flaschen gibt es Tausende in der Gegend«, entgegnete Andreotti unbeeindruckt. »Die stehen auch bei den Cattaneos in der Rezeption rum.«

»Genauer gesagt zwei«, erwiderte Sophia. »Nur heißen die *La mano dell'industrioso arricchisce.*«

»Vermutlich hat Umberto Cattaneo die Flaschen selbst beschriftet«, sagte Andreotti.

»Damals, als er noch Winzer war?«, wollte Viola wissen.

»Roséweine halten nicht so lange«, erwiderte Andreotti. »Außerdem wirkt die Schrift frischer. Ich vermute, dass er die Flaschen kurz vor seinem Tod beschriftet hat.«

»Wo haben Sie diese Flasche her?«, wollte Sophia wissen.

Andreotti berichtete ihr von seiner alten Bekannten Donatella Boccherini, und was sie über Cattaneo erzählt hatte. Weniger, weil er meinte, dass Sophia das alles wissen musste, sondern eher, weil er sie sonst heute nie loswerden würde.

»Eine Frau als Weinhändlerin?«, wunderte sich Sophia.

»Es gibt sogar Frauen, die als Geigenbauerinnen arbeiten«, gab Andreotti süffisant zurück.

»Sie ist auch eine Freundin von Gabriella. Die alte Ella nannte sie ihre große Stütze im Leben«, sagte Sophia. Das wusste Andreotti nun wieder nicht. Andererseits war es auch nicht so abwegig. Schließlich waren sie ungefähr im gleichen Alter, und als Weinhändlerin kannte sie alle Winzereibetriebe in der Gegend. Nur erwähnen sollen hätten es die beiden Damen ihm gegenüber. Vielleicht war es doch sinnvoller, Sophia weiterhin bei den Cattaneos schnüffeln zu lassen. Manches vertrauten Frauen doch eher Frauen an als einem alten *commissario,* aus welchem Grund auch immer.

»Meinen Sie, die könnten etwas mit dem Fall zu tun haben?«, wollte Viola wissen.

»Sie haben etwas mit Cattaneo zu tun, und damit haben sie mehr mit dem Fall zu tun als der weiße Umschlag, mit dem Sie die ganze Zeit spielen«, sagte Andreotti. Viola ließ den Umschlag los. »Nun geben Sie ihn ihr endlich«, sagte er.

Viola stand auf und reichte den Umschlag Sophia.

»Und Sie«, wandte sich Andreotti an Sophia, »Sie gehen zurück zu den Cattaneos.« Sophia wollte etwas erwidern, doch Andreotti unterbrach sie mit einer energischen Handbewegung. Ein Andreotti musste sich nicht erklären, hatte aber jetzt eine Zigarette verdient.

34

Sophia war sofort losgeradelt und hatte Andreotti seiner Zigarette und seiner schlechten Laune überlassen. Sie hielt erst an, als sie außer Sichtweite war. Hastig riss sie den Umschlag auf, den Viola ihr zugesteckt hatte. Sie hatte sich nicht geirrt. Es waren zwei Blätter mit dem Laborbericht zu den Holzproben und dem Wein von Nasen-Giacomo. Das Papier sah aus wie jener Arztbericht, den ihre Mutter damals erhalten hatte, als sie weinend in Papas Armen versunken war. Sophia riss sich zusammen und studierte die Werte. Neben jedem stand der Vermerk *negativ*. Also nichts Auffälliges bei den Fassproben. Sophia nahm sich das zweite Blatt vor. Auch hier war alles negativ. Nur hinter einem Eintrag stand das Wort *positiv*. Offensichtlich hatte Viola den Laboranten besonders motiviert, denn er hatte noch einen handschriftlichen Hinweis hinzugefügt: *dreifach höher als in Wein üblich*. Die Chemikalie war ihr nur allzu gut bekannt. Je mehr Sophia darüber nachdachte, desto wütender wurde sie. Sie war gehörig hinters Licht geführt worden. Sophia steckte den Bericht in ihre Hosentasche und radelte so schnell nach Hause wie nie zuvor. Die Wut verlieh ihren Beinen unglaubliche Kräfte.

Sie musste es Tante Marta erzählen. Doch als Sophia die Tür der Osteria aufstieß, war ausgerechnet er bereits da. Und es bot sich ihr das gleiche jämmerliche Bild wie vor zwei Tagen. Nasen-Giacomo starrte mit glasigen Augen in ein Glas Wein, neben sich eine halb geleerte Karaffe. Doch diesmal hatten weder Tante Marta noch Onkel Alberto Lust, ihn zu trösten, sondern sie waren damit beschäftigt, die Osteria für die Gäste herzurichten. Die beiden unterbrachen ihr Treiben überrascht, als Sophia eintrat. Sie fühlte sich wie der Sheriff in einem dieser alten Westernfilme, die sie als Kind immer gesehen hatte. »Giacomo!«, spie sie aus. »Wir müssen reden.«

Nasen-Giacomo schaute Sophia an und schien dabei immer kleiner zu werden. Doch er erwiderte nichts. »Du hast mir nicht die Wahrheit gesagt.« Sie erhielt erneut keine Antwort. Dafür ließen nun Tante Marta und Onkel Alberto Besen und Tischdecken liegen und kamen näher. »Du bist ein guter Winzer, sagst du. Und dann konntest du nicht am Geschmack erkennen, dass *das* in deinem Wein ist?« Sophia knallte den Laborbericht vor Giacomos Nase auf den Tisch, mit einer solchen Wucht, dass das Weinglas umzukippen drohte. Giacomo zuckte zusammen, schaute kurz auf das Papier und sackte endgültig in sich zusammen.

»Was ist das?«, wollte Tante Marta nun wissen.

»Willst du es ihr sagen oder soll ich?«, antwortete Sophia.

»Schwefel«, war kaum hörbar Giacomos Stimme zu vernehmen.

»Schwefel«, wiederholte Sophia grollend. »Der Geruch im Holz kann sich verflüchtigen, sodass man ihn kaum riechen kann. Aber jeder Winzer, der einmal mit Schwefel gearbeitet hat, kann diesen Geschmack aus seinem Wein herausschmecken.«

»Ich habe ja nie mit Schwefel gearbeitet«, versuchte Giacomo sich herauszureden, doch nun übernahm Tante Marta das Wort. »Ich kann mich noch gut erinnern, wie du vor zehn Jahren gesagt hast, du wolltest es jetzt mit Biowein versuchen. Alles biologisch, kein Schwefel und überhaupt kein Chemiezeugs mehr.«

»Ja, das habe ich gesagt«, gab Giacomo kleinlaut zu und gönnte sich einen ordentlichen Schluck. Sophia nahm einen Stuhl, setzte sich rittlings darauf und sah Giacomo direkt an. »Also hast du früher doch mit Schwefel gearbeitet und jetzt wieder. Und dann dachtest du, die doofe Sophia merkt es nicht. Aber wieso hast du mir dann überhaupt die Holzstücke mitgegeben?«

»Konnte ich wissen, dass du sie an ein professionelles Labor weitergeben würdest? Außerdem war es ja Tante Martas Idee, dich da mit reinzuziehen. Wie konnte ich mich dagegen wehren?«, schluchzte Giacomo. »Ich wusste, dass irgendwo Schwefel drin sein musste. Nur würde keiner mir glauben, dass ich nichts damit zu tun habe.« Tränen des Selbstmitleids begannen über Giacomos Gesicht zu rinnen. »Nasen-Giacomo macht auf Bio und packt heimlich Schwefel in den Wein«, äffte Giacomo die vermeintlichen Stimmen seiner Kritiker nach. »Weißt du, wie das klingt?« Plötzlich packte er Sophia mit beiden Händen an den Schultern und zog sie zu sich heran. »Ich habe keinen Schwefel verwendet. Du musst mir glauben.«

Als Martas Geschirrspülhandtuch ihn am Kopf traf, ließ er überrascht von Sophias Kragen ab. »Ich war das nicht«, beteuerte er erneut und legte alles Flehen in seine Stimme.

Sophia war hin- und hergerissen. Sie wollte ihm glauben, konnte aber nicht feststellen, ob er die Wahrheit sagte. In diesem Moment wünschte sie sich, Andreotti wäre hier. So aber musste sie sich auf ihre nicht sehr ausgeprägte Menschenkenntnis verlassen. »Erzähl«, forderte sie ihn auf. Und Giacomos Worte sprudelten nur so aus ihm heraus. Er berichtete erneut von seinem Plan, den besten Wein zu erzeugen, jammerte über die schwierigen Bedingungen, die ein kleiner Winzer hat, und über den Glücksfall, dass der letzte Fassbauer der Gegend seinen Restbestand hatte abgeben wollen. Natürlich hatte er die Fässer genau geprüft. Sie waren jahrzehntealt, aber durchaus brauchbar, da sie noch nie benutzt worden waren. Vor allem aber seien sie absolut unbehandelt gewesen.

»Jemand muss die Weinfässer manipuliert haben. Und du bist die Einzige, die mir helfen kann«, schloss Giacomo schließlich und schaute Sophia hoffnungsvoll an.

Sophia schwieg. Er klang so überzeugend, aber seine Geschichte war zugleich so unglaubwürdig.

»Du fragst dich vielleicht, wieso jemand einem kleinen Winzer wie mir schaden will«, stellte Giacomo fest und traf damit den Nagel auf den Kopf.

»Man weiß ja nie, was in den Menschen vorgeht«, sprang ihm Tante Marta bei.

»Vor allem nicht bei den Winzern«, ergänzte Onkel Alberto.

Vor allem nicht bei Nasen-Giacomo, dachte sich Sophia ihren Teil. Wer einmal etwas verheimlicht, hat meist mehr zu verbergen.

»Außerdem hat der alte Rosetto noch ein Fass gefunden«, sagte Nasen-Giacomo plötzlich. »Er hat mich heute angerufen. Vielleicht kann ich das ja dann für den nächsten Jahrgang verwenden.«

»Vielleicht solltest du dich erst mal um diesen Jahrgang kümmern. Hast du noch Weine, die du bei der Weinprämierung im kommenden Monat präsentieren kannst?«, fragte Sophia.

»Du hast die Fässer ja gesehen.«

»Und hast du den Weinkeller jetzt gut verschlossen?«

Das hatte Giacomo, zumindest begann er ausgiebig von dem neuen Vorhängeschloss und dem schweren Stahlriegel zu erzählen, die er extra besorgt hatte, was Sophia jedoch nicht wirklich interessierte.

»Wie gut sind deine Chancen, dass dein Wein bei der Prämierung ausgezeichnet wird?« Sophia wusste, dass das eine unsinnige Frage war. Wahrscheinlich war jeder Winzer überzeugt, den Meisterwein geschaffen zu haben. Die waren bestimmt nicht anders als Geigenbauer. Dennoch ließ sie Giacomo mit leuchtenden Augen und ein wenig zurückgewonnener Zuversicht erneut erklären, dass dieses Jahr sein Jahr sei und er es jetzt mehr denn je verdient hätte.

»Natürlich kann ich nicht mit edlen Etiketten aufwarten, mit Weinharz aufgeklebt, wie früher mal Cattaneo, aber es kommt auf den Inhalt an. Man muss zurück zu den Wurzeln der Winzerei, um zur wahren Essenz des Weins zu gelangen«, schloss Nasen-Giacomo und begoss seinen wiedergewonnenen Optimismus mit einem weiteren Schluck.

Sophia wollte seine neue Zuversicht nicht dämpfen. »Ich bin sicher, dass du morgen ausgezeichnet wirst«, sagte sie und ließ Giacomo mit seiner Hoffnung und der halben Karaffe Wein zurück. Sie brauchte Zeit für sich, um nachzudenken, und was gab es da Besseres als ein gutes Abendessen auf einem ansehnlichen Weingut.

35

Andreotti hatte sich nach der Diskussion auf dem Kommissariat nicht nur eine Zigarette, sondern auch einen ordentlichen Spaziergang entlang der Strandpromenade verordnet, als er plötzlich einen grünen Kaftan zwischen den Touristen erkannte. Andreotti legte einen Zahn zu und hatte den Kaftan alsbald eingeholt. Er tippte seiner Trägerin auf die Schulter, und Donatella Boccherini fuhr herum. Ein Schweißtropfen rann ihr über die Stirn, doch das minderte ihre Eleganz nicht. Als sie den *commissario* erkannte, verzog sich ihr Gesicht wieder zu ihrem mondförmigen Lächeln. »Welch ein Zufall! Andreotti! Du hier?«

»Ein *commissario* muss überall sein.«

»Bei dieser Hitze wärst du in deinem Büro besser aufgehoben.«

»Und du in deinem Weinhandel.«

»Wohin ich auch baldmöglichst zurückzukehren gedenke, das kannst du mir glauben. Diese Hitze ist nichts mehr für mein Alter.« Wie zum Beweis fischte sie ein Pillendöschen aus ihrem Kaftan und warf sich zwei Tabletten ein. »Mein Digoxin, für die alte Pumpe«, sagte sie und klopfte sich auf die Brust. »Du wirst auch bald in das Alter kommen, mein lieber Andreotti.«

»Das mag sein, aber dann würde ich bei der Hitze nicht mehr hier herumlaufen.«

»Mein Beruf bringt es leider mit sich, dass ich den Winzern hin und wieder einen Besuch abstatten muss. Der kleine Nino hat inzwischen seinen Führerschein und wollte mich hier abholen. Ich fahre ja nicht so gerne Auto. Du kennst doch den kleinen Nino?« Andreotti konnte mit dem Namen im Augenblick nichts anfangen, aber das war jetzt nicht weiter wichtig.

»Willst du mir etwa den Iskariot zurückbringen?«, fragte Donatella Boccherini.

»Erst, wenn der Fall gelöst ist«, antwortete Andreotti mit einem Augenzwinkern.

»Das heißt, du bist nicht weitergekommen.«

»Sagen wir, ich arbeite mich vor.«

»So kann man es auch nennen, mein lieber Andreotti. Und von deinem Puppenspieler habe ich leider nichts gehört«, sagte Signora Boccherini. Ihr roten Lippen verzogen sich zu einer grotesk bedauernden Maske.

»Vergiss den Puppenspieler«, erwiderte Andreotti. »Kümmere du dich lieber um deine Weine.«

»Ich könnte dir aber anders helfen. Mein Terminkalender wird mich heute zu den Cattaneos bringen. Wir müssen über den neuen Groppello im Herbst verhandeln. Soll ich vielleicht für dich etwas in Erfahrung bringen?«

Andreotti überlegte kurz, lehnte dann aber ab. »Ich möchte deine Zeit nicht beanspruchen. Aber du könntest mir jetzt noch kurz ein paar Fragen zum alten Cattaneo beantworten.«

Donatella Boccherini zog ein riesiges weißes Stofftaschentuch aus dem Ärmel ihres Kaftans und tupfte sich die Schweißtropfen von der Stirn. »Gerne auch das, wobei ich ja erst ein Jahr nach …«

»Ich weiß«, unterbrach sie Andreotti. »Du bist erst ein Jahr danach in den Weinhandel eingestiegen. Es geht aber um das letzte Mal, als du Cattaneo gesehen hast. Als er dir die Weinflasche gegeben hat.«

»Das muss so etwa zehn Tage vor seinem Tod gewesen sein.«

»Hat er von einem Streit erzählt, den er gehabt hat?«

Donatella Boccherini musste nicht lange überlegen. »Umberto hat kaum geredet. Seit dem Brand war er sehr schweigsam geworden. ›Hier, die ist für dich. Hast du dir verdient‹, hat er gesagt und mir die Flasche in die Hand gedrückt. Im nächsten Moment war er wieder verschwunden.«

»Du meinst, das war ein echter Cattaneo? Ich meine, aus seinem alten Bestand?«

Donatella Boccherini lächelte belustigt. »Mein lieber Andreotti, hast du vergessen, wie sehr UV-Licht einem Rosé zusetzt?«

Das hatte er nicht vergessen. Schließlich hatte Donatella Boccherini ihm in den Jahren das eine oder andere über Weine erzählt. Nur hatte er insgeheim gehofft, dass sie doch noch eine Erklärung parat haben würde.

»Es gibt also keine Möglichkeit, dass ein Rosé länger hält?«

»Nicht ohne giftige Chemikalien. Einen dreißig Jahre alten Roséwein würde ich selbst dann nicht trinken, wenn es der letzte Wein auf dieser Erde wäre.«

»Also kann es nicht sein, dass Cattaneo noch irgendwo ein altes Lager hatte und jemand diesen Wein haben wollte?«

»Allenfalls, um ihn dann wegzukippen, aber ob das ein Mordmotiv ist, wage ich zu bezweifeln.«

»Jagdunfall«, korrigierte Andreotti.

»Richtig. Jagdunfall«, stimmte Donatella Boccherini lachend zu. »Wenn ich du wäre, würde ich für deinen Jagdunfall weniger in der Vergangenheit stöbern. Cattaneo war längst in Vergessenheit geraten. Vielleicht hat er sich mit einem örtlichen Bauern angelegt, ist einem Winzer auf den Geist gegangen, wie die Kaninchen, die an den Weinstöcken knabbern, und da hat er ihn halt erschossen.«

Abgeknallt wie ein Kaninchen? Ein noch fragwürdigeres Motiv. Aber was wusste die gute Donatella schon von Mordmotiven. »Wenn wir wenigstens Zeugen hätten«, murmelte Andreotti nachdenklich.

»Andreotti, *mio amico,* die Gegend hier kann so belebt und dann doch wieder so einsam sein. Aber einen Zeugen gibt es bestimmt.« Sie umriss mit einer ausladenden Handbewegung den See. »Man sagt, dass der See alle Geschichten aufnimmt, um sie eines Tages den Menschen zu erzählen. Jeder Windhauch, jede Bewegung, die wir machen, jeder Satz, der gesprochen wird, hinterlässt seine Schwingungen im See. Und der See bringt sie wieder zu uns zurück. Prägt die Natur, die Berge, die Pflanzen.«

Das war wahrlich keine Hilfe. Doch Andreotti stimmte der Grande Dame des Weins mit einem milden Lächeln zu, als plötzlich ein schwarzer Wagen vor ihnen hielt. Ein baumlanger junger Mann, der Andreotti mindestens einen Kopf überragte, stieg aus und winkte Donatella heran. Es handelte sich offenbar um den gar nicht mehr so kleinen Nino. Wenige Sekunden später brausten sie davon und ließen Andreotti am See zurück, der beim besten Willen sein Wissen noch nicht offenbaren wollte.

36

Tante Marta hatte Sophia nicht gehen lassen, ohne ihr eine ordentliche Pasta zu servieren, die ihr Kraft verleihen sollte für den Rückweg. Die Kraft der Pasta reichte jedoch nicht aus. Nach einem Drittel der Strecke musste Sophia bereits erschöpft absteigen und das Mountainbike ein Stück weit schieben. Die Muskeln in ihren Beinen schmerzten bereits jetzt, und der sich anbahnende Sonnenbrand auf ihren Armen machte die Fahrt nicht gerade einfacher. Ein energisches Hupen riss sie aus ihren Gedanken. Sie schaute sich um, und ein schwarzer Wagen preschte an ihr vorbei, ohne auch nur ein wenig abzubremsen. Sophia konnte einen jungen Mann und neben ihm eine rundliche Frau mit auffallend rotem Haar erkennen, die kurz darauf von einer Staubwolke verschluckt wurden. Sophia musste heftig husten. Der Staub brannte in ihrer Lunge, und erst jetzt bemerkte sie, dass sie die Flasche Wasser vergessen hatte, die ihr Tante Marta bereitgestellt hatte.

Sophia überlegte kurz, ob sie wieder bergab nach Salò zur Osteria radeln und sich von Onkel Alberto hochfahren lassen sollte. Andererseits wollte sie ihn nicht erneut bemühen. Mit aller Willenskraft schwang sie sich erneut auf das Fahrrad und trat in die Pedale, als ein weiteres Mal hinter ihr gehupt wurde. Sophia gab den Weg frei. Ein klappriger Piaggio-Pritschenwagen überholte sie, bremste ab, stellte sich quer und versperrte ihr den Weg.

Das Beifahrerfenster senkte sich, und das freundliche Gesicht der alten Ella tauchte auf. »Wollen Sie nicht mitfahren?«, fragte sie. Sophia brauchte keine weitere Aufforderung. Kurz darauf hatte Angelo bereits ihr Fahrrad auf die Ladefläche gehievt, und sie hatte zwischen ihm und der begeisterten Gabriella Platz genommen. Angelo war ein weitaus umsichtigerer Fahrer als Andreotti, dennoch wurden sie in dem klapprigen Pritschenwagen ordentlich durchgerüttelt. Aber alles war Sophia lieber, als die Weinberge bei brütender Hitze hochzufahren. Selbst Gabriellas ungebremste Fragen nahm sie dafür in Kauf.

»Sie fühlen sich wohl hier, nicht wahr? Hier oben bei uns ist es doch viel schöner als in Salò, oder? Der *commissario* ist ein guter Mann, wenn er nur nicht so viele Fragen stellen würde. Finden Sie nicht auch, dass er viele Fragen stellt?«

Sophia antwortete pflichtbewusst und zugleich so unverbindlich wie möglich.

Direkt vor dem kleinen Weingut, etwa zweihundert Meter unterhalb des Anwesens der Cattaneos, stoppte Angelo. »Die letzten Meter müssen Sie leider selbst zurücklegen«, sagte er und schwang sich aus dem Pritschenwagen.

Plötzlich spürte Sophia Gabriellas Hand auf ihrem Arm. Die alte Bäuerin lächelte sie hoffnungsvoll an. »Sie könnten doch noch bei uns für einen guten Wein einkehren.« Sophia suchte fieberhaft nach einer Ausrede. Die Hand der Bäuerin umklammerte Sophias Hand ein wenig fester, das Lächeln wurde eindringlicher. »Angelo würde sich so sehr freuen.«

»Das Fahrrad«, rief Sophia aus. »Ich muss Angelo mit meinem Fahrrad helfen.« Sie löste ihren Arm mit einem Ruck und rutschte über die Fahrerseite aus dem Piaggio. Angelo war unterdessen gut ohne sie zurechtgekommen, denn er hatte das Mountainbike bereits abgestellt. Sophia schnappte sich den Lenker, schwang sich auf den Sattel und sagte: »Ich muss los.« Sie trat in die Pedale und blickte sich erst um, als sie bereits hundert Meter zurückgelegt hatte. Sie sah die lächelnde Gabriella, die ihr mit einem rot gepunkteten Taschentuch nachwinkte, und neben ihr Angelo, der ebenfalls winkte. Sophia hob die Hand zum Abschied. Ein wenig taten ihr die beiden leid.

Vor dem Eingang der Cattaneo-Winzerei stand der schwarze Wagen, der an Sophia vorbeigezogen war. Der junge Mann saß noch immer am Steuer, während die rothaarige Frau vor dem Tor des Weinguts stand und wild gestikulierend mit Nicoletta und Filipo diskutierte. Dabei wirkte es, als würde sie die beiden mit ihrem giftgrünen Kaftan, der sich im Sommerwind aufblähte, fast verschlucken. Sophia blieb stehen, doch da hatte Filipo sie bereits gesehen. Sein ernster Gesichtsausdruck wich einem Lachen, und er winkte Sophia heran. Sie rollte zögerlich mit ihrem Mountainbike näher.

»Wenn Sie etwas über die Geschichte des Weines erfahren wollen, dann dürfen Sie unsere Gegend nicht verlassen, bevor Sie Donatella Boccherini kennengelernt haben«, sagte Filipo.

Das also war Gabriellas gute Freundin, die ihre Abneigung gegenüber den Cattaneos nicht zu teilen schien. Sophia stieg ab und grüßte die Signora. »Ich wollte nicht stören«, fügte sie entschuldigend hinzu.

»Sie stören nicht«, erwiderte Nicoletta Cattaneo. »Wir haben nur die Abnahmemengen der nächsten Ernte besprochen.«

»Signora Sophia ist ein Gast aus Deutschland«, stellte Filipo Sophia vor. »Sie interessiert sich für unsere Winzerei.«

»Das ist ja entzückend«, verkündete Signora Boccherini. »Sie sind hier genau richtig. Menschen wie diese beiden haben sich um den Weinbau hier verdient gemacht, genauso wie ihr Vater. Sie sind wahre Künstler.«

»Signora Sophia ist auch so eine Art Künstlerin. Sie ist Geigenbauerin«, erklärte Filipo, und Sophia entging nicht die Spur der Anerkennung in seiner Stimme.

»Als Geigenbauerin auf der Suche nach dem perfekten Wein sind Sie hier in Salò genau richtig, dem Geburtsort des italienischen Geigenbaus und des Groppello«, resümierte Signora Boccherini.

»Dabei sind doch auch Sie der Musik nicht fern«, sagte Sophia.

»Ich verstehe Sie nicht ganz, meine Liebe.«

»Sie sind doch eine Boccherini, und es gab nur eine Familie Boccherini, soweit ich weiß.«

»Wenn Sie meinen …«, sagte die Signora und wirkte eine wenig irritiert.

»Wollen Sie uns nicht aufklären?«, fragte nun Filipo, dessen Neugierde offensichtlich geweckt worden war. »Welches Geheimnis haben Sie uns denn vorenthalten über Ihre Herkunft?«

Die Signora beugte sich verschwörerisch zu Sophia herüber. »Ich bin eher von bescheidener Natur«, sagte sie. »Wollen nicht lieber Sie es erzählen, meine gute Sophia? Sie scheinen sich ja gut auszukennen.«

Diesem Wunsch kam Sophia gerne nach. »Die Boccherinis waren eine bedeutende italienische Familie, die im achtzehnten und neunzehnten Jahrhundert im Bereich der Musik große Bekanntheit erlangte. Dabei gilt Luigi Boccherini als einer der wichtigsten Komponisten des Klassizismus und war besonders für seine kammermusikalischen Werke bekannt. Das war bestimmt Ihr direkter Vorfahre.«

»Bestimmt«, bestätigte Donatella Boccherini. »Wenn man ein paar Generationen zurückgeht.«

»Luigi Boccherini schrieb mehr als vierhundert Werke für Streicher«, fuhr Sophia fort. »Besonders bekannt ist sein Streichquintett mit dem berühmten Satz ›La Musica Notturna delle Strade di Madrid‹.« Sophia bemerkte entgeisterte Blicke und unterbrach sich. Sie hatte sich mal wieder von ihrer Leidenschaft mitreißen lassen.

»Sehr interessant«, kommentierte Signora Boccherini, wirkte aber wenig angetan. »Ich sehe, lauter Künstler hier. Dieses Talent ist aber an mir vorbeigegangen. Ich bin eher eine unscheinbare Geschäftsfrau.«

Dabei wirkte sie mit ihrem grellen Make-up alles andere als unscheinbar, fand Sophia. Und auch Nicoletta musste der Dame widersprechen.

»Donatella Boccherini stellt ihr Licht zu sehr unter den Scheffel. Sie ist eine der bekanntesten Weinhändlerinnen hier in der Gegend. Seit bald dreißig Jahren ist sie eine wahre Koryphäe. Sie vertreibt den Wein nämlich nicht nur hier in Salò, sondern hat auch Kontakte in ganz Italien. Ohne sie würden wir hier nur halb so viel verdienen.«

»Jetzt übertreibt ihr beiden aber«, flötete Donatella Boccherini mit gespielter Bescheidenheit.

»Fast dreißig Jahre«, wiederholte Sophia anerkennend. »Dann haben Sie bestimmt schon mit dem Vater der beiden zusammengearbeitet.«

Bei der Erwähnung des Vaters wirkten die Geschwister für den Bruchteil einer Sekunde wie erstarrt.

»Donatella Boccherini ist der Engel der Winzer«, sagte Nicoletta, die sich als Erste wieder gefangen hatte.

»Ich, ein Engel?«, rief Signora Boccherini amüsiert aus. »Das ist ja köstlich.« Sie beugte sich verschwörerisch zu Sophia. »Ich verrate Ihnen jetzt das wahre Geheimnis der Weinhändler. Ein Priester und der Teufel gingen vor einigen Jahrhunderten hier in Salò spazieren und sahen einen Mann, der einen Zettel auf der Straße fand. Der Mann hob ihn auf, las ihn durch und rannte freudig nach Hause. ›Was hat er denn da gefunden?‹, wunderte sich der Priester. ›Das Rezept für den besten Wein. Direkt von Gott gegeben‹, antwortete der Teufel. ›Welch ein Segen für die Menschheit‹, freute sich der Priester. ›Was kannst du, Teufel, dem schon entgegensetzen?‹ – ›Ich werde ihm zeigen, wie er damit Geld verdienen kann.‹« Signora Boccherini lachte laut los, und alle fielen herzlich mit ein. »Sie sehen also, Kindchen, Winzer wie die Cattaneos hier tun Gottes Werk auf Gottes Acker, und wir Weinhändler hingegen sind wahrlich keine Engel.« Signora Boccherini warf ihre goldberingten Hände in die Höhe und lachte erneut auf.

37

Es waren weder Tante Martas Pasta noch die fast unheimliche Stille im Zimmer auf dem Weingut, die Sophia an diesem Abend nicht einschlafen ließen. Die Gedanken an das Gewehr ließen sie einfach nicht los. Auch der seltsame Enzo, der im Haus herumspazierte, beschäftigte sie. Sie musste sich ablenken, um schlafen zu können. Sophia ärgerte sich, dass sie kein Buch mitgenommen hatte. Sie schaltete ihr Handy an, um wenigstens etwas im Internet zu lesen, aber es gab keinen Empfang. Es gab auch keinen Fernseher im Zimmer. Zu Hause hatte sie zwar ebenfalls keinen, aber hier sehnte sie sich nach ein wenig Ablenkung, nach Stimmen, die ihr ein Gefühl von Sicherheit geben würden. Kurz dachte Sophia daran, sich ihrer Geige zu widmen, aber sie hatte keine Lust, anschließend den Holzstaub aufzuwischen. Sie wünschte, sie hätte ein Buch aus der Leseecke unten am Empfang mitgenommen. Doch sich jetzt wieder anzuziehen, nur um irgendein Buch von unten zu holen, war das Letzte, was sie momentan brauchte. Aber da war ja noch die Bibel auf dem Nachttisch. Sie nahm das kleine Büchlein zur Hand und begann darin zu blättern. Es musste zehn Jahre her sein, dass sie das letzte Mal eine Bibel in der Hand gehalten hatte, doch wirklich darin gelesen hatte sie nie. Aber es gab immer ein erstes Mal. Die Blätter waren hauchdünn. Sophia wusste nicht, wo sie anfangen sollte. Gab es einen richtigen Weg, die Bibel zu lesen? Fing man am Anfang an, oder wählte man irgendein Kapitel aus, wie der Pfarrer es in der Kirche machte? Während sie durch die Seiten blätterte, sprang ihr plötzlich ein Wort entgegen. Sie erfasste es nicht sofort. Erst als sie ein paar Seiten weitergeblättert hatte, verriet ihr Gehirn, dass sie es schon einmal gesehen hatte. Aufgeregt blätterte sie zurück, aber sie fand es nicht mehr. Sie blätterte wieder vor, Seite um Seite, und fuhr über die Zeilen, ohne die Bedeutung zu erfassen. Und dann fand sie es endlich. Es war das Wort, das auf der Flasche gestanden hatte. Und sie begann die Geschichte zu lesen von Judas, dem Verräter.

38

Sophia brach sofort nach dem Frühstück auf. »Ich will mir die Gegend anschauen«, rief sie dem verdutzten Filipo zu, dem sie im Innenhof begegnete und der sichtlich darauf hoffte, sie noch weiter in die Kunst der Kelterei einzuführen. »Später, gegen Nachmittag«, rief sie ihm zu und stieß vor dem Weingut beinahe mit Enzo zusammen, der sich gerade mit Nicoletta unterhielt. Die beiden sahen sie ebenso verdutzt an wie zuvor Filipo. »Ich muss los«, sagte Sophia und schnappte sich das Fahrrad.

Doch bevor sie losradeln konnte, legte sich Enzos Pranke auf den Lenker. »Wohin?«, fragte er.

»Nach Gavardo«, antwortete Sophia reflexartig und fügte energischer hinzu: »Ich wüsste nicht, was Sie das eigentlich angeht.« Das war zwar schärfer als gedacht, verfehlte aber seine Wirkung nicht. Jedenfalls ließ Enzo das Fahrrad los.

»Enzo meint es nicht so«, sagte Nicoletta. »Wir müssen uns nur um unsere Gäste kümmern und wollen nicht, dass ihnen etwas passiert.« Nicoletta lächelte dünn, wirkte aber dabei weniger besorgt um Sophia als eher um sich selbst. »Wo genau fahren Sie hin?«, fragte sie nun nach.

»Ich habe jemanden kennengelernt und bin verabredet.«

»In diesen Hosen?«, fragte Enzo.

Sophia blickte an ihren Jeans hinab. »Muss ja nicht Ihrem Geschmack entsprechen«, entgegnete sie und trat in die Pedale, bevor sie weiter mit Fragen gelöchert wurde. Eine ganze Weile wagte sie es nicht, sich umzuschauen, spürte sie doch die Blicke der beiden im Rücken.

39

Sophia stand vor der verschlossenen alten Holztür, von der der Lack abblätterte. Sie hätte vorher anrufen sollen. Seit fünf Minuten hatte sie bereits dagegengehämmert. Rosetto hatte zwar ein wenig vergesslich gewirkt, aber schwerhörig war er nicht gewesen. Sie war umsonst den Weg hierhergeradelt. Und der beschwerlichere Rückweg hinauf in die Weinberge stand ihr noch bevor. Sophia begann erneut gegen das Holz zu hämmern, bis ihr die Hand wehtat. Sie lauschte. Wieder war nichts zu hören.

Sie wollte gerade aufgeben, als sie eine spontane Eingebung hatte, die so naheliegend war, dass es schon peinlich war, wenn sie zutreffen würde. Sie umfasste den rostigen Griff der Schiebetür und begann mit aller Kraft daran zu ziehen. Tatsächlich öffnete sich die Tür einen Spalt. Sophia zog mit ihrem ganzen Gewicht, und Zentimeter um Zentimeter gab die Tür quietschend den Blick auf das Innere der Lagerhalle frei. Rosetto hatte die Tür gar nicht verschlossen. Entweder hatte er es vergessen oder es gar nicht mehr für notwendig gehalten, weil die Lagerhalle ohnehin leer war. Andreotti würde sie besser nicht erzählen, dass sie minutenlang gegen eine unversperrte Tür gehämmert hatte. Sophia rief erneut nach Rosetto, und als sich wieder nichts tat, betrat sie die Halle. Sie musste ja nur schnell den Keller finden und nachschauen, ob sich dort noch Fässer von Cattaneo befanden, dann konnte sie eine Probe entnehmen und herausfinden, ob es bereits hier schon mit Schwefel verseucht war. Dafür brauchte sie nicht auf Rosetto zu warten. In wenigen Minuten würde sie wieder fort sein.

Die Lagerhalle war noch genauso leer wie beim letzten Mal, bis auf den Stapel Holzkisten neben der Treppe und dem Fass, auf dem Rosetto und sie gesessen hatten. Die frei stehende Holztreppe neben dem Kistenstapel führte hoch zu einer Stahltür, hinter der vermutlich Rosettos Wohnung lag. Unwahrscheinlich, dass er dort Fässer aufbewahrte. Dann entdeckte sie etwas im Schatten der Stahltreppe. Es waren die Umrisse einer hölzernen Tür. Als sie näher kam, bemerkte Sophia, dass sie nur angelehnt war. Vorsichtig zog sie am Türblatt, das sich mit einem Quietschen ganz öffnete. Plötzlich erklang ein schabendes Geräusch hinter ihr. Sophia sah sich um. Doch die Halle war leer. Es schien nur der Wind gewesen zu sein. Oder eine Maus, vielleicht gar eine Ratte. Sophia schüttelte sich und beeilte sich, so schnell wie möglich nach den Fässern zu schauen. Das spärliche Licht ließ Sophia einen Treppenabsatz und die ersten Stufen erkennen. Jeweils links und rechts neben den Stufen führten zwei rostige Eisenschienen hinab, genau wie jene in Cattaneos Keller. Es bestand kein Zweifel, hier wurden früher Fässer hinauf- und herabgerollt. Der Wind ließ einen Fensterladen schlagen. Sophia schaute hinab ins Dunkel, und ihr wurde klar, dass sie sich die Sache nicht wirklich gut überlegt hatte. Weder wusste sie genau, wonach sie suchte, noch wusste sie, wie sie ein wichtiges Fass, falls es eines gab, nach Hause bringen sollte. Sie ertastete im Inneren des Raums neben der Tür einen Lichtschalter, und die Treppe wurde von einer schmutzigen Glühbirne in trübes Licht getaucht. Die Stufen waren stabiler, als sie aussahen, und so gelangte sie in den Keller, der sich als größer erwies, als er von oben gewirkt hatte. Die halbe Halle musste unterkellert sein. Es roch muffig nach altem Holz und Mäusekot. Der Wind ließ oben erneut einen Fensterladen schlagen. Der Keller erschien in dem schummrigen Licht ebenso leer wie die Lagerhalle. Doch dann sah sie es. Nicht das Fass, sondern die Reste, die einmal ein Fass gewesen waren. Es war komplett zertrümmert. Die ganze Sache war ein riesiger Reinfall gewesen. Wenigstens hatte Sophia gut daran getan, nicht auf Rosetto zu warten. Sie hätte nur noch mehr Zeit vergeudet. Enttäuscht kehrte sie zum Treppenabsatz zurück und machte sich daran, die Stufen zu erklimmen, als sie wieder ein Geräusch von oben hörte. Doch diesmal klang es nicht wie ein Fensterladen, sondern eher wie etwas anderes – wie Schritte. Plötzlich sah sie eine schemenhafte Gestalt gegen das helle Sonnenlicht der Halle. Eine Hand erschien an der Wand neben der Tür und begann, den Lichtschalter zu suchen. Sophia hielt die Luft an und überlegte verzweifelt, ob sie etwas rufen oder sich einfach verstecken sollte. Doch die Entscheidung wurde ihr abgenommen, denn das Licht ging aus, und im nächsten Moment schlug die Tür zu. »Hey«, rief Sophia. »Hier ist jemand unten.« Doch die Person oben konnte oder wollte sie nicht hören. Sophia begann die Treppe hinaufzurennen, rutschte aus, fing sich wieder. Ein stechender Schmerz durchfuhr ihre Hand. Sie musste sich einen Splitter an dem groben Holzgeländer gerissen haben. Doch darauf konnte sie jetzt keine Rücksicht nehmen. Sie hörte etwas, was wie das Schließen eines Schlosses klang. Sophia ertastete die nächste Stufe im Dunkeln und war einen Moment später oben angekommen. Mit der unversehrten Hand rüttelte sie an der Tür. Sie ließ sich nicht öffnen. Sophia begann gegen die Tür zu hämmern. »Hey! Hier ist jemand drin.« Sie lauschte. Doch die Schritte entfernten sich weiter. Der Mann musste sie hören, bei dem Lärm, den sie veranstaltete. Sophia ertastete den Lichtschalter, wenigstens stand sie nicht im Dunkeln. Wieder begann sie zu rufen und zu hämmern. Dann presste sie das Ohr gegen die Tür. Die Schritte mussten inzwischen am Ende der Halle sein. Abrupt stoppten sie. Sophia nahm alle Kraft zusammen und begann wieder zu rufen, zu hämmern und sogar mit den Füßen zu stampfen. Plötzlich erlosch das Licht. Sophia ertastete wieder den Lichtschalter, klickte immer wieder drauf. Nichts. Allmählich begriff sie. Der Unbekannte musste die Sicherung ausgeschaltet haben. Er wusste genau, dass jemand hier war, und er hatte nicht die geringste Lust, sie rauszulassen.

Sophia ließ sich erschöpft auf den Treppenabsatz sinken. Die Ermittler in den Fernsehkrimis waren doch klüger, als sie dachte, denn die hätten jetzt zumindest eine Taschenlampe dabei. Aber wozu brauchte sie eine Taschenlampe? Sie hatte doch ihr Handy. Sophia holte es heraus und ließ das Display aufleuchten. Sie suchte Andreottis Nummer heraus und drückte auf »Wählen«. Doch es gab keinen Empfang. Sie war hier genauso verloren wie oben auf Cattaneos Weinberg. Vorsichtig lauschte sie wieder an der Tür. Nichts. Der Mann war gegangen. Sie hörte das leise Fiepen einer Maus. Sophia schlang die Arme um die Beine, atmete tief durch und versuchte, ihre Gedanken zur Ruhe zu bringen. Der Keller war groß. Vielleicht gab es doch in irgendeinem Winkel Empfang. Sie hatte noch für etwa zwei Stunden Akku. Wenn sie die spärliche Taschenlampe im Handy benutzte, deutlich weniger. Sie durfte keine Zeit verlieren. Sophia raffte sich auf und stieg vorsichtig die Treppe hinab, das Handy in Armlänge von sich gestreckt, in der Hoffnung auf einen kleinen Balken auf dem Display. Nichts. Stattdessen drang ihr der zarte Geruch von Weinharz in die Nase.

40

Viola schwieg noch immer, und Andreottis Stolz verbot es ihm, seinerseits erneut nachzufragen, weswegen er begonnen hatte, sich mit der Tageszeitung zu beschäftigen.

»Womit hat Andreotti denn nun recht?«, sprang Carlo ein.

»Das Jagdgewehr ist nicht die Tatwaffe. Das haben die ballistischen Untersuchungen eindeutig ergeben.«

»Sag ich doch.« Andreotti nickte Carlo triumphierend zu.

Viola schien allerdings noch etwas auf dem Herzen zu haben. »Woher wussten Sie es?«, fragte sie schließlich.

»Dass das Gewehr nicht die Tatwaffe war?« Andreotti faltete genüsslich die Zeitung zusammen. »Wie gesagt, Spurensicherung ist nicht alles. Um in diesem Beruf erfolgreich zu sein, muss man Zusammenhänge verstehen. Nicht wahr, Carlo?« Carlo nickte zustimmend.

»Die da wären?«, drängte Viola weiter, und mit Genugtuung nahm Andreotti den gereizten Unterton in Violas Stimme wahr.

»Beide Läufe des Gewehrs waren geladen. Es wäre höchst ungewöhnlich, wenn er nach der Tat das Gewehr nachlädt. Das würde nur Sinn ergeben, wenn er es an einen gut sichtbaren Platz zurücklegt, sodass keiner bemerkt, dass daraus geschossen wurde. Es aber nachzuladen, um es dann zu verstecken, ergibt keinen Sinn. Ich vermute, dass Nicoletta Angst hatte, dass ihr Bruder den Alten doch erschossen hat, und da hat sie versucht, die Waffe zu beseitigen, als wir da aufgetaucht sind.«

»Gute alte Polizeiarbeit«, lobte Carlo.

»Dennoch war es gut, dass wir das Gewehr untersucht haben«, erwiderte Viola.

»Geschadet hat es jedenfalls nicht. Zumindest wissen wir jetzt, dass Nicoletta ihrem Bruder einen Mord zutraut. Wollen Sie es nicht auch gleich Sophia mitteilen?«

»Das machen mal schön Sie«, entgegnete Viola knapp.

Da Andreotti keine Lust auf Diskussionen hatte, nahm er das Handy in die Hand. Wieder kein Empfang in den Weinbergen. Was hatte er auch anderes erwartet? Er stieß einen Fluch aus, als plötzlich ein heftig schnaufender Fredo in der Tür stand.

Ein erster Blick verriet Fredo, dass Andreotti diesmal keine seiner finsteren Morgenlaunen hatte. »Wohin so eilig, Fredo?«, wollte Andreotti wissen.

»Wohin wohl?«, japste Fredo. »Zu Ihnen natürlich. Ich habe etwas herausgefunden.«

»Habe ich es nicht gesagt, dass Fredo ein Guter ist?«, sagte Andreotti.

»Dann rück mal raus«, sagte Carlo in einer herablassenden Art, die Fredo aufstieß. Aber wahrscheinlich machte man das so in Rom mit inoffiziellen Mitarbeitern.

»Ich weiß, wer der Informant ist, der in Rom angerufen hat, und ich weiß, wo der Puppenspieler ist.«

»Du meinst den anonymen Anrufer«, sagte Carlo.

»Jetzt ist er nicht mehr anonym. Und das Beste ist, ich weiß nicht nur, wer er ist, sondern auch, wo er ist.«

»Na, dann rück mal raus«, knurrte Andreotti.

»Er ist gar nicht so weit weg von hier, *commissario*. Nämlich in der Leichenkammer.«

»In der Leichenkammer?«, wiederholte Carlo entgeistert.

»Oder wie nennt man den Ort, wo die Polizei die Ermordeten hinkarrt?«

»So viele Ermordete gibt es bei uns nicht«, knurrte Andreotti. Plötzlich weiteten sich seine Augen, als er begriff. »Doch nicht Cattaneo?«

»Genau der«, bestätigte Fredo.

»Umberto Cattaneo. Der Jagdunfall«, weihte Andreotti Carlo knapp ein.

»*Merda*«, knurrte Carlo.

»*Grande merda*«, stimmte Andreotti zu.

»Sieht so aus, als wäre aus deinem Jagdunfall ein Mordfall geworden«, kommentierte Carlo.

»An einen Jagdunfall habe ich ohnehin nie geglaubt. Aber das Letzte, was ich brauche, ist ein Mafiamord hier in Salò.«

»Aber das könnte auch Vorteile haben«, gab Carlo zu bedenken.

»Der Informant kann nicht mehr reden, meine andere Informantin treibt sich vergebens in den Weinbergen herum, und wir beginnen bei null. Wo siehst du da bitte Vorteile?«

Das fragte sich Fredo auch, aber Andreottis seltsamer Kollege schien selbst dem *commissario* einen Schritt voraus zu sein.

»Der Puppenspieler ist aufgescheucht. Vielleicht war er selbst der Schütze, das hieße, er hätte sein Muster verändert.«

»Weil er normalerweise andere für ihn die Drecksarbeit machen lässt«, ergänzte Andreotti.

»Richtig. Und selbst wenn er wieder jemanden dazu gebracht hat, den Mord für ihn zu begehen, ist das ein Vorteil für uns«, spann Carlo den Gedankengang weiter.

»Weil wir eine Spur haben könnten«, führte Andreotti die Überlegung weiter.

»Und weil der Puppenspieler möglicherweise nervös geworden ist, macht er Fehler«, schloss Carlo.

Fredo hatte nur zwischen den alten Partnern hin und her geschaut, und ihm war ganz schwindelig geworden. Mit seinem Beruf als Taschendieb war er doch glücklicher. Das war geradliniger, und man kam schneller zum Ziel.

»Euer Puppenspieler kann aber inzwischen genauso gut irgendwo anders in Italien untergetaucht sein«, gab nun Viola zu bedenken.

Andreotti schüttelte energisch den Kopf. »Das habe ich zuerst auch befürchtet. Aber inzwischen glaube ich das nicht mehr. Er ist nicht mehr der Jüngste, mindestens über sechzig. Er ist sesshaft geworden. Mit dreißig bricht man vielleicht alle Zelte ab und fängt noch mal neu an, aber nicht mehr in dem Alter.«

»Also hat Ihnen meine Information geholfen?«, fragte Fredo in die Runde.

»Wir sind einen kleinen Schritt weiter«, sagte Carlo trocken.

»Und was ist mit Ilonas Portemonnaie?«, fragte Fredo nun Andreotti.

»Haben wir den Puppenspieler?«, antwortete Andreotti mit einer Gegenfrage.

Fredo schnaufte wütend. »Ein bisschen mehr Arbeit, und dann helfe ich Ihnen auch, hatten Sie gesagt.« Betont energisch stützte er die Hände in die Hüften. »Haben Sie überhaupt schon Ermittlungen aufgenommen?«

»Natürlich habe ich das, und ich habe auch schon eine heiße Spur.«

Fredo ließ die Arme sinken, wollte noch etwas sagen, trottete aber dann ab. Was blieb ihm auch anderes übrig? Die Hoffnung starb schließlich zuletzt. »Aber gute Arbeit«, hörte er Andreotti noch hinterherrufen. Doch Fredo winkte nur müde ab und warf die Tür hinter sich zu.

»Bist du mit seinem Portemonnaie denn schon weiter?«, wollte Carlo wissen.

»Tut nichts zur Sache«, murmelte Andreotti nachdenklich.

»Bist du auf deine alten Tage doch weicher geworden, als ich gedacht habe?«

Andreotti gefiel Carlos Ton gar nicht. »Wie meinst du das?«

»Früher hättest du Informanten mehr unter Druck gesetzt und nicht ›gute Arbeit‹ hinterhergerufen.«

»Die Dinge laufen hier anders. Wichtig ist vielmehr, dass mein schöner gemütlicher Mord gerade zu einem Mafiafall zu mutieren droht«, knurrte Andreotti.

»Es kann auch Zufall gewesen sein, und der Mord hat nichts mit dem Puppenspieler zu tun«, überlegte Carlo laut.

Andreotti spielte nachdenklich mit der Zigarette in seiner Hand. Der Spruch »Zufälle gibt es nicht« war einer der dümmsten Sprüche der Polizeiarbeit. Es gab mehr Zufälle, als man meinte.

Das Klingeln des Handys unterbrach seinen Gedankengang. Andreotti drückte den Ausschaltknopf, und das Ding verstummte. Doch keine zehn Sekunden später begann das Handy erneut zu surren und spielte seine penetrante Musik ab. Andreotti war sich sicher, dass er es gerade erst dauerhaft zum Schweigen gebracht hätte. Er tastete nach seiner Lesebrille, fand sie nicht und warf das Handy kurzerhand Viola zu, die es im letzten Moment fing. »Mach das verdammte Ding aus, ich muss nachdenken«, knurrte Andreotti.

»Hätten Sie mich nicht vorwarnen können? Beinahe wäre ihr Handy auf den Boden geknallt.«

»Dann würde es wenigstens keinen Lärm mehr machen.«

»Es ist Sophia«, sagte Viola.

Andreotti streckte die Hand aus, und Viola warf das Handy zurück, verfehlte jedoch Andreottis Hand. Das Telefon landete mit einem Scheppern auf dem Tisch. »Hallo?«, erklang knisternd Sophias Stimme. Andreotti warf Viola einen verärgerten Blick zu und nahm das Handy auf.

»Andreotti hier«, meldete er sich.

»Können Sie mich hören, Andreotti?«

»Ja, ich kann.«

»Holen Sie mich hier raus«, hörte Andreotti Sophia sagen, und die Verzweiflung in ihrer Stimme ließ ihn augenblicklich aufrecht sitzen.

Andreotti winkte Viola zu sich. »Vom Weingut der Cattaneos?«, fragte er.

»Nein. Ich bin bei …« Es knackte, und Sophia war verschwunden.

»Hallo?«, rief Andreotti ins Telefon. Andreotti hielt das Handy auf Armlänge und drückte die Rückruftaste. Eine monotone Frauenstimme erklärte, dass der Teilnehmer nicht erreichbar sei.

»Kein Empfang«, sagte Viola.

»Das weiß ich auch.«

»Schicken Sie eine SMS. Die gehen manchmal durch«, schlug Viola vor.

»Das hatte ich gerade vor.« Andreotti begann mühsam, die Buchstaben zu suchen, als Viola ihm entnervt das Telefon aus der Hand riss. Geschickt glitten ihre Finger über das Gerät.

»So, jetzt heißt es warten und hoffen«, sagte sie schließlich.

Beides mussten sie nicht lange. Kaum eine Minute später brummte das Handy. »Ich bin eingesperrt«, las Viola vor. »Im Keller von Rosettos Fassfabrik.«

Andreotti stieß einen Fluch aus, der selbst den abgebrühtesten Mafioso hätte erröten lassen, und sprang auf. »Worauf wartest du noch? Wir müssen Sophia retten.«

»Soll ich mitkommen?«, bot Carlo an.

Doch Andreotti winkte ab. »Sophia gehört zu uns. Wir kümmern uns selbst darum.«

41

Sophias Rettung gestaltete sich dann doch weniger spektakulär, als Andreotti befürchtet hatte. In Sekundenschnelle hatte Viola auf ihrem Handy die Adresse der Fassfabrik herausgefunden, und als sie rund zwanzig Minuten später mit quietschenden Reifen in den Fabrikhof brausten, konnte sich ein älterer Mann in einem grünen Jackett gerade noch auf den Gehweg retten. Andreotti stürmte an ihm vorbei, und der Mann schimpfte etwas von Rücksichtslosigkeit, und dass er sich das nicht vor seiner Fabrik bieten lasse. Andreotti blieb stehen und machte auf dem Absatz kehrt. »Das ist Ihre Fabrik?«, wiederholte er.

»Selbstverständlich, jedenfalls bis ich sie verkauft habe«, erwiderte der ältere Mann noch immer empört und überrascht über den unbekannten Besuch. Doch seine Überraschung wuchs noch, als Andreotti ihm erklärte, dass sich eine junge Frau in seinem Keller befinden sollte. Nach kurzer Diskussion führte Rosetto Andreotti und Viola schließlich durch die große Halle bis zu einer schweren Holztür und betätigte die Klinke. »Seltsam«, murmelte Rosetto. »Die hat jemand abgeschlossen. Normalerweise verschließe ich sie nie.«

»Ich bin es, der *commissario*«, rief Andreotti so laut er konnte und wandte sich dann wieder an Rosetto. »Wo ist der Schlüssel?«

»Eigentlich steckt er immer«, antwortete Rosetto.

»Das könnte er sein«, rief Viola. Sie ging zur Wand, bückte sich und streckte einen Schlüssel in die Höhe.

»Den muss jemand dort hingeworfen haben«, sagte Rosetto kopfschüttelnd.

»Her damit«, rief Andreotti. Er riss Viola den Schlüssel aus der Hand. Wenige Sekunden später flog die Tür auf, und eine aufgelöste Sophia fiel Andreotti um den Hals. Andreotti versteifte sich.

»Da sind Mäuse unten«, rief Sophia.

»Die Mäuse haben mehr Angst vor Ihnen als Sie vor den Mäusen«, presste Andreotti hervor und entspannte sich ein wenig, als Sophia sich von ihm löste.

»Bist du verletzt?«, fragte Viola.

»Abgesehen von meinem Ego ist alles in Ordnung«, entgegnete Sophia zerknirscht.

»Sind Sie sicher?«, hakte Andreotti nach.

»Andreotti, ich war nur eingesperrt. Niemand hat versucht, mich umzubringen. Machen Sie sich etwa Sorgen um mich?«

»Ich mache mir keine Sorgen«, raunte Andreotti. »Ich brauche das für den Bericht.«

»Dann können Sie ja in den Bericht schreiben: ›Sophia Lange eingesperrt, befreit, unverletzt und ziemlich sauer‹.«

»Sie kommen mir bekannt vor«, mischte sich Rosetto ein, der die ganze Szene bis jetzt schweigend beobachtet hatte. »Sie waren schon einmal hier. Wegen der Fässer.«

»Ich bin Geigenbauerin und kenne mich mit Holz aus. Ich bin wiedergekommen, weil Sie Nasen-Giacomo angerufen und gesagt haben, dass noch zwei Fässer hier sind. Die wollte ich mir anschauen. Und, nein, ich will aus den Fässern keine Geigen bauen.«

»Das wäre auch eine ziemlich unsinnige Idee«, murmelte Rosetto. »Wer will schon Geigen aus Fässern bauen?«

Rosetto runzelte kurz die Stirn, dann fuhr er fort. »Mir entfallen manchmal ein paar Dinge. Ich habe einfach vergessen, ihm diese Fässer mitzugeben. Wenn Sie die letzten Fässer diesem Giacomo bringen würden, dann täten Sie mir wirklich einen großen Gefallen. Sonst müsste ich meinen Enkel bemühen.«

»Die sind zerstört«, unterbrach Sophia Rosetto. »Jemand hat die letzten Fässer zertrümmert.«

»Der gleiche Jemand, der Sie eingesperrt hat?«, fragte Viola.

Sophia nestelte an ihrem Rucksack und holte die Holzstücke und die leere Weinflasche heraus, die sie von Nasen-Giacomo mitgenommen hatte.

»Ein Stück von einem Fass«, sagte Andreotti unbeeindruckt.

»Richtig. Aber nicht von irgendeinem Fass, sondern es ist ein Fass, das der alte Cattaneo in Auftrag gegeben hat. Schauen Sie mal.« Sophia deutete auf den verblassten Aufdruck *Concordia*. »Das ist doch der Wein von Cattaneo.«

»Beeindruckend«, sagte Andreotti trocken. »Sie haben also einen Fassvandalen entdeckt. Wie genau bringt uns das in dem Mordfall weiter?«

»Warum fragen Sie mich? Sie sind doch der *commissario*«, entgegnete Sophia.

Andreotti beschloss, Sophia mitzunehmen, und verstaute ihr Fahrrad im Kofferraum, so gut es der geringe Platz im Fiat zuließ. Jeden Normalbürger würde man dafür aus dem Verkehr ziehen, aber Andreotti war ja nun mal keiner.

»Wir sollten erst mal auf dem Kommissariat einen guten Espresso trinken«, befand Andreotti.

Doch Sophia war anderer Meinung. »Dafür haben wir keine Zeit«, entschied sie in einem Ton, der keinen Widerspruch duldete. »Wir fahren jetzt noch woandershin.«

»Wenn, dann gebe ich hier die Befehle«, erwiderte der *commissario*.

»Ich brauche Sie, Andreotti.«

»Schön, dass Sie das endlich erkannt haben«, sagte Andreotti und hielt wenige Minuten später vor dem Kommissariat, um Viola abzusetzen.

»Und Sie beide fahren wohin?«, wollte Viola wissen.

»Dorthin, wo ich gebraucht werde«, sagte Andreotti und fuhr los.

42

Als Andreotti den kleinen Weg zu Giacomos Winzerei hinauffuhr, kam ihnen ein Transporter entgegen, der Sophia bekannt vorkam. Sie bückte sich und verkroch sich fast unter dem Beifahrersitz.

»Was ist denn mit Ihnen los?«, wunderte sich Andreotti.

»Haben Sie ihn nicht erkannt? Das war Enzo«, schnaufte Sophia.

»Er ist weg«, sagte Andreotti. Vorsichtig tauchte Sophia wieder auf und blickte durch das Rückfenster. Der Transporter war bereits weit genug entfernt.

Nasen-Giacomo schien nicht im Geringsten überrascht zu sein, als Sophia mit dem *commissario* bei ihm im Vorgarten auftauchte. Ohnehin hatte er einen Gesichtsausdruck, als ob ihn seit dem Debakel bei dem Weinfest nichts mehr überraschen könnte. Doch das würde sich jetzt ändern, denn Sophia war wütend, mächtig wütend.

»Du hast mich angelogen!«

Nasen-Giacomo stellte die schwere Gießkanne ab und setzte wieder diesen mitleiderregenden Gesichtsausdruck auf, den Sophia ihm keinen Moment mehr abkaufte. »Ich habe dir doch bereits erklärt, wieso ich das mit dem Schwefel nicht erwähnt habe.«

»Schwefel?«, wiederholte Andreotti verwundert.

»Es geht nicht um den Schwefel, sondern um das Etikett auf der Flasche.«

»Welches Etikett?«, fragte Andreotti.

»Das auf Cattaneos Weinflasche«, half Sophia ihm ungeduldig auf die Sprünge.

»Cattaneo?«, wiederholte Andreotti.

»Cattaneo«, seufzte Nasen-Giacomo.

»Du hast gesagt, du hättest mit Cattaneo nie etwas zu tun gehabt. Woher aber weißt du dann, wie die Etiketten auf seinen Flaschen aufgebracht wurden?«

»Genau, woher wissen Sie das?«, fragte Andreotti.

»Sie wissen doch gar nicht, worum es geht«, zischte Sophia.

»Es geht ums Prinzip. Er hat Sie angelogen«, raunte Andreotti zurück. »Also?«, wandte sich Andreotti wieder an Giacomo und stellte sich noch breitbeiniger hin, die Hände in die Hüften gestützt. »Sie sind Ihrer Cousine eine Antwort schuldig.«

»Großcousine«, korrigierte ihn Sophia.

»Familie ist Familie. Da lügt man nicht«, fuhr Andreotti unbeirrt fort.

»Du hast es gehört, Giacomo«, sagte Sophia. »Du hast dich verplappert, als du erwähnt hast, dass die Etiketten mit Weinharz auf die Flaschen aufgebracht wurden. Nur Cattaneo hat das so gemacht, und das konnte nur jemand wissen, der dabei gewesen ist.« Giacomo zog es weiter vor, zu schweigen, was in diesem Moment wahrscheinlich auch besser war. Denn hätte er versucht, sich in weitere Ausreden zu flüchten, wäre Sophia endgültig der Kragen geplatzt. »Du«, sie deutete mit dem Zeigefinger auf Giacomo, »du wusstest, dass Cattaneo die Etiketten mit Weinharz aufgebracht hat, weil du dabei warst, denn du warst Teil des Quintetts.« Nasen-Giacomo sagte noch immer nichts. Das brauchte er auch nicht. Sein Schweigen sagte bereits genug. »Du hast auch nicht zufällig die Fässer bei Rosetto gekauft.«

»Ich bin durch Zufall auf sie gestoßen«, versuchte sich Giacomo zu retten, als ob das einen Unterschied gemacht hätte.

»Es war vielleicht Zufall, dass Rosetto seine Fabrik aufgibt, aber du wusstest genau, was du da kaufst. Du wolltest Cattaneos Wein nachmachen.«

»Ich wollte nichts nachmachen«, erwiderte Giacomo plötzlich mit einer Heftigkeit, die Sophia ihm gar nicht zugetraut hatte. »Es war nicht Cattaneos Wein. Es war unser Wein. Wir alle haben daran gearbeitet.«

»Abgesehen davon, dass Cattaneo der Einzige war, der alle Schritte der Weinherstellung kannte.«

»Weil er ein Teufel war. Ohne uns wäre er gar nichts gewesen.«

»Ihr aber ohne Cattaneo auch nichts.«

»Wir waren auch mit Cattaneo nichts. Cattaneo war eine Macht im internationalen Weinmarkt. Der hätte jeden mit Leichtigkeit zerquetscht«, sagte Nasen-Giacomo und zerquetschte eine Traube zwischen Zeigefinger und Daumen.

»Warum hast du nie gesagt, dass du Teil des Quintetts warst?«

»Weil wir es bei unserer Winzerehre geschworen hatten. Wir wussten ja nicht, dass unsere Weine mal international so bekannt werden würden. Er war ein Teufel. Keiner hat ihm eine Träne nachgeweint, als er verrückt geworden ist und sein Gut abgebrannt hat. Gegönnt haben wir es ihm.«

»Wer ist ›wir‹?«, hakte nun Andreotti nach. »Wer war noch Teil des Quintetts?«

»Wir haben unser Ehrenwort gegeben, und das Wort eines Winzers ist unumstößlich.«

»Sie sind einen Pakt mit dem Teufel eingegangen.«

»Trotzdem stehe ich zu meinem Winzer-Ehrenwort.«

»Winzer-Ehrenwort«, stieß Andreotti verächtlich aus. »Ich könnte Sie zwei Tage auf dem Kommissariat grillen, dann wäre es vorbei mit Ihrem Winzer-Ehrenwort.« Doch Sophia schüttelte nur langsam den Kopf, und Andreotti verstand. Nasen-Giacomo war immerhin Teil ihrer Familie.

»Ich schätze dein Winzer-Ehrenwort«, sagte sie denn auch. »Aber du warst nicht ehrlich zu mir.« Giacomo verzog betrübt die Miene. »Wir sind eine Familie, und du hast etwas wiedergutzumachen.«

»Sophia, bitte versteh doch, ich kann nicht sagen, wer zum Quintett gehört hat.« In Giacomos Stimme lag wieder dieses weinerliche Flehen.

»Das kriegen wir auch so raus«, zischte Andreotti.

»Du musst mir die Wahrheit sagen. Hast du Cattaneo vor seinem Tod noch mal gesehen?«, versuchte es Sophia. Giacomo schüttelte den Kopf. Aber Sophia ließ nicht locker. »Hat er dir vielleicht etwas überbringen lassen?« Ihr entging das Flackern in Giacomos Augen nicht. »Eine Flasche Wein vielleicht?«

»Woher weißt du das?«

»Geben Sie uns die Flasche, aber *pronto*«, fuhr Andreotti dazwischen und streckte die Hand aus, als würde Giacomo die Flasche Wein hinter dem Rücken verstecken. Giacomo verschwand in seinem Häuschen und kehrte wenig später mit einer Flasche zurück. Genauer gesagt: mit deren Resten. Die untere Hälfte fehlte, und Sophia musste aufpassen, dass sie sich nicht an den scharfen Rändern schnitt, als Giacomo sie ihr überreichte.

»Rund eine Woche vor seinem Tod hatte sie eines Morgens vor meiner Tür gestanden«, begann Giacomo zu erzählen. »Ich wusste natürlich sofort, von wem sie war. Es war just einen Tag, nachdem ich bemerkt hatte, dass einer meiner Weine verhunzt war. Wie zum Hohn stand sie am nächsten Tag dann vor der Tür.«

»Und da hast du sie dann vor Wut zerschmettert.«

»Was hätten Sie getan, Andreotti?« Sophia hielt die Flasche in die Höhe. Die Weinreste waren vertrocknet, die Flasche war auf halber Höhe des Etiketts zerbrochen. An der Rückseite der unteren Hälfte des Etiketts klebten ein paar Glassplitter. Das Papier selbst war unversehrt. Sophia hielt es in Armlänge von sich, um sich nicht zu schneiden. Andreotti reichte ihr sein großes Stofftuch, das er immer bei sich trug, und sie schlug die Flaschenreste darin ein.

»Wer war der Mann, der vorhin bei dir war?«, fragte Sophia plötzlich.

»Du meinst Enzo, von den Cattaneos?«

»Woher kennst du ihn?«, drängte Sophia weiter.

»Man kennt sich halt von früher. Er bringt manchmal etwas vorbei, was die da oben nicht brauchen. Alte Flaschen, Schläuche, Korken.«

»Sag ihm bloß nicht, dass du mich kennst.«

»Warum soll ich über dich reden? Ich wusste gar nicht, dass du ihn kennst.«

»Haben Sie ein Gewehr?«, fragte Andreotti plötzlich.

»Natürlich habe ich ein Gewehr.«

»Herbringen!«, befahl Andreotti.

»Ich muss Ihnen das nicht geben«, entgegnete Giacomo.

Andreotti zog die Augenbrauen zusammen, wie er es immer tat, wenn er nicht weiter diskutieren wollte, und das verfehlte auch diesmal seine Wirkung nicht. Giacomo verschwand abermals im Haus und kehrte mit einer Flinte zurück. »Winchester, Kaliber 0.22«, murmelte Andreotti. »Geladen?«

»Natürlich nicht.«

»Ich nehme das Ding mit.«

»Dürfen Sie das denn?«

»Das hatten wir doch bereits.«

Giacomo überreichte Andreotti ohne weitere Widerworte die Waffe und schaute zu Boden, als würde er Sandkörner zählen. Sophia hatte im Moment nicht die geringste Lust, weiter mit ihm zu reden. Und so steuerte Andreotti wenig später den Fiat mit halsbrecherischer Geschwindigkeit über den Feldweg talabwärts. Im Rückspiegel versank Giacomo in der Staubwolke, die der Wagen aufwirbelte. Ein Bauer am Wegesrand machte einen Sprung zur

Seite und verschwand ebenfalls in der Staubwolke. Sophia wusste, dass es besser war, Andreottis Fahrstil nicht zu kritisieren, vor allem nicht, wenn er nachdachte.

»Giacomo gehörte also zum Quintett«, resümierte Andreotti schließlich und riss das Steuer herum, um auf den Hauptweg einzubiegen. Der Fiat wurde nun weniger durchgeschüttelt, und Sophia atmete erleichtert auf. »Ihnen ist klar, dass er damit zum Kreis der Verdächtigen gehört?«

Sophia nickte stumm.

»Ich sage es nur, weil er ja irgendwie zu Ihrer Familie gehört. Ich glaube aber nicht, dass er es war, und die Spurensicherung wird zeigen, dass das Gewehr nicht die Tatwaffe war«, sagte Andreotti. »Dennoch bleibt eine weitere Frage noch offen«, überlegte er laut weiter. »Wieso haben Sie mich zu Nasen-Giacomo mitgenommen?«

»Weil es eben nicht nur um die Familie ging, sondern um Ihren Fall.«

»Unseren Fall«, korrigierte sie Andreotti. »Dennoch hat Sie doch auch sonst nie etwas davon abgehalten, etwas auf eigene Faust zu unternehmen.«

Es roch nach Staub und Wald, und Sophia meinte gar, ein wenig den süßlichen Seegeruch wahrzunehmen. Aber vielleicht war das nur Einbildung. »Ich dachte, ein wenig Unterstützung wäre gut.« Es war keine Einbildung. Sie konnte den See riechen.

»Familie«, murmelte Andreotti. »Segen und Last zugleich.«

Sophia musste Andreotti zustimmen. Lange hatte sie sich nicht mehr so sehr danach gesehnt, an ihrer Geige zu arbeiten wie jetzt.

»Ich lade Sie zu einem Cappuccino ein«, beschloss Andreotti. Das war zwar nicht genauso gut wie eine Geige, doch es klang dennoch verlockend.

43

Diesmal hatte Andreotti ein kleines Café in einer der Seitengassen gewählt. Und Sophia fand, dass es eine gute Wahl gewesen war, denn auf den Trubel der Touristen konnte sie nach den Erlebnissen des Tages durchaus verzichten.

»Cattaneo hat sein ganzes Leben dem Wein gegeben. Jedenfalls bis zum Brand«, sagte Andreotti und nahm einen Zug von seiner Zigarette, während er nachdenklich mit der Tasse spielte.

»Wenn Sie Winzer wären wie Cattaneo, was würden Sie dann hinterlassen wollen? Den besten Wein der Welt oder Kinder, die Sie lieben?«, fragte Sophia.

»Keine Ahnung. Ich bin kein Winzer«, antwortete Andreotti und nahm einen weiteren Zug von seiner Zigarette.

»Sie sagen doch selbst, wir sollten uns in die Charaktere hineinversetzen, und jetzt kneifen Sie?«

»Ich kneife nicht. Ich rauche.«

»Was auf dasselbe rauskommt.«

Andreotti stieß eine weitere Rauchwolke aus. »Gegenfrage: Worauf würden Sie denn mit Stolz zurückblicken, die perfekte Geige oder Kinder, die Sie lieben? Und kommen Sie mir jetzt nicht damit, dass Sie keine Kinder haben.«

Genau das hatte Sophia antworten wollen. So blieb ihr also nichts anderes übrig, als sich mit der Frage, die sie ins Spiel gebracht hatte, selbst zu beschäftigen. »Vielleicht geht es gar nicht so sehr um Stolz«, begann sie laut zu überlegen. »Aber mit einem herausragenden Instrument schafft man etwas, was viele Menschen beglückt. Da ist der eigene Name vielleicht gar nicht so wichtig. Die Liebe der Kinder erfährt man selbst. Vielleicht ist das sogar besser, als ein herausragendes Instrument zu schaffen.«

Andreotti schien Sophias Worte genau abzuwägen, ehe er antwortete. »Nur schwachen Menschen geht es darum, von den eigenen Kindern geliebt zu werden. Starke Menschen erfreuen sich daran, dass die Kinder sich entwickeln, und wenn sie dann auch Eigenschaften von einem mittragen, dann ist es erfüllend.«

Sophia rührte nachdenklich in ihrem Kaffee. Sie musste an die Tradition der Geigenbauer denken, die ihr Können an ihre Söhne weiterreichten und mit Stolz erfüllt waren, wenn diese sie noch in der Geigenbaukunst übertrafen, an Giuseppe, der diese Aufgabe nun in ihr gefunden hatte. Wie er sich freute, wenn sie ein altes Instrument zum Erblühen brachte, und wie er dann mit Genugtuung feststellte: »Eines Tages wirst du besser sein als ich.«

»Sie könnten recht haben«, sagte sie schließlich.

»Ein Andreotti hat meistens recht«, sagte Andreotti und führte seine Gedanken weiter aus. »Was wäre, wenn es gar nicht mehr um den perfekten Wein ging?«

»Denn den hatte er ja bereits geschaffen«, stimmte Sophia ihm zu.

»Sie sagen es. Vielleicht ging es ihm vielmehr um sein Vermächtnis. Dass seine Kinder sein Erbe fortsetzen und noch besser werden würden als er.«

»Aber er hat so gut wie nie mit ihnen gesprochen.«

»Es gibt Menschen, die viel reden und ihren Kindern nichts geben, und dann wiederum Menschen, die so gut wie gar nicht mit ihrem Kind reden, aber aus der Ferne etwas geben. Die schützende Hand über sie halten.« Andreottis Überlegungen ergaben Sinn, und obwohl Sophia den *commissario* nun schon eine Weile kannte, überraschte es sie immer wieder, welches Gefühl für Menschen in dieser rauen Schale stecken konnte. Plötzlich schoss ihr wieder dieselbe Frage durch den Kopf wie gestern auf dem Kommissariat, doch sie zögerte, sie zu stellen. Eigentlich ging es sie gar nichts an.

Stattdessen führte sie einen anderen Gedankengang weiter. »Also könnte es darum gegangen sein, dass Cattaneo seinen Kindern etwas weitergeben wollte, das sie zu großen Winzern machen würde, und jemand wollte es verhindern?«

Andreotti stieß einen anerkennenden Pfiff aus. »*Non c'è male*, nicht schlecht, Signora. Sie lernen dazu. Wir müssen also nur herausbekommen, was es genau war, das er seinen Kindern vermachen wollte. War es ein Dokument, ein Rezept?« Andreotti nahm seine Zigarettenpackung und ließ sie in seiner Jackentasche verschwinden.

»Haben Sie eigentlich Kinder?«, platzte Sophia nun doch mit der Frage heraus, die sie die ganze Zeit beschäftigt hatte.

Andreotti stand auf und ließ einen Geldschein auf den Tisch segeln. »Kinder hat man nicht. Sie sind kein Besitz«, sagte er und machte auf dem Absatz kehrt.

Sophia nahm den Geldschein auf, und als sie aufblickte, war Andreotti bereits in der Menschenmenge verschwunden.

44

Und wie kommt ihr voran?« Giuseppe nahm wie üblich seinen Blick nicht von der Arbeit. Sophia hatte die Werkstatt mit den Geigen doch mehr vermisst als einen Cappuccino, und so war sie kurzerhand bei Giuseppe hereingeschneit und hatte ihn schweigend bei seiner Arbeit beobachtet.

»Kommen womit voran?«, fragte sie.

»Ich bin vielleicht alt, aber du solltest niemals die Augen und Ohren eines Geigenbaumeisters unterschätzen. Ich weiß, dass du keinen Urlaub machst, sondern für den *commissario* ermittelst.« Giuseppe hatte recht, es brachte nichts, ihm etwas vorzumachen.

»Stört es dich?«

»Selbst wenn es mich stören würde, könnte ich dich nicht davon abhalten. Du bist genauso ein Starrkopf wie deine Mutter früher.«

»Als ob du nicht auch starrköpfig sein könntest.«

Giuseppe lächelte milde. »Vielleicht ist es das, was besondere Menschen ausmacht.« Der alte Geigenbaumeister legte die Bratsche beiseite und schob die Lesebrille auf die Stirn. »Habt ihr denn schon etwas herausgefunden? Oder darf ein alter Geigenbaumeister so etwas nicht wissen?«

Sophia prüfte einen weiteren Strich der Lasur und legte schließlich den Pinsel ebenfalls beiseite. »Cattaneo war krank«, sagte sie.

»Das wundert mich nicht, so lange wie er unter freiem Himmel gelebt hat.«

»Nein, er war sehr krank. Er hatte Krebs. Hatte nur noch drei Monate zu leben.«

Giuseppe bekreuzigte sich und kräuselte seine Stirn, wie er es immer tat, wenn er angestrengt nachdachte. »Das könnte erklären, wieso er in letzter Zeit so verändert gewesen war.«

»Niedergeschlagen?«

»Nein, ganz im Gegenteil. Er wirkte geradezu gelöst, war redseliger als sonst. Und sein Blick war anders.«

Nun hatte Giuseppe Sophias volle Aufmerksamkeit. »Wie anders?«

Wieder kräuselte sich Giuseppes Stirn, ehe er fortfuhr. »Sein Gesichtsausdruck erinnerte mich fast ein wenig an meinen Vater, wenn er eine besonders wertvolle Geige zum Bearbeiten bekam. Ja, das ist es. Er wirkte befreit und entschlossen, als würde ihn eine besondere Aufgabe faszinieren. Verstehst du, was ich meine?«

Sophia verstand sehr wohl. Genauso fühlte sie sich aufgrund Andreottis Einladung, an dem Fall mitzuarbeiten. »Für einen Mann, der erfährt, dass er todkrank ist, ist das schon ungewöhnlich«, sagte Sophia.

Giuseppe blickte versonnen auf das Foto, das über der Werkbank hing. »Warum habe ich das nur vorher nicht bemerkt? Eigentlich hätte ich diesen Gesichtsausdruck kennen müssen. Als die gute Gisella erfuhr, dass es mit ihr zu Ende gehen würde, wirkte sie genauso entschlossen. Nicht entschlossen, zu kämpfen, sondern alles gut zu Ende zu führen. Dies hat noch mal unglaubliche Kräfte in ihr freigesetzt und uns zumindest noch ein paar schöne Wochen beschert. Bis es …« Giuseppe schluckte schwer. »Bis es einfach nicht mehr ging.« Er nickte langsam, als würde jetzt alles Sinn ergeben. »Ich hätte es sehen müssen, diese Entschlossenheit.«

Sophia legte ihre Hand auf seinen Arm. »Wir können nicht alles erkennen.«

»Wir könnten aber viel mehr sehen, wenn wir nicht so vertieft wären in die Aufgaben des Alltags. Wir geben zu wenig auf die

Menschen acht.« Plötzlich kam Giuseppe ein weiterer Gedanke. »Bist du denn bei Nasen-Giacomos Problem weitergekommen?«

Sophia schüttelte bedauernd den Kopf. »Das Holz der Fässer scheint in Ordnung zu sein. Aber trotzdem ist der Wein verdorben. Ich glaube auch, dass Giacomo nicht ganz ehrlich ist, aber dennoch habe ich den Eindruck, dass er wirklich nicht weiß, was da vor sich geht.«

Giuseppe fuhr nachdenklich die Konturen des Instruments mit den Fingern entlang. »Wenn die Geige die Melodie in die Welt entlässt, vermag sie sie nicht mehr zu schützen.« Sophia blickte überrascht auf. Giuseppe kniff die Augen zusammen und untersuchte die Oberflächen des Instruments nach Unebenheiten, während er fortfuhr. »Als Puccini in seinem Musizierzimmer an einem Stück arbeitete, fiel ihm eines Morgens auf, dass es nicht so klang, wie er es vom Vortag in Erinnerung hatte. Er wiederholte die Partitur immer wieder, doch irgendetwas klang anders.«

»Wahrscheinlich war etwas mit der Geige«, warf Sophia ein.

Giuseppe schien eine weitere Unebenheit gefunden zu haben und legte das Instrument wieder zurück auf die Werkbank. »Das hat Puccini auch vermutet und seinen Geigenbauer kommen lassen. Dieser konnte nach tagelanger Untersuchung nichts feststellen und brachte das Instrument zurück.« Giuseppe nahm das Schmirgelpapier zur Hand und begann behutsam, stets in eine Richtung über den linken Teil des Korpus zu streichen. »Puccini probierte das Stück erneut aus. Er tobte, als er feststellte, dass der Klang noch immer anders war. Er ließ den Geigenbauer erneut kommen und stellte ihn zur Rede. Puccini drohte dem armen Mann, ihn in aller Öffentlichkeit für seine Unfähigkeit bloßzustellen. Doch just in dem Moment, als Puccini den Geigenbauer hinauswerfen wollte, klopfte es an der Tür. Es waren der Rahmenmacher und seine Gesellen, die zwei Gemälde zurückbringen wollten. Erst jetzt fiel Puccini auf, dass die gesamte Zeit zwei große Gemälde gefehlt hatten, die die Hausherrin dem Rahmenmacher gegeben hatte, um sie neu rahmen zu lassen.«

»Das hatte den Klang des Raums verändert.«

Giuseppe legte das Schmirgelpapier zur Seite und begann wieder die Geige zu prüfen. »Genauso war es. Seitdem achtete Puccini darauf, eine Partitur stets im selben Raum fertigzustellen, in dem er sie begonnen hatte. Egal, wo er gerade auf Reisen war, und nichts durfte in dem Raum verändert werden. Einmal verpasste er gar ein Konzert, weil er sich weigerte weiterzureisen, solange er das Stück nicht vollendet hatte.«

»Puccini war extrem.«

»Sind das Genies nicht immer? Aber Puccini hatte erkannt, dass selbst die beste Geige und der beste Musikant eine Melodie nicht mehr vor den Einflüssen der Außenwelt schützen können.«

»Und du meinst, bei Giacomos Wein war es nicht anders«, sagte Sophia mehr zu sich selbst und spann den Gedanken weiter. »Wenn der Winzer der Musiker ist und das Weinfass das Instrument …«

»Was ist dann der Raum?«, beendete Giuseppe ihre Frage. Doch die Antwort war so einfach und klar.

»Der Raum ist die Flasche und das Glas. Ein guter Konzertsaal schützt den Klang, wie eine gute Flasche das Aroma des Weins schützt.«

»Aber was ist, wenn der Raum dem Klang schadet …«, überlegte Giuseppe weiter.

»Also die Flasche selbst den Wein ruiniert hat.« Sophia schnalzte mit der Zunge. Deswegen hatte sie nichts am Holz des Fasses feststellen können. Nur war Glas im Gegensatz zu Holz ein neutrales Material. Aber es gab noch ein anderes Material, das nicht neutral war. Jetzt verstand Sophia.

45

Geduldig wog Fredo Emma, die Zweitjüngste, auf dem Schoß, während sie begierig an der Flasche nuckelte. Ilonas energische Stimme erklang aus dem Kinderzimmer, wo sie für Bettruhe sorgte. Er war ein sehr guter Taschendieb, ein recht guter Vater und ein mittelguter Ehemann. Als Informant allerdings schien er nicht so recht zu taugen. Dabei hatte er sich so ins Zeug gelegt. Nur – richtig zufrieden war Andreotti noch immer nicht, auch wenn er ihm sogar ein Lob hinterhergerufen hatte, und all die Mühen hatten Fredo nicht näher an Ilonas Portemonnaie gebracht. Carmino brauchte er nicht noch einmal zu fragen. Im Geiste ging er all seine Kontakte durch. Vielleicht hatte er jemanden übersehen, den er noch befragen konnte. Doch je angestrengter er nachdachte, desto mehr kam es ihm vor, als sei er in einer Sackgasse gelandet. Plötzlich riss ihn das schrille Klingeln der Türglocke aus seinen Gedanken. Um diese Uhrzeit erwarteten sie eigentlich niemanden. Emma war eingeschlafen, sodass Fredo die Flasche abstellen konnte. Langsam erhob er sich, darauf bedacht, sie nicht zu wecken. Erneut erklang das Schrillen, gefolgt von einem ungeduldigen Pochen.

»Fredo, wer ist das?«, rief Ilona aus dem Kinderzimmer.

Woher sollte er das wissen? Fredo ging mit schnellen Schritten zur Eingangstür, ehe ein weiteres Klingeln doch noch Emma wecken konnte. Er riss die Tür auf und wollte den Ankömmling gerade zurechtweisen. Doch als er ihn erkannte und den Zorn in den Augen des abendlichen Besuchers sah, wich Fredo instinktiv zurück und drückte Emma noch fester an sich.

46

Andreottis Rückenschmerzen ließen ihn nicht einschlafen, und das alte Sofa machte es nicht besser. Es wurde Zeit, dass er endlich wieder einmal in einem normalen Bett schlief. Er richtete sich auf und griff nach der Zigarettenpackung auf dem Nachttisch. Immer wieder musste er an das Gespräch mit Sophia denken. Ihre letzte Frage klang noch immer in seinem Kopf nach. Ein guter Wein könnte helfen. Aber dafür müsste er jetzt aufstehen. Andreottis Blick wanderte durch den Raum in der Hoffnung, dass sich etwas Trinkbares in Reichweite befände. Doch das Einzige, was ihn anschaute, war dieses verdammte Handy auf dem Nachttisch. Andreotti nahm einen weiteren Zug. Vielleicht sollte er sich doch aufraffen und einen der guten Weine von Donatella Boccherini holen, die er im Aktenschrank verstaut hatte. Aber das Display des Handys ließ ihn nicht los. Es hatte seinen Grund, dass er diese Dinger hasste. Sie waren mehr Fluch als Segen. Plötzlich spürte er, wie er es in der Hand hielt. Ohne sein Zutun tippte sein Finger jene Nummer ein, die sich in all den Jahren noch immer in sein Herz eingebrannt hatte. Das Freizeichen erklang. Mit angehaltenem Atem zählte Andreotti mit. Beim sechsten Mal wollte er schon erleichtert auflegen, doch dann erklang ein Knacksen, gefolgt von einer Stimme. Sie war reifer geworden, klang selbstbewusster. Dennoch hätte er sie unter Tausenden erkannt. Andreottis Kehle war trocken.

»Hallo?«, klang es erneut aus dem Handy. »Bist du es?«

Hastig legte Andreotti auf und warf das Handy auf den Nachttisch zurück. Erst jetzt merkte er, wie sehr er zitterte. Plötzlich begann das Handy zu vibrieren. Dann klingelte es. Das Klingeln wollte nicht aufhören, und die Nummer blinkte ihn auffordernd an. Mit zittrigen Händen nahm er das Handy auf und drückte den seitlichen Knopf, bis es verstummte. Er versicherte sich, dass es ganz abgeschaltet war. Andreotti stand auf und schleppte sich zur Küche. Er brauchte jetzt einen Rotwein. Keinen guten, sondern einfach einen billigen Stoff. Etwas Besseres hatte er nicht verdient.

47

Eigentlich hätte die Abgeschiedenheit des Weinguts Sophia ruhig schlafen lassen können, wenn sie nicht wegen dieser unseligen Träume zigmal hochgeschreckt wäre. Nicoletta war ihr erschienen, wild fuchtelnd mit einem Gewehr in der Hand. Andreotti saß in einem Ruderboot mit Weinfässern und ruderte wie wild, ohne von der Stelle zu kommen. Enzo lag unter dem Fass im Weinkeller. Er schien wie tot, doch dann grinste er sie an, erhob sich sturzbetrunken und wurde zu Nasen-Giacomo, der sie anschrie, ihr zu helfen. Zweimal war Sophia in der Nacht aufgestanden, um zu prüfen, ob die Tür auch wirklich verriegelt war. Natürlich war sie das, aber auch diese Gewissheit hatte ihr nicht den ersehnten ruhigen Schlaf gebracht, allenfalls geholfen, dass sie ein wenig eindämmerte. Als dann auch noch der alte Cattaneo begann, sie mit einer riesigen Bibel aus dem nächsten Dämmerschlaf zu prügeln, wobei er fortwährend »Elisa, Elisa!« schrie, hatte sie genug. Sophia schaute auf die Uhr, es war sechs Uhr morgens. Frühstück hatte sie für acht Uhr angemeldet. Ihr Blick fiel auf die Bibel auf dem Nachttisch. Iskariot hatte sie gelesen, aber nicht Elisa. Wo hatte sie diesen Namen nur gesehen? Es wollte Sophia nicht einfallen, und wahrscheinlich war es auch egal. Dennoch hatte sie diese brennende Neugierde gepackt, wie sie es kannte, wenn sie eine besonders interessante alte Geige entdeckte. »Elisa« klang nach dem Alten Testament, wenn sie sich noch auf ihre blassen Erinnerungen vom Religionsunterricht verlassen konnte. Sophia nahm die Bibel und begann darin zu blättern. Im Inhaltsverzeichnis gab es kein Buch Elisa oder so etwas, aber dafür wurde ein Namensverzeichnis erwähnt. Sophia schlug die letzten Seiten auf, und dort fand sie unter den alphabetisch aufgelisteten Namen Elisa, den Schüler des Elija, im zweiten Buch der Könige, Verse 2 bis 13. Dann gab es noch weitere Passagen in anderen Büchern. Elija war ein Prophet, der gegen das Anbeten der Götzen und falschen Götter wetterte, las Sophia. Elija wurde schließlich von Gott in den Himmel aufgenommen. In einem Wagen aus Feuer und einem Wirbelwind wurde er in den Himmel entrückt, während sein Schüler Elisa seinen prophetischen Mantel erhielt und sein Werk fortsetzte. Wenig spektakulär, gab es in der Bibel doch weitaus dramatischere und blutrünstigere Ereignisse. Dennoch war die Passage faszinierend. Der alte Cattaneo war geistig etwas der Realität entrückt gewesen. Vielleicht hatte er sich als Gottgesandten gesehen, mal als Sohn Gottes, mal als Prophet, der sich in einem Feldzug gegen die falschen Götter befand. Wahrscheinlich waren das all jene in seinen Augen, die keine autochthonen Trauben verwendeten oder gar Wein panschten. So sah er sich als den Propheten, der über das Land kam, bis eines Tages alles zusammenbrach und er in einem Feuersturm in den Himmel gehoben wurde. Nur dass er selbst das Feuer gelegt hatte und er fortan als Vagabund in den Weinbergen lebte. Aber was wusste sie schon, wie er in seinem umnebelten Hirn den Himmel definierte. Alle Last und den Erfolgsdruck hinter sich zu lassen, konnte durchaus beizeiten himmlisch erscheinen. Sophia klappte die Bibel zu und schloss die Augen. Elisa, murmelte sie. Wenn Cattaneo sich als Elija sah, dann wusste sie jetzt, wer Elisa, sein Schüler, war und wer das Werk fortsetzen sollte und wer wahrscheinlich seit Jahrzehnten das gesamte Wissen über den Wein hatte. Enzo mache da seine eigenen kleinen Weinexperimente, hatte das Nicoletta nicht so gesagt? Sophia warf die Decke beiseite und sprang auf. Sie musste unbedingt noch einmal in den Weinkeller. Sie streifte sich ihre Jeans und ein T-Shirt über, öffnete die Tür einen Spalt und lauschte. Irgendwo im Hintergrund hörte sie ein Scheppern, wahrscheinlich aus der Küche. Obwohl es früh war, würde bestimmt jemand im Hause Cattaneo seiner Arbeit nachgehen. Dennoch war Sophia zuversichtlich, unbemerkt in den Keller zu gelangen. Es hatte ja schon einmal geklappt. Also ging sie schnurstracks den Gang entlang über das Foyer zur Kellertreppe, versicherte sich ein letztes Mal, dass niemand sie beobachtete, und verschwand im Weinkeller.

Sophia wusste genau, wo sie hinmusste, an den Fassreihen vorbei, dorthin, wo Enzo »seine Experimente machte«. Drei Fässer standen dort. Sie waren mit weißer Kreide markiert. An einem Haken an der Wand hing ein ähnliches Werkzeug wie das, das Filipo zuvor genutzt hatte, ein Weinheber. Dieser war lediglich kleiner, vielleicht dreißig Zentimeter lang. Sophia hielt ihn auf Augenhöhe. Ein stechender Geruch schoss ihr in die Nase. Sie legte ihn beiseite. Besser nahm sie Filipos Weinheber. Sophia sprintete zu Filipos Regal, schnappte sich das Werkzeug und lief zurück zu den Fässern in Enzos Experimentierecke. Sie wählte auf gut Glück das mittlere Fass aus, setzte die Spitze des Weinhebers auf mittlerer Höhe an, genau wie Filipo es gemacht hatte, und führte ihn ein. Die Prozedur war nicht so schwierig, wie Filipo es hatte wirken lassen, zumindest nicht für sie, die täglich mit der Faserstruktur von Holz arbeitete. Wenige Sekunden später hatte sie genug in das Glas abgefüllt. Sie betrachtete die lebendige, rubinrote Farbe und die leichte Trübung, die auf die jugendliche Natur des Weins hinwies. Höchstwahrscheinlich war es ein Groppello. Sophia führte das Glas an ihre Lippen und atmete den zarten Duft von dunklen Beeren und einem Hauch von Gewürzen ein.

Als der Wein ihre Zunge berührte, spürte sie eine lebendige Frische, begleitet von einer subtilen Unreife. Die Tannine waren präsent, aber noch nicht vollständig geschliffen, und die fruchtigen Aromen hatten eine verspielte Intensität. Es war ein Geschmackserlebnis, das eine Ahnung von der künftigen Fülle und Komplexität des Weins verriet.

Sophia schloss die Augen und ließ den Geschmack auf sich wirken. Dieser Wein war etwas ganz Besonderes, besser noch als der, den Filipo ihr zum Kosten gegeben hatte, und ihre Sinne sehnten sich nach mehr.

Von wegen »Enzos kleine Experimente«. Sophia fragte sich, ob die Cattaneo-Geschwister wussten, was er hier wirklich trieb. Ihr Blick fiel auf die Flaschen mit den auffälligen Etiketten auf dem Brett an der Wand. Die meisten waren leer und die Etiketten unbeschriftet. Nur zwei waren gefüllt. »Elisa« stand dort jeweils in geschwungener Handschrift. Elisa, der Schüler des Elija. War es wirklich Umberto Cattaneo, der Enzo als seinen Schüler und Verwalter seines Vermächtnisses gesehen hatte, oder war es Enzo selbst, und alle Flaschen, die sie bis jetzt gefunden hatte, waren von ihm beschrieben und nicht von Cattaneo? Sophia schaute sich um. In einem Regal neben den Fässern waren Blätter mit Aufzeichnungen. Sophia nahm sie auf. Sie enthielten dokumentierte Arbeitsschritte, sauber mit Datum und Uhrzeit versehen, selbst über Cattaneos Tod hinaus. Die Notizen konnten also nicht von ihm sein, sie mussten von Enzo stammen. Die Schrift war fahrig, undeutlich. Sophia verglich einige Buchstaben mit jenen auf der Flasche. Es bestand kein Zweifel. Die Schrift auf den Etiketten hatte einen anderen Urheber. Also doch Cattaneo. Sophia legte die Blätter zurück, als ihr wieder dieser Geruch in die Nase stieg. Keine Frage, er kam von dem kleinen Weinheber. Und jetzt erkannte sie den beißenden Geruch. Sie hätte sich ohrfeigen können, dass sie nicht gleich gemerkt hatte, was es war.

Plötzlich erklangen schwere Schritte von oben. Sophia erstarrte. Ungute Erinnerungen kamen auf, doch die Schritte entfernten sich wieder. Sophia musste Andreotti informieren. Sofort. Nur hatte sie hier auf dem Weinberg ja keinen Empfang. Sophia steckte den Weinheber in die hintere Hosentasche und verdeckte ihn behelfsmäßig mit ihrem Shirt. Eilig stieg sie die Treppe hinauf. Niemand war auf dem Flur. Also lief sie, so schnell sie konnte, zum Empfang und riss den Hörer von der Gabel. Sie kannte die Nummer des Kommissariats nicht auswendig, also musste es der Notruf tun. Eine strenge Dame meldete sich. Sophia verlangte nach Andreotti. Die Dame spulte ihr Protokoll herunter, fragte nach Name, Adresse und Anliegen. Sophia gab ihren Namen und ihren Aufenthaltsort an. Das musste reichen. Doch die Dame in der Notrufzentrale war anderer Meinung. »Ich kann einen Einsatzwagen schicken, aber wir sind hier nicht die Telefonvermittlung«, sagte sie.

»Das Kommissariat. Andreotti. Sofort«, bellte Sophia. »Sonst werden Sie bald in der Telefonvermittlung arbeiten.«

Es folgte ein Schweigen auf der anderen Seite der Leitung. Fast glaubte Sophia, sie wäre aus der Leitung geworfen worden, als sie ein entnervtes Durchatmen vernahm. »Ich stelle Sie durch.« Endlich. Nun musste sie nur hoffen, dass Andreotti bereits wach war. Sophia zählte ungeduldig die Klingeltöne mit.

»Das Kommissariat?«, fragte eine raue Stimme, und die kam nicht aus dem Telefon. Sophia fuhr herum. Es war Enzo. In der Hand hielt er ein Nudelholz voll weißem Mehl. »Wieso wollen Sie das Kommissariat sprechen?«

»Mein Portemonnaie wurde mir gestohlen«, stammelte sie. »Ich wollte nachfragen, ob man etwas gefunden hat.«

»Um diese Uhrzeit?«

Es kam Sophia vor, als wäre Enzo einen halben Schritt näher auf sie zugekommen, während er langsam mit dem Nudelholz auf seine rechte Handfläche klopfte, sodass das Mehl herabrieselte.

»Was geht hier vor?«, zerschnitt Nicolettas Stimme die Luft, die unversehens alles andere als freundlich dreinblickend neben Enzo aufgetaucht war.

»Sie wollte das Kommissariat wegen ihres Portemonnaies anrufen«, erklärte Enzo an Sophias Stelle.

»Um diese Zeit?«, wunderte sich nun auch Nicoletta.

»Sie haben recht«, erwiderte Sophia hastig. »Das war dumm von mir.« Um ihre Aussage zu unterstreichen, führte sie den Hörer zurück zur Gabel, als sie plötzlich eine Stimme aus dem Telefonhörer vernahm. »Andreotti.« Sophia reagierte nicht schnell genug und legte im nächsten Moment auf. Und einen weiteren Moment später wusste sie, wie dumm das gewesen war. »Ich muss jetzt duschen«, erklärte sie.

»Tun Sie das«, erwiderte Nicoletta nun eine Spur freundlicher, doch die Kälte in ihren Augen war geblieben. Sophia drehte sich um und machte sich auf den Weg ins Zimmer. Doch nach wenigen Metern ließ Enzos Stimme sie erstarren.

»Was haben Sie da?«

Sophia spürte plötzlich wieder das Gewicht des Weinhebers, der offenbar doch nicht so gut von ihrem T-Shirt verborgen war, wie sie gedacht hatte. Mit einem Mal übernahmen Sophias Beine das Denken, und sie rannte los, schoss über den Flur durch den kleinen Hof. Sie hörte Nicoletta und Enzo rufen, doch das trieb sie nur noch mehr an. Sie musste sich in Sicherheit bringen, und da fiel ihr hier in der Gegend nur ein Ort ein.

48

Andreottis Telefon am Schreibtisch klingelte anhaltend. Doch Andreotti war bereits anderweitig belegt. »Es reicht«, rief er und bedeutete Fredo mit einer energischen Handbewegung, sich zu setzen, doch der war zu aufgeregt, wenn nicht gar zu wütend. Ohne anzuklopfen war er als Erstes heute Morgen in das Kommissariat gestürmt und tobte, wie Andreotti es ihm nie zugetraut hätte.

»Ihr Freund, Carlo …«

»Ex-Partner«, korrigierte ihn Andreotti.

»Von mir aus auch Ex-Partner. Der ist ja noch schrecklicher als Sie.«

»Vorsicht, das grenzt an Beamtenbeleidigung.«

»Wenn hier jemand beleidigt wurde, dann ich.«

»Reiß dich zusammen«, zischte Andreotti mit jenem stechenden Ton, mit dem er früher selbst abgebrühte Schwerverbrecher einschüchtern konnte. Doch diesmal verfehlte er seine Wirkung.

»Dieser Carlo ist bei mir zu Hause aufgetaucht, in meinem Haus, bei meinen Kindern, meiner Frau«, bei jedem Wort trommelte Fredo mit der Faust auf seine Brust, »meiner Familie!«

»Ich komme auch gelegentlich bei dir vorbei.«

»*Commissario,* Sie sind vielleicht ein Holzklotz …«

»Vorsicht!«, ermahnte Andreotti.

»… und haben manchmal auch nicht wirklich alle Tassen im Schrank.«

»Ganz vorsichtig!«, warnte Andreotti erneut.

»Aber Sie sind kein psychopathischer Vollidiot.«

»Soll das so etwas wie ein Kompliment sein?«

»Kein Kompliment, sondern eine Feststellung. Jedenfalls ist dieser Carlo gestern Abend bei mir zu Hause aufgetaucht und hat mir eine Szene gemacht, dass ich nicht mit aller Ernsthaftigkeit ermitteln würde. Hat mir gedroht, er würde mir Druck machen. Und das vor den Kindern und Ilona.«

Das war allerdings nicht die feine Art, musste selbst Andreotti zugeben.

»Andreotti.« Fredo streckte die Brust raus und legte seinen letzten Rest Würde in die nun folgenden Worte: »Ich kündige.«

»Du kannst nicht kündigen, Fredo, du bist gar nicht bei der Polizei angestellt.«

»Dann höre ich eben auf, ohne zu kündigen.«

Andreotti ging die Optionen im Kopf durch. Ohne Fredo würde es schwierig werden. So ein Fall brauchte die Mithilfe von Informanten. Die andere Möglichkeit wäre die klassische Polizeiarbeit, nämlich herumfragen und in Bars herumhängen. Dafür hatte Andreotti keine Zeit. Ernesto, schoss es ihm durch den Kopf. Wobei Andreotti nicht daran glaubte, dass dies wirklich aussichtsreich war. Die nächsten Worte fielen ihm schwer, aber zuweilen musste man eben über seinen Schatten springen. »Carlo ist manchmal schwierig. Ich werde mit ihm reden.«

»Das können Sie gerne machen. Aber ich bin raus.« Fredo stand auf. Das Gespräch war für ihn beendet, und Andreotti wusste, dass er ihn nicht mehr umstimmen konnte.

Doch wenigstens konnte er Fredos Problem lösen und damit dafür sorgen, dass er die nächste Zeit erst einmal nicht im Kommissariat auftauchte. »Einen Augenblick noch, Fredo.« Andreotti zog die obere, linke Schreibtischschublade auf, tastete darin herum, bis er fand, was er suchte, und warf es Fredo zu.

Der fing reflexartig den Gegenstand auf. Brauchte dann einen Augenblick, bis er begriff, was er unversehens in den Händen hielt. »Ilonas Portemonnaie«, stieß er hervor. Dann zogen sich seine Augen zu wütenden Schlitzen zusammen. »Andreotti. Sie hatten es die ganze Zeit und haben mich dann trotzdem diesem Carlo ausgeliefert.«

»Vorsicht«, ermahnte Andreotti Fredo erneut. »Die Witwe eines Winzers hat die Geldbörse beim Weinfest auf dem Castello gefunden und mir gebracht, zwei Tage nachdem wir dich beauftragt hatten, Erkundigungen über den Puppenspieler einzuziehen.«

»Und Sie hielten es nicht für nötig, mir das Portemonnaie zu geben?«

»Habe ich doch gerade getan.«

Fredo schien unschlüssig zu sein, ob er nun wütend auf Andreotti oder erleichtert sein sollte. Entschied sich aber offenbar dann dafür, einfach das Weite zu suchen. Im nächsten Moment war er verschwunden.

»Das war ziemlich mies«, sagte Viola, als Fredo aus der Tür war.

»Was war daran mies, dass ich ihm das Portemonnaie seiner Frau gegeben habe?«

»Sie wissen genau, was ich meine.«

Genauso gut wusste Andreotti, dass er dem Puppenspieler noch immer nicht auf der Spur war und die Rückkehr nach Rom das zu bleiben drohte, was sie all die Jahre gewesen war, allenfalls ein ferner Traum, den er schon längst begraben hatte. Und zu alldem überkam ihn das Gefühl, dass er doch mal wieder als Freund versagt hatte. Aber vielleicht war es diesmal besser so. Sollte Carlo sich um den Puppenspieler kümmern. »Hüte dich vor den Träumen, die wahr werden«, murmelte Andreotti. Viola blickte kurz auf, verkniff sich jedoch einen weiteren Kommentar und fuhr fort, die Akten zu studieren, als erneut das Telefon klingelte. Entnervt riss er den Hörer von der Gabel und bellte ein »Andreotti« hinein. Es war die Kollegin von der Telefonzentrale. Eine weibliche Person habe ihn sprechen wollen. Sie nannte den Namen der

Anruferin. Offenbar waren die Leute in der Salòer Telefonzentrale gewissenhafter als in Rom. Sie wusste nicht, ob es richtig war, ihn noch mal deswegen zu stören. Doch, das war es, versicherte Andreotti, ließ sich die Adresse geben und sprang auf. »Gut gemacht«, rief er noch, bevor er auflegte.

»Kommen Sie. Wir müssen los«, bellte Andreotti.

»Wohin?«

»Erkläre ich Ihnen auf der Fahrt. *Pronto*. Es eilt.«

49

Sophia ging schneller. Bereits von Weitem sah sie, dass die Tür zum Garten offen stand. Sophia sah sich nochmals um. Die beiden waren ihr nicht gefolgt. Doch sie wollte kein Risiko eingehen. Sie musste Andreotti sprechen, und Gabriella hatte ein Telefon. Daran konnte sie sich genau erinnern. Sie riss das kleine Gartentor auf und stürmte in die Wohnstube des kleinen Hauses, wo Gabriella am Tisch saß und erschrocken von ihrem Kreuzworträtsel aufblickte.

»Was für eine Überraschung!«, rief sie aus.

»Ist Angelo auch da?«, schnaubte Sophia und atmete erst einmal ordentlich durch.

»Angelo ist hinten im Garten«, antwortete die alte Bäuerin und stieß einen lauten Ruf aus. »Angelo! Schau mal, wer dich sehen will!« Es kam keine Antwort. Sophia fragte sich, ob Enzo und Nicoletta bereits wussten, wohin sie entkommen war. »Angelo!«, rief die Bäuerin nun noch lauter, und mit einem Mal stand er mit seinem Strohhut in der Stube. Mit seinem markanten Kinn wirkte er auf Sophia noch kräftiger als sonst.

Sie fiel ihm spontan um den Hals. »Sie glauben gar nicht, wie ich mich freue, Sie zu sehen.«

»Habe ich es nicht gesagt, mein Junge?«, rief Gabriella entzückt aus.

Erst jetzt merkte Sophia, dass man das auch missverstehen konnte. Sie ließ den verdutzten Angelo genauso schnell wieder los. »Ich muss telefonieren!«

»Hat das nicht Zeit?«, entgegnete Gabriella.

»Hat es nicht. Im Gegenteil, es ist sehr dringend.«

Gabriella zuckte gleichgültig mit den Achseln. »Dann mache

ich uns derweil eine schöne leckere Zitronenlimonade, während Sie kurz telefonieren.«

»Wen wollen Sie denn anrufen?«, durchschnitt plötzlich eine raue Stimme die Wohnstube. Sophia fuhr herum. Es war Enzo mit Nicoletta, und sogar Filipo war mit dabei.

»Was wollt ihr denn hier«, fuhr die alte Bäuerin die drei mit einer überraschenden Schärfe an.

Angelo baute sich schweigend neben Sophia auf, überließ aber seiner Mutter das Wort. »Cattaneos haben hier nichts verloren.«

Doch Enzo ließ das nicht gelten. »Sei nicht töricht, Gabriella. Hier sind mehr Cattaneos, als du dir eingestehen willst.« Enzo wirkte gar nicht mehr untersetzt, sondern fast, als würde er alle anderen überragen. »Sagen Sie doch unserer Gabriella und dem lieben Angelo, wen Sie anrufen wollen«, zischte er. Sophia zog es vor, zu schweigen.

»Den *commissario*«, antwortete Nicoletta für sie.

»Wegen Ihrem Portemonnaie?«, wollte Gabriella wissen und blickte von einem zum anderen.

»Wir alle wissen, dass es kein gestohlenes Portemonnaie gab«, erwiderte Enzo und durchbohrte mit seinem Zeigefinger die Luft wie mit einem Schwert. »Sie hat uns ausspioniert für diesen *commissario*.«

»Stimmt das?«, fragte Gabriella nun mit einer Kälte, die Sophia der sonst so liebenswürdigen Bäuerin gar nicht zugetraut hatte.

Sophia suchte händeringend nach einer Entschuldigung, einer Ausrede, entschied sich aber dann für die Wahrheit. »Ich sollte mich einfach mal umhören bei den Cattaneos«, sagte sie schließlich.

»Sind Sie Polizistin?«, wollte Filipo nun wissen, und Sophia entging nicht die Enttäuschung in seiner Stimme. In diesem Moment hasste sie, wofür sie sich entschieden hatte. In der Theorie klang das alles so einfach und spannend, aber im Grunde hatte sie nur Menschen belogen und betrogen. Jetzt verstand sie umso besser, wieso Andreotti war, wie er war, und sie sehnte sich in diesem Augenblick an keinen Ort sehnlicher als an ihren Platz in der Werkstatt.

»Ich habe Andreotti nur einen Gefallen getan, aber ich bin keine Polizistin«, versuchte Sophia zu besänftigen, doch im nächsten Moment wurde ihr klar, dass es ein Fehler gewesen war. Eine Polizistin würden Enzo und die Cattaneos in Ruhe lassen. Aber da waren auch noch Angelo und Gabriella. »Über Sie sollte ich nichts herausbekommen. Nur über die Cattaneos«, sagte Sophia.

Doch nun standen Gabriella und Angelo nicht mehr neben Sophia, sondern ebenfalls ihr gegenüber. »Wer die Cattaneos ausspioniert, spioniert auch uns aus«, zischte die alte Ella.

»Ich dachte, Sie könnten die Cattaneos nicht leiden«, stammelte Sophia.

»Was in der Familie ist, geht Außenstehende wie Sie nichts an.«

Sophia verstand die Welt nicht mehr. Was sie jedoch verstand, war, dass sie sich in der Bäuerin geirrt und den Eigensinn der Bauern unterschätzt hatte. Vor allem aber begriff sie, dass die vermeintliche Rettung eine Falle war, die nun zugeschnappt war.

Enzo ging einen Schritt auf Sophia zu. »Umberto Cattaneos Wirken ist überall«, sagte er.

»Mein Wirken aber auch«, erklang plötzlich die Stimme des *commissario*. »Und im Gegensatz zu Umberto Cattaneo bin ich quicklebendig.«

Sophias Begrüßung fiel nicht so aus, wie Andreotti es erwartet hatte. »Andreotti«, rief sie. »Wo waren Sie denn die ganze Zeit?«

»Die ganze Zeit?«, schnaufte Andreotti. »Ich habe den Weg in sensationellen fünfzehn Minuten zurückgelegt. Fast wäre ich zu den Cattaneos hochgefahren, aber als ich auf dem Weg hierher sah, wie unsere beiden Geschwister samt Enzo hier im Haus verschwanden, habe ich mir gedacht, dass ich besser erst mal hier nach dem Rechten sehe.«

»Bei uns ist alles in Ordnung«, entgegnete Gabriella nun wieder in ihrer alten Freundlichkeit und schaute zu den Cattaneo-Geschwistern, die ihr eifrig nickend zustimmten.

Ein wenig zu eifrig, fand Andreotti. »Sehen Sie das genauso?«, fragte er Sophia, und es begann nur so aus ihr herauszusprudeln.

»Es war seine Form des Abschieds und zugleich der Wiedergutmachung«, sagte sie.

»Mit ein paar Flaschen lässt sich keine verlorene Kindheit wiedergutmachen«, zischte Nicoletta.

»Darum geht es jetzt auch nicht, sondern vielmehr um sein Vermächtnis«, sagte Sophia.

»Vermächtnis?«, fragte Filipo.

»Ihr Vater wusste, dass er sterben wird. Nur eben nicht so. Er war entschlossen, noch alles zu regeln.«

»Woher wollen Sie das wissen?«, fragte nun Enzo, der unruhig von einem Bein auf das andere trat. »Sie kannten ihn nicht.«

»Da haben Sie allerdings recht. Aber mein Großvater kannte ihn«, antwortete Sophia. »Giuseppe Maggio ist mein Großvater.«

»Giuseppe Maggio? Der Nachfahre des großen Geigenbauers Gasparo da Salò?«

»Genau der«, sagte Sophia, und zum ersten Mal überkam sie so etwas wie Stolz darüber, dass auch sie eine Nachfahrin dieses bedeutenden Mannes war.

»Dann sind Sie gar nicht aus Deutschland«, entfuhr es dem verdatterten Filipo.

»Das schon, aber ich lebe unten in Salò.«

»Sophia Lange arbeitet für mich«, schaltete sich Andreotti ein, und mit diesem Satz entglitten Filipo die Gesichtszüge. Sein enttäuschter Blick durchbohrte Sophias Herz.

»Arbeitet für Sie«, hauchte Filipo.

»Ich habe doch die ganze Zeit gesagt, dass mit ihr etwas nicht stimmt«, raunte Enzo.

»Dann sind Sie Polizistin?«, hakte Nicoletta nach.

»Das ist jetzt nicht wichtig«, übernahm Sophia schnell das Gespräch, bevor noch jemand weiter nachfragen konnte. »Eigentlich wollte ich herausfinden, wer die Weinfässer von Nasen-Giacomo vergiftet hat.«

»Nasen-Giacomo?«, fragte Nicoletta verwirrt.

»Ich glaube, das ist der Winzer mit der großen Nase, der beim Weinfest so eine Szene gemacht hat«, erklärte Filipo.

»Nasen-Giacomo ist mein Großcousin.«

»Großvater, Großcousin, es scheint, als ob Ihre gesamte Familie in den Fall verwickelt ist«, wunderte sich Filipo.

»Cattaneo hat vor seinem Tod Wein an die Menschen verteilt, die ihm mal etwas bedeutet haben. Jedes Flaschenetikett versah er mit einem Bibelverweis. Giuseppe hatte gesagt, dass er vor seinem Tod entschlossener war als zuvor. Ich bin überzeugt, dass er der Nachwelt mitteilen wollte, wie man den besten Groppello herstellen konnte, ganz nach seiner Tradition. Das sollte sein Nachlass sein.«

»Den besten Groppello?«, fragte Angelo nach, doch Andreotti brachte ihn mit einer energischen Geste zum Schweigen, und Sophia fuhr fort.

»Aber er wollte auch den Menschen, die ihm mal etwas bedeutet haben, etwas mitteilen. Indem er jedem von ihnen eine Flasche Groppello gab, und jede hat er handschriftlich mit einem Bibelverweis versehen.«

»Hätte er nicht einfach einen Brief schreiben können?«, fragte Andreotti.

»Das würde kaum zu einem Exzentriker wie Umberto Cattaneo passen«, erwiderte Sophia.

»Meinem Großvater Giuseppe hat er eine Flasche mit der Aufschrift *Concordia* gegeben. Denn er war ein alter Freund und war ihm auch in harten Zeiten beigestanden. Es war seine Art des Danks. Aber mein Großvater hatte nichts mit der Weinherstellung selbst zu tun, weshalb kein weiterer Zusatz darunter stand.« Plötzlich stutzte Sophia. »Was stand eigentlich auf Ihrer Flasche, Gabriella?«

»Welche Flasche?«, wunderte sich die alte Bäuerin.

»Jene, die Cattaneo Ihnen gegeben hat.«

»Er hat mir keine Flasche gegeben, sondern sie auf die Pritsche von Angelos Wagen gelegt. Aber sie ist weg.«

»Weg? Sie hatten sie doch neulich noch!«, rief Sophia.

»Sie ist mir gestern zerbrochen, und heute Morgen war die Müllabfuhr da.«

»Was stand noch mal auf dem Etikett?«, wollte Sophia wissen.

Gabriella zuckte mit den Schultern. »So was merke ich mir nicht.«

»Lukas«, platzte Angelo heraus. »Lukas und irgendeine Zahl.«

»Welche Zahl?«, drängte Sophia. Angelo schaute zu seiner Mutter, doch auch sie schien die Antwort nicht zu wissen.

»Ich bin nicht so gut in Zahlen«, seufzte er.

»Fünfzehn, glaube ich«, sagte sie.

»Fünfzehn«, wiederholte Sophia nachdenklich.

Sie wandte sich nun an die Cattaneo-Geschwister. »Ihre beiden Flaschen habe ich am Empfang gesehen. Zwei identische Flaschen, auf denen unter *Concordia* noch folgender Satz stand: *La mano dell'industrioso*. Es war der erste Teil eines Bibelverses, der tatsächlich lautete …«

»*… la mano dell'industrioso arricchisce*. Die Hand des Fleißigen führt zu Reichtum«, führte Filipo den Satz zu Ende. »Das hat unser Vater immer zu uns Kindern gesagt. Die Hand des Fleißigen führt zu Reichtum.«

»Zu mehr hat seine Vaterliebe nicht gereicht«, zischte Nicoletta.

»Immerhin führen Sie eine der renommiertesten Winzereien im Valtènesi«, gab Andreotti zu bedenken.

Doch Nicoletta schüttelte energisch den Kopf. »Ihm haben wir das kaum zu verdanken, sondern unserer harten Arbeit.«

»Wie gesagt«, wiederholte Andreotti. »Die fleißige Hand.«

Nicoletta schwieg, und so fuhr Sophia fort. »Es gab aber noch weitere Flaschen in Ihrem Haus, und ich musste nachsehen, was darauf stand. Sie befanden sich in Enzos Experimentierecke, wie Sie es nannten, und als ich unten war, sind mir zwei Dinge aufgefallen.«

»Jetzt rücken Sie schon raus«, knurrte Andreotti.

»Auf Enzos Flasche stand unter *Concordia* der Name Elisa. Er war der Vertraute und Schüler des biblischen Propheten Elija, der Elijas Werk nach dessen Tod fortsetzte.«

Angelo lachte laut auf. »Der alte Cattaneo als Prophet? Das würde zu dem verrückten Alten passen.«

»Rede nicht so über ihn«, fuhr ihn seine Mutter in einer Schärfe an, die Sophia ihr nicht zugetraut hätte.

»Enzo sollte also das Werk Cattaneos fortführen«, nahm Andreotti den Faden wieder auf.

»Genau so war es«, bestätigte Sophia. »Die Weine in den Flaschen waren Abfüllungen von Enzos sogenannten Experimenten. Dabei hatte er Cattaneos Art, die Weine herzustellen, nachgemacht. Deswegen befindet sich dort eine Reihe von weiteren nicht etikettierten Flaschen. Sie, Enzo, haben gelegentlich Cattaneo welche zukommen lassen, wenn ihm danach war.«

»Ist das wahr, Enzo?«, fragte Nicoletta und musterte ihn mit finsteren Blicken. »Du kanntest die ganze Zeit das Geheimnis unseres Vaters und hast uns nichts erzählt?«

»Ich kannte gar nichts«, wehrte Enzo ab. »Ja, wir waren Freunde. Enger als die anderen im Quintett. Aber er hat mir trotzdem nichts erzählt. ›Du musst es selbst herauskriegen‹, hat er gesagt. Er hat immer nur in Rätseln gesprochen.«

»Dennoch ist der Groppello sehr gut«, sagte Sophia. »Ich habe ihn vorhin probiert.«

»Nicht gut genug. Es fehlt ihm noch an Tanninen, die ihm mehr Körper, mehr Fülle verleihen. Ich habe Cattaneo gefragt. Immer wieder. Doch er antwortete nur: ›*In concordia risiede la verità.*‹«

»In der Eintracht liegt die Wahrheit«, wiederholte Andreotti nachdenklich. »Was könnte er damit gemeint haben?«

Enzo zuckte nur mit den Schultern. »Cattaneo war wirr und auf seine alten Tage noch verschlossener.«

»Das muss frustrierend gewesen sein«, sagte Sophia.

»Nicht so sehr, als dass ich meinen alten Freund erschossen hätte«, entgegnete er.

»Das glaube ich Ihnen«, stimmte ihm Sophia zu. »Aber Sie waren verärgert wegen Nasen-Giacomo.« Wieder wollte Andreotti eine Frage stellen, doch Sophia warf ihm einen flehenden Blick zu, und so überließ er ihr nach kurzem Zögern weiter das Gespräch. »Auch Nasen-Giacomo wollte den perfekten Wein schaffen, schließlich war er auch mal Teil des Quintetts.«

»Er war mal gut. Jetzt ist er nur noch ein Säufer«, schnaubte Enzo.

»Dennoch konnte er Ihnen gefährlich werden«, gab Sophia zu bedenken.

»Er hatte doch tatsächlich noch originale Fässer aus der goldenen Zeit des Quintetts aufgetrieben«, bestätigte Enzo.

»Und Sie konnten sich nicht sicher sein, dass nicht vielleicht darin das Geheimnis begründet war. Andererseits konnten Sie die

Fässer nicht einfach stehlen. Dafür waren sie viel zu groß. Aber Sie konnten Nasen-Giacomos Wein ruinieren, indem Sie ihn manipulierten.«

»Wie sollte ich das bitte gemacht haben? Mich nachts in seinen Weinkeller geschlichen haben?«

»Nein, aber Sie haben ihm Korken geschenkt. Eine ganze Kiste harmloser Korken. Doch die waren mit Schwefel versehen.«

»Wie kommen Sie denn darauf?«, wollte nun Andreotti wissen.

»Puccini hat mich drauf gebracht«, erklärte Sophia. »Veränderst du nur eine Kleinigkeit im Raum, veränderst du den Klang. Das Fass war unbelastet von Schwefel. Das hat das Labor bestätigt. Der Wein hingegen enthielt Schwefel.«

»Puccini«, presste Enzo verächtlich heraus. »Sie haben keinen Beweis dafür.«

»Doch, den habe ich.« Sophia holte den Weinheber aus ihrer Hosentasche hervor und knallte ihn triumphierend auf den Tisch. Daneben legte sie den Korken, den sie bei ihrem ersten Besuch im Weinkeller gefunden hatte und seitdem bei sich trug. »Genau diesen Weinheber haben Sie vorhin bei mir gesehen, weil er viel zu groß ist, als dass ich ihn komplett in der Hosentasche verstecken konnte. Deswegen sind Sie mir gefolgt.« Alle Augen schauten abwechselnd auf Enzo und das rund dreißig Zentimeter große Werkzeug. Sophia wandte sich an Filipo. »Was hat auf einem ökologischen Weingut überhaupt nichts zu suchen? Chemikalien, wie zum Beispiel Schwefel, nicht wahr?« Filipo nickte. »Diesen Weinheber habe ich vorhin in Enzos Experimentierecke gefunden. Riechen Sie mal daran.«

Filipo zögerte nicht, und als er das Werkzeug an seine Nase führte, zuckte er zurück. »Schwefel. Keine Frage.«

»Und wonach riecht dieser Korken, den ich ebenfalls dort unten gefunden habe?« Sophia hielt ihm den Korken hin, und seine Nase kräuselte sich wieder angewidert.

Und dann verstand auch er. »Enzo! Hast du wirklich …?« Er unterbrach sich, doch dann schoss ihm ein weiterer Gedanke durch den Kopf. »Nicoletta, wusstest du davon?« Nicolettas Schweigen sagte alles. »Darüber werden wir noch reden müssen«, zischte Filipo.

»Hat Enzo dann Cattaneo erschossen?«, wollte nun Angelo wissen.

»Das weiß ich nicht, aber er hat mich im Keller der alten Fasswerkstatt eingesperrt.«

»Enzo!« Andreotti war mit einem Satz vorgesprungen. »Sie waren das also?«

Sophia legte eine Hand auf Andreottis Schulter, was seine Wirkung nicht verfehlte. Andreotti entspannte sich ein wenig. »Sie haben erfahren, dass der alte Rosetto noch ein Fass gefunden hatte. Das mussten Sie an sich bringen oder zerstören. Schließlich konnte es ja sein, dass es doch an den Fässern lag.«

»Wenn nicht wir hier auf dem Gut Cattaneo, dann sollte keiner einen Groppello von der Güte des alten Quintetts herstellen«, entgegnete Enzo. »Vor allem nicht dieser alte Säufer.«

»Enzo!«, zischte Filipo erneut vorwurfsvoll, sagte dann aber nichts weiter.

»Als ich mich dann verplappert habe und sagte, dass ich nach Gavardo wollte, haben Sie sich das Auto geschnappt und sind mir zuvorgekommen. Wer will schon nach Gavardo? Da sind nur alte Fabrikgebäude und eben Rosetto mit seiner Fabrik. Also wussten Sie genau, was ich vorhatte.«

»Ich wusste nicht genau, was Sie vorhatten«, widersprach Enzo. »Aber ich wusste, dass, wenn es dort noch ein Fass gibt, wie es Umberto verwendet hatte, ich dafür sorgen musste, dass es nicht auch noch dem alten Säufer Giacomo in die Hände fällt.«

»Nur verstehe ich nicht, wieso Sie mich im Keller eingesperrt haben?«

»Weil ich Sie nicht leiden kann. Ich habe von Anfang an geahnt, dass Sie hier herumspionieren, und als ich Sie bei Gabriella sah und später bei Rosetto, war ich mir sicher, dass Sie kein einfacher Gast sind. Ein kleiner Denkzettel würde Ihnen guttun, dachte ich.«

»Ich könnte Sie festnehmen«, zischte Andreotti.

»Weswegen? Weil ich die Kellertür in der Fassfabrik abgeschlossen habe, ohne zu wissen, dass sich da unten jemand rumtrieb?«

»Freiheitsberaubung.«

»Allenfalls eine Bagatelle«, entgegnete Enzo mit einem dünnen Lächeln. »Und der Weinheber mit Schwefelspuren ist ebenfalls kein Grund, mich mitzunehmen.«

»Wie wäre es mit ›Manipulation von Lebensmitteln‹?«, entgegnete Andreotti.

Enzo lächelte selbstsicher. »Das muss nicht mit diesem Weinheber geschehen sein. Sie können mir nicht viel. Allenfalls sich selbst viel unnötigen Papierkram verursachen.«

Andreotti unterdrückte einen Fluch. »Gehen wir Ihre Sachen holen«, sagte er stattdessen, und mehr gab es auch nicht zu sagen.

Sophia folgte Andreotti schweigend. Ihr sogenannter Auftrag, falls es einer war, war gescheitert. Nasen-Giacomos Problem war gelöst, der Mordfall aber noch immer ungeklärt. So ließ Sophia die fünf zurück, von denen ihr vor allem Angelo und Gabriella leidtaten, die sie so getäuscht hatte. Vielleicht würde sie in ein paar Wochen zurückkehren und alles erklären. Vielleicht hätten sie dann Verständnis. Bestimmt sogar. Bei Filipo hingegen zweifelte sie. Dafür stand er zu sehr unter dem Einfluss von seiner Schwester und diesem Enzo.

Andreotti mochte oft ein ungehobelter Holzkopf sein, aber manchmal wusste er, wann es besser war, nichts zu sagen.

Und so fuhren sie schweigend hinab nach Salò zurück in ihre Welt.

»Zu Marta oder zur Werkstatt?«, fragte er, als sie die Ortseinfahrt passierten.

»Zu Marta«, antwortete Sophia knapp. Dort wartete ihre Geige auf sie und bestimmt auch eine gute Mahlzeit.

50

Andreotti hatte das Handy stumm geschaltet. Er ließ die Zigarette durch die Finger tanzen und beobachtete Viola, wie sie irgendetwas an ihrem Computer machte. Schließlich schürzte er die Lippen. Die Sache mit Sophia war eine riesige Pleite gewesen. Nasen-Giacomos Problem war vielleicht geklärt, aber das war noch nie Andreottis Anliegen gewesen. Die Cattaneos hingegen waren jetzt aufgeschreckt. Enzo würde sich nicht mehr dazu äußern, wer zum Quintett gehörte, und die Bauern im ganzen Umland würden die nächsten Wochen kein Wort mehr mit ihm reden. Es war ein riesiger Reinfall gewesen.

»Wir sollten es wie in meiner Zeit in Rom angehen«, knurrte Andreotti.

»Türen eintreten und Zeugen einschüchtern wie Ihr toller Freund Carlo?«, fragte Viola.

Andreotti überging Violas süffisante Bemerkung. »Wenn wir den Mord an einem Mafiaboss aufklären wollten, fragten wir nicht nur nach seinen Feinden, sondern auch danach, wem er vertraute. Wer gehörte zum engeren Kreis? Wer war nur Wasserträger? Nicht selten fanden wir genau dort auch den Täter, zumindest half es aber, alles zu verstehen.«

»Der Mafiaboss, um in Ihren Worten zu bleiben, war Cattaneo.«

»Und sein engerer Kreis das Quintett«, stimmte Andreotti zu.

»Und Sie glauben, einer seiner engsten Freunde hat ihn getötet?«, fragte Ernesto, der sich offenbar noch nicht schlüssig war, ober er Feierabend machen sollte oder nicht.

»Ich meine nur, dass man seine Freunde nicht unterschätzen sollte. Fragen Sie mal Julius Cäsar.«

»Wir müssen nicht im alten Rom anfangen, sondern vor rund dreißig Jahren«, entgegnete Viola, zückte ihren Notizblock und Stift. »Cattaneo war *numero uno*. Laut Sophia gehörte Nasen-Giacomo ebenfalls zum Quintett.«

»Und dann noch Enzo«, ergänzte Viola.

»Das wären dann drei«, kommentierte Ernesto.

»Sehr scharfsinnig«, erwiderte Andreotti. Er schloss die Augen, um in seinen Erinnerungen zu kramen. »Manchmal ist das Naheliegende nicht so naheliegend wie das, was am nächsten liegt«, murmelte Andreotti.

»Was meinen Sie damit?«, wunderte sich Viola.

»Ich glaube nicht, dass sie und Cattaneo eine Affäre hatten. Sie hat jedenfalls nichts in der Richtung gesagt.« Andreotti kniff die Augen zusammen.

»Enzo. Der enge Vertraute, der schon zu Zeiten des alten Cattaneo an dessen Seite stand«, sagte er halblaut. Und je mehr er nachdachte, umso mehr Sinn ergab es. Der misstrauische Enzo, der mit Argusaugen alles beobachtete, was auf dem Gut der Cattaneos vorging. »Vielleicht war Enzo nicht nur der engste Vertraute des alten Cattaneo, sondern auch dessen Augen und Ohren. Durch Enzo wachte Cattaneo als liebender Vater aus der Ferne über seine Kinder.«

»Und das selbst über seinen Tod hinaus«, führte Viola Andreottis Gedankengang zu Ende, wirkte aber nicht wirklich überzeugt.

»Was ist? Glaubst du nicht, dass es so gewesen sein könnte?«

»Als liebenden Vater würde ich das nicht gerade bezeichnen.«

»Manchmal führen Umstände dazu, dass man als Vater eben aus der Ferne für sein Kind da sein muss.«

Andreotti legte die Füße auf den Schreibtisch, verschränkte die Arme hinter dem Kopf und schloss die Augen. »Fünf Freunde«, murmelte er vor sich hin, und mit einiger Anstrengung bildete sein Verstand fünf Personen ab. Voller Elan, optimistisch, was die

Zukunft anging. Doch einer war der Kopf des Ganzen, das Genie, dem die anderen folgten. Cattaneos Silhouette schob sich hervor. Das Gesicht nahm Formen an, freundliche, aber zugleich stechende Augen, ein entschlossenes Kinn. Doch das war Vergangenheit, die Figur verblasste, stattdessen tauchten Filipo mit seinem ebenso entschlossenen Kinn und neben ihm Nicoletta vor Andreottis geistigem Auge auf, wie sie einander vertraute Blicke zuwarfen, die so natürlich waren, doch irgendetwas passte nicht.

»Sie sind zynisch«, hörte Andreotti Violas Stimme wieder. Er war vielleicht zynisch, aber auch ein verdammt guter Polizist. Früher mal, aber Talent vergeht nicht. Wer hatte das noch mal gesagt? Richtig. Gabriella mit ihrem gutmütigen Lächeln. Eine Mutter weiß das Talent ihres Kindes zu erkennen und dafür zu sorgen, dass es gedeiht. Das Gesicht ihres Sohnes erschien nun. Ein paar Jahre jünger als Filipo vielleicht, aber genauso ehrgeizig mit diesem entschlossenen Kinn, das so gar nicht zu den sonst so freundlichen Augen passen wollte. Plötzlich sah es Andreotti so deutlich vor sich, als hätte es die ganze Zeit vor ihm gelegen. »*Numero quattro*«, rief er aus.

51

Sophia konnte sich einfach nicht auf ihre Geige konzentrieren. Heute waren weniger Gäste als sonst in der Osteria unten, und nur gelegentlich drang das Schaben eines Stuhles nach oben. Dennoch fand sie keinen Zugang zu dem Instrument. Die Szene mit Filipo, Nicoletta und Enzo wühlte sie noch immer auf. Sophia hatte sich mies gefühlt und tat es noch immer. In Filipos Augen war sie eine Verräterin. Aber wahrscheinlich war das der Preis, den man zahlen musste, wenn man verdeckt ermittelte. Ein wenig konnte sie nachvollziehen, wieso Andreotti so bitter geworden war. Als Geigenbauerin hatte man es da doch leichter. Es gab aber noch etwas, das sie nicht losließ. Ein undeutlicher Gedanke, den sie nicht greifen konnte. Eher eine Eingebung von der Art, wie sie sie hatte, wenn sie dem Geheimnis des Klangs einer Geige auf der Spur war. Dann hatte sie zwar eine vage Ahnung, dass das Instrument nicht den Klang entfaltete, den es verdiente, konnte sie aber noch nicht wirklich greifen. Ob es Andreotti ähnlich ging, wenn er über einem Fall brütete? Dieses Gefühl hatte sich noch verstärkt nach der Auseinandersetzung mit Filipo, als er den Verrat anprangerte. Was würde sie plötzlich darum geben, noch ein letztes Mal in dem Zimmer auf dem Gut zu übernachten, noch einmal diese unglaubliche Ruhe zu genießen, auf dem Bett durch die Bibel zu blättern. Die Bibel. Cattaneos Bibeltreue. Judas. Der Verrat. Abrupt setzte Sophia die Geige ab, fast ein wenig zu hart. Es war keine bloße Ahnung mehr. Jetzt wusste sie, was Cattaneo hatte mitteilen wollen. Sie musste sofort mit Andreotti sprechen. Sophia schnappte sich ihr Handy, ließ die Nummer des *commissario* wählen. Das Freizeichen erklang, doch Andreotti nahm nicht ab.

Sie versuchte es ein zweites Mal. Wieder ohne Erfolg. Entweder hatte Andreotti es einfach stumm geschaltet, oder er hatte den Feierabend bereits mit einigen Gläsern mehr oder weniger guten Weins eingeläutet. Doch darauf konnte sie keine Rücksicht nehmen.

52

Andreotti war ohne die ehrgeizige Viola oder den tumben Ernesto losgefahren. Er brauchte jemand anderen an seiner Seite. Er lenkte den Fiat mit Tempo um eine Straßenecke. Andreotti konnte Menschen lesen, aber mit Menschen umgehen war eine andere Sache, vor allem Freundschaften waren nicht seine Stärke. Deshalb war er geradezu stolz auf sich, als er vor Martas Osteria ankam. Zu seiner Überraschung kam Sophia gerade die zwei Stufen herunter, als er den Wagen anhielt.

»Da sind Sie ja«, rief Sophia ihm zu. »Ich wollte gerade zu Ihnen.«

»Zu mir?«

»Wegen dem Verrat«, erklärte Sophia, doch Andreotti hatte keine Zeit, sich langatmige Erklärungen anzuhören.

»Steigen Sie ein«, bellte er, und keine Sekunde später saß Sophia neben ihm. »Es geht um Cattaneos Kinder«, sagte Andreotti, als er den Wagen beschleunigte und durch die Gasse in Richtung Hauptstraße fuhr.

»Und den Verrat«, wiederholte Sophia.

Andreotti nickte. Es war so etwas wie Verrat, obwohl er fand, dass Sophia das etwas zu genau nahm.

»Lassen Sie mich Ihnen erzählen, was ich herausgefunden habe«, begann Sophia.

Doch Andreotti unterbrach sie mit einer unwirschen Handbewegung. »Später«, knurrte er. Er hatte heute schon genug für die Freundschaft getan. Sich von Sophia den Fall erklären zu lassen, wäre zu viel gewesen.

»Es geht aber schnell«, setzte sie noch einmal an.

»Später«, bellte er erneut, und sie kannte ihn gut genug, um seine Geduld nicht überzustrapazieren. So konnte er sich schweigend seiner Zigarette widmen. Das war es, was er an seinem Job liebte – den Augenblick, wo sich alles fügte. Keine Viertelstunde später bremste er ab. Der Wagen kam auf dem Schotterplatz ins Rutschen, und Andreotti brachte ihn gerade noch vor dem Holzzaun zum Stehen. Die kleine Schleudertour ließ seine Rückenschmerzen wieder aufflammen.

»Das war knapp«, kommentierte Sophia.

Andreotti warf die Zigarette aus dem Fenster, stieg aus und zertrat die Glut. Ihre Ankunft war den Bewohnern bestimmt nicht entgangen. Trotzdem klopfte Andreotti mit der Faust gegen die Tür. *»Il commissario«,* rief er.

Die Tür öffnete sich einen Spalt, und Gabriellas überraschtes Gesicht erschien. Sie blinzelte und brauchte einen Moment, um ihn zu erkennen. »Ach, Sie sind es, der *commissario.*«

»Das sagte ich doch.«

»Ganz richtig«, sagte Gabriella und öffnete die Tür. »Aber wieso denn schon wieder? Und das nach Feierabend?«

»Ich bin zu jeder Uhrzeit der *commissario.*«

Dem konnte Gabriella nun nicht widersprechen. Als sie Andreotti einließ und die hinter ihm eintretende Sophia erkannte, hellte sich ihr Gesicht einen Moment auf. Andreotti schaute sich kurz um, ging dann schnurstracks ins Wohnzimmer und setzte sich ächzend auf einen Sessel. »Geht es Ihnen nicht gut?«, wollte Gabriella wissen.

»Mein Rücken schmerzt.«

»Ich kann Ihnen eine Salbe holen.«

»Deswegen bin ich nicht hier.«

»Ich habe aber eine hervorragende Salbe, die ich bei meinen Pferden verwende.«

Andreotti fühlte sich zwar angesichts des Vergleichs nicht gerade geschmeichelt, behielt den Vorschlag jedoch im Hinterkopf. »Setzen Sie sich, Gabriella«, sagte er, und kaum hatte sie Platz genommen, erschien Angelo in der Wohnzimmertür.

»Schau mal, wer hier ist«, rief Gabriella ihm zu.

»Sophia«, sagte Angelo, wirkte aber reservierter als sonst und wandte sich dann an Andreotti. »Was wollen Sie hier, um diese Uhrzeit?«

»Ich bin immer *commissario*«, erwiderte Andreotti.

»Der *commissario* hat Rückenschmerzen«, erklärte Gabriella. »Er meint es nicht so.«

Angelo zuckte gleichgültig mit den Schultern.

»Ich möchte mit Ihrer Mutter sprechen. Allein«, sagte Andreotti. Nun schienen Gabriellas Interesse und Angelos Misstrauen geweckt.

»Sophia ist doch auch hier«, stellte Angelo fest. »Da kann ich doch genauso zuhören.«

Andreotti gab nach. Er konnte die Sache genauso gut so zu Ende bringen. »Es geht um etwas, das vor langer Zeit, genauer gesagt, vor fünfundzwanzig Jahren und ungefähr sieben Monaten passiert ist.« Andreotti holte sein Notizbuch heraus und blätterte darin, bis er die richtige Seite fand. Er rechnete angestrengt nach, bis er das richtige Ergebnis zu haben glaubte. »Etwas, das vor neunundzwanzig Jahren und ungefähr sieben Monaten geschehen ist.« Andreotti schaute auf, und als er sah, dass Gabriellas Gesicht aschfahl geworden war, wusste er, dass er richtiglag.

Die gemütliche Frau versteifte sich und blickte zu Angelo, der ihr mit festem Blick zustimmte. »Vor meinem Sohn habe ich keine Geheimnisse.«

Gut, dann also keinen Schongang, beschloss Andreotti. »Ihr verstorbener Mann war mit Cattaneo befreundet. Er war ein Teil des Quintetts, fünf enge Freunde, die ein gemeinsames Ziel hatten.« Gabriella antwortete nicht, sondern wartete ungerührt auf das, was kommen würde. »Dieses Ziel führte dazu, dass sie unermüdlich arbeiteten, um einen immer besseren Wein herzustellen. Eine solche Freundschaft kann nur eine Sache zerstören: eine wunderschöne Frau.« Andreotti legte eine dramatische Pause ein, bevor er fortfuhr. »Eine wunderschöne Frau wie Sie.«

»Sie sind ein Charmeur, *commissario*«, erwiderte Gabriella mit einem dünnen Lächeln.

»Nicht ich bin der Charmeur, sondern Cattaneo war es. Waren das nicht Ihre Worte?«

Wieder schwieg Gabriella, und so stieß Andreotti den nächsten Satz schonungslos hervor. »Sie beide hatten eine Affäre.« Insgeheim hatte Andreotti einen Ausdruck der Empörung oder ein zaghaftes Abstreiten erwartet, jedoch war nichts dergleichen der Fall.

»Sie haben recht«, sagte sie stattdessen und lächelte verträumt. »Cattaneo war ein Charmeur, und ja, wir haben uns ineinander verliebt. Zumindest ich mich in ihn.«

»Bei ihm bin ich mir nicht so sicher.«

»Mein Mann war ein guter Mann, treu und bodenständig, aber auch langweilig. Wenn man als Frau hier sitzt, Tag für Tag … dann sehnt man sich vielleicht nach dem Ungewöhnlichen, nach dem Kribbeln.«

»Und das konnte Ihnen Cattaneo bieten.«

»Urteilen Sie nicht über mich.«

»Das tue ich nicht«, versicherte Andreotti, und das entsprach der Wahrheit. Schließlich hatte jeder Mensch Bedürfnisse. »Aber die Affäre blieb nicht ohne Folgen«, fuhr Andreotti fort.

Gabriella unterbrach ihn. »Sie müssen nicht weiterreden, *commissario*. Ja, mein Angelo ist Cattaneos Sohn.«

»In diesem Hause sind mehr Cattaneos, als du dir eingestehen willst«, wiederholte Sophia leise die Worte, die sie heute schon einmal gehört hatte. »Das hat Enzo also damit gemeint«, fuhr sie lauter fort.

»Enzo kann manchmal im richtigen Moment nicht seine Klappe halten«, entgegnete die Bäuerin. »Aber das kann es doch nicht alleine gewesen sein.«

»Es war das Kinn«, sagte Andreotti. »Das markante Kinn der Cattaneos haben auch Sie, Angelo.«

»Deswegen habe ich erst gedacht, dass das Foto mit dem Jungen auf dem Gut Filipo ist. Sie sahen sich als Kinder noch ähnlicher«, sagte Sophia. Dann schlug sie sich mit der Hand auf die Stirn. »Lukas 15, stand auf dem Etikett.«

»Das Gleichnis vom verlorenen Sohn«, ergänzte Andreotti. »So ganz sind meine Bibelkenntnisse doch nicht in Vergessenheit geraten, meine liebe Sophia.«

Gabriella wurde mit einem Mal fahl. »Der verlorene Sohn«, murmelte sie.

»Wie hat Cattaneo reagiert?«, fragte Andreotti weiter, und die alte Bäuerin fing sich wieder.

»Als ich Cattaneo eröffnete, dass ich von ihm schwanger bin, war er nicht mehr der Charmeur, aber zumindest ein Ehrenmann. Ein paar Tage später kam mein Mann glückselig nach Hause und erklärte, dass Cattaneo ihm als Dank für seine hervorragende Arbeit einen Teil des Weinguts überschrieben hatte.«

»Hatte er sich nicht gewundert über die Großzügigkeit?«, fragte nun Sophia.

»Nein, mein Liebes. Mein lieber Mann hatte nicht das Geringste geahnt. Er dachte tatsächlich, es wäre aus Dankbarkeit für die gute Arbeit gewesen.«

Da war sich Andreotti nicht so sicher. Männer waren im Allgemeinen weniger naiv, als ihre Frauen sich erhofften, genauso wie Ehefrauen nicht so leichtgläubig waren, wie es ihre Ehemänner hofften. Gabriella ergriff die Hand ihres Sohnes, und die beiden blickten sich liebevoll an. Sie waren wirklich im Reinen mit sich und der Vergangenheit. Andreotti stand auf. Sein Verstand wurde immer klarer, und er merkte, dass sich ein weiteres Puzzleteil gefügt hatte, allerdings waren auch zwei neue Puzzleteile hinzugekommen.

»Angelo ist also Cattaneos unehelicher Sohn«, fasste Sophia zusammen. »Aber Ihr Mann hat es irgendwann herausgefunden.«

»Ja, und zwar auf eine ganz einfache und blöde Art. Das Quintett hat zusammengesessen und dabei ordentlich etwas getrunken, Umberto mehr als die anderen, weswegen ihn mein Mann, Mario, nach oben ins Bett bringen musste. Da haben die anderen gescherzt, dass Mario auch noch bei ihm im Bett landet. Dann bliebe es in der Familie, und es käme kein weiteres Kind dabei heraus. Wein bewirkt, dass man mehr redet, als man sollte, und man bemerkt nicht, was um einen herum passiert.«

»Und so haben die anderen nicht mitbekommen, dass Ihr Mann schon wieder heruntergekommen war.«

Gabriella nickte langsam.

»Wie hat Mario reagiert?«

»Gar nicht. Hätte er geschrien, getobt, wäre es erträglicher gewesen. Er hat aber nur schweigend von einem zum anderen geschaut und ist dann gegangen. Seinen Blick habe ich bis heute nicht vergessen. – Ein paar Tage später hat er uns eröffnet, dass er aus dem Quintett ausgestiegen ist«, erklärte Gabriella weiter.

»Und was hat Cattaneo gesagt?«, wollte Sophia wissen.

»Nichts. Er wusste, dass er Mario nicht mehr umstimmen konnte. Das wusste auch Catteneo. Und so hat er weiterhin seine Weine gemacht, nur eben ohne Mario.«

»Und sie waren nie wieder so gut«, sagte Sophia nachdenklich.

»Richtig, meine Liebe. Irgendetwas hat er damals verloren. Jedenfalls konnte er nie wieder Spitzenweine produzieren. Es war, als sei mit der Unschuld der Freundschaft auch die Fröhlichkeit des Weins verloren gegangen.«

»Es war nicht nur die Leichtigkeit, die Cattaneo verloren hatte, sondern auch die Erde«, sagte Sophia. Die drei schauten sie überrascht an. »Cattaneos Wein war nie wieder so gut, nachdem er sich mit Ihrem Mann Mario überworfen hatte. Er konnte nicht mehr die Trauben von diesem Grundstück hier nehmen, sondern musste den Boden nehmen, den er für sich übrig gelassen hatte.«

»Macht das einen so großen Unterschied?«, wollte Andreotti wissen.

»Ja, das tut es. Filipo hat mir erzählt, dass die Gletscher, als sie sich zurückzogen, den Boden quasi gepflügt haben und daher jede Scholle etwas anders ist. Auf dem Boden der Cattaneos ist die Erde schwarz.«

»Hier ist sie auch schwarz«, entgegnete Andreotti.

»Aber mit roten Spuren, weil sie besonders eisenhaltig ist. Und mehr Eisen führt zu mehr Tanninen und somit zu einem reichhaltigeren Wein. Stimmt's, Angelo?« Angelo nickte kaum merklich. »Er hat Ihnen damals den besten Boden gegeben.«

»Warum hat der alte Narr das nicht gesagt?«, zischte Gabriella.

»Hat er doch. Aber eben auf seine prophetische Art«, entgegnete Sophia.

»Und anstatt verstehen zu wollen, haben Sie ihn erschossen«, führte Andreotti weiter aus.

»Ich?«, fuhr Gabriella hoch.

»Genau Sie«, bestätigte Andreotti.

»Wie kommen Sie darauf?«

»Cattaneo hat Ihnen bei seinem letzten Besuch wohl angedeutet, dass er sein Vermächtnis weitergeben wollte, und Sie fürchteten, dass er es seinen leiblichen Kindern geben würde. Sie konnten es nicht zulassen, dass sie noch besseren Wein herstellten. Also kannten Sie nur einen Ausweg: einen klaren Schuss.«

»Sie werden hier kein Gewehr finden«, entgegnete Gabriella. »Außerdem bin ich nur eine alte Frau.«

Das fehlende Gewehr konnte in der Tat ein Problem darstellen. Doch nun schien Sophia eine Idee zu haben.

»Sie sind eine alte Frau«, sagte Sophia, »aber Sie haben eine ziemlich sichere Hand. Ich habe nie jemanden so vorzüglich mit

Nadel und Faden umgehen sehen wie Sie. Und das Gewehr, Andreotti, werden Sie bestimmt hinten in dem Brunnen finden. Dort, wo die Bauern ihre Schätze aufbewahren und andere Dinge, die nicht ans Tageslicht kommen sollten.«

Gabriellas Gesichtsausdruck verriet Andreotti, dass Sophia ins Schwarze getroffen hat. »Dieser alte Gauner. Immer hat er sich vor seiner Verantwortung gedrückt«, sagte Gabriella mehr zu sich selbst.

»Lukas 15«, wiederholte Andreotti. »Sie waren wirklich der verlorene Sohn, Angelo, der letztlich mehr bekommen hatte als alle anderen. Weder Nicoletta noch Enzo oder Giacomo konnten einen Groppello kreieren wie Sie, ohne diese Scholle, auf der Sie sitzen. Er hat Ihnen, Angelo, das Beste gegeben, das er geben konnte. *Concordia*«, sagte Andreotti.

»Die Einigkeit war sein Vermächtnis«, führte Sophia Andreottis Gedankengang weiter. »Es gab keine geheime Rezeptur. Cattaneo war der Meinung, dass alle seine Kinder wieder zusammenfinden sollten, eine Einheit werden sollten, um sein Vermächtnis fortzuführen, und dass der neue Groppello nicht nur aus einer Freundschaft, sondern aus wahrer Einheit erwachsen sollte.«

Gabriella seufzte und sackte in sich zusammen. »Auf Freunde sollte man ohnehin lieber nicht hören.« Dann verfiel sie in Schweigen, und Andreotti hatte eine Ahnung, dass die alte Bäuerin nicht viel mehr erzählen würde.

53

Unkompliziert – so ließ sich Gabriellas Verhaftung beschreiben. Sie war schweigend mitgekommen und hatte sich freundlich lächelnd ins Kommissariat führen lassen. Kurze Zeit später kam auch Viola hinzu, die Andreotti von unterwegs angerufen und über die Entwicklungen informiert hatte. Nun nahm die Routine ihren Lauf. Viola nahm Gabriellas Fingerabdrücke ab und erfasste alles in ihrem Computer. Anschließend würde Gabriella alles bei Viola zu Protokoll geben. Andreotti musste nicht dabei sein. Gabriella würde das Notwendige gestehen, nicht mehr und nicht weniger, und Viola hatte inzwischen genug Erfahrung. Sie wirkte zwar überrascht, dass Andreotti ihr das Verhör überließ, sagte aber nichts. Andreotti beglückwünschte sich selbst. Erst hatte er Sophia abgeholt, jetzt Verantwortung an Viola übertragen – langsam wurde er doch so etwas wie teamfähig.

»Was passiert jetzt mit Gabriella?«, wollte Sophia wissen.

»Morgen wird sie dem Untersuchungsrichter vorgeführt, und ihr wird ein Pflichtanwalt zugewiesen. Wenn der Anwalt gut und der Richter gnädig ist, kann es sein, dass sie bis zum Prozess zu Hause bleiben darf. Schließlich besteht keine Fluchtgefahr, und eine Gefahr für andere ist sie auch nicht. Jetzt sollten wir uns zum Abschluss einen richtig guten Wein gönnen«, schlug Andreotti vor. Doch Sophia schien noch etwas zu beschäftigen. »Rücken Sie schon raus«, sagte Andreotti. »Ärgern Sie sich, weil Ihnen das mit der Ähnlichkeit von Filipo und Angelo nicht selbst aufgefallen ist?«

»Ich weiß nicht«, sagte Sophia nach einigem Zögern. »Gabriella ist jemand, die ihren Sohn verteidigt, aber niemand, der von sich aus auf die Idee kommen würde, jemanden zu erschießen.«

»Und das sagt Ihnen Ihre Menschenkenntnis, auf die man sonst nie setzen sollte?«, fragte Andreotti.

»Das sagt mir, was ich beim Geigenbau gelernt habe.«

»Und das wäre?«, hakte Andreotti mäßig interessiert nach.

»Dass es immer auf das Zusammenspiel mehrerer Komponenten ankommt und dass letztlich einer die Saiten zum Klingen bringt. Oder aber die Stränge im Hintergrund zieht.«

»Können Sie weniger in Rätseln sprechen?«, forderte Andreotti nun zunehmend gereizt.

»Judas, Luigi und Gabriella. Es gehört alles zusammen.« Plötzlich sprang Sophia auf. »Wir müssen noch jemand anderem einen Besuch abstatten. Noch sind nämlich nicht alle Saiten der Geige aufgezogen.«

»Wollen Sie mich nicht einweihen?«, rief Andreotti.

»Der Verrat«, rief sie ungeduldig.

»Den haben wir doch aufgedeckt.«

»Genau das haben wir nicht«, widersprach Sophia und konnte endlich berichten, was sie entdeckt hatte.

Nun war es an Andreotti, an seiner Menschenkenntnis zu zweifeln. Doch er fing sich schnell wieder. »Dann wollen wir den Fall wirklich zu Ende bringen«, beschloss er und schnappte sich die Weinflasche von seinem Schreibtisch. »Die ist für einen gelösten Fall«, rief er. Und so fuhren sie erneut los, diesmal durch die nächtlichen Gassen von Salò zu dem Geschäft, das Andreotti in den letzten Jahren lieb gewonnen hatte.

Es war bereits geschlossen, doch hinten brannte noch Licht. Genau wie Andreotti vermutet hatte. »Nachts arbeite ich am liebsten«, hatte Donatella gesagt. Andreotti pochte heftig gegen die Tür, bis sich ein Schatten bewegte. Der Schatten wurde größer, dann wurde die Ladentür aufgeschlossen.

»Der *commissario* und die bezaubernde Sophia Lange vom Weingut der Cattaneos, welch ein interessantes Paar.« Donatella Boccherinis rote Lippen verzogen sich zu einem strahlenden Lächeln. »Treten Sie ein in mein bescheidenes Reich.« Sie machte eine einladende Armbewegung, der Andreotti und Sophia folgten. Sie schloss die Tür ab, drehte das Schild von »offen« auf »geschlossen« um und ging zu dem kleinen runden Gästetisch. Dort lud sie Sophia und Andreotti ein, auf den Barhockern Platz zu nehmen.

»Wie kann ich Ihnen helfen? Ein guter Rosé? Oder ein erlesener Cabernet für die Abendstunde?«

»Ich bringe den Iskariot zurück«, sagte Andreotti und streckte ihr die Flasche entgegen.

Sie klatschte begeistert in die Hände. »Hast du also den Täter gefasst. Das ist ja eine hervorragende Neuigkeit. Auch wenn ich keinen Moment daran gezweifelt habe.« Sie fixierte Andreotti mit ihren stechenden Augen und schien nicht einmal mit den Lidern zu blinzeln. »Und ihr beide seid extra gekommen, um mir das mitzuteilen?«, fragte sie.

»Du weißt genau, weshalb wir gekommen sind. Nicht wahr, Donatella?«

Sie starrte den *commissario* weiterhin unverwandt an. »Setzt euch doch endlich«, sagte sie schließlich, und als Sophia bemerkte, dass Andreotti der Aufforderung folgte, tat sie es ihm gleich.

»Wann hast du dich mit deinem Geschäft selbstständig gemacht?«, kam Andreotti ohne Umschweife auf den Punkt. »War es ein Jahr nach dem Brand?«

»Das hast du dir gut gemerkt, Andreotti.«

»Das war nicht sonderlich schwer. So oft, wie du betont hast, dass du nichts wüsstest, weil du doch erst ein Jahr später in den Weinhandel eingestiegen seist.«

»Dem war auch so. Ich kann dir meine Lizenz zeigen.«

»Aber mir ist bei unserem ersten Gespräch schon etwas seltsam vorgekommen. Ich habe es nicht gleich greifen können. Vielleicht auch, weil deine erlesenen Weine mich abgelenkt haben. Du hast zu vertraut über Cattaneo gesprochen. Ich konnte mir zuerst keinen Reim darauf machen, bis Sophia mich auf etwas brachte. Du magst zwar ein Jahr nach dem Brand als Weinhändlerin angefangen haben, aber warum? Weil du da nicht mehr mit Cattaneo zusammengearbeitet hast. Du warst *numero cinque,* die Fünfte des Quintetts.«

»Sprich nicht so dienstlich mit mir«, entgegnete Donatella Boccherini. »Schließlich sind wir Freunde.«

»Bekannte«, korrigierte sie Andreotti.

»Dann eben Bekannte, aber du solltest auch mit einer Bekannten nicht so reden. Das verstößt doch bestimmt gegen irgendeine Polizeiregel.«

Andreotti befürchtete schon, dass sie nach einem Anwalt verlangen würde, doch Donatella Boccherini verlangte etwas anderes. »Lass Sophia mir die Fragen stellen.«

»Wieso Sophia? Du kennst sie doch kaum.«

»Ich weiß, dass sie für dich geschnüffelt hat. Enzo hat es mir erzählt. Außerdem lese ich in deinem Blick, dass sie es dir angetan hat, mein Guter. Sie berührt etwas in dir, das schon längst unter den Trümmern deiner Vergangenheit verschüttet zu sein schien. Lass sie reden, und wir beide lassen unsere Freundschaft unbeschmutzt.«

»Bekanntschaft«, korrigierte Andreotti sie erneut. Stimmte aber zu. Doch musste er Donatella Boccherini noch vorwarnen. »Ich sollte dich daran erinnern …«

»Schon gut, schon gut. Ich weiß, alles, was ich sage, kann und wird gegen mich verwendet werden. Ich habe genügend Krimis gesehen. Aber sei's drum. Was immer wir auch weiter zu bereden haben, sollten wir bei einem besonders guten Rosé tun.«

Sophia sah, wie Andreotti ihr verschwörerisch zuzwinkerte. In diesem Moment wusste sie, dass er ihr vertraute. Sie räusperte sich und musterte Donatella Boccherini genau, die unterdessen zu dem riesigen Weinkabinett ging und Sophia und Andreotti den Rücken zuwandte. Sie nahm eine Flasche nach der anderen heraus, murmelte die Namen der Weine vor sich hin und stellte sie auf der kleinen Bar ab. Sie bückte sich, holte umständlich drei Gläser heraus und füllte jedes Glas mit einem anderen der drei Weine. Als Nächstes stellte sie jedes Glas vor die jeweilige Weinflasche und drehte schließlich jede Flasche so, dass Sophia und Andreotti die Etiketten sehen konnten. Sophia erkannte sie sofort. Es waren alles Flaschen, die mit Cattaneos Handschrift versehen waren. Es war der Iskariot, den Andreotti mitgebracht hatte, Enzos Elisa und einer der Weine der beiden Cattaneo-Geschwister.

»Nicht nur du hast mir etwas mitgebracht, sondern auch der liebe Enzo war so frei, mir zwei Flaschen vom Gut mitzubringen. Zu Ehren unseres lieben Cattaneo«, säuselte Signora Boccherini, die wieder in den feierlichen Singsang der Grande Dame verfallen war. »Entscheide du, Andreotti, wer welchen Wein genießen darf.«

Andreotti war von dieser Rolle ganz und gar nicht angetan, dennoch entschloss er sich, das Spiel mitzumachen, und wählte aus. Er nahm für sich den *La mano dell'industrioso arricchisce,* Sophia gab er den Elisa, und Signora Boccherini schob er den Iskariot zu.

Sie nickte zufrieden. »Eine gute Wahl. Auf Cattaneo und die Freundschaft, die, wenn man sie ehrt, Wunder vollbringen kann, doch wenn man sie mit Füßen tritt, Verderben bringt.«

Sophia warf Andreotti einen unsicheren Seitenblick zu, doch er zuckte nur mit den Schultern, und so hob sie ebenfalls ihr Glas und trank auf Cattaneo und die Tücken der Freundschaft.

Signora Boccherini setzte das Glas mit einem wehmütigen Lächeln ab. Ein wenig erinnerte sie an einen Dackel, dem man auf den Schwanz getreten war. »Verstehen Sie etwas von Weinen, Sophia?«

»Ich verstehe etwas von dem Stolz eines Meisters, das Besondere zu schaffen«, erwiderte Sophia.

»Ach ja, der verdammte Stolz«, seufzte Donatella Boccherini. »Cattaneo war ein stolzer Kerl, aber auch ein Charmeur und ein Schlitzohr.«

»Der eine Affäre mit Gabriella hatte«, ergänzte Sophia.

»Dabei war er ein bibelgläubiger Mann«, sagte Donatella Boccherini mit einem Seufzen. »Doch nur weil man etwas liest, heißt es noch lange nicht, dass man danach lebt.«

»Iskariot«, sagte Sophia und zeigte auf die Flasche, die vor ihnen auf dem Tisch stand. »Ich habe die ganze Zeit überlegt, woher ich den Namen kenne. Cattaneos Kinder haben ihren Vater nicht sehr geschätzt, dennoch hielten sie seine Traditionen in Ehren. Deswegen waren in den Zimmern auch Bibeln zu finden, und als ich eines Abends darin blätterte, entdeckte ich zufällig den Namen. Iskariot – Judas Iskariot – Judas der Verräter.«

Signora Boccherini lächelte dünn. »Cattaneo, der alte Gauner. ›Meine Weine sprechen für mich‹, hat er immer gesagt. Ich hätte nicht gedacht, dass er es so wörtlich gemeint hatte.«

»Du hast Cattaneo und somit das Quintett verraten«, warf Andreotti dazwischen.

»Cattaneo hat das Quintett verraten, indem er eine Affäre mit Gabriella hatte, der Frau seines Nachbarn. Danach war es nicht mehr dasselbe. Ich wusste, dass es nur noch eine Frage der Zeit war, bis es auseinanderbrechen würde.«

»Da haben Sie es beschleunigt«, übernahm Sophia wieder.

»Ohne mich wäre Cattaneo ein Nichts gewesen. Wein ist große Kunst, aber Kunst muss auch vermarktet werden. Ich war im Quintett für den Vertrieb zuständig«, sagte Donatella Boccherini.

»Aber Sie wussten, dass der Ruhm Cattaneos bald verblassen würde.«

»Männer und ihre Weibergeschichten. Nicht nur, dass er die liebe Gabriella schwängerte. Obendrein musste er seinem unehelichen Bastard das beste Grundstück vermachen. Mario, dieser Trottel, hat sich gefreut wie ein kleines Kind und hat Umberto Cattaneo als besten Freund in den höchsten Tönen gelobt, weil er nichts geahnt hat. Von wegen bester Freund. Betrogen hat Cattaneo ihn. Und mich nennt er einen Judas.«

»Sie haben seine Kunst verraten, das wog in seinen Augen schwerer als der Ehebruch«, erwiderte Sophia.

»Drei Jahre nach der Geburt des Kleinen ist die Affäre aufgeflogen, dennoch hat Mario zu seinem Kuckuckskind gestanden, aber dann war es vorbei mit der Freundschaft. Keinen Fuß durfte Cattaneo mehr auf Marios Boden setzen, der einmal ihm gehört hatte«, erklärte Donatella Boccherini.

»Doch daraus entstand ein Problem«, erklärte Sophia. »Denn Cattaneos Premium Groppello, derjenige, für den er in der Welt ausgezeichnet worden war, wurde mit Trauben hergestellt, die auf Marios Boden wuchsen. Diese Trauben hatten nämlich reichhaltigere Tannine aufgrund des hohen Eisengehalts im Boden.«

»Sie verstehen mehr von Wein als ich dachte, Kindchen.«

»Die Söhne von Cattaneo haben mir den Boden erklärt und mich so auf die Spur gebracht, ohne es zu wissen«, erwiderte Sophia.

»Wir hatten noch etwas von den guten Trauben. Der Ruf war noch da. Ich musste den Wein nur strecken. So haben wir sogar noch mehr verkauft als zuvor.«

»Und damit haben Sie den großen Cattaneo getötet«, fügte Sophia hinzu. »Nicht vor wenigen Tagen, sondern bereits damals vor fast dreißig Jahren.«

»Er hat sich selbst zerstört. Der Mann hatte es nicht anders verdient, als zu stürzen. Vielleicht war die Sache mit dem gepanschten Wein der letzte Auslöser, aber seinen Sturz hat er selbst verursacht.«

»Es ging aber nicht nur um den Wein«, sagte nun Andreotti. »Es ging um mehr. Es ging um Geld der Mafia, der Banda della Magliana.«

Donatella Boccherini erstarrte kurz. »Ich dachte, Sophia wollte die Fragen stellen.«

»Wir sollten über den Puppenspieler reden«, sagte Andreotti.

»Dieser teuflische Zeitgenosse?«, empörte sich Donatella Boccherini.

»Wenn es ihn denn gäbe«, sagte Andreotti.

»Der Puppenspieler ist also ein Mythos?«

»Das habe ich nicht gesagt. Den Puppenspieler gibt es nicht. Aber die Puppenspielerin.«

Signora Boccherini gluckste. »Dein Freund aus Rom war all die Jahre auf der Suche nach einem Mann, dabei war der Puppenspieler eine Frau?«

Andreotti nickte langsam. »Lass gut sein, Donatella. Du bist die Puppenspielerin, und wir wissen es.«

»Ich?«, rief Signora Boccherini mit gespielter Empörung aus und verfiel dann in ein lautes Lachen. »Köstlich, Andreotti. Einfach köstlich.« Sie spielte nachdenklich mit dem Glas, bevor sie fortfuhr. »Entweder erlaubst du dir gerade einen Scherz mit mir, mein lieber Andreotti, oder du bist doch nicht so schlau, wie ich dachte.«

»Wahrscheinlich war ich wirklich nicht so schlau. Jedenfalls ist mir all die Jahre nicht aufgefallen, dass etwas mit dir nicht stimmte, Donatella Boccherini. Sophia hingegen hat es recht schnell bemerkt.« Er nickte Sophia zu und ließ sie wieder übernehmen.

»Es gibt heute nur noch wenige Boccherinis«, erklärte Sophia. »Und alle stammen von derselben berühmten Musikerfamilie ab.«

»Wie hieß noch dieser berühmte Geigenspieler mit Vornamen?«, fragte Andreotti.

»Luigi?«, antwortete Donatella Boccherini mehr fragend als bestimmt.

»Richtig. Luigi Boccherini, der bekannte Geigenspieler?«

»Richtig«, bestätigte Signora Boccherini. Doch ihre Stimme klang nicht mehr so selbstbewusst, sondern zaghaft, fast ängstlich.

»Stimmt das, Sophia? Wirklich ein Geigenspieler? Oder doch ein Cellist?«, fragte Andreotti nun wieder Sophia.

»Cellist«, sagte Sophia.

»Cellist oder Geiger, da kann ich mich schon mal vertun, Donatella. Schließlich bin ich kein Boccherini und nur ein einfacher *commissario*. Aber als eine Boccherini müsste man das wissen.« Die Signora spielte schweigend mit dem Weinglas.

Dafür fuhr Sophia fort. »Sie behaupten, eine gebürtige Boccherini zu sein und wissen nicht einmal, dass Ihr Vorfahre ein berühmter Cellist war.«

Signora Boccherini wedelte energisch mit der Hand, als wollte sie eine lästige Fliege verscheuchen. »Bei so vielen berühmten Musikern in meiner Familie kann man ja mal durcheinanderkommen. Der eine spielte Cello, der andere Geige.«

Sophia schüttelte energisch den Kopf. »Es waren genau vier bekannte Musiker in Ihrer Familie, die aber eine ganze Epoche geprägt haben. Und alle waren Cellisten. Keiner von ihnen war Violinist.«

»Kindchen, es mag ja sein, dass Ihr Leben so langweilig ist, dass Sie sich nur mit toten Musikern beschäftigen, aber ich habe weitaus Besseres zu tun.«

»Eine kultivierte Dame wie Sie interessiert sich nicht für die Familiengeschichte, und das als Italienerin? Wären Sie eine Boccherini, hätten Sie, wie jeder andere aus der Familie auch, die Geschichten mit der Muttermilch aufgesogen. Das kann also nur eins bedeuten: dass Ihr Name gar nicht Boccherini ist.«

»Und es ist ein Leichtes für Viola, in ihrem Computer herauszufinden, ob es überhaupt eine Donatella Boccherini gab, was ich bezweifle«, fügte Andreotti hinzu.

Die Grande Dame erhob das Glas mit aller Würde, die sie aufbringen konnte. »Auf die Boccherini und ihren klangvollen Nachnamen, den ich einst wählte, weil ich ihn einfach edel fand.« Sie trank das Glas bis auf den letzten Tropfen leer und schenkte sich nach.

»Dann stimmt es also«, sagte Sophia. »Sie sind die Puppenspielerin.«

Signora Boccherini, oder wie auch immer sie heißen mochte, lächelte dünn, als sie antwortete. »Ganz recht. Ich bin die Person, die man den Puppenspieler nannte. Ich mochte es, dass man nie eine Frau vermutete. Wahrscheinlich hat es auch den Spürsinn einer Frau gebraucht, die das aufdeckt.«

»Ich musste es nur so machen, wie man eine Marionette findet. Einfach den Fäden folgen«, sagte Sophia. »Und das konnte nicht nur ich. Auch Cattaneo ist den Fäden gefolgt. Nur dass er nicht wusste, wem oder was er auf der Spur war.«

»Aber er hatte Zeit, sich Gedanken zu machen«, ergänzte Andreotti nun wieder. »Jahrelang muss Cattaneo gegrübelt haben, wieso du den Wein gepanscht hast. Die wenigen Lire, die du damit mehr gemacht hast, konnten es nicht wert gewesen sein. Bis er eines Tages dahinterkam. Du hast den Wein nicht gepanscht, um ihn in den Handel zu bringen, sondern um Geld zu waschen. Du hast billigen Wein gepanscht und ihn als hochwertig deklariert, Geld über Scheinverkäufe an Scheinfirmen ins Ausland verbucht und das eingenommene Geld versteuert. Der Wein wurde dann scheinbar ins Ausland weiterverkauft, wo sich seine Spur irgendwann verlief. Du musstest ihn ja nie liefern, es ging lediglich um die Geldwäsche. Nur ist etwas schiefgegangen. Denn plötzlich tauchte durch ein Versehen etwas von dem gepanschten Wein im Handel auf.«

»Dieser idiotische Lkw-Fahrer«, sagte Donatella Boccherini plötzlich und wirkte nun eiskalt. »Er hatte einen Schwager, der einen Weinhandel betrieb. Also hat er heimlich bei jeder Tour eine Kiste abgezweigt. Würde ja niemand bemerken, hatte er sich gedacht. Bis im Rahmen des italienischen Weinskandals auch dort zufällig Weinproben entnommen worden waren. Dann ist der gepanschte Wein entdeckt worden, und die ganze Sache ist uns um die Ohren geflogen.«

»Ich vermute, dass der Lkw-Fahrer seitdem nicht mehr unter uns weilt«, warf Andreotti ein.

Signora Boccherini hob die Hände. »Das sagst du. Ich mache mir die Hände mit so etwas nicht schmutzig.«

»Das würde der Puppenspieler nie tun«, stimmte Andreotti ihr zu. »Cattaneo hatte jahrelang Zeit, darüber nachzudenken, wer seinen Wein gepanscht hatte, und irgendwann hat er begriffen, wer es tun konnte und wieso. Er war ein kluger Kopf. Nur – wie ist er darauf gekommen, dass du der Puppenspieler bist?«

Signora Boccherini lächelte müde. »Ich habe es ihm erzählt.«

»Du hast was?«

Sophia sah, wie Andreotti die Gesichtszüge entglitten.

»Weißt du, wie das ist, all die Jahre die Vergangenheit zu überdecken? Nicht darüber zu reden? Es frisst dich innerlich auf.«

Andreotti nickte langsam, und Donatella Boccherini fuhr fort. »Und dann steht da plötzlich Cattaneo und konfrontiert dich mit dem, was mal war. Freut sich wie ein Kind, dass er ein Rätsel gelöst hat. Präsentiert mir seine Flasche und den geschmacklosen

Iskariot-Witz. Da ist es aus mir herausgeplatzt. ›Ja‹, habe ich ihn angeschrien. ›Ich habe nicht nur deinen Wein gepanscht, sondern deine ganze Winzereikunst zur Geldwäsche für die Mafia verwendet. Ich habe dich, den großen Cattaneo, manipuliert wie alle anderen, weil ich der Puppenspieler war.‹« Signora Boccherini stieß einen tiefen Seufzer aus. »Ja, ich habe mich gehen lassen. Das eine Mal. Aber du hast doch keine Ahnung, Andreotti, wie es ist, wenn plötzlich der Fluch der Vergangenheit wieder vor einem steht.«

»Vielleicht doch, Donatella, vielleicht doch«, erwiderte Andreotti leise.

Nachdenklich begann Donatella Boccherini die Flasche zu drehen, bis das Etikett *Iskariot* zu ihr zeigte. Dann nahm sie sie und goss sich einen weiteren Schluck nach. »Dieser verrückte Trottel«, fauchte sie mit zusammengepressten Zähnen. »Nach all den Jahren hat er nicht lockergelassen.«

»Hartnäckigkeit ist die Eigenschaft eines wahren Künstlers«, sagte Sophia, doch Signora Boccherini stieß nur ein verächtliches Lachen aus. »Das ist die Eigenschaft eines alten Wirrkopfs. Mehr nicht.«

»Sein Kopf war klar genug, um nach all den Jahren zu verstehen, das Sie diejenige waren, die den Wein gepanscht hatte. Er hat Sie dazu gebracht, dass Sie sich haben gehen lassen, und daher mussten Sie ihn zum Schweigen bringen. Oder genauer gesagt: bringen lassen, und damit kommen wir zu Ihrer lieben Freundin Gabriella.«

»Die arme Ella«, seufzte nun Signora Boccherini wie auf Kommando. »Sie ist nie über Cattaneo hinweggekommen.«

»Hör auf damit«, zischte Andreotti, und tatsächlich wich Signora Boccherinis Leidensmiene wieder jenem gleichgültigen Gesichtsausdruck, der Sophia schon zuvor überrascht hatte.

»Sie waren es, die den Hass angestachelt hat«, nahm Sophia den Faden wieder auf. »Und als Sie dann von Cattaneo erfahren haben, dass er seine Rezeptur seinen Kindern vermachen wollte, haben Sie das Gabriella gesteckt. Sie haben ihr eingeredet, dass die beiden Geschwister bald einen so viel besseren Groppello keltern würden, dass Angelo keine Chance mehr haben würde.«

»Die Arme war so verzweifelt, dass sie nicht mehr weiterwusste, aber du hast ihr einen Ausweg empfohlen«, ergänzte Andreotti. »Die gute alte Freundin Donatella hat ihr gesagt: ›Knall ihn ab.‹ Nicht einmal, nicht zweimal, sondern immer wieder hast du es gesagt, bis es der armen Gabriella als das Richtige, als der einzige Ausweg erschien.«

»Die Arme? Das sind ja ganz neue Töne, Andreotti. Wirst du auf deine alten Tage etwa noch sanftmütig?«

»Vielleicht werde ich das«, entgegnete Andreotti. »Aber du wirst auf deine alten Tage im Gefängnis schmoren.«

Signora Boccherini nickte geistesabwesend, und dann begann sie zu lächeln. »Diesmal bist du es, mein lieber *commissario,* der einen Fehler macht. Ich werde nicht im Gefängnis landen.«

»Du wirst sehen, Donatella. Ein wenig Nachforschung zu deiner Herkunft, ein wenig Druck auf Gabriella im Verhör, der ihr die Augen öffnet, dass die liebe Freundin sie manipuliert hat. Da kriegen wir schnell einiges zusammen.«

»Ihr beide seid schlaue Köpfe«, sagte Donatella Boccherini mit einem dünnen Lächeln. Aber ihr macht denselben Fehler wie so viele vor euch. Ihr unterschätzt den Puppenspieler.«

Wieder begann Signora Boccherini die Flasche langsam zu drehen, als würde sie darin eine Lösung finden. Und plötzlich verstand Sophia. Sie sprang auf. »Der Wein«, rief sie. »Andreotti! Der Wein ist vergiftet!«

Signora Boccherini lachte schallend los. »Beruhigen Sie sich, Kindchen. Beruhigen Sie sich.« Sie nahm einen weiteren Schluck, und es war nicht klar, ob es der Wein war, den sie sichtlich genoss, oder die Macht, die sie über die Situation hatte. »Sie haben recht.

In eines der Gläser habe ich reichlich Digoxin getan. Geschmacklos, nicht sichtbar. Es hilft meinem Herzen, führt jedoch bei einer Überdosis binnen Minuten zum Herzstillstand. Ihr wart unaufmerksam vorhin. Die Frage ist aber, welcher der Weine ist vergiftet? Ist es meiner? Andreottis? Oder gar Ihrer, Sophia?« Wieder lächelte Signora Boccherini versonnen. »Ja, ich habe in eines der Gläser Gift gefüllt, aber wer heute sterben würde, das habe nicht ich entschieden. Ich habe dir, Andreotti, die Entscheidung überlassen, wer weiterleben und wer sterben wird. Du hast den Ausgang des Spiels bestimmt. Drei Weine, drei Personen, und eine wird gleich sterben.«

Andreotti presste die Zähne zusammen, und Sophia konnte ihm ansehen, wie er sich zusammenreißen musste. Sie spürte, wie ihr Herz sich plötzlich verkrampfte.

»Du wusstest genau, wem ich welchen Wein geben würde«, sagte Andreotti schließlich.

»Aber natürlich wusste ich das. Wem würdest du wohl den Iskariot geben? Deiner lieben Freundin Sophia? Der würdest du wohl kaum den Wein einer Verräterin geben. Dir selbst? Andreotti, du spielst zwar den harten Kerl, bist aber hoffnungslos sentimental. Du siehst dich als Held deiner eigenen Geschichten, nicht als Verräter. Du bist so von dir eingenommen, dass du dir den *La mano,* den Fleiß zusprechen würdest. Welch eine Ironie, nichts wäre der Wahrheit ferner. Sophia ist aber dein *Elisa,* deine Schülerin. Nur ich bin *Iskariot.* Das einzige Risiko bestand darin, dass du endlich mal von jenem Wein kosten wolltest, der die ganze Zeit im Kommissariat gestanden hatte. Würde deine Neugierde über deinen Stolz siegen? Eine spannende Frage. Ich habe auf deinen Stolz getippt, der dir so oft im Wege steht, und ich habe gewonnen.«

»Wollen Sie nicht etwas tun?«, rief Sophia aus, als sie begriff, wer das Gift bekommen hatte. Doch Andreotti wirkte unbeeindruckt. »Du wusstest, als wir hier auftauchten, dass du verloren hast, aber als Puppenspieler wolltest du einen letzten Triumph auskosten. Ein letztes Mal wolltest du dir beweisen, welche Macht du über andere haben kannst.«

»So wie du dir beweisen wolltest, dass in dir nicht nur ein verbitterter alter Trottel steckt, sondern noch der letzte Rest jenes Kommissars mit Gefühl, der du einmal warst.«

»Ein Kommissar, der Ihnen immerhin nach all den Jahren das Handwerk gelegt hat«, rief Sophia wütend aus.

»Was er ohne Ihre Hilfe nicht geschafft hätte. Kindchen, Sie sind naiv. Sie glauben an Freundschaft, dabei benutzt er Sie nur.«

Sophia schüttelte energisch den Kopf. »Versuchen Sie es gar nicht erst, mich zu manipulieren.«

Andreotti beugte sich vor und starrte Signora Boccherini finster an, als er die nächsten Worte ausspie. »Du hast es gehört. Es funktioniert nicht mehr.«

Signora Boccherini lächelte dünn, schien noch etwas sagen zu wollen, doch ihr Lächeln erstarrte, verzog sich zu einer schmerzerfüllten Grimasse. Sie begann zu wanken, presste die Hand mit aufgerissenen Augen auf ihr Herz. Andreotti sprang auf, doch bevor er sie auffangen konnte, war sie bereits leblos zu Boden gefallen. Als Andreotti neben ihr kniete, atmete sie schon nicht mehr. Die Aufführung der Puppenspielerin war endgültig vorbei.

EPILOG

Die Möwen zogen auf der Suche nach Essbarem ihre Bahnen über dem Kai. Der Gardasee war zwar nicht die Adria, aber Enzo hatte recht: Er lauschte dem Wasser, das in seinem eigenwilligen Rhythmus die Geschichten zu ihnen herüberbrachte, die der See zu erzählen hatte. Geschichten von Booten, Wind und Menschen. Andreotti zündete sich eine Zigarette an und stieß den Rauch sanft aus.

»Zeit, Abschied zu nehmen?«, fragte Carlo, der lautlos neben Andreotti aufgetaucht war und nun ebenfalls auf das Ufer blickte. Die Möwen kreisten unmittelbar über ihren Köpfen, als hätten sie etwas Interessantes entdeckt.

»Ja, Abschied«, antwortete Andreotti schließlich. »Aber wovon?«

»Genau, Andreotti. Was lässt du schon in Salò zurück? Allenfalls ein paar Erinnerungen.«

»Und viele davon nicht sonderlich gut«, stimmte Andreotti zu.

»Aber das ist jetzt vorbei, alter Junge. Der Puppenspieler geht auf dein Konto. In Rom schlagen wir jetzt ein neues Kapitel auf. Barbieri hat bereits einen Schreibtisch für dich frei gemacht. Andreotti und Carlo Rinaldi sind wieder vereint und werden neue Kapitel schreiben.«

Die Möwen hörten auf zu kreisen und stellten sich in den Wind, ließen sich auf der Stelle tragen von der Böe, ohne einen Flügelschlag, fast, als stünden sie still in der Luft.

Andreotti nahm einen weiteren Zug, doch er brauchte nicht lange, um den Rauch auszustoßen. »Nach Rom zieht mich nichts. Außer schlechten Erinnerungen und Entscheidungen, die ich nicht ändern kann.« Er drehte sich um und schaute Carlo direkt in die Augen, als er den nächsten Satz sagte, und selten wusste er so genau, was er wollte, wie jetzt. »Ja, es ist Zeit für neue Kapitel. Aber nicht mit Geschichten von Andreotti und Rinaldi. Das ist Vergangenheit. Rom ist Vergangenheit.«

Carlo schaute Andreotti unbewegt an. Nur ein leichtes Zucken in den Augenwinkeln ließ so etwas wie Überraschung erahnen. »Du hast dich verändert, Andreotti. Du bist nicht mehr der Alte.«

»Stimmt«, sagte Andreotti und war nicht unglücklich darüber. Er schaute wieder auf. Eine Möwe segelte weiter über dem See, während die andere in der Luft zu stehen schien, sich aber langsam nach vorne neigte.

»Dann fahre ich jetzt zurück, Andreotti.«

Der *commissario* nickte.

»Soll ich noch jemanden von den alten Jungs grüßen?«

»Grüße mir die Vergangenheit.«

»Vielleicht wird es Zeit, dass du das selbst tust.« Carlo Rinaldi schien noch etwas Weiteres sagen zu wollen, verzog aber sein unrasiertes Gesicht zu einem Lächeln und zwinkerte Andreotti zum Abschied zu. Dann ging er fort und verschwand aus Andreottis Leben genauso lautlos, wie er aufgetaucht war.

Die Möwe hatte sich von der sie tragenden Böe gelöst und segelte hinab, auf der Suche nach etwas Neuem, das ihre Aufmerksamkeit erregen würde. Andreotti drückte seine Zigarette aus und ließ den Blick über die Promenade schweifen. Carlo war fort, aber Andreotti wartete noch. Auf jemand anderen.

Endlich sah er sie. Bereits aus der Ferne winkte sie ihm zu und rannte fast ein Touristenpaar um. Andreotti musste lächeln.

»Entschuldigen Sie bitte die Verspätung«, keuchte sie.

Doch wenn es nach Andreotti ging, brauchte sie sich nicht zu entschuldigen. Wahrscheinlich hatten die Geigen sie gebraucht, und er hatte Zeit. Er wandte sich wieder dem Wasser zu. »Man sagt, dass der See alle Geschichten aufnimmt, um sie eines Tages den Menschen zu erzählen«, sagte er. »Jeder Windhauch, jede Bewegung, die wir machen, jeder Satz, der gesprochen wird, hinterlässt seine Schwingungen im See. Und der See bringt die Schwingungen wieder zu uns herüber. Prägt die Natur, die Berge, die Pflanzen.«

»Ganz so, wie das Holz der Geigen den Klang prägt«, erwiderte Sophia, und Andreotti wusste, dass sie ihn verstand.

»Lauschen Sie«, sagte Andreotti. Sophia setzte sich neben ihn und tat ihm den Gefallen. Er fragte sich, was sie wohl hören würde. Die Musik mochte dieselbe sein, aber jeder fühlte etwas anderes. Und doch war alles eins.

»Ich habe Ihnen etwas mitgebracht«, sagte Andreotti schließlich, nahm die Flasche, die neben ihm auf dem Boden gestanden hatte, und hielt sie Sophia entgegen.

Es dauerte eine Weile, bis Sophia sie annahm. »Iskariot«, las Sophia das Etikett ab. »Wollen Sie mir damit etwas sagen?«, fragte sie schmunzelnd.

»Vielleicht einfach ›danke‹. Nicht mehr und nicht weniger.«

»Dafür, dass ich Ihnen bei einem weiteren Fall geholfen habe?«

»Nicht nur dafür«, entgegnete Andreotti und überlegte, was er als Nächstes sagen sollte. Er war einfach nicht gut in solchen Dingen.

Die Möwe ließ sich in unmittelbarer Nähe nieder und pickte Brotkrumen auf, die ein paar Touristen fallen gelassen hatten. Die zweite Möwe folgte ihr und machte sich daran, ihr die Beute streitig zu machen.

»Sie können den Wein ja mal bei Gelegenheit mit einem guten Freund trinken«, schlug Andreotti schließlich vor.

»Vielleicht können wir ihn ja mal zusammen trinken«, erwiderte Sophia. »Nur sind Sie leider sehr gut im Verschwinden.«

»Früher war ich auch mal sehr gut im Bleiben«, entgegnete Andreotti. »Vielleicht habe ich es nicht verlernt.« Andreotti blickte wieder auf den See. »Möglicherweise sollte ich es einfach mal drauf ankommen lassen«, sagte er schließlich.

»Wer im Leben nichts wagt, kann nur verlieren«, stimmte ihm Sophia zu, stand auf und steckte die Flasche in ihre Tasche. Andreotti nickte langsam.

»Ich muss weiter.«

Sicher musste sie das, bestimmt zu ihren Geigen oder zu Fredo und all den anderen Menschen, die sie kannte.

»Ich melde mich bei Ihnen, Andreotti.«

»Tun Sie das. Ich bin nicht so gut darin.«

»Ich weiß.« Die Möwen hatten ihren Kampf um die Brotkrumen beendet, schwangen ihre Flügel auf und segelten davon. Nur ein paar Federn blieben auf dem Kai zurück, die der Wind aufgriff und zum Tanzen brachte. Im nächsten Moment war Sophia fort und ließ Andreotti zurück mit dem See, den Möwenfedern und einer Entscheidung, die er in diesem Moment gefällt hatte.

Er atmete tief durch und holte das Handy aus der Innentasche seines Sakkos. Seine Finger zögerten einen Moment, doch dann besann er sich auf die Person, die er einmal gewesen war und die er nie aufgehört hatte zu sein. Er tippte die Nummer ein. Diesmal dauerte es nicht so lange, bis die Stimme auf der anderen Seite erklang. Andreotti räusperte sich und starrte auf die Federn, als ob darin eine Antwort läge. Doch die Federn auf dem Kai warteten nur auf den nächsten Windstoß, um ihren Tanz fortzusetzen. Sein Zeigefinger zuckte bereits in Richtung der roten Auflegen-Taste, doch plötzlich hörte sich Andreotti mit heiserer Stimme jene Worte sagen, vor denen er sich all die Jahre so gefürchtet hatte: »Ich bin's. Papa.« Sie sagte nichts. Bevor sie den Anruf beenden konnte, ließ Andreotti weitere Sätze folgen, stockend und noch immer heiser. Er wagte auszusprechen, was er all die Jahre verschlossen in seinem Herzen bewahrt hatte. Wie sehr sie ihm gefehlt hatte und dass er nicht der Vater hatte sein können, der er sein wollte. Er erzählte von dem Leid, das es ihm bereitet hatte, nicht bei ihr zu sein, damit jene, deren Machenschaften er in die Quere gekommen war und die einst Rache geschworen hatten, nichts von ihr wussten. Und endlich begann sie zu antworten, zögerlich warf sie ihm zu Recht vor, dass er sich dennoch hätte melden können. Andreotti sog jedes ihrer Worte dankbar auf, nahm an, was sie ihm zu sagen hatte, und lauschte der Stimme, die er so lange vermisst hatte. Und je mehr sie sprachen, desto leichter fiel es ihnen. Allmählich begannen die Federn wieder zu tanzen, und sie redeten noch, als der Wind die Federn bereits forttrug auf das Wasser, um dem See eine weitere Geschichte hinzuzufügen.

SOPHIAS, ANDREOTTIS UND FREDOS WEINEMPFEHLUNGEN

Nun ist der zweite Fall von Andreotti, Sophia und Fredo zu einem erfolgreichen Abschluss gekommen. Wenn Sie sich noch nicht von der Welt der drei lösen möchten, dann genießen Sie doch das eine oder andere Glas Wein, das die drei Ihnen empfehlen würden.

SOPHIAS ROSÉ-EMPFEHLUNGEN

Sophia liebt es, nach getaner Arbeit an ihrer Geige, bei Tante Marta oder einfach an der Seepromenade einen leichten Rosé zu genießen, nicht zuletzt dank Filipos Einführung in die Geschichte des Rosé.

- *Groppello:* An erster Stelle steht natürlich unser Groppello. Er zeichnet sich durch seine lebhafte Säure, fruchtige Aromen von Kirschen und Himbeeren sowie seine leichte Kräuternote aus. Sophia liebt ihn inzwischen zu Tante Martas Pastagerichten, gegrilltem Fleisch und Käse.
- *Chiaretto della Valtènesi:* Dieser leichte und erfrischende Roséwein aus dem Valtenesi ist bekannt für seine Aromen von roten Beeren, Zitrusfrüchten und floralen Noten. Sophia genießt ihn gerne im Sommer, passend zu leichten Gerichten aus Martas Osteria wie Salaten, Fisch oder gegrilltem Gemüse.
- *Riviera del Garda Classico:* Dieser Roséwein wird aus einer Mischung von Traubensorten hergestellt, darunter Groppello, Marzemino und Barbera. Er besticht durch eine lebendige rosa Farbe und bietet Aromen von frischen Erdbeeren, Him-

beeren und Zitrusfrüchten. Sophia liebt den Riviera del Garda Classico zu Fisch aus dem Gardasee, leichten Vorspeisen und frischen Salaten.

- *Rosa dei Frati:* Den Roséwein hat Sophia auf dem Weingut Ca' dei Frati schätzen gelernt. Charakteristisch ist seine intensive Fruchtigkeit mit Noten von Kirschen, Erdbeeren und Grapefruit. Der Rosa dei Frati ist ein vielseitiger Wein, den sich Sophia zu gegrilltem Fisch, Meeresfrüchten oder einfach als erfrischenden Aperitif schmecken lässt.

COMMISSARIO ANDREOTTIS ROTWEIN-EMPFEHLUNGEN

Andreotti ist seinem Vorsatz treu geblieben, seinen Leib und seine Seele nur noch mit besseren Weinen zu verwöhnen und auch zunehmend gute Freundschaften zu pflegen. Die nachfolgenden Weine würde er Ihnen empfehlen, wenn Ihnen danach ist, die guten Seiten des Lebens zu genießen oder über die Menschen zu reflektieren.

- *Groppello di Mocasina:* Ein fruchtiger und eleganter Rotwein mit Aromen von roten Beeren und Gewürzen. Andreotti liebt die gute Struktur und weichen Tannine. Dazu gönnt sich der *commissario* gerne ein gutes Steak oder ein Lammgericht.
- *Barbera:* Eine köstliche Weinfamilie aus der tiefroten Barberatraube, die zwar nicht autochthon für das Valtènesi ist, jedoch dort eine lange Anbautradition hat. Andreotti begeistert die fruchtige Note aus Kirschen und Beeren. Der *commissario* wählt den Barbera bevorzugt, wenn er bei Tante Marta Rinderbraten, Lammkoteletts oder auch herzhafte Pastagerichte mit Fleischsauce isst.

- *Marzemino:* Ein charaktervoller Rotwein mit einem intensiven Bouquet von dunklen Früchten, Gewürzen und Kräutern, der ideal einen gelösten Fall abrundet. Am besten mit ein paar guten Ravioli oder einer italienischen Käseplatte.
- *Riviera del Garda Classico:* Ein Rotwein, der aus einer Cuvée verschiedener Rebsorten, einschließlich Groppello, hergestellt wird. Die komplexe Aromatik von dunklen Früchten, Kräutern und Gewürzen sowie die gute Balance von Frische und Struktur schmeicheln Andreottis Gaumen und vermögen die eine oder andere seiner weiblichen Verabredungen zu begeistern, vor allem mit Pizza, Huhn oder Gegrilltem.

FREDOS WEISSWEIN-EMPFEHLUNGEN

Nach diesem Fall hatte Fredo erst einmal wieder genug von Andreotti. Aber mit seiner Ilona genießt er gerne einen Weißwein, und wenn Sophia eingeladen ist, auch mal zwei.

- *Lugana:* Dieser Weißwein aus der Lugana-Region begeistert Fredo wegen der frischen Aromen von Zitrusfrüchten und Pfirsichen und passt gut zu Ilonas leichten Vorspeisen und frischen Salaten.
- *Trebbiano di Lugana:* Dieser trockene Weißwein ist wegen seiner feinen Säure und Aromen von grünen Äpfeln und weißen Blüten nicht nur bei Taschendieben nach getaner Arbeit beliebt. Fredo empfiehlt ihn zu Ilonas Fischgerichten, gegrilltem Gemüse und auch zu Tante Martas leichten Pastagerichten.
- *Chardonnay:* Dieser Valtènesi-Chardonnay ist ein vollmundiger Weißwein mit Noten von reifen Früchten, Vanille und Toast, den Fredo für besondere Gäste wie Sophia bereithält,

weniger jedoch für Andreotti und schon gar nicht für Carlo. Der Wein passt gut zu gebratenem Hühnchen und cremigen Pastagerichten.

Turbiana: Ein autochthoner Weißwein aus der Valtènesi-Region, den Fredo aufgrund seiner frischen Zitrusaromen, lebendigen Säure und mineralischen Noten schätzt. Er genießt ihn zu Meeresfrüchten, gegrilltem Fisch und frischen Salaten.

EIN PAAR WORTE ZUM SCHLUSS

Ich hoffe, dass Sophia, Andreotti und Fredo Ihre Neugierde noch weiter entfacht haben für die faszinierenden Landschaften des Gardasees mitsamt ihren interessanten Menschen sowie die jahrhundertealten, faszinierenden Traditionen und Kulturgüter, wie beispielsweise den italienischen Geigenbau, der seinen Ursprung in Salò hat, die autochthonen Weine oder andere Kulturgüter, die wir hoffentlich eines Tages mit den dreien entdecken werden.

Der Wein ist eines jener Kulturgüter, die jahrhundertealte Tradition, Natur und die Leidenschaft der Menschen in sich vereinen. Weingenuss ist also mehr als Geschmack und Anlass für nette Gespräche, sondern bietet uns den Zugang zu Geschichte, Tradition und den Menschen, die damit verbunden sind.

Oft werde ich gefragt, woher ich meine Ideen habe. Das ist relativ einfach: Ich sitze mal mit Andreotti, mal mit Sophia und gelegentlich sogar mit Fredo in einem der Cafés oder spaziere die Seepromenade entlang oder erkunde die verschlungenen Wege, beobachte die Menschen und unterhalte mich mit ihnen.

Natürlich ist die Geschichte selbst frei erfunden, nicht jedoch die Geschichte der Gräfin Maria Traccagni di Salò und des verwundeten Trentiner Soldaten Alessandro de Zinis. Hier habe ich mich von der Familiengeschichte der de Zinis inspirieren lassen. Die Familie betreibt bis heute das Weingut Redaelli de Zinis. Wenn Sie also ein Weingut besuchen möchten, das dem Weingut Cattaneo ähnelt, dann besuchen Sie doch gerne die de Zinis. Die Personen im Roman selbst sind natürlich frei erfunden, und jegliche Ähnlichkeit mit lebenden Personen ist rein zufällig.

Den Weinskandal in den Achtzigerjahren gab es tatsächlich, manch ein Leser wird sich noch erinnern, und leider wurde auch später noch der eine oder andere gepanschte Wein gefunden. Inzwischen sind die Qualitätsstandards seit Jahrzehnten derart hoch, dass italienische Weine wieder zu Recht zu den besten der Welt gehören.

Mein Dank gilt meiner wundervollen Familie für ihre Geduld und Liebe, die mir die Zeit zum Schreiben ermöglicht und meine langen Wanderungen durch Salò verzeiht. Auch möchte ich mich bei Massimo Inzirillo bedanken für den Gedankenaustausch zu dem Roman. Er hat mir mit Scharfsinn und Feingefühl wichtige Impulse zur italienischen Seele gegeben, die die Figuren bereichern, und hat mich außerdem zu Enzo inspiriert. Ferner gilt mein Dank Elmar Tannert für das Lektorat des Buchs. Ein Lektor ist für ein Buch, was der Kellermeister für einen Wein ist. So wie der Kellermeister den Prozess der Weinherstellung überwacht, von der Auswahl der Trauben bis zur Abfüllung, um sicherzustellen, dass jeder Tropfen Wein die höchste Qualität aufweist, so prüft der Lektor jedes Wort, jeden Satz und jeden Absatz, um sicherzustellen, dass das endgültige Werk den Leser in vollem Maße anspricht.

Wenn Sie aber nun noch ein wenig mit Sophia, Andreotti oder Fredo verweilen möchten, dann gönnen Sie sich doch einen der Weine aus ihren Weinempfehlungen.

Dolce Morte am Gardasee!

RENATO POZZI

Tod im Olivenfass

EIN GARDASEEKRIMI

So hatte sich Geigenbauerin und Halb-Italienerin Sophia Lange ihre Heimkehr nicht vorgestellt: Kaum ist sie in Salò am Gardasee eingetroffen, wird ihr auch schon die Geldbörse gestohlen. Commissario Andreotti ist dagegen hoch erfreut über das schicksalhafte Zusammentreffen, denn die Expertise einer Geigenbauerin könnte etwas Licht ins Dunkel einer kniffligen Mordermittlung bringen. Sophias Neugierde ist geweckt. Dann jedoch gerät ausgerechnet Luigi Maggio in den Fokus der Ermittlungen – Sophias Jugendliebe. Ein Grund mehr für Sophia, dem allzu entspannten Andreotti tatkräftig unter die Arme zu greifen.

Gewinner des großen Krimiwettbewerbs mit der Münchner Abendzeitung

KNAUR

Ein Auftragsmörder, der sich weigert zu töten –
der #1-SPIEGEL-Bestseller für alle Liebhaber von cosy Krimis

PIERRE MARTIN

Monsieur le Comte und die Kunst des Tötens

KRIMINALROMAN

Lucien, der junge Comte de Chacarasse, entstammt einem alten französischen Adelsgeschlecht, das seit Generationen eine besondere Fertigkeit ausübt: die Kunst des Tötens! Seine Vorfahren sollen als äußerst diskrete Auftragsmörder für Napoleon, den Vatikan, die Medici und die Bourbonen tätig gewesen sein. Zwar wurde auch Lucien von klein auf in der Familientradition ausgebildet, doch er betreibt lieber ein Bistro in Villefranche-sur-Mer. Denn Lucien liebt die Frauen, den Wein – und die kulinarischen Genüsse der provenzalischen Küche. Das unbeschwerte Leben des jungen Comte endet abrupt, als er ans Sterbebett seines schwer verletzten Vaters gerufen wird: Lucien muss schwören, dem Erbe der Familie treu zu bleiben. Nur, wie begeht man einen Auftragsmord, wenn man es ablehnt zu töten?
Pierre Martin – Bestseller-Autor der Provence-Krimis um »Madame le Commissaire« – hat mit dem Auftragsmörder wider Willen »Monsieur le Comte« einen neuen wunderbar liebenswerten Protagonisten erschaffen.

KNAUR

Wie Feuer
und Gießwasser

MONA NIKOLAY

Amsel, Drossel, tot und starr

SCHREBERGARTENKRIMI

In der Vorzeigekolonie Rosenthal brennt die Hütte – im wahrsten Sinne des Wortes. Die Laube des chronisch unbeliebten Vorstandsmitglieds Maik Reuter ist in Flammen aufgegangen und die Kleingärtner löschen mit allem, was sie in die Finger bekommen können: Teichwasser, Poolwasser, Feuerlöscher – vielleicht sogar Bier. Als der Rauch sich lichtet, wird schnell klar, dass es sich hier um mehr als nur einen Brand handelt: Es liegt nämlich jemand sehr tot in der Laube. Wie gut, dass der Vorsitzende Schmittchen Manne und Caro zu Hilfe gerufen hat. Kommissar Lohmeyer vom LKA Berlin ist darüber allerdings not amused und verweigert eine Zusammenarbeit. Tja. Sein Pech!

DROEMER